新锐派小说作家方阵丛书

蟾宫图

下

刘锁/著

中国财富出版社

目 录
{Contents}

上

下

蟾宫图

第三部　炼

74. 割噢——豆腐哩

三年以后，秦月亭考取了中医学院，同一年，桂芳初中毕业后考上了卫生学校。兄妹俩带上各自的录取通知书，来到渭河滩头，看着翻滚的河水，深情的旋律随着波涛起伏：

……我的心上人坐在我身旁，悄悄看着我不声响。我愿对你讲，不知怎样讲，多少话儿留在心上。长夜快过去天色蒙蒙亮，衷心祝福你好姑娘，但愿从今后，你我永不忘，莫斯科郊外的晚上。

兄妹俩从下午谈到黄昏，从黄昏伴到傍晚，他们意识到自己向往的不只是相亲相爱的美满婚姻，更重要的还有父母的期望、历史的托付、时代的担当！

秦月亭和兰桂芳毕业后，都被分配到天台市人民医院。秦月亭在内科，兰桂芳在妇产科，不久两人就成了各自科室的业务骨干，秦月亭还光荣地加入了中国共产党。在他们喜结伉俪的时候，胡换青把兰德云留下来的绛紫色牛皮箱当陪嫁给了女儿兰桂芳，巧巧把刀尖药、黄绢秘图和庞亦然的血书以及秦碎虎的笔记还有那只红彤彤的丹砂描金藏文盒子一并交给了儿子和儿媳。

秦月亭兰桂芳小两口，继承了血迹斑斑、伤痕遍布的黄绢、血襟和沉甸甸的笔记，对着曾为刀尖秘药流血、流泪的老辈跪地盟誓，务必穷尽毕生刻苦研习蟾宫图、完善配方、保卫秘药，找到庞氏后裔，秦庞联手，克诚克真，把刀尖药资料和不断丰富的研究成果奉还人民军队，把一腔忠诚奉还给国家和人民！

自从秦碎虎离世以来，巧巧心上一直刻着三件大事：一是完成兰德云和秦碎虎的遗愿，让月亭、桂芳学医成才，结为百年同心；二是把刀尖药保密资料传承到月亭、桂芳的手里；三是抓紧寻找麦草、汉关母子，成全秦碎虎的未了心愿。现在前两件大事已经有了着落，只有麦草母子仍旧杳无音信，这就成了巧巧心上的一块实病。夜里，她要不梦见碎虎黑着脸训斥她没有尽到为妻的责任，要不就梦到麦草、汉关在茫茫的大山里跋涉颠沛，往往是一场梦醒就冷汗一身，接下来就是彻夜失眠。月亭、桂芳接巧巧住院治疗了二十多天，检查不出什么大病，巧巧就急着要出院回家。一进家门，巧巧就说："月亭、桂芳，你俩请个假，明日陪我去西安城的什味街坊。"

月亭桂芳知道娘的心病，就答应了娘。

娘儿三人准备了半个下午，第二天凌晨不到四点坐上火车，八点多到了西安。从火车站坐公交车到钟楼，巧巧叫儿子和媳妇挽着步行到什味街坊北口，再从北向南一步一步踏过这条魂牵梦萦的古街，站到了最南端的什味街坊小学门前。对面原有的医药门市部，已经换成了国营生产资料门市部，门市部的柜台里站着的全是年轻营业员，月亭向他们问起姚厚朴，他们互相看看都说不知道这个人。

月亭去对面小学校门口和门卫交涉了一阵，就带着桂芳和娘进了什味街坊小学的青砖雕花拱门。正是上课时间，校园没有老师和学生，十几年前那一排排青砖青瓦的平房教室，已经换成一幢幢红砖黄缝的教学楼，五星红旗在三层高的中心楼前迎风飘扬，琅琅的读书声回荡在校园。在中心楼后面稍远的墙外，那棵古槐依然浓荫如盖鸟雀汇聚、黄花点点芳香四溢，矗立在学校的后街。古槐的荫翼伸进了校园，其下是音乐教室，音乐教室一侧矗立着一座新建的古式亭子。娘儿三人走到亭子跟前，仰俯瞻顾、肃然起敬。亭子的画枋上写着"庞然亭"三字，中央地面立着一块石碑，石碑上刻满了文字，文字清新如泉，读来朗朗上口、憾人心旌。月亭、桂芳瞻目诵读、心如蒙露，巧巧惶惶惑惑不知所云，双手摇着儿子的胳膊说："月亭，碑子上刻的是啥文章，快念给娘听听！"于是，对着碑文月亭给娘念，桂芳给娘解释：

功德碑

什味街坊小学，其原址为庞然药馆。该药馆始建于一九三四年七月七日（农历甲戌年五月二十六日），毁于一九四二年二月九日（农历壬午年腊月二十四日）。系中国共产党友人武修宦先生全资兴筑，后由先生之门婿、中国共产党地下交通员庞青瑄同志继承，以经营药材药品为掩护，给共产党领导的革命武装提供药品，为中国人民的解放事业作出了卓著贡献。壬午年腊月二十四日夜，倭浪间谍杀害庞青瑄及其夫人武锦屏，劫取药馆秘药，纵火烧毁药馆全部房产，庞青瑄之子庞广龙随之散失。后由药馆管家姚叙（字述之）先生牵头，药馆坐堂大夫刘德维先生协理，收回药馆外赊货款及银号存储本息，共计五千零六十二块大洋整，以备交付庞青瑄之后庞广龙或其嫡嗣。然至姚叙先生谢世并未访明庞门后裔下落，遂由其子姚厚朴先生承接归付事宜。至一九五五年七月初，仍无庞广龙或其嫡嗣前来认领此项遗产，兹

姚厚朴先生，遂将以上款项全部捐赠本什味街坊小学。为表彰庞氏先辈功德与姚氏父子亮节，特立碣勒存，以之传告庞氏后裔且公示知情友众暨社会各界。

读完碑文，三人久久无语。他们这才知道庞然药馆的资产已经归有其所，对庞氏门族的忠烈悲壮、姚氏父子的赤诚挚廉油然生出钦敬之意。但是，碑文并没有载明碎虎用过的那两座特制碾槽现在什么地方，又给来访者留下了一丝关切。

娘儿三人转到老槐树下祭奠亡灵一番，然后巧巧要儿子媳妇陪她再从什味街坊行走一遍。这位村妇母亲此时顿感脚下有了力量，她推开两边搀扶的手，左看看右看看，上望望下望望，从墁地的石板、房头的砖瓦、门面的旗招、檐下的台砌、树上的枝叶、氤氲的光气以至街边简洁直率的俚语中，细细寻觅着庞然药馆留下来的物华熏染，忠仁义士们的不朽灵秀！巧巧感觉到自己不是在街上走，而是在水里游，纯净无杂，浴身又沐心！

此后，秦月亭带着桂芳和娘，寻到了姚厚朴叔叔的住处，想要当面问问姚叔叔，看这几年有没有婶娘和汉关的消息，但姚叔叔住家的原址已经楼房起地，故貌全无，周围多是企事业单位，一时无从打听。娘儿三人怀着无尽的遗憾、满腹的惆怅，闷闷地去火车站乘车连夜返回天台。

那是巧巧从西安回天台的第三天，天还没大亮，躺在半拉仓库的家里，隐隐约约地听着巷子里朦朦胧胧的豆腐声：

"割噢——豆腐哩，割噢——豆腐哩。"

睡在娘床侧的月亭也被这从童年深处传来的声音唤醒。桂芳值夜班还没回来，月亭赶紧起来点火烧水，给自己和娘洗漱，然后给娘做点吃的。巧巧的脖颈弱弱地蠕动了几下，咽回去了一点口水，给儿子说："月亭，割一斤豆腐去吧。"

"娘想吃点豆腐？"月亭问娘。

"你还记得那年在桃园堡，那个多个半月亮的晚上，妈和婶娘给你和汉关许愿说的，八月十五时拿麸子换豆腐吃的话吗？那天夜里，村子遭了土匪散兵放火打劫，跑丢了婶娘和汉关，我一直想着咱和你婶娘汉关啥时才能团聚在一起，吃上一顿有豆腐的饭呢？"巧巧说着长叹一声，轻轻地欷歔了一下，脖颈就微微地颤抖起来。

月亭说："娘，你又想我婶娘和汉关了？"

"我不害怕死了我，我最害怕的是这辈子再也见不上汉关娘俩！"巧巧又一声长叹，看着天花板出神，"唉，买了豆腐，也给你爹多做一碗献饭吧，我又梦着他了，黑着脸、跛着腿说肚子饿着呢。"

月亭心里一缩，拿上一只搪瓷碟子，匆匆走出去赶到巷子里，那豆腐老人正给几个人割豆腐，月亭割了一斤，给老人付了钱，端上豆腐转身往回走去。豆腐老人说："同志，还没给你找钱呢。"

月亭说："叔，下次再割吧。"月亭回头看时，豆腐老人和关中大多在这个年代、这个年龄的人一样，一身黑色中式衣服，身子骨虽然单薄了些，但慈眉善目、神采奕奕。多么慈祥勤谨的父老，多么遐想无限的豆腐声！月亭边走边回味着。

"娘，豆腐割回来了。"月亭一进门就轻轻地叫娘，娘没应声，月亭又叫了一声，娘还是没应声。月亭放下碟子，跑到娘的床前，娘已经没了气息，没有了心跳——巧巧去世了，她脖颈上的皮肤塌陷进筋骨的空隙里，眼圈红红的，一双眼睛还愣愣地注视着眼前的一切。

月亭和桂芳深知娘未去除的心病，未了结的心愿，他们合上了娘的双眼，给爹和娘用豆腐做了献饭……

料理完娘的丧事，在这个半拉仓库的家里，月亭和桂芳又住了多半年时间，后来接到了卫生局的通知，生活起居了十几年的半拉仓库要被收回，这个地方将拆房腾地重建。

人民医院给月亭和桂芳在医院院内的宿舍区分了两间相邻的房子，在搬挪东西乔迁"新居"的那个早晨，他们起了个大早，提前收拾包装扎捆零碎东西。面对父母曾经苦苦操持十几年的小家寒舍，他们心里升起了无尽的留恋惆怅。这时，门外传来一阵闷闷的豆腐声，好像在极其遥远的地方，又像就在家门口、窗跟前。月亭一个激灵，三两步走出了家门。只听见豆腐老人说："同志，给，找你二毛五分钱。"

月亭说："叔，我早都忘得一干二净了，算了。"

老人放下担子说："那不行，一分钱都是个账么。都快八个月了，不见你来割豆腐也不见你来清账，这不，听说你要搬家，就赶紧送过来了。"说着把钱塞到月亭的手里，挑上担子朝巷子走去，老人把担子闪了闪，几声"割噢——豆腐哩！"就隐在了巷子尽头。

75. 天鹅宝蛋之谜

那几年，国际形势对中国非常不利，美国人在越南北方狂轰滥炸，把战争的矛头直接指向年轻的人民共和国。一穷二白的共和国果断推出了大搞

"三线建设"的战略方针，号召全国人民"备战备荒为人民"。在这种形势下，月亭、桂芳的责任感紧迫感更加强烈，尽管他们的研究配制带有浓厚的"小炉匠"特点，但是也要响应党中央毛主席的号召，自加压力自力更生艰苦奋斗，努力推进刀尖秘药的试配进程。

一九六四年十月十六日，中国第一颗原子弹爆炸成功，中华民族终于释放出被压抑了一个世纪多的民族自尊心，中国人民终于在帝国主义坚船利炮的威胁中挺起腰杆、扬眉吐气。

胡换青听到女儿女婿搬出了仓库，新换了房子的消息，就踩着举国上下欢庆第一颗原子弹爆炸成功的锣鼓点子，带着抑制不住的喜悦，从葫芦峪送来了一份罕见而特殊的贺礼，这份贺礼也是一颗"蛋"——一颗前所未见的特大个"天鹅宝蛋"！

这只天鹅宝蛋是已经煮熟去了皮的，形状和鸡蛋、鸭蛋相似，但是个头却大得骇人，足足有打足气的篮球胆那么大。秦月亭、兰桂芳从没见过有这么大的蛋，他们读过的新书上古籍中也没有这样的记载。他俩抬了一张桌子，在桌子上放了一个尺二口径的搪瓷盘子，把天鹅蛋立竖放到盘子里，陈列到新搬房子的门前，供过往的同事见识未见之物一饱眼福。

消息很快传开，全院职工都来看稀奇，一些医院外的人也闻风前来鉴赏奇迹，大家在惊叹之余指指点点、说三道四。这稀奇事传到了街上，许多人根本就不相信，但来医院一看就吃惊得合不上张开的嘴了。

忽然有看稀奇的人喊："能切开看看有蛋黄吗？"

于是人们都随声附和："切开看看，切开看看，看有没有蛋黄？"

胡换青手捧一把菜刀，笑嘻嘻地从房子里走了出来，平静地来到桌子跟前，把天鹅蛋放倒，刀子搭在软漉漉的蛋清上，轻轻地一压，天鹅蛋就分成了两半。一边的月亭、桂芳屏住呼吸不换眼地盯着看，希望天鹅蛋的核心真有蛋黄出现。胡换青拉出菜刀，双手把切成两半的蛋体剖面向上放在桌子上，围观的人伸长脖子一看，异口同声地惊讶起来，天鹅蛋的核心果然呈现出鸭梨一样大小的蛋黄，像黄澄澄的金子一样璀璨，蛋黄的周围是煮熟的蛋清，像白生生的细玉一样无瑕。

兴奋的人们啧声赞叹，议论纷纷。人群中又有人喊："那不是啥天鹅宝蛋，是不能吃的模型。"

更有人附和："对呀，模型是不能吃的呀！"

胡换青笑笑，嚓嚓嚓挥起菜刀，十几下就把半个天鹅蛋分成许多小块，自己先吃了一块，然后给了女婿一块，女儿一块。月亭不尝便罢，一尝便不可抑制，因为有一股习而不同的蛋香从舌尖直窜喉咙，就又伸手拿了一块塞进嘴里。桂芳把其余的天鹅蛋切成块，分给围观的人们，大家吃到嘴里，纷纷砸舌品味，眼睛放出了异彩。

有人说："咦，真有鸡蛋的香味！"

又有人说："不！是鸭蛋味！"

还有人咂吧着嘴说："啥鸭蛋、鸡蛋的？这不明摆着是天鹅蛋嘛！"

这时，又来了一批闻讯猎奇的人，秦月亭切开了剩余的一半天鹅宝蛋，让大家分享了一场罕世奇宴、绝味仙肴。

品尝了天鹅宝蛋的人们抑制不住兴奋的情绪，他们中有人说："了不起啊，国家试验成功了原子弹，梦想成真；天台市诞生了天鹅宝蛋，吉祥降临！"

人们中间有一位垂眉白须老者也尝了一块天鹅宝蛋，他会心地一笑说："就是这味儿，就是这味儿！我爷爷尝过他奶奶做的，我吃过我奶奶做的，我奶奶下世以后，我还以为这个绝活儿真绝了呢，没想到在天台市又尝到了这个古味天香。这是当年诸葛孔明大宴蜀军将士时秘制的天鹅宝蛋！不是葫芦峪、五丈原的媳妇是做不出来的！"

在场的人都喜出望外，为自己今天能尝到几千年前流传下来的绝艺绝味而感到幸运。那老者又说："诸葛孔明当年做这天鹅宝蛋，让全体将士都能吃到美味佳肴，他的良苦用心你们当中有谁能说出来吗？"

在场的人你看看我，我看看你，竟没人说得出来。最后大家又把目光集中到垂眉白须的老者身上，老者翘翘眉毛、捋捋胡须，仰头一笑："不论是鸡蛋、鸭蛋、鹌鹑蛋还是天鹅宝蛋，不管有多大多好吃，谁也不能独吞独揽、多吃多占，要均福均利、共同分享呢！"

作为葫芦峪媳妇的胡换青听着微笑地点着头。秦月亭和兰桂芳也就领会了在他们乔迁之时，老一辈送这种礼物的良苦用心了；至于这特大天鹅宝蛋的制作方法，就留下来以后有时间再向老人家讨教吧。

76. 蓝溪轩

秦月亭、兰桂芳在人民医院分得了砖土木结构的瓦房，尽管面积不大，但至少有了两个独立的空间，一间作为研制刀尖药的操作室，另一间就是生活起居室。

在研制刀尖药的操作室里，正面墙根放置着一张暗红色的三屉桌，桌面

正中，供着一方木牌位，上书"刀尖药列祖列宗之位"，其右边供奉着爹、娘和叔叔庞广龙的牌位，旁边挂着秦碎虎、庞广龙穿军装、背药箱的战地合影。紧挨着桌子的是一个没上油漆的书架，上面整整齐齐地摆满了古今中外的医学书籍，中层放着一架小天平。挨着书架的便是一纸箱一纸箱的药材、一陶罐土蜂蜜、一个煤球炉子和一口铁锅。桌子下面有一把切药凳子和一口小型铸铁碾槽。屋内尽头靠窗子的槽子里是饲养蟾蜍的地方，到晚秋冬季至早春季节，他们就把蟾蜍圈到这里暖养，以便随时采集蟾酥。

那时候两人一下班就一头扎进这间屋子，遍览历代中医药典籍，涉猎民间偏方、验方，在这儿度过了最苦最甜的岁月，基本上完成了蟾宫图上残损的最后一个方剂项目——一十二种加减配方；也在这儿孕育了秦玉良、秦玉兰这一对可爱的儿女。夫妻俩不分寒冬酷夏，抵御着缺衣少食的困顿，为艰难的生活创造了少有的乐趣和幸福、希望与进取。出于对唐代隐者萧道士的崇敬，他们郑重地把这间房子命名为"蓝溪轩"，并请市文化馆书法家令狐养浩先生，抄录了唐朝诗人卢纶的五言律诗《蓝溪期萧道士采药不至》和王昌龄的《出塞》两首诗，用关中手纺家织土布精心裱褙，分别挂到两边墙上。

另外一间屋子便是四口之家的生活起居室。两边靠墙的地方，右边安了一张不宽的双人床，左边放了一个架子床。架子床上下两层，分别是玉良、玉兰的卧处。在双人床的一头，是用旧包装木箱搭起的一个腿膝高的台，台上放置着一口装衣服的黑色木箱，木箱上摞着那口绛紫色的牛皮箱，皮箱上面的玻璃空药瓶中插着一束淡淡的兰花。黑色木箱是伴随秦月亭多年的唯一家当，牛皮箱则是兰桂芳的娘陪过来的嫁妆。靠窗户这边，是用一些废砖和黄泥砌起的两堵也只有腿膝高的矮墙，上面搁上不足一米见方的小案板，一旁放着火炉子之类的厨具。门板像蓝溪轩的一样，不但薄而且横着裂了几道指头宽的缝隙，他们同样在门后糊上了两层报纸，用螺钉上了个铁丝做的挂架，既能挂衣物又不占地方。对于这个四口之家，房子虽然蜗居了点，但绝不失温馨紧凑。农闲了胡换青来天台住的时候，月亭就搬到蓝溪轩打地铺，好让丈母娘畅畅快快地多住几天。

由于这两间房子在医院生活区最后一排的最东端，和医院的后墙之间有一块十米大小的三角低洼地带。在征得高志刚院长的同意后，秦月亭、兰桂芳在那块角落的空地上挖了个坑，周围砌上废砖，建成了一个比较理想的蟾蜍池。他们从郊区农田里捡来一些高粱秸秆，给蟾蜍池的两个周边编上了密密的篱笆墙，在人出进的地方绑了一扇篱笆门，用铁丝做门扣，拿铁钉做门销，还算稳当牢靠。这样一来，蟾蜍们就有了一个比较僻静安全的生活环境。

　　每到假日玉良和玉兰兄妹俩就去北郊捕捉蟾蜍，然后养到蟾蜍池里。两个年幼的孩子学着父母，精心侍弄着这些丑陋的朋友，也算是少小当家、其乐融融了。

　　那时，秦月亭夫妇对秘方的药理调整已经基本完成，对炮制方法有了更加完整的认识，对蟾酥的采集也摸索了出了一些经验。日复一日，年复一年，光笔记就写了一尺多高的三沓，其中详细记录了他们对药方配伍的猜想和历次调整配伍数据、实验结果；记录了运用不同手段、不同时限炮制药材的过程分析、结果对比和由此推出的最佳炮制适度；还记录了一年四季所处环境的温度、湿度对蟾酥药效的影响；等等。

77. 引火烧身

　　但是，"文化大革命"来了，这个"革命"制造的红色恐怖如同狂风暴雨一样席卷着正处于社会主义建设中的天台市；党和国家的领导人被打倒的消息接二连三地传来，人民医院也有人开始写大字报，批判"走资派"和"资产阶级反动学术权威"；不久，又掀起了"造反""夺权"的浪潮，医院的一些领导和业务尖子在一夜之间被撤职、批判、戴高帽子游街，职能机构基本上陷于瘫痪。

　　秦月亭和兰桂芳风声鹤唳、如履薄冰，怕刀尖药事业受到冲击。他俩连夜弄来碎砖和土坯，把蓝溪轩的窗户从里面严严实实地封死，害怕晚上透出灯光招惹麻烦。

　　一个打雷闪电的雨夜，秦月亭和兰桂芳正躲在蓝溪轩里忙碌着，突然听到几下撞门声，还似乎夹杂着一声声微弱的呻吟。月亭打开门，见一个男人一动不动地趴在门口的雨水中，闪电照亮了男人头上脸上的血水。月亭桂芳不禁低呼一声："高院长！"

　　两人赶紧把高志刚院长抬进房子，放在砖铺地面上，关严房门。高院长浑身上下都是泥水，裤管和袖筒撕裂开来，衣服上粘满了红褐色的血泥，头部背部腿部多处肌肉挫伤，血水透过泥水往出渗着淌着，一条腿又青又肿，四肢冰凉、浑身颤抖，正处于休克之中。他们赶忙给高院长脱衣擦身、清创消毒，敷上刀尖药散，喂了姜汤和手头仅有的一点葡萄糖粉，高院长这才慢慢地苏醒过来。

蟾宫图

据高院长说，下午快下班时，一伙气势汹汹的造反派闯进他的办公室，问他要医院的公章，他说这公章是人民医院的印信，不能随便给人。造反派就打他耳光，他还是不答应，造反派头子叫手下人找来长把螺丝刀撬桌子，他护住办公桌不让撬，造反派们一呼啦围过来把他打翻在地，撬开了桌子，却发现抽屉里没有公章，那些人恼了，就对躺在地上的高志刚拳脚相加了一阵，才冒着大雨走了。

听着高院长的诉说，月亭、桂芳心里火辣辣地痛。桂芳对月亭说："月亭，高院长的伤不是一天两天能好的，得找个秘密地方治疗恢复。"

月亭说："桂芳，咱不如把高院长藏起来治伤。"

桂芳十分赞同月亭的主意，但是，藏到什么地方去呢？突然桂芳眼眸一亮："我和玉兰搬过来打地铺，把那边房子作为一个临时病室，你睡到玉兰床铺上，让高院长睡到双人床上。"

"这么最好，这样一来高院长不但躲避了造反派的迫害，还能按时换药。"月亭附和着桂芳的提议。

但是，高志刚却挣扎起上半身说："秦医生，兰医生，千万别……这样做你们会……会引火烧身的。"

月亭、桂芳拿定了主意，立马喊醒玉良、玉兰，把高志刚扶到隔壁卧室，隐藏下来疗伤。

天亮后，造反派发现高志刚不在办公室，就去他家里找人，把一个几十平方米的高家倒腾了个底朝天，也没找见人影，临走时造反派头子留下话说："高志刚蓄意对抗无产阶级'文化大革命'，是天台市人民医院最大的'走资派'，他妄图把医院经营成针插不进、水泼不进的独立王国，这是'蚂蚁缘槐夸大国，蚍蜉撼树谈何易'！你们家属要擦亮眼睛和走资派彻底划清界限，站到革命造反派一边来，积极配合抓捕高志刚归案接受人民的审判。"

高院长的爱人罗筱婕如遭晴天霹雳，她领上儿子峰峰、女儿岚岚，疯了一样四处寻找亲人的下落，三天了，她找遍了整个医院和亲戚朋友家就是不见丈夫的影子。罗筱婕披着纷乱的头发疯了一样蹒跚在大街上，嘴里不断念叨着："高志刚，不见了，活不见人，死不见尸。"

两个年幼的子女牵在妈妈的左手右手哭喊着："爸爸，爸爸！爸爸你在哪里？"

兰桂芳终于不忍心对罗筱婕隐瞒下去了，就偷偷地告诉她。罗筱婕听到丈夫不仅有了下落，而且得到了悉心的关护和治疗，千恩万谢秦月亭、兰桂芳使他们一家绝处逢生。当天晚上，在夜深人静的时候，罗筱婕带着一双儿女来秦月亭房子探望高志刚，一家人见面悲喜交集，同时把秦家老小的好处铭记在心里。

以后的几天里，峰峰、岚岚偷空来探望父亲，几来几往就和玉良、玉兰投了缘分。经过一个星期的秘密治疗，高院长的创伤已经彻底痊愈。

但是，不知怎么走漏了风声，造反派来秦月亭家抓走了"走资派"高志刚，又给秦月亭扣上了"铁杆保皇"的帽子，配上了"保皇派"的牌子。一到上班时间，秦月亭挂上牌子陪着高院长游街站街，一天下来，两腿就像灌了铅，挪一步好似搬动一座山。"下班"回家时，常常是走一步歇两步，从医院门外往家里走，就要用将近一个小时的时间。有些好心人若想搀扶一下，远处盯着的造反派就会斥责咒骂，说什么"怜惜蛇一样的恶人绝对没有好下场"。家里的人就只能不远不近地随在左右，不至于让受尽磨难的亲人昏倒在路上而没有人照管。

"文化大革命"的形势越来越紧张，秦月亭、兰桂芳恐怕事出万一，使刀尖药资料在乱世遭遇不测，就把庞亦然和庞青瑄留下来的刀刺血染的秘图遗书，还有父亲的资料笔记以及倾注他们夫妇心血的研究记录、心得体会，用塑料桌布严包三层，再用橡胶带子捆好，装进桂芳那只绛紫色牛皮嫁妆箱子。在一个伸手不见五指的夜晚，月亭陪着桂芳到房子后面，手刨镢挖把绛紫色皮箱深埋起来，然后把蓝溪轩的一些物品工具转移的转移、伪装的伪装，把配制好的药面装进深褐色的广口瓶子，贴上印有普通创伤药名的标签，放在手头以备急用。

那是一个五月端阳日的凌晨，七八个臂戴红袖章的造反派诈诈唬唬地来到秦月亭的房门口，把一扇薄门打得啪啪作响。睡在架子床上下的玉良、玉兰吓得大气不敢出，蒙在被窝里直打哆嗦。

正在蟾蜍池采集蟾酥的月亭、桂芳夫妇也听到了打门声和诈唬声。秦月亭怕造反派找到蟾蜍池来，就从房子的后窗翻进去，假装刚睡醒的样子，给来人开了门。

一个嘴里斜叼纸烟的大胡子进了房门，啪嗒一声拉亮电灯，齐齐目搜了一遍整个房子，问："秦月亭，高志刚的伤是用啥药治好的？"

突如其来的问话使秦月亭猝不及防，他说："我……他，他是医生、院长，守着这么大的人民医院，还愁没药治伤？"

大胡子嘴里叼着烟头，用半边嘴问："那他为啥能躲到你的房子里？"

秦月亭说："躲到我房子？噢……他不就是想找个安静的地方养好伤，再去接受……无产阶级'文化大革命'的……战斗洗礼嘛。"

大胡子恼了："臭老九，不许你鹦鹉学舌！"

一个瘦不拉几的造反派插嘴说："秦月亭，你把你以前从药房买出的麝

香，都弄到哪儿去了？"

秦月亭一看，这个人是中药房抓药的工作人员，现在也跟上造反派了。他说："噢，都配了药了。"

"配了药了？拿来，药方！"大胡子朝秦月亭逼进了一步。

月亭说："药方？啥药方？我开过的药方多了啊？"

"别装蒜，就要你给高志刚治伤的药方！"那个瘦子狐假虎威。

"哦，那是我自配的普通药面，不管是谁若用得着，我都愿意提供。"

大胡子鼻子里哼了一下，眼睛盯上了搁板上的一包红盒子香烟——那是不知放了多久的"宝成"牌香烟。大胡子伸手拿下那包烟，在半空中抛了个跟头，接到手里，撕开烟盒弹出一支，顺手把其余的连盒子装进裤兜，把手里的那支放到鼻尖处闻了闻陶醉了一下，然后用拇指和食指把烟支的一端捏了捏，挤出一些烟丝，腾出半个花生米大小的空隙，拿下嘴角吸剩的少半截烟蒂套进空隙，弥成了长长的一根，叼到嘴唇上狠吸了一口，吐出一圈又一圈的青色烟圈。烟圈像一条耸着身子舞动的蛇，扶摇羊角直上屋顶。大胡子晃动着嘴里的加长烟卷说："为了巩固无产阶级'文化大革命'的胜利成果，造反总司令部要征用治疗外伤的药方，为文攻武卫的革命造反战士服务。"

那个瘦不拉几的人，从床头拿来那口伪装过的褐色广口瓶子交给大胡子。大胡子瞅了瞅这只玻璃瓶子，看了看瓶子上的标签："大惊小怪个啥，这药我家里也有！"说着随手往地上一丢，秦月亭慌忙跨了一步把药瓶接到手里揽在怀中，身上惊出了一层冷汗。

这时，从外面跑进来一个戴红袖章的人，趴在大胡子耳朵上嘀咕了一阵。大胡子眉毛一扬，对两个造反队员说："把秦月亭带到司令部，其余的人跟我到房子后面去！"

两个造反派队员，押着一步一回头的秦月亭走出了房子，走进了白花花的月光之中。

78. 人蟾同命

大胡子领着造反派队员们跑步来到房后，兰桂芳慌忙销上蟾蜍池的篱笆门，转身守住进出口。那个报信的指指蟾蜍池，说："司令，这里面全是咕咕簌簌蛤蟆，牙痒死了！"

大胡子绕着蟾蜍池看了一圈，阴阳怪气地说："臭老九就会搞'封资

'的歪门邪道。要知道世界上还有三分之二的劳苦大众正处在水深火热之中，你们倒有闲钱闲心养蛤蟆？来，给老子埋了这些丑八怪！"

这些破坏的急先锋，三几下就推倒了篱笆墙，他们找来几把铁锹，疯了似的往蟾蜍池里填土。兰桂芳的心里扎进了千万把刀子，她来回奔跑着阻拦填土的人，疯子们却一点儿都不理会；兰桂芳就双膝跪地哀哀乞求，造反派们反而越填越凶。兰桂芳跑到蟾蜍池边沿的一棵树前，土粒和土块劈头盖脸地朝她扬来，她伸开臂膀大声诉说："来吧，朝这儿填吧！你们革命革到蟾蜍身上来了！它们都是有益的生灵，是我们做研究的对象，难道只有埋了它们才算革命吗？"

兰桂芳被一个造反派队员推开了，兰桂芳抱住一株树干疯了一样地喊叫，连她自己都不知道哪里来的斗胆："天哪，这算什么革命啊？"

又有几个造反派队员上来推搡她，她就是抱定树干纹丝不动，头发里脖领里落满了土，衣服扯烂了，皮肉擦破了，一锹锹泥土卷过她的头顶和身体压向蟾蜍，一个个蟾蜍被深埋池底。

突然，兰桂芳冲向站在土堆上的大胡子，抱住他的腿哭喊："你，你们别害我的蟾蜍，好不好？！你们不能这样！不许你们残害这些可怜的小动物，它们都是不会说话，不会自我保护的小生命啊！"

大胡子恶狠狠地抬起脚，把兰桂芳踢出几尺远，一把夺过下属手中的铁锹，照着兰桂芳的头顶高高抢起狠狠地拍下去，咣的一声，兰桂芳哇的一声，鲜血迸出，昏死了过去。

大胡子将手一挥："快，填平这个癞蛤蟆坑，杀一杀臭老九的嚣张气焰！"

兰桂芳静静地躺在地上，造反派们疯了一样朝蟾蜍池里填土。

人说黎明前是最黑暗的时候，更何况头顶上空罩了一块乌云，天台市人民医院的这个角落里立马伸手不见五指。就在这时，大胡子像着了魔一样狂跳着惊呼着："啊呀！不得了！怪物！啊呀！怪物！扼我咽喉……噢哟……"

两个贴身小头目围拢过来，打亮打火机看时，只见四五只硕大的蛤蟆爪子牵着爪子，在司令脖子上围成一圈扼住了司令的咽喉，司令已经唓唓吭吭喊不出声出不来气了。两个小头目手足无措，不敢伸手捉下大蛤蟆，更不能用棍子打或者拿铁锹铲了。正在投鼠忌器的时候，从旁边冲过来一个造反队员，大叫一声："快闪开，看我的！"

冲过来的造反派队员把嘴里的香烟拿到手中，俯下身子朝司令脖颈一周的蛤蟆头上烫去，四五只蛤蟆料到来者不善，呱的一声跳到地面，钻进墙根的草丛里不见了。大胡子大喝一声站起身来，抖着手摸了摸喉头，然后一把

抓住"临危救主"的造反派队员:"豌豆痣,好样的!"

"司令,这是我应该做的!""豌豆痣"说。

依然惊魂不定的大胡子对"豌豆痣"说:"传我的命令,撤!"

"豌豆痣"受宠若惊,庄严传令整队:"司令有令,全体队员立即撤离!集合,立正——向右看齐!向右转跑步走!"两个投鼠忌器的小头目虽有嫉妒,却也只能委屈听从口令,谁叫自己刚才没急中生智解救司令大难不死呢!

兰桂芳醒来的时候已经是上午九点多,她发现自己躺在了自家的床上。叫她百思不解的是,八岁的玉良和五岁的玉兰是如何把昏迷不醒的妈妈抬回房子又弄上床的?现在,两个孩子正在给她喂水,不知在啥时候,兄妹俩已经给妈妈头顶的伤口上敷上了广口瓶子里的药面,还贴上了纱布条。桂芳看着一对惊恐忙碌的儿女,竟然不知道用怎样的话语安慰和鼓励他们,反而是孩子们黄发阙齿的笑貌给了母亲坐起来的力量。

兰桂芳靠着枕头坐起身子,她感到房子里除了闻惯了的酒精味和刀尖药味以外,还多了一种熟悉而亲切的芳香。这种香味来自于黄土大地的甜沃,来自于日月雨露的光泽,来自于人性畜情的真善,来自于宇宙万物的纯粹,来自于丑极美极的律伦!她嗅了嗅鼻子,心头随即增添了莫名其妙的踏实,身上也有了奇异而美妙的蠕动,由腿脚处向上蠕动……她顺着裙摆向小腿抚摸,触及到两个手掌大的、软漉漉的、翕动不已的肉体,即刻,一股巨大的暖流传遍全身。

两只蟾蜍顺着她的腿面往上爬,墨黑色的脊背沾着一些泥土,四只爪子上残留着斑斑伤痕。她认识,它们是蟾蜍家族的两位长者,她知道,它们是代表所有幸存的蟾蜍来看望女主人的。蟾蜍长者越爬越接近桂芳伸出来的双手,眼神里充满着恐慌和悲愤,它们伸出长长的舌头,舔舐着女主人腿上身上的血迹,一下,一下,又一下……

多年来,兰桂芳一家大小一直与蟾蜍朝夕相处,深知蟾蜍是不屈的天物、神圣的精灵、博爱的使者、人类的益友,是自己家庭不可缺少的成员。这时她甚至给自己如何回到床上找到了一个荒诞而惊喜的答案。

兰桂芳深情地把两只蟾蜍长者捧在手掌心,和它们顾盼交流,望着望着便哽咽欹歔、泪流满面。两只蟾蜍长者的腮帮一起一伏,汪汪的眼泪噙满眼眶,随着两声凄楚楚的瓮鸣,洒下了一行行清冽冽的泪水。

忽地,它们从兰桂芳的手心跳到肩上呱呱呱呱地叫着,嗣后又跳到地上,继而一跃出门,依然呱呱呱呱地叫着朝房子后面蹦去。兰桂芳听懂了蟾语,她两手撑着玉良、玉兰的肩膀,随着蟾蜍长者跌跌撞撞地来到蟾蜍池边。

太阳无悔地暴晒大地，用它的光和影描绘出了蟾蜍池的劫后惨状。蟾蜍池周围的篱笆墙七零八落，地坑里填上了多半边土块，有一些蟾蜍在池坑周围慌乱地逃亡，悲伤的叫声撕扯着兰桂芳的五脏六腑。兰桂芳泪如泉涌却怎么也哭不出声，她跌跌撞撞似疯似癫刨着土寻找被活埋在深处的蟾蜍，两个懂事的孩子也跟着妈妈拼命地刨土救蟾。

公元一九六九年的农历五月五日端午节，和过去了的几千个端午节相似，毒日肆虐、燥风灼人、蟾蜍遭殃。兰桂芳带领两个儿女救出了一个又一个可怜的小生灵，她们把受伤的蟾蜍抱回房子，给它们擦伤上药，小心翼翼地放到土筐中，再把土筐推进双人床下，作为蟾蜍伤员的病房。

在蟾蜍池旁边的一排杨柳树下，玉良、玉凤掏了一个方形土坑，把那些惨遭戕害的蟾蜍尸体掩埋在了里面。

母子三个把蓝溪轩暖养槽里的东西挪开，这里就成了蟾蜍的临时避难所。他们用了小半天时间，把幸存的蟾蜍全部转移进来。又怕蟾蜍挤在一起受热，兰桂芳又在房中散摆了几只纸箱，玉良玉兰用小簸箕给纸箱里填了些土，桂芳盛来一洗衣盆水，放在房子中间，还给地上撒了饲料。蟾蜍们跳来奔去，睁着好奇的眼睛观察着这个陌生的环境，好久，才渐渐恢复了平静，继而开始了找食戏水、寻友觅情。

兰桂芳好歹松了一口气，但是，一口气没有完全喘出就感到身子骨全散了架，不由自主地顺着墙根跌坐下去，剧烈的头疼一阵紧似一阵。屋子里像一口不透气的热锅，豆大的汗珠从兰桂芳脸上滴下来，衣裙浸泡在汗水里，天旋地转间一双儿女揽住妈妈的胳膊依偎在两边，母子母女们的汗水泪水搅和在一起，交汇到热乎乎地面上，化成袅袅蒸汽散失在了高烧的氛围之中。

玉良看到了妈妈强忍痛苦的表情，问："妈妈，你的头又疼了吗？"

桂芳咬着牙关摇摇头。

"妈妈，爸爸叫造反派抓哪儿去了？"玉兰干裂的嘴唇上起了一层细细的浮皮。

"爸爸？也许在造反司令部那里。"兰桂芳说着一股辛酸涌遍全身。

突然，玉良站起来："妈妈，天这么热，造反派给爸爸水喝吗？"

兰桂芳一惊："好孩子，你们俩快给爸爸送水去，快去！"

玉兰说："妈妈，我想叫上峰峰和岚岚，多给我爸送些水。"

"去吧，快去吧，多送些水，别渴坏了爸爸！"兰桂芳催促孩子。

人民医院的总务科在一座相对独立的院子里，前一段时间造反派赶走了总务科长和他的同事们，把这里抢占为红色造反司令部机关。

秦月亭被推进造反司令部院子的一间小房子，押他的人倒锁了门就哼哼唧唧地唱着离开了。秦月亭要抬头时，一支大灯泡的强光刺得他难以睁眼，灯泡有拳头大小，至少有二三百瓦。他避过灯光环顾四周，整个房间里空无一物，泛黄的墙壁上布满了活着的和死了的蚊子，还有星星点点的蚊蝇血迹，双扇窗户被颠三倒四的几块包装板钉着。

秦月亭靠墙站了起来，心事沉重一点睡意都没有，他听到隔壁有人在讲话，仔细听却听不清说的是什么。忽然，他感到头上脸上胳膊上小腿上火辣辣地痒，低头看时，身体暴露的地方都叮上了蚊子，他挥起手驱赶，但是赶头上脸上时，蚊子就转移到胳膊腿上，赶胳膊腿上时它们又飞到头脸上去。就这样折腾着，折腾得月亭精疲力竭。他想起了蟾蜍——这个生物界的扑蚊专家，如果这里有两三只他的好朋友蟾蜍，那么眼前的蚊子就会全部变成它们的丰盛美餐。他知道蟾蜍有很长很长的舌头，扑虫时长舌瞬间伸缩，刹那间的电光石火，蚊虫就会被舌尖裹俘变成蟾蜍的营养。然而，值得悲哀的是这个地方却已经沦陷成了生态失衡、良知泯灭的重灾区！

隔壁传来鼾声的合鸣。秦月亭拉拉门扇企图走出房间，大铁锁在外边门框上碰得咣当咣当响；他尝试着扳扳斜钉在窗子上的包装板，一块板松动了，稍一用力就脱离了窗户。窗扇上既没装玻璃又没糊纸，露出了一个空隙，如果再扳掉上面的一块板，就会形成人可出入的一个洞口。秦月亭心跳加快了，他有机会逃出去跑回家了，至少能够躲过这场蚊子的肆虐，只要他抬腿一跃，就会离开这个倒霉的地方。他伸出双手抓住两边的窗框，如果再提起一条腿用脚踩住窗台，然后稍一用力就会……但是，秦月亭抓住窗框的手却慢慢地松开了，他又把卸下来的板子放回原处，让铁钉穿进原来的钉眼中。他想，一旦此时此刻离开这儿，就会跳进黄河洗不清，会小不忍而乱大谋。窗外的夜色已经褪淡，那些造反派们还在睡懒觉，他必须在这个地方熬到天亮，向造反派申述他对革命的忠诚和自身的清白，然后就可以出去继续他的工作和事业。月亭在四面墙上找电灯开关，没有找到，灯头挂得很高，想摘下灯泡又够不着。

太阳出来好久了，这个独立的小院依然鸦雀无声，到阳光从门缝直射进来时，一个小造反派才开了门，搬来个方凳子坐在了门口。

月亭小心地问："这灯的开关在哪里？"

"不知道！"

"那请你踩上凳子把灯泡卸一下。"

"管得着吗？啥地步了还狗逮老鼠？赶快交出给高志刚治伤的秘方！"这个大约十八九岁的红卫兵稚气未脱却口气不小，"秦月亭，这是我第一次单独完成任务，希望你能认清形势放弃顽固立场，回到正确路线上来。"

秦月亭说："小同志，我没有顽固的必要，更没有什么需要给你们交的药方。"

"我明确告诉你，你说话必须小心点！谁和你是同志？我根正苗红三代贫农！"红卫兵指手画脚情绪激动。

秦月亭没心情和红卫兵理论，他又一次环顾整个房间，没有热水瓶也没有水杯更没有水龙头，他感到口很渴。

红卫兵说："要不你就唱唱牛鬼蛇神歌，先自我教育一下。"

月亭说："我凭啥要唱那种歌？"

"你就是牛鬼蛇神！"红卫兵说。

月亭说："你们这些革命小将肯定是搞错了，我真不是什么牛鬼蛇神。"

红卫兵说："你不交出给高志刚治伤的药方就是牛鬼蛇神。"

月亭说："当牛鬼蛇神就这么简单？当了就可以不交我本来就没有的那个药方？"

红卫兵说："那你就快唱！"

"我想喝点水。"

"交了药方，我给你泡香茶喝。"

月亭顺墙根蹲了下来，手撑着头不想再说什么话了。小院子外响起了钟声，月亭知道这是医院职工食堂开午饭的信号。大约那个红卫兵要去吃饭，急急忙忙倒锁上门走了。

月亭搬来凳子踩了上去，从裤兜里掏出手绢衬上，摘下了这盏长明灯泡，心里轻松了许多。他把凳子放回原处，仍然靠墙蹲了，闭上眼睛企图让自己的感觉像鸵鸟一样躲藏起来。不知过了多长时间，他似乎打了个盹，听见一种奇怪的声音，像秦腔或者京剧中的花脸在粗喉咙大嗓子地吼戏，但听不清戏文，先是一个声音领唱，接着是许多声音合起来唱，大合唱气势恢宏，震天动地："嗡嗡嗡——哇哇哇——呱呱呱——呜呜呜——呕呕呕……"啊，这分明是很多蟾蜍的叫声，哪里来这么多的蟾蜍？这么多的蟾蜍只有我秦月亭拥有。啊，莫不是我家的蟾蜍池出了事？那不行，蟾蜍和我同命，我要回去看看，我要回去看看！

月亭忽地站起身一步跨到窗前，他要搬开窗子上的木板回去看他的蟾蜍，他不能没有蟾蜍啊！哗啦一声门从外面打开，强烈的阳光和那个红卫兵一起闯进房子里头。月亭说："我想上厕所。"

红卫兵一迟疑，打了个饱嗝，泛出了一股大蒜味道，说："没吃没喝，屎尿还不少，那就快点，走吧，我跟着你，可别跑了！"

79. 炼丹

秦月亭走出房间，看到四周的房子、马路、地面好像全都装上了反光的镜子，反射着灼人的光焰，沸水一样的热气裹住了整个身体，树上的叶子耷拉下卷曲的脑袋煎熬在太阳的烧烤之中。比起枝干上的树叶秦月亭更惨，枝干上的树叶尚有庞大繁密的树干源源输送养料，而秦月亭却是从昨晚至现在滴水未沾，恰似一片落到地上的枯叶。上厕所不过是他想逃避唱牛鬼蛇神歌的一个托词罢了。

房间对面就是公共厕所。那个红卫兵躲着阳光监督着秦月亭走过院子，到男厕所门口，月亭一个人进去了，站在那里却没有一丁点便意，耽搁了一会儿他才出来。那红卫兵把月亭堵在厕所门口，叫他就地唱牛鬼蛇神歌，不然就在这儿暴晒！月亭说："我不会唱你说的那歌，我想唱《国际歌》。"

"不许你唱《国际歌》！我教给你牛鬼蛇神歌。"这个男孩子就拖着嫩嫩的音调教唱起来：

我是牛鬼蛇神，我是人民的敌人，我有罪我该死。人民应该把我砸烂砸碎！我是牛鬼蛇神，要向人民低头认罪，我有罪我改造！不老实交代就死路一条！……

秦月亭觉得这是一首世界上最令人揪心最丧失尊严的歌曲，他是无论如何都唱不出来的。

这时，来了两个戴红袖箍的红卫兵，把原先那个红卫兵拉到一边指责一番，就喝走了他，大概是嫌这个红卫兵太温良恭俭让。两个新来的骂秦月亭顽固不化，还轮流抽打他的耳光子。月亭脸上鼻子里嘴巴上和心上都在流血，他闭着眼睛咬着牙关忍受着，他一再提醒自己：皮肉吃苦是小事，失去尊严是大事，但是，如果刀尖秘药从他手里丢失就是比丧失尊严甚至生命更可怕的比天还大的事！

扇子似的巴掌暴风雨一样劈头盖脸地袭来，秦月亭口鼻流血，眼冒金星，耳如雷吼，他分开两腿尽量立稳身子，开始躲避并伸出双手遮挡暴徒的巴掌，拼着气力申诉："我，我无罪！你们，你们这……不是……革……命！"话音越来越低，到后来，听到的只是微弱的嘘气。想保持尊严的秦月亭坚持不住了，终于，像一根遭了雷击的树桩，栽倒在了厕所门前的水泥地上。两个红卫兵才停止了左右开弓，愤愤地活动活动发麻的手掌，骂骂咧咧地离开了。

这是一天里最热的时候，自由的人们大都躲在家里摇扇子喝水、睡午觉。滚烫的水泥地面灼烤着，火辣辣的太阳暴晒着，秦月亭感到嗓子里塞满了冒烟的棉花，又烧又堵又呛；他一寸一寸地爬行，朝不远处那个水龙头接近，爬啊爬，好不容易爬到跟前，拧开那热得烫手的龙头，龙头里却没有流出一滴水；他伸出舌头舔舔嘴唇周围厚厚的血痂，调了头又向路边爬去，他要找寻水沟里的积水解渴，哪怕是一掬蚊蝇栖息的污泥，都会捧到嘴边吸吮其中的水分，秦月亭两手拨开风刮落的大字报和红红绿绿的标语，看见的却是一层厚厚的燥土！

秦月亭已经无举手之力了，他张大嘴巴拼命地呼吸，还是一口接不上口，眼前头的景物越来越模糊，胸口像擂鼓一样跳着，他心里明白如果再喝不上水，要不了多会儿就会衰竭而亡！他感觉到死神正在一步一步地向他逼来。

秦月亭想，这几年，虽然妻子兰桂芳参与了秘药的研究，但是对加工、炮制、合成的微妙之处，毕竟不比他更有独到的感受和体会，要桂芳独立操持刀尖秘药还不到火候；再说，他秦月亭一死，谁来寻找和见证庞家的亲人？找不到庞家的亲人，秦门三代的浴血操持岂不就此化作了烟尘？老一辈生命的守望岂不旁落！秦月亭不能死！秦月亭一定要活到完璧归赵的那一天！

秦月亭感觉得到看守他的红卫兵换人了，新来的看守个子大了些，身子胖了些，他一只手摇动一把扇子，一只手端杯茶水："秦月亭啊秦月亭，你真是个不见棺材不落泪、不到黄河心不死的家伙，难道说你真要带着花岗岩脑袋去见上帝？你死了，还要那破方子有啥用？快快交出来吧！只要你现在答应交出那药方，看，就可以品到香茶了。"说着，响亮地呷一口茶再响亮地回一口酽乎乎的气息，"我也可以放你回家了！你还不知道吧？我现在已经是司令的大红人了，说话可是算数的。"

秦月亭试图看看新看守的面容，可两只眼睛像蒙上了一层麻纸，而耳朵里回响的尽是那一声声响亮的喝茶声。喝完了杯子里的茶，看守去添水，就在这时，秦月亭认定了一个主意，一个反复权衡过的主意，这个主意一定能够挽留他的生命，他伸出舌头舔舔嘴唇上的血，调过身子向男厕所门里艰难地爬去，地面上比热锅要烫得多，而爬行的秦月亭比热锅上的蚂蚁更狼狈。狼狈不堪的秦月亭突然参透了大丈夫所谓尊严的真正意义，能屈能伸，屈而有度，夭节不失；屈之为伸，伸待有日，壮志得酬！

男厕所门里的短墙后边，放着一只尿桶，满当当的尿液溢到地面，一股

股臊气随着暑热蒸腾，一群群苍蝇盘旋上下轰然起落，一堆堆白色的蛆虫在墙根和尿液浸湿的地方拥挤蠕动。眼前的情景使秦月亭不堪目睹、不堪嗅闻、不堪联想，一阵一阵的恶心使他挖心抠肺地干呕不休。

作为医生，秦月亭非常清楚，自己的体能已经消耗到维持生命的临界点，眼下哪怕是一口人尿，也能弥补他的体力！求生的本能压倒了对龌龊的厌恶，秦月亭拼着全力向着尿桶跟前挣扎、挪动。

在平常人看来，喝尿不仅仅会给生理上带来肮脏，还会给人性带来羞辱，更何况是在如此极端龌龊不堪的环境之下！然而，把这样的肮脏和羞辱同丧失诚信践踏诺言相比较，则前者是一种纯洁而高尚的选择！在两者之间，他捍卫诚信守诺践诺理所当然义无反顾！

秦月亭伸出颤巍巍的双手，要扳住尿桶，扳住尿桶……突然，随着一下失声惊叫，四只小手架住了秦月亭伸向尿桶的手臂。秦月亭不能确切地判断扶住他的是谁，但却能感觉得到是两个孩子；他推测，自己的儿子秦玉良和高志刚的儿子高峰来阻止他的可能性最大！

月亭的猜想不错，的确是这两个孩子。玉良和高峰把月亭搀出男厕所，让他坐着靠到一根电线杆上。玉兰和高岚每人端着一搪瓷杯凉茶水，战战兢兢地来到月亭身边，孩子们看到满脸血痂、两颊青肿的秦月亭，禁不住失声痛哭起来，玉良高峰接过了水，把水杯捧到月亭干裂的嘴唇边。

那个红卫兵看守跑过来了，他喊着叫着："不许给他水喝，不准给他水喝！"看守要抢夺玉良和高峰手中的搪瓷杯，高岚和玉兰每人抱住了看守的一条腿，无论看守怎样残忍地蹬踏，两个瘦弱的小女孩咬牙忍痛抱腿不放。看守急红了眼，右边大眼角上的红痣涨得通红通红，好像一颗红红的豌豆。"豌豆痣"那黝黑的面庞布满怒容，猛地抬起腿摔开了高岚和玉兰，两个女孩飞出老远，然后哗地撞到地面上。就在一股带着芳香的茶水即将滋润到秦月亭渴极的嘴唇和喉咙眼的瞬间，"豌豆痣"抢过了两只搪瓷杯，连杯子带茶扔过厕所墙，厕所里传出搪瓷杯砸进尿桶的声音。眼看到嘴边的水没了，秦月亭脸上的皮肉突突突地跳起来，嘴唇青紫，紧咬的牙关越抖越急。

今天的秦月亭，大料是在劫难逃！四个孩子围到月亭一周哭作一团。

许是连太阳也不忍心暴晒下去了，急急地躲进了跑云里，东南方天空滚过几阵响雷，接着刮起了大风，乌云像破闸的洪水一样迅速布满头顶，大有黑云压城城欲摧之势，霎时间，风推云云裹风，风云里抖下了豆大的雨滴，雨滴越落越紧，转眼就瓢泼盆倒起来。那个造反派"豌豆痣"，被突如其来的大雨淋成了落汤鸡，抱着头跑到近处的房檐下边躲雨，但房檐下也风雨难当，就一头钻进了房子。

四个孩子要用他们瘦小的身躯给秦月亭遮风挡雨，秦月亭自己伸开双臂仰头朝天，承接着天河的倾注。这及时的雨水比霖露还甜哪！老天爷长眼了啊！老天爷不杀秦月亭，老天爷保佑着刀尖秘药不断线啊！

一场大雨，把秦月亭从死亡路上拉了回来，孩子们搀起他要回家去换衣服，那个"豌豆痣"又来阻拦，他对秦月亭说："秦月亭，还想回家？美死你啦，不交秘方就给老子乖乖待着！"

"文化大革命"中，天台市一带的造反派中分两个阵营：一个是红色造反司令部，简称"红造司"，另一个是红色造反指挥部，简称"红造指"。两派充分发挥各种舆论手段，利用高音喇叭、大字报、大标语、传单和对骂，互相攻击中伤对方是保皇派，甚至造谣污蔑罗织罪名把对方定性为反动势力，然后各自拉大旗作虎皮，把伟人语录断章取义，唱着"凡是反动的东西，你不打他就不倒"的语录歌，为抢夺政权展开了你死我活的斗争，直至发生武斗。他们不惜动用枪械、炸药、刀矛，力图打垮对方，来"巩固无产阶级专政"，"巩固无产阶级文化大革命"的胜利成果。

又一次武斗发生在夜间。"红造司"的大胡子司令率领他的造反队员们在一所大型兵器工厂的院子里坚守司令部驻地。他们用沙袋筑工事，在一座单身职工宿舍楼上架起机关枪，誓死保卫他们的阵地。而"红造指"的战斗队员们，在工厂后的塬坡上居高临下向"红造司"发起了攻击，数次俯冲都被"红造司"的猛烈火力压回。"红造司"的斗志越来越高昂，他们在高音喇叭里高唱"完蛋歌"：

在需要牺牲的时候，要敢于牺牲，包括牺牲自己在内，完蛋就完蛋，完蛋就完蛋！上战场，枪一响，老子下定决心，今天就死在战场上了！

这歌声激怒了"红造指"的勇士们，他们抽调精兵强将组成了一支"敢死队"。敢死队员们找来一只装过煤油的大铁桶子，这铁桶有一米多高、六十多公分直径。他们在煤油桶里面装满炸药、铁屑和碎砂石，再连上一截导火索，点着火就用脚蹬下坡去。炸药桶子一路冒着火花，颠簸着冲向工厂，向着"红造司"架设机枪的单身楼下滚去。"红造司"的队员们却毫无觉察。炸药桶子滚到坡下厂区内，撞向单身楼跟的右墙角时，正好烧完了导火索，"轰"的一声破天巨响，半边楼塌下来了，"红造司"的机枪哑了。"红造指"的敢死队员率先，大部队随后，"以排山倒海之势雷霆万钧之力"，从塬坡上俯冲下来，占领了兵器工厂，终于让"红造指"的大旗在这座工厂的厂部大楼顶上空开始猎猎飘扬。

"红造司"撤下三具尸体拖着几个伤员仓皇撤离兵工厂，大胡子司令和"豌豆痣"身负重伤落荒而逃。他们连滚带爬，连夜回到"红造司"根

据地——天台市人民医院总务科，来到关押秦月亭的牛棚，命令秦月亭给他们治伤。秦月亭一看两人都被砖块之类的东西打破头颅，伤口外翻、血流不止，就赶紧回家从那褐色广口瓶子里倒出些刀尖药，拿去给他们敷到伤口上。没过几天，司令和"豌豆痣"的伤口就痊愈了，他们摸着自己的头皮，又反复追问这药到底是啥药。秦月亭说："我是治病救人的医生，用的是救死扶伤的药，没什么特别的地方。"

造反司令怀疑这就是给高志刚治伤的药，但又想到来日方长也就暂不追问，满面春风地说："救死扶伤，革命的人道主义，好！以后要随叫随到。"造反司令为嘉奖秦月亭治伤有功，给他摘掉了牛鬼蛇神的帽子解放了他，造反派们指望以后还要秦月亭治伤，就把秦月亭定为"可教对象"。

秦月亭获得了自由，却依然痴心不改，等不及调理好身子骨，便潜入蓝溪轩会同桂芳继续着他们的研究，就像一头获复角斗的公牛遭遇上了红布，抖擞浑身肌肉，迸发出压抑已久的激情。不过，这以后一直到"文化大革命"结束，他们只是把研究实验的结果默默铭记在心头，不再做笔记、写心得罢了。

不知多少个不眠之夜，月亭、桂芳一捧起秦碎虎和庞广龙的战地合影，就会勾起沉重的思念，他们牵挂着婶娘和汉关，不知道命运的小舟究竟把这娘儿俩颠簸到了哪一片浅滩？

秦月亭和兰桂芳怎么也没有想到，在刀尖药的诞生地，那逶迤连绵、雾霭重重的蓝山之腹，在他俩少年时曾经随父亲客宿一宿的窑上村，流落着时时刻刻与他们同度时艰、脉搏联动的亲人！

80. 自有后来人

由于漫长岁月的洗染和主人的辛勤操持，麦草的窑洞已经变成了一个温馨舒适、爱意融融的家。在这个家里有主里治外、昼夜操劳的辛麦草，有年迈善良、看门喂鸡的麦草干娘傻婆婆，有备受疼惜、勤而好学的庞汉关。这个家的外围更有亲和的乡邻和社队干部，他们时刻关顾着这一对背井离乡的孤儿寡母。

麦草窑内临窗的连锅土炕，曾是小汉关和傻婆婆的乐园，汉关挑起枕头卖豆腐，钻进被窝捉迷藏，非要叫傻婆婆陪上玩到底不可；霜晨或者暑晓，小汉关赖炕不起，手伸过炕与锅之间的木栅栏，就能从灶上抓来一块热乎乎的红薯或一支香喷喷的玉米棒。

不知有多少次，汉关伙同李牛牛，堵住窑门顶上的气窗围剿麻雀，往往有不甘受俘的小雀破窗纸而遁，你看，门楣窗眼上那个小洞，麦草还没来得及糊上呢。汉关养的虎皮猫去哪里了？莫非把它的战利品小老鼠，又从门槛下的小窟窿拖到门外，在磨道里从容享用去了？门槛下那只半截青砖大小的黑洞洞，正是汉关留给虎皮猫的专用通道。

后来，汉关考上了初中，到县上住校上学去了。在麦草下地去的时候，干娘一个人坐在院子暖融融的阳光下，剥着新收回来的玉米棒，为的是给星期六回家的汉关炒上一碗新玉米豆，让娃抢个新鲜吃，还为的是让麦草打上一顿新玉米面搅团，给全家解个馋。李天太家那条爱串门的黄狗沐着秋阳，似眠非眠、安详休闲地躺在磨道里。一串早红的鲜辣椒，挂在窑墙上分外惹眼，那是麦草昨晚熬夜串起来的。窑门外崖角那口有裂纹的瓷缸里装着猪糠，缸上瓦盆里是玉米皮和麦麸，干娘常用门口的那只柳条小簸箕端来糠料，和上嫩嫩的猪草，到院子一边的猪圈里去喂那只老母猪和它的猪崽们。当然，这些猪草都是汉关利用星期天，邀上一帮伙伴从西河湾打回来的……

庞汉关考上高中的那一年，傻婆婆寿终而逝，麦草母子和全村人穿白戴孝，把老人安葬在薛永真村长的墓旁，杜生杰挖来自家后坡自留地的两棵柏树栽到了两位老人的坟头。

庞汉关高中毕业参加完大学招生考试的时候，火焰驹老死在了生产队饲养室的大槽上，麦草把这匹通灵义驹安葬到了自己的窑顶，火焰驹的坟头面朝西府遥望故乡。

不到一个月，邮递员送来了庞汉关的大学录取通知书，军医大学录取了庞汉关。麦草逢喜生悲、情愫难抑，她手捧红星闪耀的录取通知书，跪在庞家祖宗和广龙的牌位前哽咽无语、泪如泉涌。乡亲们知道好消息后，全村百十号人像过节一样穿上体面的衣服，涌到窑洞里给麦草、汉关恭喜，有送笔记本、钢笔的，有送喝水杯、搪瓷碗的，有送毛巾、洗脸盆的，还有送年画的……队长李天太请来了电影队，在麦草的窑门前放了一场电影《自有后来人》，为窑上村的第一个大学生庆功。

四年过去了，庞汉关修业期满成绩优异留校当了军医教师。

再接上就是知识青年上山下乡，接受贫下中农再教育的时候，上面给窑上村生产队分来了三名知识青年，两男一女，西安来的。男生住在队长李天太家，女生就安排在麦草的窑里住。

麦草到平台子上去接女知青，远远看见一个扎着两只羊角辫的姑娘，那姑娘身穿青灰色红卫服脚蹬绿色解放鞋，背着铺盖，手腕挎着一只线网兜，

网兜里装着搪瓷盆子搪瓷碗搪瓷牙缸和小圆镜毛巾等日常用品。麦草三两步跑到跟前，接住了那姑娘的网兜。

天太说："麦草，这娃叫姚莀苓，你正好一个人，就把她当女儿待，有多少菩萨雨就往她身上下吧。姚莀苓，麦草大婶心善人勤劲，你就和她一起过。"

姚莀苓拿柳眉大眼一看麦草，说："你就是辛麦草阿姨？"

麦草仔细看看姚莀苓，心想，城里娃长得就是好看，咋看都像自家窑墙上贴的李铁梅，她说："女子，走，咱回！"

姚莀苓和麦草住到了一个炕上，麦草觉得她不光是身边多了一个伴儿，更是多了一个交心的人，就连窑里也亮堂了许多。每天她和莀苓一起上工一起收工，修上一早上梯田或者割上一上午麦子或者锄上一下午玉米，等不得进窑莀苓就腰酸腿痛，往往在这种时候麦草都会说："莀苓，快上炕展展腰去，碎碎儿睡个觉饭就好了。"

虽然米面有限，麦草每一顿都可心儿给莀苓做吃的，莀苓爱吃玉米面搅团沾的锅巴，她就摸索出了专做锅巴的办法；莀苓还爱吃麦草擀的榆面高粱裹心面，麦草就提前把剥下的新鲜榆树皮洗净晒干，拿到平台子的石碾子上压成粉，用细罗筛出榆面存放备用，做裹心面时，把榆面和匀在高粱面里擀开，两面夹上麦面皮子，在黄梨大案上掀动黄梨擀杖给她腾腾腾擀出一小坨面，离成韭叶宽，正好一小把子，往锅里一下，全部捞出刚满满一碗，调上盐醋放上鲜红鲜红的辣子面，加点羊角葱炒荠菜，莀苓就高挑到筷子上歪起头津津有味地吃。不管吃啥，麦草给莀苓每天一颗鸡蛋总是少不了的。

莀苓着凉了，麦草给熬姜汤喝，还要给揉揉鬓角，提提额心。当队上的社员和知青同学，一见莀苓眉心被麦草提出了胭脂红晕时，就说莀苓生病了比健康幸福，感冒了比平时好看。

天气冷了，莀苓早上一睁眼，就会有一沓崭新的棉衣和一双羊毛皮暖鞋预备在炕头，虽然是大襟棉袄、大裆裤、大头暖毛鞋，但莀苓觉得穿上绵软体面，暖了身子更暖心。莀苓想家了，麦草就把自己从记事到现在的经历，一节一节说给她，就像拉家常一样慈言感人，莀苓也就不那么想西安城里的爸爸妈妈了。

莀苓觉得麦草真是个了不起的女人，有这样的贫下中农用无私美德滋润她，使她开始有了劳动的智慧，懂得了人生的艰辛，养成了勤劳朴实善良的品格。她想：高楼深院的念书人有这样的锻炼机会确实大有必要，来农村能交这么难得的好人，是自己的幸运和福气！

81. 同涉

姚茯苓是高中毕业生，喜欢利用晚上看书写文章，由于窑上村用的是公社水电站自己发的电，电压不稳，一到傍晚的用电高峰，灯泡只有一条红丝丝，每时每刻都有灭的可能；遇到天旱缺水时，就要停电等雨。麦草给茯苓买了一盏煤油罩子灯，去平台子上"借"了好几家购货本，提上瓶瓶罐罐去公社供销社灌了六斤煤油，给茯苓补充照明。就这样，茯苓白天参加劳动，晚上在窑洞看书学习写文章，虽然几乎每一个晚上都会把两只鼻孔熏成黑洞洞，但她觉得值，因为每隔几天，就会让邮递员代她邮寄一次稿子。

可过上几十天，邮递员又给她退了回来。茯苓接到退稿时，麦草就说："退稿的那些人根本不懂得好文章，都是些外行，你写你的，写了换个地方寄，别管他！"

茯苓就委屈地点点头。

没过多长时间，茯苓在兔儿沟割豆子时，收到邮递员送来的一个纸包。茯苓接过纸包心跳脸烧，她怕是退稿信就揣到怀里没声张，等回到窑里再打开看。

收工后，回到了窑里，茯苓和麦草拆开厚厚的牛皮纸信封一看，里面包的是一本杂志，翻开杂志，目录上有她的名字，顺着页数，找到了她写的散文，题目是《麦草》。茯苓为自己的作品能变成铅字，激动得流下了眼泪，麦草不仅替茯苓高兴，也为自己能登上书本激动。由于刚下过雨，那天晚上电灯很亮，茯苓给麦草读了她的散文《麦草》。

散文先写了小麦秋天播种出苗，冬天经受风雪霜冻的磨难，练就了不畏艰险吃苦耐劳的品格，深深地扎根底下，默默无闻地生发根系，为春天分蘖准备了充足的水分和养料。春天到了，下了一场又一场淅淅沥沥的菩萨雨，麦苗长出了高高的枝干、宽宽的叶片，到春夏之交时就孕育出了麦穗，麦穗开放出淡淡的白花，随着和煦的微风，向广阔的大地传遍了挚爱的花信风。小满的日子是麦穗日益饱满的时节，芒种过后，漫山遍野便展现出了沉甸甸的金黄，给渴望了一年的人们献出了熟透的颗粒。于是，那白花花面粉做成的香喷喷馒头和面条，摆上了城市乡村的餐桌，成千上万的人们品尝到了生活的甘甜，盛赞着社会主义的幸福。

但是，剩下的小麦躯干，却被碡碡碾扁压断堆在了场间，任风吹雨淋虫

咬鸡刨。麦草却从来都是不自卑不自弃，她勇敢地走上饲养室给牛马作饲料，走到灶头给千家万户做柴禾，走进冬天给寒冷的人打草垫，编草帘，烧土炕……麦草，你尽你的枝干，尽你的叶片，尽你自我牺牲的精神，为人类完成了全部的奉献！

我的房东阿姨名叫麦草，她的眉宇生了一颗淡淡的甜心丹砂，像蒙在白玉肌肤下边的石榴籽，更像她那颗善良的心。而她的苦难经历甚于自然界的麦草，她的精神品格高于自然界的麦草，我敬重她，我要永远陪伴着她！

麦草听完了散文，觉得她平时也没想那么多，只是茯苓的最后一句话深深地打动了她的心。

那年，三八妇女节前的一个下午，麦草和茯苓在菩萨庙后的河滩修河堤，天太通知茯苓去大队部，通过电话接听公社妇联主任布置写材料的任务。收工后，麦草揣摸茯苓一时半会儿回不来，就有点着急，眼看着天黑了，还淅淅沥沥下开了雨，她就到窑顶上去看，近处没人影远处看不着，天越来越黑雨越下越大，麦草的心越来越急。麦草就披上雨衣拿上伞，翻沟过河去接茯苓。

去七里以外大队部的路不算太远，但要翻一道沟过一道河越一道梁才能到。麦草下到沟底，看见西河湾村头菩萨庙里的灯火通明，还听见庙里信女们的袅袅佛歌透过雨声传来，麦草才记起了今天是农历二月十五祭菩萨的日子。

听说山外搞"文化大革命"，信女们为了避风头晚上才敢来庙里了心事。有时候麦草也"伙同"村上姊妹们去菩萨庙里烧香，她不完全信菩萨神但她像多数人一样敬菩萨，菩萨是善良慈爱的偶像，敬菩萨也就是向善行善，这里头有一些道理她心里都懂只是嘴里说不出罢了。

今晚麦草是去不了了，她踩着西河的列石过了河，踏着弯弯曲曲的山路上了梁，一直到了大队部门口，还是没有接上茯苓。麦草看见大队部里亮着灯，也听见茯苓在电话上和那一头讨论问题，就没打扰，只是站在房檐下等。窄窄的房檐下根本不是避风躲雨的地方，风刮着雨点儿打到人脸上身上，像细鞭子抽一样，麦草的头发淋湿了，水顺着脖子灌进去，但茯苓还没出来。麦草感到一阵比一阵冷，就裹紧雨衣靠紧墙站着。她听到茯苓清脆的声音、流利的口才，心里和身上立马热乎了起来。到半夜，茯苓完成了工作，走出门来才发现下了大雨，也发现了一直缩在檐下等待她的麦草。

茯苓非常心疼地埋怨麦草。麦草看着茯苓锁好大队办公室的门，把钥匙放到门框上面以后，就把伞交给茯苓，扶上茯苓的胳膊走向雨地。山坡又陡又滑，可麦草始终挽着茯苓的胳膊。走到沟底过河时，河水比来时大了，列石淹在深深的水底。麦草要背茯苓过河，茯苓执意不肯，麦草就架起茯苓的臂膀蹚过河去。几乎齐腰深的水，要是放到平时，麦草自己也会心惊肉跳的，但是，在今天晚上她必须做得更有胆量更有力量，因为她面对的是黑夜、大雨和大水，保护的是一个大城市里来的女知青。

好不容易过了河，浑身湿透了的茯苓打了个冷战，麦草很心疼。

82. 菩萨审盗

麦草看到菩萨庙的灯还亮着，却没有了佛歌声，她揣摸是因为雨大信男信女们都回家了，因为今日是祭日，所以要照天明灯。麦草就领上茯苓去了菩萨庙。她们推门进去转身掩上了庙门，见庙里有一堆人们坐过的麦秸稻草，麦草就给墙角抱了一些，捋了一把拿香案上的火柴点着，两人互相拧了拧身上的水，就和茯苓烘起了衣服。

茯苓看到高大的女神塑像端坐在神台上，两边站着眉清目秀的童男童女，黄色的纱帐帘子挂在身后，她问："阿姨，这就是菩萨娘娘吧？"

麦草说："对。"

茯苓问："这'文化大革命'一来，山外的神庙都拆的拆关的关，咱这里的菩萨庙倒还香火旺？"

麦草说："还不是因为山大沟深村庄小嘛。敬菩萨盼个风调雨顺、无病无灾，这也是老辈人传下来的一个念想呢。"

茯苓指指神龛前的一口盖着红布的箱子问："每月祭祀时，这庙里是不是要收很多布施香钱？"

麦草说："对，来烧香的人就把钱投到布施箱，求菩萨保佑呢。来，圪蹴下烘烘脊背。"

茯苓转过身，把脊背朝向了火，说："阿姨，公社妇联交给了我一个光荣而艰巨的任务，你说我能不能完成？"

"啥任务？"

"有人反映西河湾张仙姑好吃懒做、不务正业、装神弄鬼、欺骗群众钱财，妇联叫我调查一下，好根据事实对她进行处理呢。"

麦草说："这都有些年数了。"

"阿姨，如果这个任务完成得好，我就会被提拔到公社去当干部呢！"茯苓烘完了脊背又烘前胸。

麦草高兴地看着荴苓，说："那好得很么，明天阿姨帮你调查张仙姑！"

"反映的人还说，张仙姑给杜生杰大叔治秃疮头时，叫鸡把人家的头鸽成了烂西瓜，险些要了命呢。"荴苓帮着麦草烤后背。

"是有这样的事。"

两人烘干了衣服，麦草走到窗前看到外面的雨不知啥时停了，正准备招呼荴苓回家，却发现顺河边过来了一盏灯，一摆一摆的，还有一男一女说话的声音。麦草听出来了，说话的人不是别人正是张仙姑和她的男人罗圈腿，她不由得一惊，赶紧转身对荴苓说："这陕西地方邪，说谁谁就来。张仙姑和罗圈腿来了，咋办？"

荴苓也一吃惊，忙跑到窗口看，慢慢地就咧嘴笑了，趴在麦草耳朵上说了一阵。麦草点点头几脚踏灭火，说："能成！"说完两人藏起了伞和雨衣，上到神龛后躲了起来。不一会儿罗圈腿推开了庙门，伸手扶张仙姑进了庙，罗圈腿回头关上庙门，麦草才发觉张仙姑挺着个大肚子。那两口子给菩萨娘娘下跪上香，只听见张仙姑说："菩萨在上，弟子替娘娘收布施香钱来了。"

一边的罗圈腿一把揭掉了红布，搬倒了布施箱，拿出一把钥匙打开箱子后边的铁锁，从箱子里取出了一把又一把的毛票和硬币，装进了他们带来的布兜兜里。麦草、荴苓透过黄纱帐帘子，清楚地看见了这两口子偷盗菩萨娘娘的布施，不禁义愤点燃眉心，只见麦草伸手撩开眼前的乱发，胸脯一起一伏发出了悠长的声音："诶——"

那对男女停下了手中的活计，抬头张望，视野之中并无人影声息，就互相看了一眼，罗圈腿依然探手取钱。龛台上又传来悠长的声音："诶——神殿之下可是张翠仙、罗大拿？"

张翠仙、罗圈腿这回听得真切，打了一愣怔倒头便磕，把个砖头地面碰得咚咚作响："菩萨娘娘说话了？是，是张翠仙、罗大拿。"

"你二人胆大包天，胆敢偷窃本娘娘的香火钱？"

张翠仙缩作一团磕头如捣蒜地求饶："娘娘饶命……小……民有……罪，小民……不敢！"

罗圈腿慌慌张张地爬起来把兜兜中的钱装回木箱。

"你两人从何时开始偷窃本娘娘的布施，还不从实招来？"帐后的声音十分严厉。

罗大拿把布兜兜的布施已经全部装回木箱，赶忙跪地回话："娘娘，大……大概有六七年了吧？"声音像鸡鸣一样。

"不对，娘娘，他不……不老实，娘娘罚他！从我刚嫁……嫁过来那一年，我两口子就偷窃香火钱。"张翠仙双手捧着大肚子浑身颤抖，上牙打着下牙。

"诶——你们二人要从实招供，若有半点虚假，本娘娘定不轻饶！"

"娘娘圣明，小民不敢……不敢欺哄娘娘。"两人已经无力磕头，只是把头栽在到地上合手乞求。

茯苓觉得这两口子可恶又可恨、可悲又可笑、可怜又可气。

麦草继续问："张翠仙，你为何要戏弄杜生杰，害得他头比瓜烂、半死不活？"

张翠仙越发紧张岂敢抬头，拉着哭腔："娘娘饶命，我没良心，我狼心狗肺！"

"像杜生杰这样的人你害过多少？骗了多少钱？"

"鸡鹆头的事只有这一回，其他的一年总有那么一二十个，一年能，能收一二百块钱。"张翠仙又撑起身子爬起来磕头。

"罗大拿、张翠仙，生产队社员的生活有多艰难，缺吃少穿，辛辛苦苦，一个大男人家一天才挣五六毛钱的工分，你一张嘴就要十块八块，你咋这么狠心？"后面的声音竟然有了噎声。

"小民有罪，有罪！"罗圈腿把头碰得砰砰响。

"从今往后，把你们偷窃骗取的钱财归还庙上和受骗的人，你们情愿不情愿？"

"情愿情愿！"

"那就回去立个黄表字据，写上受骗人的姓名、钱数，还有偷窃本娘娘香火钱的数目，明天一早拿来压在本娘娘足下，如其不然，吾神告知阎王，三天内派无常抓你二人到阴曹地府下油锅上刀山！"

"情愿情愿！"

"张翠仙、罗大拿，从今往后你们要说话算话，改恶从善，积极参加劳动，尽快还清孽债，本娘娘就饶你不死，如有半点假话，定当收回小命，一个不留。"

"是是……"

"锁好布施箱，回屋里去吧！"张翠仙罗大拿锁好木箱，苫上红布，连滚带爬跑出了庙门。

麦草、茯苓从菩萨神龛后面下来，心情十分沉重。

这儿离他们的窑洞还有一道坡，两个人一声不响地走完了这段路程。

回到他们的窑洞时鸡都叫了，麦草点起灶膛的火，前锅熬姜汤后锅烧热水，让茯苓洗个热水澡再喝碗姜汤捂到被窝里发一身汗，到明日早上她还要去寻天太代茯苓请假让娃歇歇呢！

83. 写"心"

第二天天刚亮，茯苓跟着麦草起来了。麦草说："茯苓，你昨晚就算是上夜工，我给队长说去，你好好歇歇。"

茯苓说："阿姨，我要抓紧时间给公社妇联写张仙姑的材料，好给三八节献礼，还能赶上这次妇女干部的提拔呢。"

"提拔到公社去当脱产干部？"

"就是的。"

麦草蹙了蹙眉心，说："不行，茯苓，我想过了，这个材料咱不能写！"

"为啥？"茯苓睁大眼睛看着麦草问道。

"你把材料报上去，张仙姑两口子就会叫人抓到公社去游街示众、批判斗争，这么一来，张仙姑肚子里的娃就难保住了，骗下乡亲的钱就没人退赔了，庙上的钱也就没办法追回了。"麦草说。

茯苓说："阿姨，材料不写，那公社的脱产干部也就当不上了！"

麦草说："茯苓，张仙姑多少年了才怀上个娃，咱让她一马最好，再说为了大家能讨回血汗钱，我看这事就不要往出捅了，我想，在她给乡亲们退赔钱的时候，也会受到教育的。"

"阿姨，依你说，这个提干的机会咱就眼睁睁地让给别人哪？"茯苓有点着急了。

"唉，你也都看到了，乡亲们的日子多苦啊；张仙姑跟了那么个罗圈腿也够可怜的！"说话时麦草的眼睛酸了。

"阿姨，"茯苓想了想点点头说道，"你真是菩萨心肠，我听你的，等他们给乡亲们退还完了债务，我再给公社写材料，好吧！"

麦草就叫茯苓睡下歇歇，自己捎上铁锨去继续昨天后晌的活路。麦草先在队长天太跟前给茯苓请了假，又把天太叫到一边，把昨晚在菩萨娘娘庙审问张翠仙罗大拿的事一五一十倒给了他。天太笑得流出了眼泪，说："对着呢，对邪人就要拿捷方子治呢，这大概就是报纸上说的'以其人之道，还治其人之身'吧，麦草的聪明都在正点子上呢！"

麦草说："这主意不是我的是人家茯苓的。"

"正因为这样，老天爷才把你们两个人安排到一个窑里住。杜生杰花十块钱叫张仙姑治头的事我知道，别人的情况还不清楚，是这，我到收工时，去菩萨庙取来那张黄表字据，晚上再带上两个民兵到罗圈腿屋里落实落实，若事有出入，就别冤枉人家，若实有其事，就别叫他们翻供。"天太说。

麦草说："也是，人家没那么多事，咱不能给人家干碾盘子上钉橛；有那些事就不能让他们翻供。料定他们在庙里的招供八九不离十，若翻供，就说明他两口是死心塌地了，立马叫茯苓给公社妇联报材料。"

麦草要走时天太回头说："哎，麦草，你爱茯苓，茯苓爱你，不如把她永远留在你窑里，给咱汉关当媳妇多好！"

麦草还从来没想到过这么一层，就有点紧张，她想了想说："那不行，人家西安城里娃锻炼几年是要回去的，不能老是康茂财蹴到马房里——大材小用！"

"你辛麦草在'马房'里，可咱汉关不在'马房'里啊！"天太正说着话，那边有人叫，就又跑到河堤上去了。麦草心里一动，竟然全身热了起来，一边做活一边想心事，想着想着一个人笑了起来。

汉关来信了。茯苓给麦草一字一句地读，麦草为儿子的工作忙碌而自豪，被儿子的爱母真情深深打动。茯苓何尝不是呢？麦草叫茯苓给汉关写回信，茯苓为麦草代笔，当然少不了个人的发挥，总是有叮咛不完的话语，抒发不完的情怀。

汉关又来信了。他说，娘请谁代写的信真好，他非常喜欢读这样的信，琢磨这样的笔迹，说他要给这位代笔人赠送一支英雄牌金笔。没过几天，笔邮来了，信也来了，信纸里还夹了一张汉关穿军装的彩色照片，茯苓把照片贴在李铁梅的年画旁边，这土窑里就多了一道风景，一天到晚瞅不完。茯苓紧接着又写回信，不知怎的，写这封信时总是手抖脸烧，写完后给麦草读，竟然把最后一页给忽略了过去。

汉关又来信了，他先给代笔的女知青说了几行悄悄话："把写信的'信'字写成'心'字是你的一大发明，这是个聪明又可爱的抒情方式，愿你再接再厉！"

茯苓就沉浸在了汉关的信里，把所有的内容都咀嚼品味、默览无遗。汉关信里说他在军医大新建的展览馆里，看到了两座特大铸铁碾槽，是碾中药用的，据说是西安一位叫姚厚朴的老人几年前捐赠的，上面有"庞然"两个字。问娘这两座碾槽是不是与庞然药馆有关，并且要娘来学校，他抽空带她去找找西安的什味街坊和姚厚朴先生，问问这碾槽的来历。读到这儿，姚茯苓瞪大了李铁梅似的眼睛，吃惊地审视着眼前这位辛麦草阿姨。

麦草感到有点怪，禁不住问："汉关说啥了？"

"阿姨，难道你们就是庞然药馆的后代？"

麦草的眉心离奇地痒，她赶紧问："你咋知道？"

"阿姨，我爷爷叫姚叙，我爸叫姚厚朴，我的小学就是在什味街坊小学上的。"接着，茯苓就给麦草说了什味街坊小学的庞然亭和庞然亭下的功德碑及其碑文。麦草的眼泪哗哗地挂满了脸，她缓缓地站起来，从包袱里拿出丹砂描金盒子动情地抚摸着，盒子映亮了她的印堂穴。麦草向茯苓说了庞亦然夫妇、庞戍然夫妇、庞青瑄夫妇、庞广龙秦碎虎弟兄和秦周岐老夫妇的事，还说了她对巧巧和秦月亭的思念和期盼。茯苓被这一代代忠烈志士用热血书写的传奇深深打动，同时也为刀尖秘药的命运深感忧虑。

"茯苓，你的爷爷和爸爸也是顶天立地光明磊落的好男人！"麦草说，"咱明天就去军医大学找庞汉关，你领我娘儿俩到庞然药馆的老地方祭奠祖先，然后，咱顺便去你家看看你爸你妈。"

茯苓喜出望外，紧紧地抱住了麦草，她多么渴望像庞汉关一样，把麦草亲亲地叫一声娘！

84. 三开分子

第二天下午，茯苓和汉关是在军医大学展览馆的那一对大碾槽前见面的，庞汉关和姚茯苓看着对方都觉得似曾相识倍感亲切。

汉关说："真是字如其人，见字如见人啊！"

茯苓说："我知道你这名字的含义。"

汉关说："我也知道了你爷爷给你父亲起名，你父亲给你和你哥哥起名的用意了，做人就要有自己的色、香、味、气、性，哪怕是一棵草一枝花，也要用生命的整个过程体现自己的价值。我说的对吧？"

茯苓把笑弯的眼睛停在汉关脸上，然后重重地点点头。汉关就把一枚"为人民服务"的红底黄字纪念章亲手别在茯苓的胸前。

晚上，汉关把娘和茯苓安排在大学招待所住宿。第二天，庞汉关拿了一盒蛋糕、一包点心和一斤白砂糖，装在草绿色挎包里斜挎在肩上，由姚茯苓带路去什味街坊。公交车上，姚茯苓给庞汉关讲述了什味街坊小学庞然亭中功德碑上的记载，听得庞汉关心潮逐浪高，恨不得一脚踏上爷爷曾经殚忠竭智、呕心浴血过的庄严圣地。到了什味街坊，庞汉关看着街道两旁参差错落的店铺，踩着脚下斑驳起伏的石板，本想好好呼吸呼吸祖业之地亲切热烈的空气，找寻找寻庞然药馆的零碎遗迹，然而，出现在眼前的却是一条冷冷清清的什味街坊和几张分外惹眼大标语。

一些店铺门前贴着批判"走资派"的大字报，把被批判人的名字都用红笔打了叉；有几个店面的门还被封着，台阶上积满了纸屑和灰尘，房檐口挂满了蛛网。

汉关所处的军医大学实行封闭式军事化管理；山褶褶里仅有十几户人家的窑上村也是一个避风洞，而在身处闹市的什味街坊，就连目不识丁的麦草都感到了一阵阵的憋闷和心悸，觉得城市里反倒没有深山里自由安全！于是易尘大师的那段深藏玄机的对话就隐隐约约地回响在了耳畔：

世事始肇，犹若新植之大树，欲长成参天之木，衍为福荫之林尚需数十个春夏秋冬，当根基未稳之初，必然遇风摇摆遇雨倾斜，烈日使叶落，霜冻致枝残，此乃自然之道也。

树欲静而风不止，作为刀尖药真笈的蟾宫图劫难未尽矣！你母子注定要韬光养晦，苦其心志、劳其筋骨是焉！

多乎哉不多也，三十年大树根基盘稳，五十年或许六十年枝叶繁茂制风调雨矣！

麦草看看身边的汉关和茯苓，两人也紧绷着表情边走边看、一语不发。三人迟迟疑疑地往前走，茯苓突然站住，望着一座被凿平了的青砖雕花拱门，寻找门上斗枋中原有的"什味街坊小学"六个砖刻大字，但代替它的却是用红油漆涂写的"向阳小学"几个字，茯苓心头一震，抬手指指砖门说："阿姨、庞老师，这就是原来的什味街坊小学。"

麦草的眼睛疼惜地触摸着被敲打过的砖门，庞汉关也看出了这门是被革过了命的，同时看到了砖柱子上的一副对联，对联是用黄广告写在红纸上的雅黑字体：

认真搞好斗批改掀起文化革命新高潮

彻底批判封资修谱写教育革命新篇章

三人进了小学校大门，一位戴着近视镜臂挂红袖章的老门卫挡住盘问，庞汉关说是来老地方转转看看，门卫才看见了穿军装的庞汉关，就笑着说："向解放军同志学习，向解放军同志致敬！今天全校革命师生员工都到区上参加革命委员会成立大会去了，你们就抓紧时间进去走走吧。"

汉关竟然有些手足无措，就向门卫挥挥手点点头。

门卫说："为人民服务！"

茯苓领着娘儿俩径直来到庞然亭前，只见亭子的枋梁檩柱上，原来的雕花绘蓝覆盖上了一层刺眼的大红油漆，亭中矗立的石碑上贴满了层层叠叠的大字报和小标语，把石碑的前后左右上上下下包了个严严实实。看着石碑上

的大字报小标语，姚莪苓像挨了重重的一闷棍，庞汉关也不敢相信自己的眼睛。姚莪苓的眼睛直勾勾地停滞在石碑上，眼眶里蓄满了泪水，终于，她承受不了这突如其来的冲击，突然扑进麦草的怀里。

麦草只看见大字报和小标语上画了许多粗细不匀的红叉，却不知道发生了什么事情。她问汉关大字报写的啥，庞汉关一只手扶住柱子，一只手扶住脑门，过了好长时间，才给娘小声念了几张小标语：

"姚厚朴是资本家的丧家狗、守财奴！"

"姚述之是阶级异己分子！"

"揭开'三开'分子庞青瑄的假面具！"

麦草问啥叫"三开分子"，汉关说现在新名词多他也不清楚。麦草根据一个村妇的理解，琢磨着给汉关爷爷扣上的资本家和啥"三开分子"的帽子，给莪苓爷爷和爸爸扣上的阶级异己分子和资本家的丧家狗、守财奴的帽子，一时间瓷愣愣地站在了原地，她断定写这些大字报小标语的人肯定是拆共产党台的坏人，不由得气愤难平，一边扶起莪苓一边对汉关："走，咱找写这标语的人讲理去！"

汉关摇摇头，莪苓也摇摇头："阿姨，现在几乎所有的人都懵了头，一部分人正处在狂热状态，你找狂热的人说理，反而会引火烧身！"

"难道说共产党的功臣，还有以老奉实、有仁有义的好人就这么叫人给扣黑锅、泼脏水？"麦草气呼呼地问汉关。

汉关长叹一声说："娘，庞然药馆的一笔遗产已经捐给了公益，我们庞姚两家死了的和活着的都应该心安理得。至于这些泼来的脏水，只有留给历史，相信历史会洗刷干净任何诬蔑不实之词的！目前，我们要好好保护自己，希望早日和月亭哥哥一家团聚！"

麦草觉得儿子的话也在理，就说："能成，我听你的。为这事莪苓的爸爸受了冤屈，咱可不要躲着他，一定要去看看他，我要当面感谢他。"

庞汉关挽上了麦草说："娘，走吧，我听你的！"

莪苓挽着麦草的另一只胳膊跟着汉关往学校门口走，那门卫笑吟吟地迎来向汉关打招呼。

汉关说："大叔，我问你一个问题，你说'三开分子'是啥意思？"

门卫一愣，说："'要斗私批修！'是解放军同志考我吧？报纸上说'三开分子'就是在日本人、国民党和共产党跟前都吃得开的人。我学习不够，请解放军同志多多指正。"

汉关皱皱眉头向门卫道了别，门卫在身后还背着毛主席语录："反对自由主义……是不是我回答的还不明白。"

汉关跟着荟苓向姚家方向走去，在他们经过庞然药馆遗址的后巷时，看到老槐树在艳阳下无精打采地摇曳着，一位拄着拐杖佝偻着身子的老人在树下一会儿蹒跚徘徊，一会儿仰天长叹。荟苓定睛一看这老人不是别人，竟是自己朝思暮想的爸爸。

85. 我的爷呀

姚厚朴灰白的头发已经脱到头顶，身子瘦小了许多，衣裤显得又宽又大。荟苓叫着爸爸，跑过去一下子抱住了老人，汉关麦草也赶了过去。姚厚朴眼神扑朔迷离地盯着女儿，战战兢兢地摸摸女儿的头发，无声的眼泪滚滚而下。

汉关走到跟前卸下军帽，给老人深深地鞠了一躬："伯父，你好！"

老人伸出一只手，抖抖索索地擦着眼泪，却总是擦不到眼睛上，荟苓拿出自己的手绢给爸爸擦干了双眼，但眼泪又很快沤湿了老人一褶一褶的眼轮。麦草站到姚厚朴对面，学着儿子也深深地鞠了一躬。

姚厚朴的嘴角微微地翘了起来，对着麦草说："我推测你是苓儿的房东阿姨，得是？啊哈，你是个好人！现在，好人可不多了！那，这位解放军是谁？"

正在举目瞻顾老槐树的庞汉关又一鞠躬说："伯父，我是庞青瑄的孙子，我爸叫庞广龙，我叫庞汉关！这是我娘，辛麦草！"

庞汉关低头等待老人发话，却听见荟苓哭叫爸爸，他抬头看时，老人的头、手和双腿全都抖了起来，嘴一张一张地说不出话来，吓得荟苓也在抖。

麦草忙说："荟苓快把你爸扶到树根上坐下。"

汉关急忙上前，扶住姚厚朴的一只胳膊，拉起老人手腕摸摸脉搏。到大树下，姚厚朴一屁股坐到一根暴露在地面树根上，额头冒出了豆大的汗珠，嘴唇乌青大口大口地喘气，荟苓哭着叫爸爸，麦草给姚厚朴擦汗，庞汉关把挎包推到身后，半跪在地上，在老人的腿部找到穴位就按摩起来。

不一会儿，姚厚朴身子不抖了，气也喘匀了，他突然大叫一声："我的爷呀！"

随着姚厚朴的一声大叫，大家才都放下了跳到嗓子眼的心。

姚厚朴嘘了一口气说："就说你娘俩这多年躲哪儿去了？再迟恐怕连我也见不上了！我可说清，银元捐了，碾槽献了，我爹留给我姚厚朴的嘱托我

姚厚朴完成得不好，可我问心无愧！就说你俩咋才来？这社火早过法门寺了。"

茯苓说："爸，人家是来看你的。"

麦草说："老哥，你父子为了庞家财产叫人家扣了黑锅泼了脏水，我娘儿俩心里不平啊！"

庞汉关还在为姚厚朴按摩点穴。

姚厚朴的脸色好转起来，呼吸不急迫了，他说："得是你们看了庞然亭的大字报？我才不怕呢！你到我家里看去，大字报都给每个门口窗口挂上纸帘子了！我气愤不过的是，把我爹和庞老先生叫那伙崽娃子给糟踏了！我对不起他们的在天之灵啊！对不起啊！"说着，老人又涕泪满面。

庞汉关边按摩边说："伯父，你不要激动，其实，你已经圆满完成了父辈的意愿，你是我们做人的榜样！"

"坐到钟楼底下打听打听我姚氏三代去，哪一个不是唾口唾沫成钉子的人？"

茯苓见父亲的情绪忽高忽低，就急着催他回家："爸，我阿姨大老远来西安看你，咱把客人领上去屋里坐吧？"

姚厚朴撑着棍要站起来，茯苓、麦草忙扶起胳膊，姚厚朴站起来说："我早就说过，那个贼怂秃子……"这一句话没出口，吓得三个人脸上没了色气，茯苓一把捂住父亲的嘴哭出了声。但是姚厚朴头一摆继续说："那贼怂秃子两腮无肉、瘪寡无情，是戏台子上的奸贼相，毛主席迟早要吃奸贼的亏呢……"

这回是庞汉关紧紧抱住了姚厚朴的头。

姚厚朴闷着声："我的爷呀，你说这书上写的台子上演的全都是喻世的、警世的、醒世的古经，可几千年了有几个明君汲取过历史的教训呢！"说着双手推开庞汉关，"只要叫我把肚子里的真话说出来，我又能多活几天了！苓儿，你信上说永远不离开房东阿姨了，是不是要给他庞家当媳妇呢？"

茯苓赶忙叫着制止："爸，爸！你看你！"

姚厚朴说："看看，我女子也不喜欢听真话了！"

茯苓忙说："爸，谁不喜欢了？"

说完羞羞地看看汉关和麦草，汉关的脸红得赶上了领章和帽徽，重重地叫了一声："伯父！"

姚厚朴就指着汉关大笑了几声，说："看，解放军就喜欢听真话！不错，不错，能和我姚厚朴合得来！"

麦草叫了声老哥，说："看你说羞了俩娃呢！"

姚厚朴一笑："我姚厚朴拿千金给你庞家顶那笔没交到手的遗产。来，俩娃当着我们两亲家和大槐树的面磕头去！"

麦草、汉关感到事情有些突然，也许茯苓最了解爸爸的秉性，就扑通一下朝槐树跪倒，庞汉关整了整军帽，向麦草、姚厚朴敬了一轮庄严的军礼，最后静止在老槐树上。麦草看着槐树的糙皮浓冠，不禁双腿一软跪倒在茯苓一边，眉心间突突突突搏动不已。她一遍又一遍地默悼着广龙和从未谋面的公公婆婆，还有那些为刀尖药尽忠尽责的仁人志士们。

姚厚朴眨巴着老眼琢磨着："一个秦月亭，一个庞汉关，秦时明月汉时关……不教胡马度阴山！"不禁又要叫一声"我的爷呀"，嘴才张了半拉就被茯苓止住。

姚厚朴并未计较在这个场合喊"爷"妥与不妥，他一口气说了公私合营前一年，西府的秦碎虎和秦月亭牵了头枣儿红大骡子来什味街坊寻找辛麦草庞汉关的事。麦草就问了详细情况，又在心里盘算了一次易尘大师说的期限。

姚厚朴把拐杖朝地上一蹾，说："茯苓，领上你阿姨和'汉时关'回家坐去。"

86. 人格丰碑

跟着姚家父女，麦草和汉关朝着南门方向走，在一条大街上，遇到一支小学生队伍，队伍走在马路中间，后面堵了好些大小车辆。前面一杆红旗迎风招展，红旗上有"向阳小学"几个金黄字。队伍中的低年级和高年级学生统一穿草绿色仿军装，腰系又宽又长的褐色武装带，左臂挂红色袖章，袖章上有金黄色仿毛体"红小兵"三字。一个站在队列一侧的女学生干部，突然唱道："马克思主义的道理千条万绪预备——唱。"接着，整个队伍就齐唱起来：

马克思主义的道理千条万绪，归根结底就是一句话，造反有理，造反有理！根据这个道理，于是就反抗，就斗争，就干社会主义！……

小学生唱着，一个个把脸憋得通红，唱完以后，那个女学生干部又带头呼口号："革命委员会好！""热烈庆祝区革命委员会成立！""誓死保卫毛主席！誓死保卫党中央！"

在呼后两句口号时，姚厚朴也振臂高呼起来："誓死保卫毛主席！誓死

保卫党中央！"

庞汉关、姚莐苓见姚厚朴的样子也就跟上喊口号，麦草也情不自禁地呼喊起口号来。

那学生干部一见路边来了一位解放军叔叔，顿时升起了崇敬的心情，又领呼起了口号："向解放军叔叔学习！向解放军叔叔致敬！"

口号声一落，那学生干部就向队伍发出口令："立定——稍息！"又转身给庞汉关敬了一个准军礼："解放军叔叔，我们向阳小学全体革命师生员工，热烈欢迎你示范背诵'老三篇'。"话刚落音，队伍里就响起了一片嫩嫩的掌声。庞汉关感到很紧张，赶紧双脚一碰回了一礼，但是手却迟迟没有落下来。

他对学生干部说："革命小将啊，你是不是把队伍带到人行道上来，咱最好不要影响交通。"

"是，革命生产两不误，还是解放军叔叔高瞻远瞩。"学生干部说完几声脆响的口令，队伍就齐莐莐地摆到了人行道上，被塞住的几辆汽车才驶了过去。

姚厚朴说："我说汉时关啊，'工业学大庆，农业学大寨，全国人民学习解放军'，给革命小将们示范背诵一下'老三篇'嘛！"说着就把拐棍往腰里一夹，啪啪啪鼓起掌来。莐苓和麦草不知道汉关会不会背诵"老三篇"，惶惶不安地看着他，担心他下不了台。

其实，庞汉关把"老三篇"背诵得很熟练，但他觉得这么一个场合是不是有点不严肃，太庸俗化？莐苓凑到跟前小声提醒："为人民服务，一——二……"汉关就随着莐苓背了起来：

"我们的共产党和共产党所领导的八路军、新四军，是革命的队伍……"

庞汉关浑厚的男中音和姚莐苓清脆的女高音汇合在一起，全体学生齐声应和，朗诵的声音回响在街道上楼宇间。临了，姚厚朴也加入了背诵：

"……村上的人死了，开个追悼会。用这样的方法，寄托我们哀思，使整个人民团结起来。"

背完后，姚厚朴自己鼓起掌来，学生们却没人鼓掌，都愣愣地看着姚厚朴。突然，那个女学生干部一指姚厚朴说："这不是顽固不化的姚厚朴吗？"

姚厚朴说："正是，姚厚朴，站不改名坐不改姓，资本家的丧家狗、守财奴！"

"姚厚朴，你为什么还不交出庞家的变天账？"队伍后边高年级的一个男生叫着。

"说，为什么？"学生们齐声响应。

"爷把五千零六十二块大洋都捐给了你们学校，你们那教学大楼、桌椅板凳、皮球跳绳、号鼓风琴都是我这个资本家的守财奴守下的。要是当年我爹昧了那些大洋，我现在或许也是革命派呢！你们还要账本干啥？账本我要给庞家的后人交呢！"

姚茯苓赶紧上前站在父亲前面，挡住了小学生们的视线。庞汉关怕不好收场，就给那女学生干部说："革命小将，咱们唱个《三大纪律八项注意》回学校吧？"那女孩二话没说便起开了头："革命军人个个要牢记预备——唱。"红小兵们跟着齐声唱起来，他们在红旗的前导下向前走去。

庞汉关一行人出了南门，拐了几道巷子，走进了姚茯苓的家，就一下子踏进了大字报的世界。房檐墙上、门和窗子上糊满了各种纸质、各种字体的大字报，内容和学校院亭子下的大同小异。

这场景一下子震撼了姚茯苓，麦草把茯苓的胳膊拉着，两个人的腿都索索索地战着；庞汉关听说过的"排山倒海之势，雷霆万钧之力"，在这里才有了具象的认识，值得悲哀的是，这么大的"势"和"力"，恰恰用错了对象。

然而，姚厚朴却眉飞色舞、指指点点地如数家珍。他看到一页大字报翘了角，就拿来糨糊仔细地贴平压实。姚厚朴看到三个人恐惧惊骇的样子，就哈哈一笑说："这是啥？我的爷呀！这是我姚氏父子的人格丰碑！茯苓，如果你认为你爷你爸给后人丢人现眼了，你娃就往我这老脸上唾，我擦都不擦！汉时关，如果你娘儿俩也把庞青瑄看成了'三开分子'，对不起，请给我立马往出走！"说着大手往门外一指。

三个人都感到突如其来，然后面面相觑了一阵，大家似乎松了一口气。

茯苓妈听见院子里闹闹嚷嚷的，撩开大字报帘子从门里出来，忙走向茯苓微笑着说："我就说手心痒呢，才是俺茯苓回来了，还有两个客人，快进屋。"

茯苓难过地扑向了妈的怀抱。茯苓妈抚摸着女儿安慰道："唉，俺这已经是眼瞎不怕杀人，耳聋不怕放炮了。"

三人见茯苓妈并没多少压抑和忧郁，心弦也就放松了些。进屋后，姚厚朴拉开了电灯，庞汉关掏出了包里的礼物，堆到平柜上。茯苓和妈给客人倒了水，姚厚朴自己去一个小电炉子上熬茶。汉关看到老人抓了半把茶叶放到茶罐中，心想下次来看老人时，一定要多带些好茶叶。姚厚朴好像看透了庞汉关的心思，说道："这是我在陕南八仙镇的朋友拿来的'陕青'，别的我都喝不惯。"汉关就记下了"陕青"。茯苓妈张罗着去厨房做饭，茯苓和麦草都跟了出去。

姚厚朴的屋子不小，但没多少摆设。一张双人床很宽，墙上贴着白纸红字的手写毛主席语录：

领导我们事业的核心力量是中国共产党，指导我们思想的理论基础是马克思列宁主义。——姚厚朴敬书

这幅墙头铭楷体书法厚重老道，红色字迹里隐含着深沉的晶莹，绝不是广告色也不是水彩更不像油画颜料，汉关伸手轻轻一抹才知道这字是用丹砂写的。汉关还注意到床头的书，有《毛泽东选集》一至四卷，有《资本论》，还有一本卷边的旧《资治通鉴》，其中夹着一个薄册子，翻出一看，是新版《共产党宣言》。看到这里，庞汉关不得不认真地重新审视眼前这位狂放耿真的老人了。

一会儿饭就好了。大家坐在一起吃饭，茯苓妈大概在做饭时才弄清了关系，就有意把汉关安排在灯泡子下面的座位上，吃饭时特别偏心汉关，又是夹菜又是劝饭，还不时地盯着看、瞥着看、侧面看、正面看。饭后，五个人坐下来说话，到快要走的时候，麦草说："茯苓，明天带上你爸到汉关学校的附属医院检查检查，再开些药！"

茯苓妈附和着说："整天疯疯癫癫的，早叫看病他不看，这回该听汉关的了吧！"

"谁有病？我才没病呢，有病的人胳膊上都挂着红呢！我说汉关啊，要看，你们这些大军医给那些人好好看看去！"姚厚朴抿了一口茶，回了一口酽酽的热气。

姚厚朴这一句话，说得两个女人哭笑不得，庞汉关和姚茯苓交换了一下眼色，忧心忡忡地往望着墙上的毛主席语录没说啥。

87. 长话短说

对有些事咱还是长话短说，好吧？

一年后，庞汉关和姚茯苓在窑上村喜结良缘，姚厚朴老两口给茯苓陪了一箱子嫁妆，其中就有那本《庞然药馆明细账本》。

两年后，茯苓被招回城，分配到东郊纺织城上班，麦草把茯苓送到军医大学交给了汉关，自己又回到蓝山窑上村，因为她还要在参加劳动的同时，监督张仙姑、罗圈腿给乡亲们退赔债务的事情。

没多久，蒙古的温都尔汗跌下了中国的三叉戟，摔死了几个逃国的大人

物，姚厚朴得知这个事件时，正好是农历的九月十五。那天晚上西安城没有月亮，但他还是提了一瓶白酒，来到庞然药馆后巷的大槐树下，流着眼泪，仰天长啸："我的爷呀，苍、天、开、眼、了！"便把一瓶白酒咕咚咚咚洒在了树根周围，然后跪地，大笑三声陡然倒下！

庞汉关和姚茯苓闻讯赶回茯苓家，老人已经停止了呼吸。安葬了这位忠国义友的关中汉子，他们好久好久走不出悲伤的阴影。

姚厚朴三周年的时候，一大家人给他做了祭祀。事后，茯苓的哥哥姚天冬带了母亲去兰州的部队居住。

茯苓人在高楼深院心念第二故乡蓝山，她和汉关商量好，准备一人回窑上村去陪婆母住住，偏不偏麦草患了一场肺炎，李牛牛他们连夜送到军医大附属医院，住了半个多月才痊愈出院，茯苓汉关留娘在大学里休养一段时间，这两口子总算逮住了一个行孝报恩的机会，特别是茯苓，给纺织厂请了假，白天给婆母揣着心儿变着法儿做吃的，晚上，先给婆母泡脚洗脚然后枕头挨枕头地陪着睡觉，一礼拜还要给她搓一回澡。麦草受宠若惊，天天嚷着要回村子，汉关犟不过，雇车送娘回到窑上村。那几个月纺织厂转产裁员，茯苓申请办了离职手续，赶回去陪麦草过务农生活。

回到窑上村的窑洞里，茯苓犹如鱼儿归大海，边参加劳动生产，边提炼生活进行文学创作，陆陆续续发表了一些农村题材的文学作品。这么一来，倒要汉关定期回窑上村来探望这对情赛母女的婆媳。

后来，茯苓怀上了身孕，吃啥吐啥腿肿脚肿，庞汉关便把她接到军医大学的家，麦草怕汉关照顾不好茯苓，自掏腰包替张翠仙、罗圈腿还完了最后一笔神仙账，给李天太招呼了一声，就风风火火地赶到军医大学居住。

在汉关和茯苓的女儿小红叶半岁以后，正遇上落实随军政策，茯苓被安排在军医大学后勤部门工作，后来，到庞红叶上了幼儿园，窑上村实行土地承包责任制，麦草一个人又回到了窑上村。

20世纪80年代的第一个春节刚过，麦草盘算着易尘大师说的五十年、六十年虽然还没有到期，但是三十年已经满足，她去了军医大学给上附属学校的孙女庞红叶做饭做伴，腾出汉关和茯苓利用破五后的几天假期，到西府的磻溪原，找桃园堡村寻秦碎虎一家。

汉关和茯苓去磻溪原后，好不容易找到桃园堡村的原址，那里已经厂房林立，问到附近工厂的几个工人，他们说，建厂时连周围的坟地都搬迁完了，亡人墓都寻不着了，更别说找到能跑能走的大活人。汉关、茯苓见根本无从打听，就回到旅馆里苦苦思索着寻找亲人的办法，终于，想出打印《寻亲启事》在周边地区张贴来寻找秦碎虎、秦月亭线索的主意。他们把二百份

《寻亲启事》贴遍桃园堡原址方圆十几里后才回西安，等知情人打电话或写信联系，但是，等了一个月，没收到一封信，也没接到一个电话。

一家人不甘心，到"五一"节放了假，汉关陪着娘坐火车，在天台火车站下车，换乘市郊班车上了碥溪原。整整两天，母子俩走遍桃园堡原址附近的工厂，到新建在周围的住宅区打听，到厂区农贸市场的摊位上打听，怎奈年久地迁、人事换代印证极难，竟没有人知道转业军人秦碎虎、他的妻子巧巧和儿子秦月亭。就这样，娘儿俩转了三天一无所获，只好带着满腹的失望怅然而返。

正是这一年，天台市人民医院选派秦月亭、兰桂芳夫妇代表医院下乡搞医疗支农，期限一年。月亭、桂芳接到通知后，没有向领导申说家里的困难，欣然服从了组织安排。秦月亭去葫芦峪请桂芳娘来天台市，一是守门，二是给在学校食宿的玉良、玉兰节假日做伴。恰好胡换青当时已经享受到了生产队的"五保"待遇，就锁上了家门住到城里陪两个外孙来了。月亭、桂芳考虑再三，没有挖出那只深埋地下的绛紫色牛皮箱，只是在临走时放归了现养的蟾蜍。

88. 为狼助产

秦月亭和兰桂芳来到大秦岭太白山区一个叫老君岭的行政村，住进村上的医疗站，帮助医疗站的赤脚医生凤万山、杨改占做工作，为当地群众诊病治病。

凤万山和杨改占是一对三十多岁的夫妻，医疗站就设在他们的家里。来了城里的大夫，两口子觉得有学不完的新医药知识和医疗技术，对医疗站的一些薄弱环节，他们乐意接受秦月亭夫妇的指导和改善。月亭、桂芳帮助医疗站改进了一些不符合规程的做法，诚恳地提出了卫生保健、防疫工作的发展措施。四个人以心换心、赤诚相见，合力推动着这个山村医疗站的进步。

大山里人烟稀少，一个行政村往往要管辖十多里，由于老君岭一带沟深林密村民居住分散，辖地面积就更大。因此每次遇到出诊，凤万山都乐意去当秦月亭的助手和向导，而在遇到接生的时候，杨改占就陪着兰桂芳没远没近地跑。每当走到山间人烟稀少的地方，改占就唱秦腔给桂芳解闷；如果是走夜路，改占就打上火把壮胆，说是狼最害怕火光。

那年夏天，一个大雨滂沱的夜晚，她们在木寨梁东坡的山洞里，果真遇见了一只等路的狼。

那天她们是去十五里以外的一户人家接生，由于产妇难产，到天黑尽时母婴才脱离了危险。返回医疗站的途中，刚上到木寨梁山顶，突然下起了瓢泼大雨，雨水淋灭了火把，两个女人就在无尽的漆黑之中高一脚低一脚地赶路。桂芳很少走山路，几次窝倒在地，但她总是把药箱紧紧地抱在怀里。雨越下越大，两个人浑身淋透了，头发和衣服都紧紧地贴在了头上脸上和身上；山路上的泥沙被雨水涌成一堆一堆，裤腿上沾的、鞋里头灌的都是泥沙。为了防滑，她们摸到路边崖头扯下些藤条缠在脚上，顺着坡跟踏着塄上的草走。这木寨梁属于育林区，原来的农户去年全部搬出了山，一路上根本找不到可以歇脚借宿的地方。她们几次想点燃火把照明壮胆，不是被风刮灭就是叫雨水浇灭。

好不容易翻完了木寨梁，这意味着她们走完了将近三分之二的路程，距离老君岭医疗站只剩下五里路了，两人才敢稍微松口气。突然，天上响了一个炸雷，桂芳抖了一下，改占为了给桂芳壮胆，就唱起了秦腔。她不会唱历史戏，只会唱现代京剧样板戏移植过来的秦腔戏，而且她不喜欢唱旦角，喜欢用男声粗喉咙大嗓地唱生角、净角。你听，哗啦啦的风雨声中，随着改占一声叫板，那激越昂扬的声音便在漆黑的山间震响起来了：

山里人说话说了算，一片真心可对天，擒龙跟你下大海，打虎随你上高山，春雷一声天地动……

突然间，果真来了一道闪电，闪电过后就是一阵惊雷，惊雷总要在暗夜里多响几声，透过黑暗她们同时看到，前面不远的地方出现了两点幽幽的绿光！改占把桂芳拉到自己的身边："兰姐，狼！"

兰桂芳心里咯噔了一下，就变成了一个固化了的泥像。

怎么办？往后返，有整整十里翻山路，往前走，虽然只剩下五里的路程，却有恶狼当道！绕道吧，险山一条路，悬崖峭壁，绕哪儿去？喊人，风雨路遥遥、山间人烟稀，谁能听得见？犹豫了一阵，两人只好每人抓起一块石头，硬着头皮朝绿光走，胸口咚咚咚咚地狂跳，腿脚战战兢兢挪动。桂芳想着，那绿光或许不是狼的，或许是狐狸的、猴子的，即使是豺狗的也好些，起码豺狗没狼那么凶残。改占想着，那些放蜂的人为啥那么早就搬走了？今晚上路边即使有一个叫花子搭的窝棚也是安全的啊，她们就会躲进去，一直到万山和秦医生出诊回来接她们。然而，绿光越摇曳越亮，还不时地传来阵阵呻吟似的叫唤。

改占说："糟了，狼受伤了！"

桂芳抖着牙根："它腿坏了，咱才好逃跑。"

蟾宫图

改占说："若不搭救，狼会报复的！"

桂芳拉起了哭腔："谁敢给恶狼治伤？快跑！"

绿莹莹的幽光已经近在眼前。她们一只手紧紧扯住对方的衣服，一只手抓着准备用来自卫的石头，抬脚步屏呼吸，要以最快的速度冲过这个恐怖空间！改占跨了一步走在靠近狼的一边，隔住桂芳的身子，准备在狼扑过来的瞬间，用自己的身躯保护桂芳姐姐。

一道电闪一声雷鸣，山野透彻天地混响，那狼已近在咫尺！对于随时都可能扑过来的贪婪猛兽，两人不敢看又不能不看。啊！这是一匹成年狼！它处于路旁一只一人高的石洞口，它的前腿直撑，后腿分开，粘血染红的臀部吊着两只抽动着的小蹄子，小蹄子的顶端滴着殷红的鲜血。

改占低声惊叫："母狼在生娃！"

桂芳气闭在了嗓子眼，好不容易挣出了两个字："快跑！"

改占低语："得帮它接生！"

桂芳央告："快跑，改占！"

桂芳拉上改占只是跑啊跑！在她们的身后，不断地传来母狼凄厉哀怨痛苦绝望的哭声。改占站住了，桂芳心软了。

"姐，好歹是条命啊！"改占抱住了桂芳。

"对啊，我怎么能撇下难产的母婴逃命呢？"桂芳搂住了改占。

桂芳改占靠着崖壁紧盯着狼，改占忽然感到这儿还背风背雨，桂芳从药箱深处拿出火柴点燃了火把，两个女人不约而同地转过身，重新捡起刚放下的石块，一步一顿一眼不眨地接近洞口。那母狼显然看见了返回来的人，凄绝的哭声中多了些期待。在即将接近洞口的时候，两人反而没有了恐惧，没有了战栗，丢掉了防身的石块，一步比一步走得坚定、轻快。火把照亮了山洞。母狼看看来人，哀号着调转了身子，把血淋淋的后身交给了生命的使者。

这是一匹中年母狼，也许不是头胎生育，自知胎位不顺，趁早等在助产师的必经之路上。从地上的一大摊血迹可知，这匹狼已经挣扎了很久。桂芳拿出大号针管，安上针头，吸了一支止血药，在刚要对着眼前毛茸茸的肌体扎下去的瞬间，又意识到这不是人，是扭头就可以置你于死地的凶残猛兽！

改占急呼："等等！"忙把火把插到崖缝，腿一跨骑到狼背上，两只手分别攥住一只狼耳控制住狼头。桂芳手里的针头嗖地扎进狼的后臀，尖上长着白毛的狼尾巴痉挛了一下。打完针，桂芳试拽了拽已经娩出的狼崽腿，引起了母狼猛烈的抽搐大叫，挣过头来瞪着桂芳，血红血红的大嘴里呼出了令人窒息的恶臭。

桂芳压抑住一股恶心，说："必须剖腹取出胎儿，不然母子都会死亡！"

"无麻醉手术？又是给狼，太冒险了吧？"改占知道药箱里的麻醉药已经用完。

"患者第一，改占！"

"姐，能成！"改占腿一轮从狼背上下来，忽地提起狼的两条沾满血污的左腿，把一个臃肿的猛兽平放在地，让它朝天仰卧四蹄竖起。改占站到狼头前，两只手握住狼的两条前腿，这一人一兽就形成了面面相觑息息相通的零距离接触。

桂芳对狼的腹部迅速做完了剃毛消毒，然后实施剖腹。刀子一插进皮肉，狼就顶着嗓子嗥叫，呲牙咧嘴摆头甩脑癫狂恐怖，脊颈和后臀撸在地上，肚子鼓得老高，形成了一张扣地的弯弓，后腿胡蹬乱舞，抓烂了施救者的袖子和皮肉，顿时鲜血淋漓。桂芳却全神贯注不顾其余，左手一把抓住狼的右后蹄子，压到自己的膝下，同时右腿半跪撬住了狼的另一条后腿，这一人一兽就形成了手足相搏肢体相制的零距离接触。就在狼还没回过神的一刹那间，兰桂芳眼心手刀齐运，嗤地拉开狼腹取出狼崽，动作轻快平稳，手法娴熟准确。在惊天动地的狼嗥中，女医生仔细地缝合完狼腹刀口，敷上刀尖药，这爆炸似的叫声才慢慢变低变小，最终平静下来。

桂芳改占又对小狼崽实施急救，争分夺秒一丝不苟，但是那一堆血团早已在母体产道中窒息而亡，两个人间天使突然跌坐在地、喘气不已。这时改占才发现满身血污满头大汗的桂芳衣袖撕破臂膀受伤，就赶紧帮忙包扎。

人说狼是神算子，也许它已经算出桂芳决定放弃对幼仔施救，便又发出了钝声哀求："呃——呃——"

桂芳无奈地叹息一声："改占，走吧！"

改占点点头："嗯，姐！"

两人从山洞出来，重新踏上了回家的路径，一声声凄凉哀怨的鬼哭狼嚎和暴雨霹雳才把她们唤回现实，两个胆大包天又慈心如佛的女人大叫一声，摔倒在泥水里，然后相互搀扶往老君岭村医疗站狂奔。等常村长、凤万山和秦月亭接应上她们时，两个白衣天使早都变成了一对泥菩萨。

那次被狼抓破的伤口愈合以后，兰桂芳头疼晕厥的老毛病又加剧了一些。而杨改占总是一闭眼就看见狼的血盆大嘴和一排排挂着筋肉的利齿。

89. 逢五鸡啼时

凤万山、杨改占的住处和老君岭医疗站共占了一座三间大瓦房，房子的布局就是关中人说的一明两暗。所谓一明，就是中间的一间堂屋，堂屋里摆着中西药柜、药架和诊断桌、注射床等，和门相对的正墙上挂着一副字，纸张和墙壁熏成了一色，蜡黄蜡黄的，其上写着一首诗，字迹虽然颇有功力却略显怪诞，若蛇蝎勾首扭尾，疙疙瘩瘩。诗曰：

仙人炼药已成丹，飘车一去何当还。

火冷丹炉烟未息，至今仙迹余名山。

秦月亭和兰桂芳都不知道这是哪个朝代谁写的诗，后来凤万山才说是改占娘家爷爷抄录的明朝诗。

两暗就是左右两个厢房，凤万山一家住在左边的厢房，秦月亭兰桂芳住在右边的厢房。由于房子的跨度大，无论是堂屋还是厢房都显得宽绰敞亮。

初到老君岭医疗站的那些日子，有一样件叫秦月亭越来越纳闷，就是每隔几天的后半夜以后，都会听到万山和改占早早起身，又是扑里扑拉洗脸刷牙，又是希希嗦嗦地收拾东西，还唧唧咕咕地小声说话，不一会儿就出去倒扣上门走了，一直到天麻亮时才回来。后来秦月亭进一步发现了时间规律，就是隔上十天，到农历的初五、十五、二十五日头一遍鸡啼前，他们都这么早起一次。好几回秦月亭想跟出去看个究竟，但是堂屋门从外面倒扣着，就只好作罢。

又等到了一个逢五的后半夜，秦月亭悄悄地提早起了床，穿上一套深色衣服，蹲在门外等候凤万山和杨改占出来。秦月亭细品着山野的籁声，望着渺远的夜空，猜想着这对年轻夫妇究竟保留着什么秘密。一会儿，左边厢房的灯亮了，听见凤家三个月的女娃丑旦哭了几声，接着就是一些喂奶、洗漱的响动。大约十分钟后，万山提着一盏马灯，改占挎着一个布包，一前一后出了门，万山禁不住咳嗽了一下，改占忙低声说："轻点，别吵醒了秦医生跟兰医生。"说着就转身倒扣上了屋门。

凤万山和杨改占匆匆地走着，走完医疗站门前的平地，下了那个坡坎，秦月亭才猫着腰跟了上去。前面的马灯绕过路边的老榆树，在老君岭的山根转了一个大弯，向炼丹坪摇去。秦月亭不即不离地尾随着那一团光亮，来到了炼丹坪，躲在了一座酷似拱背揣手老翁的红膘黑石后边窥视，先听到叮咚叮咚的流泉，然后望见朦朦胧胧中一片篮球场大小的平地，平地中间有一个两丈见方的石砌方坑，方坑周围砌着半人高围沿，围沿里传来咕咕噜噜的声音。万山挂好灯，改占像是在围沿上铺开了一块厚厚的油布。秦月亭从灯光的暗处绕到坑近前的一簇树后边，看到那方坑足有近两米深，坑里圈满了一堆一堆的蟾蜍。噢，凤万山也饲养了蟾蜍，两口子莫不是采集蟾酥来了？

果然，凤万山和杨改占是采集蟾酥来的。

逢五凌晨的夜色中，秦月亭好几次提前起床潜伏在门外，尾随来到炼丹坪，偷窥了凤万山的采集技巧和装存方法。又一次，他约上兰桂芳提前埋伏在炼丹坪那块红臁黑石后面。一会儿凤万山和杨改占提灯挎包，一前一后地来采集蟾酥。秦月亭兰桂芳憋得大气不出，只听见凤万山唠叨着："咱这老君岭狼多得很，咬断了哥哥嫂子的干腿，可不要怪我们两口子！"说着哈哈一笑，"出来吧，别藏了哥哥嫂子，我做给你们看！"

原来凤万山和杨改占善用蟾酥等七毒入药治疗多种疾病，是老君岭方圆闻名的"七毒大夫"。只见他们两口子到蟾蜍坑前，把马灯挂在坑旁的树杈上，把一块黄色油布铺在木板上作为采集蟾酥的垫板，从坑里托上一只只蟾蜍采集蟾酥。两口子凝神静气动作娴熟，工序顺畅有条不紊。改占捧起一只鼓形黑釉钵，钵口罩着一块洁白的纱布；万山抓起一只蟾蜍，先用手抚摸背部，然后，让蟾蜍仰面躺在油布上，把它的颈部放在钵口边沿，嘴里念念有词："春风……药，……香。……知药性，……仙方。……，……桂自芳。"同时，用火柴棍在蟾蜍胸部轻轻地一点，蟾蜍四爪一蹬，耳后的分泌物便像乳汁一样淋漓筛下；只听见改占手上的小钵里叮——当，滴——答，似击玉滴露，给人通窍透脾之畅。秦月亭兰桂芳叹为观止，直呼神妙绝伦！他们这才明白了秘图中抄录卢纶诗的妙用，同时，怨悔自身愚钝，居然把一幅亲自张挂在蓝溪轩的采酥暗诀视作寻常诗章。

在与凤万山、杨改占接触不到一年的时间里，凤家两口子手授言传，秦月亭、兰桂芳不仅掌握了采酥要领，还听到了不少蟾酥救人的感人故事，也听到了几个差点失险而误人的教训，领会了很多安全巧妙地利用蟾酥的经验。他们知道了采集蟾酥时，不仅要先用手连续抚摸几下蟾蜍的背部，还要点压蟾蜍胸部的"囊囊穴"；采集的蟾酥一定要装在陶瓷容器中，不要把蟾酥暴露在天光之下，最好赶在星星落完之前避开露天、趁温拌药。

这偶尔得到的真传，使秦月亭夫妇拨云见日、茅塞顿开。

为了表达相互之间的深厚友情，秦月亭夫妇把她们带来的一台砖头形状的录音放音机送给了凤万山夫妇，而月亭桂芳也有幸得到了更加珍贵的馈赠，就是改占那只采集蟾酥的鼓形黑釉钵。万山两口子给它起了个非常好听的名字——"黑釉玲珑双凤钵"。瓷钵的大小和家用陶瓷碗相当，区别就在于，瓷钵是收口型而且底部无座，这就使得它更具玲珑的外形；瓷钵比起最精细的陶瓷碗还要光洁细发得多，钵体周围鎏铸着两只相向展翅的飞凤，飞凤姿态灵动栩栩如生，和黑色釉子的背景一起折射着悠古的光影。

90. 丑旦

春分、夏至一晃而过，转眼间就到了中秋节。那天早上，秦月亭和兰桂芳出夜诊回来，听到远处山沟里人声大噪，后来还听到火铳声打锣声。兰桂芳感到心神不宁，秦月亭说："那是村子的人在围猎呢。"

两人见医疗站的门倒扣着，推测凤万山和杨改占在采完蟾酥后也参加围猎去了。进了医疗站后，兰桂芳赶紧跑到改占两口的厢房，只有凤家三个月的女儿丑旦独自躺在炕上，小家伙蹬着两只小腿，吸吮着小手指，两只水灵灵的眼睛滴溜溜转着，嘴里淌着涎水，还哦，哦，哦地叫个不停，憨憨实实的样子可爱极了。兰桂芳忘记了多半夜奔波的疲劳，洗洗手把丑旦揽在怀里，化奶粉喂她，两口子轮换着举过头顶逗她，那女娃竟咯咯咯地笑了起来，顺便给秦月亭撒了一肩膀热乎乎的尿水。

兰桂芳动情地说："咱要有这么个小女娃多好！"

秦月亭说："美死你啦，看人家万山改占舍得吗？"

兰桂芳就给丑旦换了尿布，又弄来水给小家伙擦脸、扑粉，女娃在温柔的抚弄中进入了甜蜜的梦乡。

屋外老榆树上喜鹊喳喳地叫着，随后又换成了乌鸦的聒声。远处山沟的那一片嘈杂声越来越近，闹闹嚷嚷地就到了医疗站门前。月亭桂芳听到村民们的声音有些异常，慌忙跑出门去，见常村长领着村民们抬回了两个面目全非、肢体不全的人，还有三只头破血流的狼。从那两人残存的衣着可见，一个是杨改占，另一个是凤万山。

天哪！秦月亭兰桂芳扑向前去，赶忙施救。当他们揭开两人的衣襟时，五脏六腑荡然无存，两副空洞的腹腔胸腔呈现在眼前！

惨哪，这到底是怎么回事？在极度的惊恐与悲伤中，桂芳发现死狼中的一只大母狼好眼熟，大母狼身后奔拉着一条灰色白尖尾巴，腹底露出一道细细的刀口，刀口愈合良好。兰桂芳很快断定这就是自己和改占剖腹取胎、冒险救治的那只母狼无疑，于是大呼一声便头疼欲裂昏厥了过去！

原来，凤家两口子头遍鸡啼后，照例去老君岭炼丹坪采集蟾酥。他们一绕过山根，就遭遇上了狼群，其中领头的竟是那只难产不死的母狼。那穷凶极恶、贪婪多疑的虐兽恩将仇报、以牙还德，大概是以为桂芳、改占害了它的小狼崽，它纠集狼族，在八月十五的后半夜来到炼丹坪蟾蜍坑旁，咬死了坑里所有的蟾蜍，而后埋伏在草丛中等待。

万山、改占刚一出现在炼丹坪就被狼群团团围住。万山护住改占用石头打，改占也对着狼的眼睛扬沙土，甚至把手中的马灯向狼抛去，就这样他们拼着死命打开一条血路，背靠着背冲出重围。他们知道群狼来者不善善者不来，今晨注定凶多吉少。两口子怕狼威胁到自己三个月的骨肉，还有出诊随时可能返回的秦月亭、兰桂芳，就故意向远处的山沟跑。狼群在后边追着，万山改占没命地跑着，破着嗓子呼叫着。

刚起来的常村长听到远处的呼救声，就紧急撞钟召集村民，带上火铳铜锣，扛起锐利农具棍棒长竹，火速寻声而去。当他们敲着铜锣呐呐喊喊地赶到一道沟口时，看到狼群围成一个圈在争抢撕扯，常村长指挥村民一边放火铳轰走狼群，一边救出受困的人。在村民们打死了三只狼后，其余的狼才仓惶逃散，可怜凤万山、杨改占已经体无完肤。

村民们给凤万山、杨改占两口子举行了合葬礼，秦月亭、兰桂芳抱着凤家孤婴，怀着沉重的心情，随着众位乡亲为两位憨厚的山乡挚友送行，把他们安葬在老君岭炼丹坪蟾蜍池侧的拱背揖手的老翁石旁边。

七期满时，由秦月亭、兰桂芳出钱，给殉难者立了一块石碑，上刻：

凤万山老大人杨改占老孺人之墓，嫡女□□□嫡孙□□□泣立。

"□"的地方是空缺的，预留着几十年后丑旦长大成人嫁夫育后之日，再举行仪式加凿上去。

兰桂芳悔烂心肝了啊，她恨自己没有在那个雷雨之夜一刀结果母狼的性命，反而招来了狼族的凶残袭击！

立完石碑的当天晚上，面罩阴云的常村长来到医疗站，拉过一张条凳圪蹴了上去："大哥大姐，凤万山是一个孤儿，是公家把他培养成赤脚医生的。改占老家在甘肃天水，从小跟着爷爷来陕西乞讨行医。她爷爷是一位云游奇医，在过世前的一两年，才把亲手独创的拿七毒攒药的本事，手把手传给了唯一的亲人改占，改占和万山结婚后又把这本事教给了丈夫。到现在，他们两口子操持咱这医疗站，已经有了好十几年。可怜他们都没有一个亲人，这个娃娃谁来管呢？"

兰桂芳看着怀里的丑旦，眼泪直往肚子里流。

秦月亭说："麻烦村长兄弟给这娃找一个好人家，抚养费、生活费我和桂芳出上。"

常村长从左边衣兜里摸出一绺纸，从右边衣兜里拿出烟袋，用三个手指头捏出一撮旱烟，溜到纸绺上就卷了起来，他手里卷着纸烟，又是叹气又是摇头："我们山里人落后，家家都有两三个娃娃，连自家的都经管不好，别说领养别人家的了。再说一些人封建迷信思想严重，背地里胡说八道，说这女娃子命硬，不出三个月就克死了爹妈。你说，这么勉强给了人家，女娃子能顺顺当当长大成人吗？这么做了，我恐怕对不起万山和改占呢！"

就这样，三个人长吁短叹一直到深夜。兰桂芳把睡着的丑旦放到床上盖好被子，转过身来想说啥却没说出来，她看看秦月亭，秦月亭也看看她，两口子似乎都读懂了对方的眼神，于是桂芳咳了一声说："常村长，你是老君岭村的好领导，咱都别这么熬了，这女娃我和月亭领养了！"

秦月亭平静地看了看桂芳，也站了起来说："对！常村长，从今往后，这女娃就是我们的亲生！"

常村长呸地吐掉嘴里的烟头，跳下条凳一把抓住秦月亭的两只手，使劲地摇着说："大哥、大姐，我就等着你两口子的这句话呢！还算这女娃有福气，我替凤万山和杨改占谢谢你们这一对大好人啦！"

第二天，常村长拿来了一份出生证明，复写成一式两份，盖上老君岭村民委员会的大红印章，常村长自己留存了一份，交给秦月亭一份。

在老君岭村支农期满后，秦月亭兰桂芳带着那只受赠的"黑釉玲珑双凤钵"，抱着未满周岁的凤家遗孤，离开了老君岭医疗站回到了天台市。他们向组织说明了真实情况，在高志刚院长的通融下，由时任银坛区卫生局长的马兆廷出面，好不容易把丑旦报在了秦月亭户头下，并随户主姓了秦。月亭、桂芳正好顺着这个茬，对周围的人们，包括胡换青、玉良、玉兰隐瞒了真情，说这女娃是他们在支农期间的亲生，乳名丑旦，大名叫秦玉凤。

玉良、玉兰为添了一个妹妹欢喜不已，一放学回家就争着抱、逗着笑，给妹妹化奶粉喂，小小斗室的嬉笑声常常会飘到室外。

面对着一家大小五口，月亭桂芳又喜悦又犯愁。有时在周末夜深人静的时候，两人就会徘徊在屋后蟾蜍池旁边的空地上，这里深埋着凝聚了几代人心血的绛紫色牛皮箱子，从一九六九年端午节前夕至今，已经在地下沉睡了十三年之久。到如今，是该挖出来让宝贝重见天日的时候了，但是，在这间小小的斗室里，一家五口尚且伸不直胳膊迈不开腿，挖出这只珍贵如命的皮箱放到哪里好呢？

"唉，还是埋着吧，再存埋几年吧！"月亭叹息着。

"是啊，在地底下藏着反倒安全一些。"桂芳说。

就这样，两口子放弃了挖出牛皮箱的打算。

农闲时，胡换青常抽空来女儿家帮忙，做些浆洗棉衣、拆改单衣、缝缝补补的活，她喜欢玉良、玉兰，更心疼碎女子丑旦。见这房子拥挤，女儿女婿也忙不过来，到丑旦过了一岁时便带回葫芦峪经管去了。

丑旦跟外婆住在那口窑洞里，吃五谷杂粮、嫩菜鲜果，交乡土伙伴，穿得干干净净，玩得开开心心，长得清清秀秀。胡换青养了半窑鸡鸭，务了几棵桃杏李梨，村后自留地里种菜，村前责任田里产粮，沾上农村改革的好政策和自己的巧心计，一年两料种三样，夏粮选高产新品种，秋田高矮套种，每年的亩产都在村里数一数二，时常往天台市里拿些绿豆南瓜果子叫女儿一家尝鲜呢。

就这样过了三年时间，四岁的丑旦每当雨雪天的黄昏，总是闷闷不乐、少言寡语，有时还站在大门口望着大路发呆。胡换青问外孙女是不是想爸妈了，丑旦就抽泣几声。换青把这情况写信说给了桂芳，桂芳没到节假日就来看望她们婆孙，晚上要搂丑旦一起睡，丑旦却哭闹着钻进外婆被窝去了，怎么劝都不随妈妈。桂芳明白，这是丑旦人小心里精，平时他们一家在城里，留丑旦一个跟外婆过，虽然吃穿不缺伙伴不少，但她却缺少了父母亲关爱的氛围，因为人家的娃娃都喊爹叫娘有哥有姐，就丑旦只有外婆，于是就渴盼亲情团聚，渴盼父疼母爱，但是等到母爱真来了，习惯又使她依恋着亲爱的外婆，舍不得离开半分。

从那以后，桂芳和月亭打主意要尽早接丑旦回天台市，避免对孩子的心理产生不利影响。月亭和桂芳用苇秆扎成墙架子，再给苇架子上糊上报纸，把一间卧室隔成了四个形状不同、大小不一的小小空间。上了高中的玉良、玉兰各占一个，两口子和丑旦共占一个，剩下的地方就是做饭的地方。虽然狭小但却实用也接近人性化。

一家人就把丑旦当作掌上明珠，好吃的她优先，至于穿的只能拾掇玉兰穿过的衣服鞋袜，却也是干干净净、平平整整的时尚打扮。

91. 布谷鸟

天鹅河位于天台市市区东北方位农郊的坡坎下。听老人说，原先的天鹅河流水潺潺，两岸芦苇茂密，河中野鸭出没，鱼欢蛙鸣，有时还会飞来高脚

黄喙的白天鹅，来装点此间的美景。到后来因为上游截流，这条美丽的河流就遭遇了源断流竭的命运，沦成了干涸的石头滩，原来的芦苇地也晒成了白花花的僵田。

然而，就是这时过境迁名不副实的天鹅河滩，曾经为玉良、玉兰以及丑旦和高岚带来过天造地设的机缘和人生感悟。

由于月亭、桂芳事业上忙，再加上桂芳身体不大好，延误了玉良的上学时间，造成了玉良和小三岁的妹妹玉兰同年入学。那些年，学生很少有家庭作业，玉良、玉兰的星期天和暑假，几乎都是带着小妹丑旦在天鹅河滩度过的。

每到不上学的日子，河滩上就多了高、中、矮三个身影，高个背着一个竹篾背篓，中个一手拿着铁铲铲、一手拿着铁丝窝成的耙耙，矮个挎着一个蓝色哔叽布袋，跟在后面。高个是秦玉良，中等个是秦玉兰，矮个便是丑旦。兄妹三人在捕捉采集着蟾蜍和它的食物，从早春二月到晚秋十月，只要不去上学，就早起晚归风雨不避。他们拿铲铲和耙耙，在河滩、旱田的石缝里、土洞中寻捕着蟾蜍和昆虫。饿了，啃几口随身带的馒头，吃几口咸菜；困了，就靠在草塄上歇歇；有时遇上风风雨雨的，就到大树下或崖根的土窑窑里避避，等风雨过后再回去；在遇到的风不住雨不停的时候，玉良、玉兰就保护着丑旦硬着头皮往回跑，跑一阵躲一阵步步为营。一天下来玉良可以抓到七八只甚至十几只蟾蜍，玉兰和丑旦也可以捉到半袋子蛐蟮、蝎虎、尖角牛、丈布虫、地蝼蛄和老鼠之类。

春始秋尽年复一年，虽然不知道兄妹三人捕捉了多少蟾蜍、多少昆虫，但是他们都一点一点地长大了，丑旦已经能穿姐姐上小学时脱下的鞋了，玉兰穿上妈妈的补丁鞋正合适，而玉良呢，把爷爷当年的军用鞋翻出来，给脚尖那地方塞一疙瘩棉花套子，穿在自己的脚上，绑紧鞋带也不算太大。

那些年头，每到冬天，蓝溪轩暖养槽里蟾蜍的饲料就成了一个大问题。爸爸买来一些麦麸之类的东西做饲料，不但要花很多的钱，而且也喂不了多长时间，更重要的是营养价值远远赶不上昆虫的天然混合干粉。在天寒地冻的季节里，百虫销声匿迹，它们不是进入冬眠，就是还没出世，一家人多么渴望温暖的春天常驻人间！

玉兰常替爸爸妈妈着急，有一天晚上，她开始怎么都睡不着觉，后来，就不知不觉地带着丑旦走进了冰天雪地，来到了天鹅河滩寻捉虫子。姊妹俩在冰冷的石子里刨着，在坚硬的土地上剜着，呼啸的狂风刮着雪粒，皮鞭一样抽打在姐妹俩的脸上，她们浑身上下就像冰裹了一样，但是，四只红通通的小手还是刨啊找啊寻啊，却怎么也找不到虫子。玉兰帮丑旦系好围巾，拉着她的手顶着呜呜的狂风，到河滩的另一端去寻找虫子的窝巢。刚走了几步，忽地，一股狂风把姐妹俩推倒在地，又把丑旦狠狠地抛向了高空，金黄色的围巾在空中飘荡，丑旦扯开嗓子向姐姐呼救："姐，姐，快拉住我！姐——"

玉兰急忙伸出两只胳膊去抓妹妹，怎奈冷风越旋越紧，棉袄棉裤里钻满了冷风，身子胀鼓鼓得像个氢气球，不由自主地随着旋风上升、上升。姊妹俩一直到了一个月地云阶、祥辉冉冉、仙乐缥缈的地方。

呼啦一下，一群仙女围住玉兰丑旦嬉笑打闹，给两人换上了羽衣霓裳，玉兰丑旦便在云影天光之中广舒长袖翩然起舞，仙女为她们伴奏喝彩。一声声惊蛰的春雷响了，七色彩虹罩住了天空，春风吹动了，千万朵鲜花撒向人间，鸟鸣了，水欢了，百虫蠕活了。啊！蟾蜍有食啦！她们又会看到爸爸妈妈舒展眉头哪！玉兰丑旦扭着跳着，越跳越兴奋，越兴奋越跳，时间长了就跳出了一身涔涔热汗。丑旦说："姐，草绿啦，花开啦，虫叫了，蟾蜍有吃的啦，咱歇歇吧！"

姊妹俩要停下来歇歇再跳舞了，玉兰拉着丑旦飘到南天门外的丹墀阶上坐下来要喘喘气、缓缓劲了。但是，刚坐定不久，就有一股寒意袭来，玉兰低头望去，只见苍茫大地又回到了隆冬季节：鸟雀敛声，江河结冰，百虫匿迹，万物凋敝！她大吃一惊，这难道是因为我们停止了跳舞的缘故？

玉兰忽地起身，重新舞动起了颀长的身姿，挥洒彩练。丑旦跟着姐姐飞起来、旋起来，身子随舞见长，倏忽间就和玉兰一般的高宛。姊妹俩舞啊舞，她们扯宇宙做幕，踩星云为台，借日月照明，舞出了个碧空万象、寰宇复苏、山河回春、欣欣向荣！玉兰丑旦丝毫不敢懈怠，袖袂越舞越宽，裙裾愈摆愈长。啊！在两个丽女妙媛的舞动中，天地处在了晶莹剔透的晶体空间，春光常驻、人神欢颜。

姊妹俩跳啊跳，流汗了、疲乏了、浑身上下软酥酥的，然而，她们知道，一旦停止舞动，严冬就会卷土重来，天鹅河滩又会回到卧冰披雪的僵冻之中。她们跳着蹦着就把劳累踩在了脚下，后来还伴上了歌声。劲歌热舞中玉兰丑旦化成两只翠绿的布谷鸟，"布谷，布谷"连声唱，唱来春风常驻，万民康健，无病无恙！

姐姐问妹妹："丑旦，累不累？"

丑旦穿梭在洁白的云朵之间，身后衬着红艳艳的天霞，"姐，从今往后，你们就叫我的大号吧，丑旦多难听！"

玉兰拉来一片七彩的云朵且舞且呼："我在九天之上，向苍茫大地庄严宣布，我小妹的大名秦玉凤，从今天起正式启用！"

“秦玉凤……启用……启用……”回声荡漾天宇。

第二天早上，到上学的时间了，丑旦还在赖床，玉兰叫着：“丑旦，丑旦。”

玉凤噘起小嘴说：“说话算话，别忘了你在天上手摆七彩云跳舞时说的话!”

玉兰瞠目结舌，昨天夜里难道我们姊妹俩竟然异床做了同梦?

后来，玉兰把这个美好的梦境，写成了一篇作文，命题为《我的梦想》，老师的批语是：“习作充满着革命浪漫主义的幻想和为人民大众谋幸福的理想。愿你努力学习，成为一只为人民争春、迎春、报春的布谷鸟!”

从此，秦玉兰的雅号“布谷鸟”，就在全校叫开了。

到了高一时，玉良、玉兰兄妹俩分到了一个班。哥哥已经出脱成了一位阳刚俊男，玉兰继一篇作文而获得“布谷鸟”的美誉后，在后来全区性的作文竞赛中，又有人以生花之笔描摹了一次神奇浪漫经历而一举夺魁。其实，这个神奇浪漫的经历，起源于一对少男少女朦胧而纯洁的爱慕。

当时高岚是班上最能和玉良合得来的女生，他们非常喜欢一起泡图书馆，一同参加义务劳动，一块儿讨论学习问题，搭伴演文艺节目说对口词。有一次，高岚还陪玉良、玉兰去天鹅滩捉了一回蟾蜍呢!

92. 癞蛤蟆吃上天鹅肉

那是收了暑假的第一个星期天，高岚的哥哥高峰考上大学去东北上学不久，高岚应玉良、玉兰之邀，去天鹅滩帮助他们家捉蟾蜍和昆虫。那天玉良兴致很高，他带着三个女孩子沐着阳光、踏着草径，爬到半坡上去偷摘农民的核桃吃。嫩嫩的核桃吃是吃到了，但是“罪证”却怎么都消灭不了，四个人都弄得两手乌黑，咋样洗都洗不净，急得高岚鼻子酸了，眼圈红了，玉兰、玉凤劝高岚，高岚的嘴还是噘得老高。玉良为了逗高岚高兴，就冲下河滩给她抓蝴蝶。

玉兰、玉凤不高兴了，两个人嘟嘟囔囔地说：“哥，今天蟾蜍和虫子一个都没抓到，你倒有心情抓蝴蝶?我们不管你啦，人家自己捉蚂蚱去。”说着，玉兰和玉凤跑到一片苜蓿地去了。

玉良的目标是两只翩翩并飞的花花蝶。他一会儿奔着跳着追，一会儿蹑手蹑脚地抓，高岚紧跟其后，急切地期待着占有玉良为她获取的战利品。他们艰难地跑过一块拖拉机翻起来的空地，来到了一片玉米田边，玉米的腰间已经飘起了鲜艳的淡红色缨子，头顶点点黄黄的花信子摇摇欲坠，宽大碧绿的叶子左右摇摆，像一个个炫富摆阔绅士的臂膀。玉良只见蝴蝶，不见其余，猫着腰身钻进了海洋一样的青纱帐，随后，高岚也钻了进去。高岚仗着秦玉良，别说密密麻麻的玉米大田，就是热带雨林、塔克拉玛干沙漠都敢冒险！

这个很少走出城区的高一女生，抬起双手拨开"绅士们"的手臂，追着玉良，她越想走快，便越有"绅士们"和她过意不去，"绅士们"用他们的手掌，在高岚的脸上和脖子上调皮地刮擦。她不得不向玉良求援："玉良，等等我！"

"高岚，慢点，别摔倒啊！"玉良的应声好像很远很远。

高岚还往前走着，又听见了玉良闷闷的喊声："高岚，我找到蟾蜍的根据地啦，这儿起码有二十多只蟾蜍。"

高岚一听，干脆把腰一猫，顺着玉良的声音找去。钻过几百行地垄后，眼前出现了一块茂盛的草地，足有半个排球场大，草地上长着几棵泡桐和柳树，树下开满了各色的小牵牛花和蒲公英花。

"高岚，我这儿危险！你别乱走，站定！听我说话！"

"秦玉良，你还想躲起来吓唬我，我马上就找见你啦！"高岚一边说一边目视着远处，踏草越花而行。

"危险！高岚，别动！"玉良带着瓮声喊。

但是高岚还在走着，她哪里知道，草丛花簇中一口敞口的枯井正大张着口迎候她。一个失足，随着"啊"的惊呼，身子就往下坠落，在坠下去的瞬间，高岚想了很多，其中一个最主要的问题就是，我高岚如果摔折了腿，你秦玉良还和我好吗？

但是，她马上听到了秦玉良的呼叫："高岚，别怕，我接着你！"

话音未落，高岚已经被秦玉良紧紧地捧在了怀中。

好险哪！这是一口吃大锅饭时生产队留下的车水井，多亏已经废弃多年，现在塌成了半截枯井，也多亏秦玉良捷足先"落"，只不过白白地吓出了高岚一身香汗而已。

这个一米半见方的井底，长了厚厚的一层绿苔，像地毯一样，周围有好些堆满细尘的渠渠洞洞，其中居然隐居着二十三只蟾蜍，最大的有老牛蹄子那么大，最小的仅如小鸡爪子。

高岚站在玉良臂围中嘻嘻一笑："大难不死，必有'豆腐'！"

玉良明目一眨，瞅准眼前的鼻尖朱唇："那咱俩就住在这儿享用一辈子

'豆腐'吧！"说着把两只胳膊挪到了高岚的肩上。

高岚往玉良胸前一靠，甜丝丝地说："哎，伴着井底之蛙坐井观天，多么罗曼蒂克！你看，天像一面又圆又大的镜子，真是美妙绝伦啊！我回去要给校刊创作一篇童话，题目就叫，叫'二十五只井底之蛙'，怎么样？"

玉良说："哪来的二十五只？哈哈，你把我俩也算上啦！"

于是两个人就你一言我一语地打开了创作腹稿，那两只花蝴蝶也折了回来凑热闹，它们站在井壁缠绕着牵牛花的树根上，忽闪着翅膀嘲笑他俩。玉良放开高岚，纵身一跳，抓住了一只，另一只在井口旋了几旋又飞回来，先落在垂挂下来的细藤上，然后飞到了高岚的蝴蝶结上站住，振颤着花里胡哨的翅膀，大有绑架高岚押做人质的气势。高岚睁大眼睛，抑住气息说："玉良，我听到这只蝴蝶发出的严厉警告了，如果你不放了她的人，她就带走你的人。"

"我的人？哦，对，我的人！"玉良稍一停顿，脑筋很快转过了弯。

"难道你对蝴蝶赐给我的这个称谓还没心理准备？"高岚说。

玉良心里怦怦的，脸上烫烫的，连忙说："当然有，将心比心嘛！咱成全这一对蝴蝶，就是成全了咱这一对痴，痴人呢！"说着松了一下手指，两只汇合一起蝴蝶双双飞出井口，融汇在了白云蓝天之中。

高岚很感动，就和玉良站在井底又看了一阵子圆圆的天空，然后谈理想。玉良说他要当医生，像爸爸妈妈一样救死扶伤，实行革命的人道主义；高岚说她要当公安干警，维护社会治安，保卫人民的生命财产安全。两人谈得很开心，一高兴高岚唱起了甜蜜的歌。

玉良也配唱起来，这枯井就变成了一个天然扩音器，把男女声合唱加工得更立体、更动人、更浑然天成。唱着唱着高岚一跃就攀上了玉良的肩头，两手撑住井沿，运了运气上了井岸。玉良脱下衬衫，拿草藤把袖口领口扎住，装上二十三只蟾蜍，挂到高岚伸下来玉米秆上，高岚用力一拉就吊上去了。然后，玉良摇身一变，变成一个"大"字，四肢撑住井壁，左右轮番上移，在高岚的加油声中，没费多大劲就上到了井口。玉良、高岚抬上二十三只蟾蜍，绕过玉米大田，找玉兰、玉凤会合去了。

回到家里，高岚连夜把井里的事以现代童话形式写出来，其中的内容更加丰富而浪漫，标题成了《二十五只井底之蛙和两只蝴蝶》。星期一回校，投给了学校文学社，后来文学社把这篇佳作作为学校的参赛作品，推荐给区中学生作文竞赛评奖小组而一举夺得头等奖，校园广播连续播送了三天，轰动了全校上下，引起了老师同学的赞誉，也引来了几个好争上风的男生对玉良的嫉羡。有人给玉良喷了一点酸水，说这是癞蛤蟆想吃天鹅肉呢。

这句话叫玉良郁闷了好些日子，弄得他老是神不守舍……既然癞蛤蟆想吃天鹅肉，自己为啥不摆设天鹅宴，来吸引更多的蟾蜍为刀尖药事业服务？他下定决心要叫癞蛤蟆吃天鹅肉的嘲笑变为事实！

秦玉良按姥姥教给他做天鹅蛋的绝法，坐公交车去了一次生猪屠宰场，没要下姥姥所说的那种东西，就去体育商店买了一只橡皮篮球胆，略加改动外形洗尽备用。又买了四十四只鸡蛋，打碎后把鸡蛋清、鸡蛋黄装进篮球胆中，待橡胶胆装满后扎紧胆口，拿来一根二十米的长绳子，把鼓鼓的篮球胆拴住，吊到医院后面深井的水面以上，经过整整一夜的悬吊，在第二天天亮前才拉了上来。橡胶胆中的蛋清和蛋黄在深井水面的特殊环境下自动各归其位，蛋黄集聚在核心蛋清包在周围，黄是黄白是白绝不混乱。秦玉良抱回家放到锅里文火煮熟，扯去橡胶外皮，一只特大的椭圆形的天鹅蛋就做成了。

秦玉良还买来了很多上等鹅肉，陪衬特大天鹅蛋，在天鹅河滩大摆天鹅筵席。蟾蜍们欢欣鼓舞奔走呼告，浩浩荡荡地从四面八方赶来赴宴。一霎时，满河滩蟾蜍咕咕簌簌、麻呼呼一片，气势恢宏得叫人咂舌称奇！

席间，秦玉良和高岚举杯敬酒，两下觥筹交错，宾主谈笑风生，好不和谐融洽。蟾蜍中一位满脊背硕大疖豆的老者把盏祝词，慷慨激昂："各位有见识的同类，想我土田旱蛙之辈，生来暴眼窿鼻，阔嘴丘背，身形丑陋垢秽，叫声凄凉瘆人，致世世代代被俗人贬为'癞蛤蟆'，一直晦形匿踪藏藏闪闪，难以涉足大雅之堂。幸有天台秦老先生秉承祖上恩义，深知吾祖乃月宫千年修炼之蟾仙，素以我族酥液入药，解救万民之伤痛，我辈方得'蛙尽其才，才尽其用'之机遇，荣登贵人宴席之荣耀。今秦公子高小姐礼贤下士以我辈梦寐之天鹅精肉巨蛋盛宴，款待雌雄老幼之蟾辈，尔等皆当知恩图报，挺身而出，共赴刀尖秘药之伟大事业！"

话音未落蟾辈掌声雷动。到酒足饭饱蟾蜍们集合列队在秦玉良、高岚的带领下，浩浩荡荡开赴秦舍后院，纷纷投身蟾蜍池，秦玉良以一个"蛤蟆王"的姿态，偕高岚站在高台之上，恰似齐王秋点兵威武重演，又是满城尽戴黄金甲豪壮再现！

奇幻的梦想离不开秦玉良的少男纯情和捕蟾、爱蟾的现实，此后，他非常乐意地接受了同学们给他的诨号——"蛤蟆王"，更重要的是最终如愿以偿地吃上了"天鹅肉"。在秦玉良医学院毕业后，不但顺利进入了天台市中心医院工作，而且和从政法学院公安系毕业的高岚终成眷属。

而秦玉兰高中毕业考上了天台市一家制药企业的技工学校，毕业后留到那家药企的采购部门担任业务员，与同行蔡振斌结婚。

踩着哥哥姐姐的足迹，玉凤也出脱成了才貌出众的姑娘，从小学到高

中，她的学习成绩一直都很优秀。在全家老少的殷切期盼下，秦玉凤如愿以偿地步上哥哥后尘考上了医学院临床医学专业。

93. 梦里的高原红

庞红叶从会听故事到长大成人，不知有多少次听奶奶讲说太爷爷和爷爷的故事，说起西边遥远的洮州、柳林镇、肋巴佛、杨土司、晃商人……后来，庞红叶考进了师范大学，从各种媒体上广泛接触了甘南的许多知识，直至在图书馆邂逅了甘南籍研究生贡宝才让，才使她对那个西边天际的神秘所在有了一个直观的、立体的、有血有肉的亲近，从那以后，这个关中姑娘就把一片芳心许给了甘南高原。

贡宝才让是一位真正的高原红，这是因为校园橱窗里有他身着藏衣藏帽藏靴怀抱吉他唱爆迎春晚会的《高原红》酷照，是因为他在足球场上龙腾虎跃、纵横开阖的帅姿，是因为他一米八二的个头和松子色的脸膛，是因为他的一篇有关藏民族历史文化的开拓性论文，还因为他幽默风趣的言谈举止和广交各民族学友的美佳人缘。

自那次图书馆相见以后，庞红叶就把这位高原红与格萨尔王、肋巴佛的高大形象重叠起来，把一部藏族的振兴史诗和英雄史诗、革命史诗融合在了一起，到庞红叶大三、高原红研究生快要毕业的时候，两人终于手牵着手徜徉进了甜蜜的爱河。

毕业后，高原红实现了回家乡奉献才华的理想，被招进设在柳林镇上的一个旅游文化部门工作。在高原红离开母校时，庞红叶坐火车倒汽车跑了一个晚上和一个白天的路程，经兰州过河州到洮州，翻越过无数高山深涧，跑完黄土高原盘上青藏高原的东缘，终于在月亮升起的傍晚，和高原红到达了群山峡谷中他家的土屋里。

庞红叶坐在高原红八十五岁阿婆（奶奶）的石板炕上，品尝了摆满炕桌的牛羊鸡肉、腊猪肉和许许多多叫不上名字的山珍野味，还吃了藏粑喝了甜醅，体验了农耕藏族的独特生活，初来乍到她就喜欢上了高原人朴拙纯净、从容自信的人生态度。

随后，庞红叶随高原红去了一趟洮州教育局，提交了来年毕业后来洮州中学任教的申情书，没过三天，洮州教育局就给庞红叶打来了电话，通知她的申请已经得到主管部门的批准。

庞红叶喜不自胜，第一个给自己的奶奶打电话，报告了这一振奋人心的好消息，听得出电话那头的奶奶也喜出望外。晚上，在高原红阿婆的石板炕上，庞红叶激动得一宿难眠，翻来覆去地规划着未来在那个古老神秘城垣中的教育生涯，规划着和高原红将要从这块土地开始、在这块土地上升华的美满婚姻和价值人生。

庞红叶离开念藏堡要返回西安时，高原红的阿大、阿妈、妹妹卓玛和堂弟巴仓把她送往山头上的公路。在爬往山头的土坡上，庞红叶不时地回眸眺望高原红祖祖辈辈生活的村落。念藏堡恬静地坐落在幽深的大沟中，它的四周雄峙着一座座灰红与淡绿色相间的高山，大山肩部以上蓝天裙纨以下放牧着梦一样的轻盈雾霭，胸部上缠绕着白云似的羊群，大山腹地分布着一块绿一块黄的庄稼和田地里耕作的藏农和牦牛，还有田埂地塄上的青草鲜花、山涧树梢的啁啾翠鸟。听巴仓说，从念藏堡向西南翻过几个山头，再往下走完一道盛满碧绿的十里峡谷，就是高原红将要供职的柳林镇；从念藏堡向北翻过一座大山涉过一条宽大的河滩和河滩中的蜿蜒小河，绕完一道沟壑，再翻过一座高山就到了庞红叶向往的洮州古城。

上了山头庞红叶一再俯瞰坡下炊烟袅袅的村舍，民房像一口口摆在路边的陈旧蜂箱，孕育活力的同时酿造着甜蜜；又像一绺绺削得四方四正的青稞面馍馍，高低错落、曲曲弯弯地分布在沟底山脚，和同样原色的道路坡坎连成一体，祖露着赤红赤红的本色，就像藏家人赤裸裸的纯朴情怀。站在山头油路边上，仰望蓝湛湛的天、白皎皎的云，遥视茫茫无垠的云峰雾嶂，使在楼山车海、缤纷斑斓的大城市长大的庞红叶产生了说不出的亢奋和踏实。

随着几声鸣号，一辆中巴班车从山头那边钻了出来。庞红叶告别送行的人，和高原红一起上了汽车。高原红要再送庞红叶一程，陪她到洮州汽车站，亲眼看着她坐上去兰州的长途客车才放心。

班车在并不宽敞的公路上一会儿盘旋下山，一会儿转弯抹角地爬行上坡，到了一座巍巍的山巅，一方城垣尽收眼底。庞红叶隔着车窗朝下看，只见黄土筑成的城墙犹如一条巨大的蟒虫顺河而卧、随山起势，烽火台在透迄的城垣上矗立相望；城内外楼厦土舍连片、绿树阑干，几面国旗舒展高杆，青色绸带似的街衢由东向西缓缓而上，与城垣以西的那条伸进山麓盘上山腰山脊隐没在云雾之中的灰白色公路连成一线。公路上很少看到行驶的车辆。

"红叶，下面的古城就是洮州城，咱们来时的那天傍晚也曾从这儿经过，你将要任教的学校就在这座苍老的城垣里面。这里恰是'一片孤城万仞山'的真实写照啊！你看，洮州城以北无边无际的层峦叠嶂，多么的雄阔辽远壮观、神奇神秘遐思无限！一会儿，你将坐上大巴，跃上山巅、浮进山腰、沉

入山谷，尽观大自然的神工鬼斧，这将是大平原上无法领略的视觉饕餮啊！"高原红指点着说。

庞红叶说："平原千里有失呆板，巍峨山峦才人生一样深哲。我崇尚大山梦牵甘南，因为她哺育了这么伟大的民族、浑厚的文化、勤劳善良的人民，还有一位植根雪线的高原王子！"

高原红被庞红叶的纯情又一次感动，他凝视着庞红叶说："红叶，你将要在这山的世界里颠簸将近一个整天，经过好几个少数民族的聚居地，才能到达省会兰州，坐上回西安的火车。"

庞红叶的思绪已经驰骋在视野之中腾挪跌宕的无边峦海，联想着这条跃入云天的简易公路的另一端，必然接通着喧嚣和繁华，像一条搏动不已的脉管源源不断地向大山深处输送时代的鲜活和灿烂！

洮州汽车站到了，最后一班去兰州的长途客车刚刚发走，发车场上只有一辆老年人旅游团的包车，一问凑巧也是走兰州的。高原红和女导游取得联系，幸好后排还有两个空座。高原红付了车费，牵手庞红叶上了汽车，车上坐的全是七老八十的老年游客，他俩找到最后一排临窗的角落坐了下来。两个人挨坐在一起，又涌上来了说不完的思虑，道不出的浓情！

高原红回忆着这多半年来两个人相处的日子，虽然学习任务繁重，学校活动也多，但是两人的周末约会却几乎雷打不散。庞红叶、高原红志趣相投，他们不喜欢泡咖啡屋，也不喜欢逛商场，更不喜欢那灯火陆离中的轻歌曼舞、摇滚刺激，就喜欢租骑两辆山地自行车从城外环山路飙上白鹿原，飙进蓝山腹地去眺望毛盖峰，寻找尚未逝尽的日暖玉烟，反复探究"一篇《锦瑟》解人难"的朦胧，揣摩李商隐的玄思真义。往往，这一对恋人平躺到绿绒绒的草毯上，看着蓝天白云，听着鸟语水泪，和着高原红高山流水的吉他，吟诵着唐人的这首叩世丽章：

锦瑟无端五十弦，一弦一柱思华年。
庄生晓梦迷蝴蝶，望帝春心托杜鹃。
沧海月明珠有泪，蓝田日暖玉生烟。
此情可待成追忆，只是当时已惘然。

庞红叶把奶奶的人生说给了高原红，高原红在高声吟诵《锦瑟》以后，就为这首美丽伤感的华藻加上了新的注脚，他对庞红叶说："红叶，真实的生活不是花前醉酒，也不是月下吟诗，奶奶那经过世事煎熬磨炼的人生，恰恰撞击出了平凡真实、自信洒脱的爱意火花！"

这时候，女导游上车了，旅游车马上要开走了，高原红却坐着不想动，心里突然被一种顽固的妄想所占据，他要叫天宇中所有的恒星、行星和这辆旅游车一律停滞到悠悠洮州这个离别的时空，让他贡宝才让和她庞红叶永远逗留在这个息息相依状态，不再分手各自西东！

然而，在司机上车插上车钥匙的时候，高原红站起身依依不舍地退下了车，又站到车窗外盯着车窗里那一双同样痴痴的眼神。隔窗相看泪眼，竟无语凝噎！汽车开动了，高原红就追着轮子跑，跑出车站，跑上街道，汽车和他的距离越大，他就跑得越疯狂。

汽车出了西城门驰骋上路，庞红叶看见高原红魁梧的身影愈来愈小，小得只剩下那张松子色脸上一对闪光的眸子时，庞红叶的眼睛里也溢出了烫烫的泪水。汽车转了弯，高原红一下子消失在了庞红叶的望眼尽头，庞红叶并没收回自己的目光，她盯着高原红消失的方向痴痴寻找，好像非要搜出个不忍陌目的高原红！

旅游车走完了城郊的油路，驶上了砂石路面的坡道。这时，窗外远处传来了一阵紧似一阵的雷声，随即砂石路上飘起了灰尘，刚才还明媚的天空倏忽间闭上了黑色幕布，树木使劲摇摆起来，河湾里的庄稼剧烈起伏簸旋不定，山坡田野河滩公路上扬起了高高的沙尘，沙尘和着豆大的雨滴冰雹铺天盖地倾泻而下，乒乒乓乓地打到车顶和四周玻璃上，随即化成一条条水带往下流淌。庞红叶赶忙拿出手机拨打高原红，而高原红的手机正在通话中，她知道高原红怕庞红叶受到风暴的惊吓，此刻正站在暴雨风雹中拨打她的电话！

刚才，铁塔一样的高原红还靠在自己的身边，虽然他的体温犹存、眼神尚在、话音绕耳，但是，在庞红叶的意念中，两个人已经分隔了无数春夏秋冬！虽然庞红叶意识到，此时的他和她还同在一条暴雨风雹的路面上，而且相距不会超过两千米，可她却顽固地判定，他她之间已是山水依稀、尘雾茫茫、天各一方！尽管庞红叶明白这是一种思极情绪导致的感觉失真，可是，她却不甘心认同，以至于产生了下车跑回去的念头。她要用这个方法验证一下，在十分钟之内庞红叶能不能重新躲进高原红的臂膀，把脖子上的纱巾包上他的落满沙尘、冰雹和雨水的浓发？她拨号的指尖一顿，掌上的手机即刻铃声大作，屏上显示出了高原红的头像，于是对着话机呼唤："高原红，高原红！"庞红叶非常惊喜，她甚至感谢手机具备了接通两极的神奇功能！

"红叶，你忘带东西了。"听得出来风雷声中的高原红很急切。

"MP3（音频播放器）？是我留给小妹卓玛的。"

高原红说："这我知道，是数码相机！"

"相机？"红叶才想起数码相机是放在阿婆炕头窗台上的。

"我堂弟送到汽车站，你坐的车已经走了，我想打的追上来给你，可偏

不偏来了雷雹。"

"相机你留着吧！可是……"红叶声音黏黏的。

"红叶，红叶！"高原红气喘吁吁地，"你可是啥？什么是可是？红叶！"

"多大的风雨、冰雹，我不要相机！我，我……"红叶抬头看看窗外，汽车正在艰难地盘山上行，周围一道道山峰壁立在雨雹的洗礼中，"只是我，我想再看你一次！"

"红叶，红叶……"好像是暴风噎住了高原红的喉咙。

"高原红，高原红……"

"我怎么听不见你的声音？"

"喂，喂，听到了吗？听到了吗？"这时庞红叶的手机传出了嘟——嘟——的忙音！电话信号断了？是风暴隔断的，还是大山阻断的？红叶急得要哭，她反复拨弄手机，可到最后连忙音都没了。

庞红叶忽地站起来，女导游说："风雹暴雨来势凶猛，各位老大爷、老大妈坐好别动，也不要开窗。车正行驶在很陡的山坡上，到了山顶平缓路段，我们就可以停车等雷暴过去以后再走。"

黑压压的云缝里雷声一惊一乍，车窗上雹雨乒乒乓乓，车子向着山巅挪动，车轮开始打滑了，车厢里有一些老人躁动起来。庞红叶目光依然在窗外搜寻，透过车窗雨帘，看见山崖上的雨水汇成一排排的泥帘，裹着泥沙草根流到路面，和路面上的冰粒水浆搅和在一起，向车下涌来。啊，她看见了，看见了高原红！高原红顶着风雨暴雹从路基一边的坡坎下一跃而上，在庞红叶伏着的窗前一闪就不见了。庞红叶心瓣颤颤，两手扶着车窗，尽量把眼睛睁得更大更大。

汽车呜呜地原地打着滑，女导游看了看后视镜大声喊话："大家坐稳，现在有一个人帮我们推车，车上了这一段陡坡就安全啦。"

女导游的话证明庞红叶刚才不是幻视，但是，如果真是这样，难道爱的力量能使所爱的人从天而降？高原红在推车？可高原红没有雨衣啊？庞红叶站起来，哗的一声拉开车窗，一股冷风挟带着雨雹劈头盖脸地撞来，庞红叶顶住风雹把头和肩膀伸到窗外，她看见了一个高大的身躯抵着车尾猫着腰在艰难地换步，雨雹砸到他长长的头发里、肩头上、衣领里和宽大的背部，又从头脸肩背流到路面上的冰泥里。汽车一打滑就把卷起的泥浆碎石甩向推车人的身上脸上，但是铁塔一样的身子毫不躲避，两腿拱在泥浆里，双臂和肩膀拱着车身，嘴里迸发出了"嚎，嚎，嚎……"的呼号。庞红叶听出了这"嚎"声就是高原红唱《高原红》的音律，于是也就跟上"嚎"了起来："嚎，加油，高原红！嚎，加油，高原红！"

"嚓，加油，高原红！"女导游憋红了美丽的脸庞，指挥着满车的老大爷、老大妈们齐声呼号，车上车下车里车外，竟然形成了一个巨大的合力。车子就一尺半尺地向上移动，移动，在雷暴和呼号声中，磨磨蹭蹭地移上山巅平道，停到了避风背雨的山嘴下。庞红叶抢在女导游前头跑下车，把带着自己体温的纱巾包到高原红的头上，张开双臂把高原红揽进怀里，任凭风雨暴雹的肆虐。

车里的老人们喊着："这一对年轻人多幸福！""祝福你们！""快上来吧，年轻人！"

女导游把他们拉进车门，满车响起了感激的掌声。有人递来毛巾，有人劝高原红脱下上衣，司机拿下他挂在靠背上的茄克衫让高原红换上。

大家七嘴八舌地问这问那："小伙子，你叫个啥？"

庞红叶抢先回答："他呀，有一个最好听的名字，叫高原红！"

"高原红，好啊！"

"小伙子，好人有福气啊，看你的女朋友多漂亮！"

司机对高原红说："小伙子文质彬彬的，脚板挺厉害的，从弓背岭爬上来硬是截住了汽车。"

"其实我不是赶车的，我是给她送数码相机的。"高原红说着从腰里掏出了一个黑色的皮质小包。

女导游嘻嘻一笑说："借口吧，多情自古伤别离，更哪堪冷'落风雹劫'？爱情的力量实在太难以估量了！我们这一车老人都分享了你们的爱创造出来的奇迹！干脆送女朋友去兰州吧，我们免车费！"

"对！和我们一同去兰州！"老人们高兴地嚷嚷着。

"一听这名字就知道你是个歌手，来吧，给老人们唱首歌吧！"女导游鼓起掌来，满车厢人都鼓起掌来。

高原红腼腆地看看庞红叶，而庞红叶也在使劲地鼓掌，他就清清嗓子唱了起来，歌声感染了全车的人们，大家齐声应和。汽车在风雨暴雹后的盘山道上行驶着，高昂的歌声回荡在莽原山野：

……高原红，美丽的高原红，煮了又煮的酥油茶，还是当年那样浓。

高原红，梦里的高原红，酿了又酿的青稞酒，让我醉在不眠中……

94. 爱神的高地

在西安，庞红叶顺利通过了毕业考试、考核、答辩，如愿以偿地获取了本科文凭、学士学位和高中语文教师资格，她生命中最幸福的时刻终于来临了。庞红叶和高原红通了好长时间电话，设计了他们人生道路上最渴望最重要最庄严的跨越，一对相爱的人把这个跨越郑重其事地命为"真爱工程"。

庞红叶从大学搬回家里，给奶奶和爸爸妈妈正式汇报了她的"真爱工程"。

庞汉关又高兴又担心，他问女儿："红叶，你去洮州的思想准备工作是从什么时候开始做的？"

庞红叶看看奶奶，说："爸爸，这个准备工作不是我一个人能够很好地完成的，说远点，从我的太爷爷哪一辈起，然后是我爷爷、奶奶，包括你和妈妈平时的言传身教、潜移默化，都是在为庞红叶点点滴滴地做着准备工作。我从幼儿园、小学到中学、大学，老师和周围的人都是每时每刻在有意无意地为我做着准备工作呢，无论正面的、反面的。"

姚莜苓问女儿："那你为啥要把这次去洮州中学当教师叫做'真爱工程'呢？"

庞红叶说："妈，爱，应该是这个星球上最伟大的字眼，没有爱何谈生命？何谈生活？何谈文明？何谈进步？何谈一切？这个爱字最起码的对象就是'大爱无类'，最基本的范围就是'大爱无疆'。这一点难道妈从奶奶身上的体会还不深切？我所说的'大爱'，最忌讳的就是停留在嘴上的爱和掺了假的爱。"

姚莜苓看着女儿点点头，又问："红叶，可奶奶和爸爸妈妈也需要你的爱呢？"

"对呀，以前是女儿一个人爱你们，不远的将来高原红就会和我一起来爱你们，以后还会有……有我们爱的结晶也来爱你们，你们不是更加幸福了吗？我还要把我的爱心传播给我的学生，让天下的人们都用自己的爱心去呵护别人，同时又得到来自别人的爱心呵护。"这时庞红叶的情绪有些激动。

麦草问孙女儿："红叶，你去洮州当教员是爱，留在西安工作就不是爱了吗？"

庞红叶笑笑说："奶奶又来考我吧？我觉得去洮州教书可以把我的爱发

挥到极致。首先，那里有我所爱的人高原红和他的一家，其次那里是高原红出生成长的宝地，然后那里留下了我祖辈的足迹，最后在那里的学校可以最大限度地放大我的爱心能量！"

麦草笑起来还是那么好看："大学生文言文语的，可我都听懂了！去，只要奶奶不害病，就去甘南陪你这个'放大爱心能量'的孙女！"

"感谢奶奶和爸爸妈妈对红叶的支持，欢迎奶奶也欢迎爸爸妈妈去洮州做庞红叶的啦啦队，同时，尽享乡土人文，饱览美丽风光。"庞红叶说到这儿，往全家人面前一站，满怀激情地朗诵道：

铁垣走峭叠山雪，黑岭峙松茶马营。

碧洮银珠青妃泪，冶海幻图陨将魂。

金锁天门笋恋月，云妆菩莲兔美凡。

城隍星耀义旗奋，端午元宵兄弟融。

庞汉关拊掌说："我琢磨过多次，这首《洮州咏》里写了洮州八景，还有这么多的历史掌故、民俗乡情，算起来有将近二十处自然人文景观吧？"

庞红叶说："是啊，历代文人骚客写洮州的诗文太多了，但能唤起我和高原红共鸣的就是这首诗里面饱满的内涵和炽烈的激情。"

"这里头连带的那么多故事和景致，总是叫人眼酸心热呢。"麦草说完长长地叹了一口气。

姚茯苓说："很明显，这首诗是出自现代文士的手笔，莫非是高原红的得意之作？"

庞红叶说："目前，他高原红还没有达到这么高的造诣呢，这首诗是他在母校洮州中学六年上学期间的一位语文老师所作，高原红在每次思念家乡或者因家乡自豪的时候，都会含情吟诵，到现在连我都耳熟能详了呢。"

于是全家人在庞红叶的领诵中，又回味了一遍这首《七律习作·洮州咏》广远而浑厚的意境。

在念藏堡的土屋里，高原红早就给庞红叶和他收拾好了结婚新房。

这一带的藏家农舍是最生态、最实用、最科学、最划算的房子，它的一个显著优点就是摆脱了城市开发商的暴利盘剥，在这地方你遇不到空气污染，也没有挤车、堵车的苦闷，更没有相互攀比的烦恼。村子里一座座土屋都是沙土打墙，檩条、椽子、"漫柴"（劈柴）和黏土盖顶，盖好土屋以后，给房上放一架赤石碌碡，这碌碡没有铁桶粗但比铁桶长，每年春季拉上碌碡对屋面定期碾压，大风大雨后不定期碾压。屋后和两侧不见木，屋内不见土，向阳靠坡择势而建，后看似堡垒，前看像殿堂，冷风吹不进，雨水淋不透，大雪压不垮，冰雹打不破。

高原红考虑到妹妹卓玛初中毕业后曾去深圳打过两年工，是见过世面、颇有审美能力的女孩子，就把布置新房的任务交给她，让她尽情发挥自身的创意才能。果然卓玛不辱使命，她去城里买了墙围子花纸、纸链子、剪纸、窗花和双喜一类的纸贴，用了三天时间才完成了任务。高原红验收新房时，见和西安城的婚房布置差不了多少，在最基本的设施方面，只是少了一张席梦思多了一座石板炕罢了。为这高原红反复地、多角度地拍下彩照发到庞红叶的邮箱征求意见，庞红叶大加赞赏，说"这才是真正意义上的爱巢"。

迎娶庞红叶时正是农历七月，这是甘南山原最美丽的季节，山花烂漫、田禾纳粒、牛壮羊肥、风日晴和，酒香肉嫩、人意美善。高原红和巴仓各驾一辆黑亮的轿车，驰骋一千多公里到达古城西安。高原红的车上载回了新娘和奶奶，巴仓的车上载来了庞汉关和姚茯苓夫妇。返程路上大家一百里为营，五百里投宿，且行且游饱览沿途风光，遍尝丝路风味，好纵心放意。

到了七月七那天，车子开下大沟底里的念藏堡，满村人在村口迎候新人贵宾，霎时鞭炮齐鸣、音响震耳。常装素面的庞红叶在卓玛的引导下笑吟吟地走下轿车，向乡亲们颔首致意，高原红搀扶着辛麦草，巴仓引导着庞汉关姚茯苓往屋里走，大家都满面春风，互相打拱致意。

高原红家的大门堂屋门、厢房门都贴上了大红对联，挂上了红布，贴上了红双喜，院子里喜棚的上下左右一周一圈搭满了红色被面，喜棚下摆设着桌椅，院里院外房上房下、屋前空场屋后坡坎满是笑弯了眼睛合不拢嘴的主人、村邻和喜客。早席是各种热腾腾的肉和青稞酒，然后是香喷喷的清汤牛肉和油炸饼。庞汉关一家对主人的热情厚待应接不暇，午席上的饭菜盘碟大、花样多、味道独特。主人屡屡夹菜劝肉好意敬酒，庞汉关两口子不敢多饮只是象征性喝了几盅，因为早有高原红托庞红叶警示，一旦和实诚好客的主人们稍微喝出点状态，娘家人便会陷入轮番被敬酒敬拳的危机之中，主人们会以一酒碟六盅为单位，非和你喝一轮九九重阳、十三太保、二十四个亮晃晃不可！

中午时分要举行拜天地的婚礼，卓玛跟着高原红阿大的尕姨，也就是高原红阿婆的妹妹在新房精心打扮着庞红叶。随着三声礼炮和鞭炮的串响，庞红叶就要在高原红和卓玛的陪同下步出新房，走到设在院子中央露天下的婚礼场地。婚礼场地前面并排摆着三张条桌，桌前依次坐着庞汉关、姚茯苓、辛麦草和高原红的阿婆、阿大、阿妈，还有高原红阿大的尕姨夫和尕姨。这个"尕"字嘛，在洮河流域就是"小"的意思，相当于关中一带"碎"字的用法，但是高原红阿大的尕姨夫和尕姨实在是不能以"尕"而论了，因为他们仅比高原红的阿婆小六七岁！如此看来，这个"尕"的称呼也是相对而言罢了。

主人、村邻和喜客都急于看看这个西安城里来的大学生新娘是怎样的时兴打扮，三口娘家人也要一睹红叶的幸福丰采。新房门帘挑起，穿戴着藏袍礼帽、胸别红花的新郎和伴娘卓玛，拱护着一位同样戴着大红花、通身上下披金挂银、佩饰琳琅的藏饰女子，人们定睛看时，那藏饰女子已经走到场地中心，向所有的人张臂鞠躬："大家好，庞红叶向各位亲眷乡邻问好！"

四围的人们立即掌声雷动，年轻人中嘘啸声四起。

辛麦草、庞汉关、姚茯苓看时，只见红叶面无粉黛，却特意在眉心点缀了一颗石榴红，比奶奶的天然朱砂痣更显活力；头上戴了顶色彩艳丽、闪金耀玉的帽子，双耳上摇坠着宝石重叠的银色月牙耳环，把一张霞晕雪肤的瓜子脸映衬得雍容典雅。这帽子水红布作料，圆牙花朵镶边，一颗似玉石似珊瑚的绿色珠子点缀在前额中心，脑后帽边长出三两寸，长出的部分从中开衩，宛若报春飞燕的俏尾，其上镶嵌着和额头帽边上一样形状一样颜色的珠子。帽子不紧不松地束笼着红叶又黑又粗的三根大发辫，每根发辫上均匀地编着形似元宝的银珮，顺着发辫从帽子后沿串联到辫梢，银珮上分别有不同的琉铸图案，大致是圆伞、金鱼、瓶子、莲花、海螺、旗子、绣结和太阳等，数一数至少有二十枚，当中那条发辫的中腰还系挂着一坨拳掌大小的银花盘环，随着红叶头身的摆动，发辫上的银饰和耳坠上的银环玎铛赏心、皓辉悦目。一件雪红色的贴身夹袍衬出修长婀娜的身姿，夹袍的袖口领口和两侧起衩处装饰着色泽鲜艳的毛蓝滚边，滚边上的花纹像凤尾婀娜又像祥云缭绕；一件紫色的锦边背心套在雪红衫袍上面，一条锦绣成堆的腰带系在锦边背心以上，翠绿色裤子和花团锦簇的绣鞋在衫袍下时隐时现。整个衣饰热烈雅致、浑然天成。

在四周的掌声和嘘啸声中，庞汉关、姚茯苓心中升起了无比的惊喜和慰藉，姚茯苓看着天仙似的女儿，拿起相机抢了几个珍贵的镜头，她要给这些照片配上最美的文字，发表到自己的博客，让爱神的情怀像春风化雨一样滋润大地。麦草激动得热泪盈眶，眉心的丹砂石榴晕的红色一直漫遍全身，她觉得孙女的幸福就是自己的、庞家的！

婚礼进行到新娘做完自我介绍时，竟然引来了一场不大不小的插曲，令在场的每一位主人、乡邻、宾客惊叹不已。

"新娘是西安人？我的天神，说起来和我还是老乡呢！"高原红阿大的尕姨夫站起身子，摸摸雪白的胡须说开了一口流利的西安话，"你看你看，乡

音未改鬓毛衰啊!"

　　真是天涯无处不芳草,庞汉关、姚茯苓、辛麦草既惊既喜。庞红叶在千里之外有幸遇到一位高龄老乡,心里有说不出的亲切:"老爷爷是专程来甘南为我们贺婚的?"

　　"是的。娃娃啊,我已经在这里等你一辈子了。"老人嘀嘀嘀地捋捋胡须说道,"从二十岁时随我们的处长宣侠父来甘南宣传革命串联同志,就留在这块土地上再也不回去了。"

　　庞红叶看着老人说:"听我奶奶说,我太爷爷和我爷爷都曾经到过甘南,不过我爷爷只到过洮州和柳林镇。"

　　"你爷爷来柳林镇做啥?"老爷爷坐直了身子问。

　　"买麝香,配刀尖药啊!"

　　"你爷爷得是叫个庞广龙?"

　　"老爷爷,就是啊!"

　　老爷爷身边的那位红衣"朵姨"老阿婆透过眼镜的上框,瞅瞅庞红叶,嘿嘿一笑:"你太爷爷叫个庞青瑄,对不对?"

　　"对啊!"

　　"你穿的这套嫁衣裳是当年我和老晁结婚时,杨土司的阿妈杨老夫人送我的礼品呢!就连你的爷爷庞广龙都见过我穿这套衣裳呢!"红衣"朵姨"兴致勃勃地说。

　　"啊!"庞红叶的双眉一下子飞了起来,"难道说,二位老人就是当年的晁商人和阿仲?"

　　"谁说不是呢?我叫晁志德,当年搞地下工作,名字保密着呢。"

　　晁志德和阿仲老人站起来走到庞红叶跟前,每人抓住新娘的一只手不放。

　　"你爷爷还叫过我'朵妹妹'呢,过后我才知道他应该把我叫姐姐,庞广龙占了便宜,我一辈子记着呢。"阿仲激动地摇着庞红叶的手说。

　　庞红叶就把他们引导到奶奶和爸爸妈妈跟前,一一作了介绍。一行客人才从阿仲老人的眼镜后的眉心处看见一颗熟悉的丹砂红,晁志德和阿仲看着麦草的印堂红晕,同样显出了惊喜。庞汉关、姚茯苓站起来,把晁志德和阿仲老人扶到他们的位子上坐定,恭恭敬敬地说:"叔叔、阿姨,一见如故,一见如故啊!"

　　辛麦草也站起来,他拨开儿子和媳妇,拉过阿仲的手说:"姐姐,当年广龙没叫的姐姐我辛麦草今日补上。"

　　晁志德高兴得拍手叫好:"补上补上,洮州人说得好,能叫迟了莫叫误了嘛!"

"老哥啊，肋巴佛和你们那么多好人，当年帮了庞广龙父子，帮了刀尖药，我念叨了一辈子呢!"麦草鞠躬致礼，"红叶的爷爷给我说的最后一句话，就是等革命胜利了，他和我来甘南草原饲养香獐，给刀尖药预备最好的麝香呢!"

"这个任务不难完成，你孙女已经踏上了这块神奇的土地。"晁志德老人说。在场的人们看着一对新人，眼神里充满了期待。

这几位心有灵犀一点通的老小故交，给这场喜事喜上添奇，周围的人们也都歔歔慨叹不止。阿仲抓起麦草的手哈哈哈地笑着说:"缘分缘分，佛爷有眼，祖宗有灵，好缘分千里来相会啊!"阿仲拍响了皱巴巴的双手，在场的所有人都由衷地拍响了双手，这样的鼓掌比鞭炮音响还动人心魄。

在以后的几天里，高原红和巴仓带着庞红叶一家人登临卓尼洮河岸边的古雅山，拜谒了甘南农民起义领袖肋巴佛纪念亭，拜访了卓尼红色土司杨府旧址，还应晁志德和阿仲之邀，专程去两位老人在合作市市区的家会晤了这对红色夫妇。

到返回西安的前一天，一家人在高原红的引导下把红叶送到了洮州城。这天，恰逢洮州城举行撤乡建镇庆祝活动，各个村社的老百姓穿着节日的盛装，或赶着马车或骑着摩托或开着私家车，汇聚在古老的洮州城跳舞、唱花儿、看热闹。庞汉关、姚茯苓看到洮州东城门用松柏的枝叶搭起了彩门，彩门上悬挂着一副颇具新意的楹联:

大目标大手笔做大开发文章

新机遇新突破创新洮州辉煌

两口子为自己的女儿能赶上施展才华的机遇而无比欣喜。随着人流共享着喜悦，一行人穿行到位于西街的洮州中学门首。只见一座六柱三宵、青砖红枋、雄伟典雅的砖雕大门矗立在大路一侧，中门横楣书有"洮州中学"四字，不禁使来客激情胜怀、仰目瞻望，很久，大家才簇拥着庞红叶踏上石条砌起的七级台阶，跨进了洮州中学的大门。

这次嫁孙甘南，辛麦草亲身瞻仰了魂牵梦绕的肋巴佛纪念地，面见了庞氏两代人的故旧，可谓夙愿初偿，但老人家总觉得意犹未尽、惆怅有余。她几次许愿红叶，说是要赶在明年的五月端阳节以前再去洮州陪伴孙女。

95. 长夜快过去

在天台市卫生局的倡导下，秦月亭为刀尖药报批了制药许可，同时将刀尖药注册了国家专利产品。人民医院增设了中医创伤科，并确定该科室为重点建设科室，主要目的是严密保护和研究提升刀尖药，同时在临床上应用推广，开展体外创伤的门诊和住院治疗。创伤科设在原来的总务科小院，也就是"文革"中一度被"红造司"占据的那个地方。医院粉刷了墙壁，搬来一些桌椅和病床，扯了十几丈白布做帘子。创伤科由秦月亭担任主任，主要工作人员是主治医生兰桂芳和三位护士。

创伤科开设半年来，秦月亭和兰桂芳因陋就简克服困难，力保从制药到诊疗工作的正常运行，科室工作开展得还算顺利。由于就诊人数不断增加，用药量越来越大，现有的蟾蜍池所产蟾酥就显得供不应求、捉襟见肘，秦月亭多次建议医院扩大蟾蜍池，以增加蟾酥产量。医院领导层打算在原有蟾蜍池的基础上进行扩建，但却遭到了一些职工的反对。反对扩建蟾蜍池的职工都居住在蟾蜍池附近，他们派代表给高院长反映说：

"那些蛤蟆一到晚上就叫，干扰了周围住户的正常生活，尤其对老人和上学孩子影响最大。这么多年，我们觉得秦医生和兰医生挺不容易，尽量没给再添麻烦，现在，既然医院接手蟾蜍池并且计划扩建，大家就一致要求搬走蟾蜍池，还职工和家属一个安静的生活环境。"

为这事秦月亭、兰桂芳坐立不安，这么多年怎么就没有一点觉察呢？邻居和同事们多宽容啊，一直默默地忍受、无形地支持到现在，当扩大蟾蜍池作为医院行为时，他们才提出这个问题。但是，本来就不宽裕的医院经费开销得起征地、修池、盖房子等一系列费用吗？

高院长也为这事伤透了脑筋，他召开院务会议，专门寻求解决问题的办法，最终决定向上级争取资金，在郊区征地修建蟾蜍池，继续雇用人员饲养蟾蜍。他们向市卫生局打了报告，没几天，市卫生局局长前来人民医院视察，特别视察了创伤科。局长马兆廷在听完汇报后说："中华民族的传统医学是一座取之不竭，用之不尽的伟大宝库。我们天台是炎帝神农氏的故乡，对挖掘保护传承中医名方责无旁贷。作为政府主管部门，理应加大人财物的投入，促进秘药的开发转化，为市内外更多患者造福，为天台的经济发展做贡献。但是，按照市委市政府年初的部署，今年全市卫生系统的投入主要用在乡镇卫生院、偏远地段医院的建设上，由于基层卫生事业底子薄、基础差、欠账多，所以，在资金方面还有很大缺口。你院打报告要钱迁建一个初具规模的蟾蜍基地，我看还得推后，最多再等两年时间，我们就可以挪出资金做这件很有意义的事情了。"

"我院创伤科可是重点建设科室啊，是不是应该特事特办呢？"高院长迫不及待地问。

秦月亭赶紧接上说："对，特事特办！如果把创伤科和蟾蜍池一起迁出，建一所创伤专科医院，就能够更好地保护、开发、提升、推广刀尖药。"

马局长微微地叹息一声说："目前，我只能做到的是，在权限之内支持你们。"于是提出把秦玉良调来做秦月亭和兰桂芳的助手，一是有利于长期有效地做好刀尖秘药的保密工作，二是有利于刀尖药后继有人，三是可以给刀尖药的研究、开发、提升注入新的活力，四是一家人在一起，既方便这一特殊性质的工作，又能相互照应生活起居。

高志刚院长只好退而求其次，点头表示同意。在马局长走出小院将要离开时，秦月亭突然一把拉住马兆廷的手说："马局长，既然上面暂时无法解决蟾蜍池的问题，那么调人增员的问题也就不急着考虑了。我必须向你和局里声明，这刀尖秘药绝不是秦家私有的东西，我们从没打算搞什么世袭制！"

马兆廷转过身来一把握住秦月亭的手说："月亭同志，无私才能无畏啊！我向你学习！"说着又转向高志刚，"高院长，是不是考虑从你们医院其他科室调一位专业对口、年富力强、忠诚可靠的同志来创伤科？"

高志刚还没开口，秦月亭抢先表态："不用，不用！感谢马局长无微不至的关心，我们目前的确不缺人手！"话说完了，手还摇个不停。

马兆廷和高志刚对视一阵，然后哈哈一笑："那好吧，我还要去其他医院看看，就此告辞！"说完，和高志刚秦月亭握了手，钻进小汽车然后打开车窗摆摆手，汽车就一溜烟跑了。

马局长走后的几天里，秦月亭夫妇一直愁眉不展，听着彻夜的蛙鸣，他们感念着邻居们长期以来的默默隐忍，局里没有在近两年搬迁的打算，这个矛盾到底该如何解决？

兰桂芳终于想了一个主意：找女儿玉兰借钱，自己买地建蟾蜍池。

秦月亭不禁振奋起来，但不久又犯起愁来：即使在远离医院和住所的郊外新建了蟾蜍池，虽然有雇来的老乡看守养护蟾蜍，但他们亲自采集蟾酥就会花去更多的时间和精力，更重要的是目前对蟾酥的保鲜问题还没有解决，路途一远势必影响药效。

这个矛盾困扰了秦月亭和兰桂芳好多日子。有一天半夜，秦月亭突然从

被窝里坐起来，对桂芳说："桂芳，我们为什么不创办一所自己的医院呢？"

桂芳长叹一口气："谈何容易啊，就你我的能力和精力能做到吗？"

月亭说："我想了很久了，能！而且，我们现在已经不是孤军作战了。更何况这样做，不但可以适应更多患者的需求，又可以为发展提升刀尖药积累资金、提供一个能够体现自己意志的平台，让这个古老秘药摆脱不必要的束缚产生质的飞跃。"

桂芳也披衣坐起，过了一会儿才说："那就听听孩子们的意见吧。"

第二天，正好女儿秦玉兰和女婿蔡振斌来看望他们，月亭把这个主意一说，就得到了他们的支持。玉兰说："现在国家政策支持私营医疗机构的发展，爸妈应该与时俱进抓住机遇，把刀尖药医院办起来。"

秦月亭召开了一个家庭会议，把这个设想郑重其事地说给一家人，没想到得到了全家人的一致支持。

玉良踌躇满志："贷款的事难度最大，由我和玉兰、振斌承当。"

玉兰、振斌郑重地点点头。

高岚自告奋勇："我平时忙，没有整块整块的时间给爸妈帮忙，但我可以发动我哥，让他查阅一下有关法律和政策依据，起草有关文书材料。"

兰桂芳知道高岚的哥哥高峰在滨河区卫生局办公室当主任，提供类似的援助简直是轻车熟路。

最后，姊妹们提议在玉凤学成毕业以后，就留在自家医院工作。其实，月亭、桂芳早有商定，在找到庞氏后人之前，如果秘药非要再过渡一代不可的话，那么这个再过渡的首推人选就是秦玉凤！

筹办自立医院的工作紧锣密鼓地展开了，秦月亭和兰桂芳甚至为他们即将诞生的医院想好了一个意义深邃的名字："秦汉医院"。

平时，虽然月亭、桂芳没有多少精力顾及筹建方面的繁杂事情，但是前期工作却在有序推进，贷款已经落实，院址就选定在天台市新开辟的岐黄大道北端的凤凰山下，眼下就等着批复一下来破土动工了。

那天，秦月亭两口子抽身察看了一次新院址，并打算在医院的土建工程未开始之前，提前在新院址的后面修建一个新型蟾蜍池，再盖几间房子，作为初级炮药操作间和供饲养蟾蜍的工人居住。

在赶回住所的路上，星星已经布满了天空，两口子走在通车不久的岐黄大道上，迎着习习夏风，憧憬着刀尖药的美好未来，禁不住激情涌怀。路边一行行新栽植的树苗已有碗口粗细，知了在树冠里争相欢鸣，桂芳孩子似的在树与树之间绕着"8"子环，招呼着月亭来追她。月亭就放开了跑步来了个侧面阻截，横在了桂芳的前头，身子一挡两只手一拦，把个低头迅跑的兰桂芳堵在树行里边。桂芳撞倒在月亭怀里，咯咯咯笑个不停，月亭趁势护住桂芳：

"桂芳啊，你都有好长时间没叫我哥哥了，你笑着叫哥哥的声音真好听！"

桂芳说："真的，哥哥，一想到我们将要拥有自己的医院，好像又回到了咱兄妹俩的青少年时代。"于是枕伏在月亭的怀里好久不想离开。秦月亭清清嗓子，放开了他久违了的歌喉：

……长夜快过去天色蒙蒙亮，衷心祝福你好姑娘……

夜深了，两个人久久依偎在繁星满天的夜空之下。

96. 出土

就在这天晚上，秦月亭住室的西邻不慎失火，殃及到蓝溪轩和他们的卧室，是秦月亭和兰桂芳回医院后发现火情才喊醒西邻的，不然肯定酿成房毁人亡的大祸。

月亭桂芳冒死从蓝溪轩中抢出了药材、书籍资料、墙上的字幅和一些制药工具。到大火熄灭时，昔日的蓝溪轩只剩下耷拉到半空的屋顶、变成焦炭的门窗和黑乎乎的墙壁，东间卧室里的东西虽然没有损失，但屋面已经烧透了一大一小两个窟窿。面对灾后现状，两口子心里火烧火燎。

后来，医院工会慰问了他们几户职工，给了一些救济钱物，把秦月亭一家安插到卫生局家属楼上的一间空房子暂住。

那间空房子在五楼上，卧室只有二十平方米，下楼出了单元门就是大街，而且距离人民医院还有两站路的距离。人搬到卫生局家属楼上将就着住倒没问题，但是蟾蜍池实在没法搬过去。一是附近没地方建蟾蜍池，二是周围住户密集，即就是建个临时蟾蜍池，蟾蜍的叫声会影响到更多人，因此只好再等等，等到在新院址饲养蟾蜍的条件成熟以后再实施搬迁。这个现实困难也得到了人民医院生活区邻居们的谅解。蟾蜍池暂时没搬，皮箱也继续深埋着没动。医院雇人收拾好了月亭桂芳住室东间过火房的屋顶，重新聘来一位叫田家祥的近郊农民住在里面，专职饲养管理蟾蜍，医院按月拨一些经费让田家祥定期代收蟾蜍，以便保持新旧更替。只是蟾酥的采集仍由月亭桂芳亲自负责。

到了第二年下半年，人民医院给过火房和蟾蜍池的地皮上新规划了住院大楼，需要把田家祥和蟾蜍池搬出医院，月亭桂芳决定先利用自立秦汉医院

地皮西侧、凤凰山脚的废旧池塘养蟾蜍，在那里搭建两间临时棚房，一间供田家祥住宿，一间作为初步炮药房，以免新采蟾酥经过较远路途而散失药效。

那天刚一下班，秦月亭、兰桂芳就去了人民医院过了火的宿舍后边，远远看见一台挖掘机已经开到了现场，等待着挖基坑，田家祥在篱笆边跑前跑后准备着搬蟾蜍。兰桂芳突然发现挖掘机那宽大厚重的钢铁挖掘头，正扣在埋藏牛皮箱的地面上，驾驶员坐在工作台上操作机械准备开挖庄严的第一掘。兰桂芳、秦月亭跑到驾驶室跟前，央求驾驶员暂停施工，那驾驶员请示了工地领导后，就把挖掘机头向旁边摆了摆。月亭、桂芳各拿一把镢头铁锹，吃力又笨拙地挖着，而土地干硬如铁，他们吭哧吭哧了好一阵，只挖破了点地皮。

那驾驶员忍不住跳下驾驶台问："下面埋的是啥东西？"

桂芳遮遮掩掩地说："是……是一口早年的箱子。"

驾驶员说："给我五块钱，我给你们挖出来？"

秦月亭瞧了瞧驾驶员，四十多岁，黑乎乎的脸庞，右边大眼角上有一颗红痣，像一颗红红的豌豆。月亭觉得在哪儿见过他，但一时又想不起来，就犹豫了一下，说："那好吧！"

尽管，当时的五块钱相当一天多的工资，但这箱子里装的东西却是无价的。驾驶员先开动挖掘机掘开了表皮硬土，又往下挖了半人深，然后走下驾驶室问是木箱子还是铁箱子，埋得有多深，秦月亭都一一如实回答。驾驶员就跳下坑用镢头刨着找，刨了一阵子又问："皮箱有多大？"

兰桂芳给比画着说："八十公分长，四十公分宽，二十五公分高。"

驾驶员在坑底一打量距离，就换上铁锹从四边掏，好不容易撬出了皮箱，弄掉上面的泥土，很吃力地从坑里递给秦月亭，然后，自己拄着铁锹上了坑。秦月亭给了驾驶员五块钱，就和田家祥两人把箱子抬到了卫生局住处，到床底下放好，锁好门，又折回来搬蟾蜍。

那位驾驶员停下挖掘机走到秦月亭跟前问："喂，秦医生，你们那绛紫颜色的皮箱里头装的是啥？是金银珠宝，还是青铜古董？那么重的。"

秦月亭惶惶地说："没啥，是，是几幅名人字画。文革中藏的。"

"名人字画？哄精屁眼娃娃去吧！"驾驶员摇摇头奇怪地笑笑。

搬回皮箱以后，月亭桂芳就带领着雇来的帮手开始搬蟾蜍池，一些好心的邻居也来帮忙。那个坐在高高驾驶舱的挖掘机驾驶员，时不时居高临下地朝着秦月亭和兰桂芳张望一阵子，像要从他们身上寻找出什么秘密；而秦月亭总是想不起啥时候在哪里见过这个人。

97. 十字路口

又是一个逢五的凌晨，秦月亭和兰桂芳相伴着采完蟾酥，接着在炮药操作间忙完以后，就赶回人民医院上班。走在宽阔的岐黄大道上，桂芳看见路灯杆下有一个人，好像在贴什么东西，在一根杆上贴完一张，就向离他们更近的路灯杆走来，很快那人来到月亭、桂芳跟前。两人一见是一个学生模样的男青年，手里还拿着一沓没贴完的传单。

桂芳问："小伙子，你贴的是啥传单？"

"卖药的传单。"

"你卖的是啥药？"

"我是利用这个时间给人家发传单挣学费的，卖药的在旅馆住着呢。"

说着学生递过来两张传单，桂芳分给月亭一张。只见传单上印着：

一百样病，九十九样我没本事治，专治皮肉骨伤、长不住的疥疮！刀剑药——皇宫秘籍配方，药到病除，疗效神奇！买两盒送一包，面购邮寄两便。联系人：沈医生。

传单后面还注着咨询电话。

桂芳月亭看完还要问时，那学生已经跑到了另一根杆跟前贴去了。

第二天，桂芳按传单上的电话打了过去，接电话的是一个男人。桂芳询问了"刀剑药"的情况，电话里的男人说："我这'刀剑药'配方是唐朝皇宫里出来的宫廷秘籍。你们天台市的人只知道秦月亭的刀尖药，却不知道比那还要厉害一千倍的'刀剑药'……"

桂芳给月亭笑着说了对方的话，月亭说："江湖上啥都有，但愿这'刀剑药'不是江湖骗子的鬼把戏，咱得找个机会访问访问这位沈医生呢。"

没过几天创伤科来了个农村老汉，是三个儿子用架子车拉来的。老汉像小娃一样哭着喊疼，儿子们说了他爹的遭遇："我们是打西山来的，我爹害'连疮腿'有一年了，打针吃药敷药都不见效。前几天，从电线杆的传单上看到'刀剑药'，就打电话寻到旅馆找到了那沈医生，他卖给我们一千元的刀剑药，按卖药的说的办法敷上，到第二天脓水是止住了，可烂腿上却流开了血，疼得老人受不了。我们弟兄三个带上剩下的药，找到那个卖药的要拉到派出所去讲理，那卖药的就退了我们七百元药费，又给了我们一百元饭钱。经人介绍我们才来人民医院找创伤科来了。"

桂芳收老汉住院治疗，护士给处理了伤口，不一会儿老汉就安稳地睡着了。秦月亭非常生气，又按广告上的地址拨通了电话，但那头却是一位女人接的电话。

电话里的女人问："喂，你找谁？"

秦月亭答："我找卖刀剑药的。"

"你找那个卖假药的？去派出所找吧，警察昨天下午就带走了。啥沈医生神医生的，我看才是个剩医生呢！"

秦月亭心里乱乱的，他很想知道卖假药的人究竟为啥要弄个"刀剑药"的名称糊弄人，就拨通了高岚的电话打问。

高岚说："爸，卖假药的以前是卖老鼠药的，不知从哪里弄来这么一种假药卖，开始没人买，偶尔遇到一个下海医生，才给顺口编了这么个药名。听说那下海医生是大学毕业，辞掉西安的铁饭碗到天台市来闯世界的。"

秦月亭挂了电话肚子里嘀咕着："这个下海医生为啥要给别人的假药起这么个鱼目混珠的名字呢？"

在一个星期六下午，高峰来人民医院创伤科看望秦月亭。

秦月亭一直对高峰怀有感激之心，不仅是因为在最困难的时候，高峰以纯洁的天性良知，冒着强势高压救助过他，还因为这孩子为他们创办秦汉医院提供过一系列法律和政策依据，甚至还替他起草了举办医院的申请报告、可行性论证等文书。目前，虽然秦汉医院的申办工作还没有走出尾声，但是，如果没有通晓相关烦琐复杂事务的人当向导，不知道要多走多少弯路呢。

高峰对秦月亭还是以前的称呼，几句寒暄过后，高峰就把创伤科的门诊室、抢救室、换药室、观察室和几间病房参观了一遍，他对秦月亭艰苦创业，不乱花国家一分钱的精神给予高度评价："叔叔，艰苦奋斗的确是我们党的一大优良传统，我们都应该好好发扬光大，但是，巧妇难为无米之炊，看看你这么简陋的设备，哪里像一个重点科室的样子？"

"因陋就简吧，好在咱这传统中医可以先不在乎多么先进精良的设备，最在乎的是医生的辨证诊治和方剂配伍呢。"秦月亭认真地说。

"叔叔说得对，是人的因素第一，"高峰沉吟着，"叔叔和阿姨既要搞研究又要看门诊还要值守病房，忙得够呛吧？我能给你这边支援个人吗？"

秦月亭说："人？"

"对，我这里有一位临床医学本科毕业的朋友，想来你这里见习一段时间。"

"见习倒问题不大，"秦月亭说道，"可人事方面我没有这个权力。"

高峰说："我这位朋友曾在西安一个机关卫生室工作过几年时间，现在下海来咱天台市，设想举办自立医院，却一时找不准合适的定位，曾想仿照你这儿搞一个创伤方面医院，可一没经验二没疗效独特的药品支撑，因此，在自己举办医院以前，希望来学习学习。"

秦月亭想，这个从西安机关卫生室下海来天台的医学专业本科生，是不是给卖假药的沈医生出坏主意的人呢？是也罢不是也罢，我秦月亭一没权力接收，二是科室确实不需要增人。

"叔叔，我和我爸爸说过了，我爸爸说马局长也曾提议给你这儿增人，他叫我自己来问问你。"高峰毫不避讳。

"高峰，你这样推荐人和局里或者医院给创伤科调人是两个性质的事情，而且你推荐朋友来见习，我却没办法达到人家的要求，所以，叫我不拂你的面子实在难哪！"秦月亭说。

"叔叔，他叫林尚，和我不是一般朋友。"接着，高峰吞吞吐吐地说，"他还，还打算交一笔……见习费，还比较可……观，作为对你个人的酬劳。"

"见习费？"秦月亭一愣，心里直嘀咕："我现在的确需要钱，可是，这些巧立名目的钱我可不敢要啊！高峰啊高峰，难道你不知道不是自己应得的钱财，是绝对不能伸手的吗？作为一个前途无量的国家干部，怎么能东奔西跑给别人介绍这种事情呢？"

"叔叔，"高峰的脸刷地一下涨红了，"现在医疗机构都推向市场了，市场经济就是金钱做杠杆。你大概还没听说过医院最近出现了医疗红包的事情吧？"

"不但听说过，而且有人也给我送过！"

"叔叔真坦率！"

"可你说面对病人家属给的红包我能忍心伸手吗？如果收了，不是明摆着给病人的伤口上撒盐吗？"秦月亭激动地晃动着摊开的两只手掌，眼睛看着高峰，等待高峰的回答。

"叔叔又要考我啦。"

"不是我考你，是市场对医生们的一个严格的过关考试！"

"叔叔，可这个考试并不是每一位医生都能过关的。"

"正因为这样，你爸爸在咱人民医院的党员大夫中起头，拒绝医疗红包呢！"秦月亭说，"在全院党员大会上，你爸爸说过，不管到任何时候，都不能把共产党员的立场原则和良知拿出来做交易的！"

高峰一震："叔叔，我从来没求过你，以后也绝对不再来求你，这件事

就请叔叔答应我吧！这个人曾经对我有恩，我不能知恩不报。"

秦月亭想了想，压低声音说："高峰，这么说是你欠了人家的情，那叔叔帮你还，咱加倍还他！"

"叔叔，我不要你还，我只要你答应这件事。"无意中，高峰露出了孩子相。

秦月亭有些心动，他想起了往事，而往事却使他更加冷静。他说："高峰，'文革'那年，在五月端午的烈日暴晒下，还是这个院子，我为了保住刀尖药，欠了你的情；现在，我要筹办自立医院，不受任何牵制，按照自己的意志去做刀尖药，并且随时准备和秘药拥有人的后代一起让秘药物归其所。这个物归其所的过程不能有半点闪失，不然，我会死有余辜的！为了筹办医院，你已经替我做了大量的工作，还有一些事情需要你继续帮忙。今天，没答应你的要求，叔叔就替你还你那位朋友的人情债，好吧！"

"叔叔，你老别……别……"高峰欲进不能，欲罢不忍，一张英俊的脸红到了耳朵根。

"举办秦汉医院的事，我宁愿推迟做，你说的这个事我不能答应啊。"秦月亭的语气十分肯定。

"叔叔，你和阿姨多保重，我走了。你哪一天改变了主意，就给我打个电话，好吗？"高峰睁大眼睛望着秦月亭。

"高峰，感谢你现在改变了主意，但是我的主意是不会改变的！"

高峰低下了头，满脸的难堪，走了几步又转身回来说："叔叔，你今天又一次用人格和党性给我上了一堂课。我确定，我改变主意，收回刚才说的话！"

秦月亭深情的目光停留在高峰的脸上，一只手握住他的手，另一只手拍着他的肩膀说："其实，大小一理，国家的事业都像我手里的刀尖药一样，需要一代又一代忠贞不贰的接班人去承上启下，高峰你应该记住，这个过程也不能有半点闪失！"

高峰重新恢复了自信的表情："叔叔，老一辈的耿忠品格，是留给我们年轻一代的宝贵财富，是我们国家民族之幸，庶民百姓之幸，我要向你们学习。"

"这么吧，今天正好周末，我给玉良打个电话，让他约上高岚、玉兰和振斌，你也带上你媳妇乔娅，你们三对子找个地方去好好聚聚，这个东你们工薪阶层都别作，就叫玉兰、振斌两个商人掏腰包，好吧？"

"叔叔，我打电话通知他们。"高峰说道，"秦汉医院建院的事我还会一如既往地尽力，咱就等待好消息吧！"

秦月亭把高峰送到人民医院大门以外，站在行人和车辆川流不息的十字路口，看着无处不有的商业广告，听着立体扩音设备发出强烈冲击力的狂躁叫卖声，忽然间生出了些无所适从的感觉。

98. 人到老来才学乖

转眼就到了一年的尽头。那是十二月的最后一个星期，呼呼的西北风刮了一夜，一大早，月亭、桂芳和护士们打扫了院子，正在各自的岗位上做上班前的预备工作。一个裹着蓝色棉大衣、围着毛线头巾、戴着白色劳保手套的中年妇女，推着一辆轮椅走进创伤科的院子。轮椅上坐着一位昏睡不醒的老太婆，整个身子缩在油乎乎的毛毯围裹成的大褟裢之中。

护士们帮忙把病人推进诊室，秦月亭询问着病人的基本情况。

"范西梅，女，老年痴呆……"中年妇女说着。

"老年痴呆？"秦月亭抬起头说，"我们这里是创伤科，不看这种病的。"

"你是不是秦月亭大夫？"中年妇女问。

"我就是秦月亭。"

"我叫梁文燕，是建筑公司开卷扬机的。我妈这病一时糊涂一时清醒，清醒时就嚷着要找你来呢，这不，昨天晚上又喊了一夜，我等不到天亮就往这儿赶。"梁文燕说着卸了手套，解了围巾，露出了粗糙的双手和齐耳短发下边好看的脸。似曾相识的感觉在秦月亭脑屏上一闪，却又一时唤不回来应有的记忆。他说："可这里是创伤科，你们应该去挂脑神经科的号。"

"这个我知道，可今日我们不是来看病的，是来看你的。"梁文燕苦笑了一下。

"来看我？"秦月亭的目光在母女俩的脸上游动。

梁文燕拿出手巾给轮椅上的母亲擦了擦口水。

"你们家住哪里？"秦月亭问。

"桥南，建筑公司家属院。"梁文燕把拥到母亲下巴的毛毯整了整。

这时这位范西梅哼了一声，动了动身子，咂吧了几下嘴，然后嚷着要喝水。护士端来一杯温开水，秦月亭站起来接过杯子送到范西梅嘴边喂着喝。范西梅喝了几口，就推开杯子喃喃低语："谢……谢，秦……月……亭！"说着，流出了一长串浑浊的泪水。梁文燕赶紧帮母亲擦泪，突然范西梅抖着双手，把一个包着蓝色塑料皮的 32 开笔记本高高举过头顶，说："秦月亭……

你是……秦碎……虎的儿子，我必须把这……本笔记亲自……交……给你，表示……忏……悔，我今晚……回去死……了，也甘……心……安……心。"

秦月亭不明原委，一脸不知所措，梁文燕接过来交给了秦月亭："秦大夫，拿回家去看看吧，看了以后，请转告你的妻子和岳母，同时祷告你的父亲、母亲和岳父的在天之灵，就说范西梅忏悔了她的罪孽。"说完围好头巾，戴上手套推起轮椅就走。搞得秦月亭晕头转向，等回过神来，来人和轮椅已经出了院门。

下班以后，秦月亭和兰桂芳一起打开了这个笔记本。前面有一沓纸页已经被人撕掉，剩下了齜齜牙牙的纸茬，看起来有十多张。他们把剩下的纸页翻过一张，便出现了密密麻麻的手写文字，是用蓝色钢笔写的，虽然字迹褪淡了颜色，但笔触清丽隽秀。往后翻下去全是这样的文字，看来这是一篇连贯的文稿，有二三十张。

文稿标题共两行：

忏悔书

　　　——害人没有好下场

正文摘要如下：

……

我叫范西梅，在反右派运动中，我蓄意迫害死了银坛区卫生院医生秦碎虎，并且给秦碎虎的战友兰德云强加了不实之词。那时我是银坛区委组织部的一名年轻干事，刚转正不久的共产党员。

……

运动开始后，我被派往银坛区卫生系统担任工作组副组长，主管卫生院的反右工作。开始我追查秦碎虎的问题，只是偶尔在他的档案里发现了疑点，档案里的有关内容，本是部队政治部为了对秦碎虎加以褒扬而记载下来的，但我却指鹿为马给他和兰德云强加了莫须有的罪名。

当时这样做，主要是功利思想、风头主义作怪，想以此表现自己的立场坚定、目光敏锐、政策水平高、工作能力强，为踩着别人的肩膀捷足先登捞取政治资本，以便博取作风肤浅的领导的赏识，更早更快地得到提拔重用。

到稍后，我又听到和看到了刀尖药，在这所小小的卫生院创造出的一个个奇迹，也不露声色地窥视到了蟾蜍饲养场——"蟾宫"的神秘和活力，就利欲熏心，想利用手中掌握的调查处理秦碎虎问题的权力，达到攫取刀尖药秘方的目的。不料秦碎虎宁折不弯效忠诺言誓保秘药，并且在一个看似偶然实则必然的情势中，舍身救友不幸牺牲在煤窑上。

……

中国共产党是伟大的党，首先体现在为中华民族的独立解放、繁荣富强而披荆斩棘、忘我奋斗、流血牺牲的前辈身上，同时，体现在百废待兴的建设时期为国家奋斗、为人民服务、为职业奉献的当代人身上。这些共产党员都是中国人的脊梁、中华民族的柱石。

......

一心想着自己升官发财、光宗富后的共产党员是假党员，是共产党的败类，我范西梅正是这一类人当中可耻的一个。

后来我被清除出党。原因是我的祖父和叔父的历史问题，这个结论至今没有改变，历史地留下了一条政治尾巴。其实那只是一个巧合，我的祖父和叔父我连面都没见过，实在与我的思想修养政治背叛没有直接的联系，就我在反右运动中的作为，足够受到开除出党的处分。这说明，当时在我们党内的极左思潮还相当严重。我说明这个问题的目的之一，就是为了强调秦碎虎是因我而死的。

......

今年以来，我的身体每况愈下，但目前我的思维尚好。

五十年代后期到七十年代末期，国家基本上是在政治运动中度过的，那些时候政治挂帅，人们的政治嗅觉非常敏感，最容易做出失去理智的判断，做出违背党心民心的事情。而这几年国家开始搞四个现代化建设，竭力调动社会的经济神经，在老百姓中提倡发家致富光荣，人们的金钱欲望与日俱增，似乎又被矫枉成了"金钱挂帅"。我想，金钱挂帅会不会演变成一个"金钱运动"，从而使人们丧失理智，甚至做出丧天害理的事情？

......

我的儿子经历过"文革"，曾经是"手把红旗旗不湿"的"弄潮儿"，现在又在物欲洪流中沉浮，整天挖空心思地想着去搞钱，他会不会失去理智呢？我很害怕！因为他曾经偷看过我的笔记，其中记录着刀尖药的神奇疗效和我企图把刀尖药据为己有的心路。后来，我的十几页笔记竟然被人撕走，除过我的儿子还有谁能做出这样的事呢？

......

大家都不要害人，害人没有好下场！这就是我的深刻忏悔。我说出了心里话，目的是为我的来生（如果有来生）积积德，修修桥，铺铺路。也给后世留个反面教材，更向秦碎虎、兰德云和他的家属们低头谢罪！

右下角的署名是"范西梅"。从署名后面的时间落款可见，这是六年前写的。

桂芳若有所思，说："也许这几年来，她一直在找你，今天才如愿以偿

卸下了长期压抑她的思想枷锁。其实，这个范西梅的一些话还不失为反面感悟呢。"

秦月亭皱了皱眉头，嘴上忽然冒出了一句谚语："天到明时方好睡，人到老来才学乖啊！"

99. 告慰

终于，举办自立秦汉医院的批复下来了，秦月亭和兰桂芳几十年的夙愿得以实现，他们将从开挖第一镢黄土开始，雄心勃勃地利用历史提供的机遇，坚坚实实地迈开刀尖药应用和推广的步子。

胡换青病了，一家人把老人家接到市里，住到秦玉良所在的市中心医院住院治疗，可惜她的消化器官已经失去了功能，孩子们终于没能留住她的生命，这位清寡一生、勤劳乐观的老人带着微笑离开了人世。月亭、桂芳和孩子们把兰德云的衣帽盒放在胡换青的棺木中，安葬在葫芦峪，在墓前立了一块石碑，上面刻着：

显考兰讳德云老大人 显妣胡讳换青老孺人之墓碑 女 兰桂芳 婿 秦月亭哀立 外孙 秦玉良 外孙女 秦玉兰 秦玉凤 叩泣

失去母亲的悲痛，加上身边的繁杂事务，兰桂芳老病发作的频率越来越高，初届花甲的她，每天都要靠大把大把的药物来支撑身体。桂芳越来越为自己的身体担心，因此对手头的事情就更有了只争朝夕的紧迫感。

在医院土建的那些日子里，月亭和桂芳白天在人民医院上班，八小时以外免不了要亲自来工地察看和协调工程。医院建成了，他们办理了辞职手续，全身心投入到启动工作上来，购置设备仪器，招聘培训医生护士和各类辅助人员，建立一整套符合秦汉医院实际的规章制度等。

秦月亭、兰桂芳选定了一个具有特殊意义的日子举行秦汉医院开诊仪式。

端午节上午、凤凰山下、岐黄路边的秦汉医院门前摆上了一排桌椅，安装了音响，桌子前面围挂上了一条红色横幅，横幅上贴着"秦汉医院成立暨揭牌仪式"的字样，高音喇叭里播放着欢快的歌曲。

省老干疗养院的黄敬远和苏维艾发了贺电，市卫生局马兆廷局长来了，市人民医院高志刚院长来了，滨河区卫生局高峰局长来了，令狐养浩开着轿车载着他的老父老母来了，桥南的梁文燕来了，老君岭村的常村长和唐书记来了，秦月亭、兰桂芳以前的许多患者朋友来了……来宾中有送贺信的，有送感谢信的，有送花篮的，有送鞭炮的，有专程来送掌声的……令狐养浩送来了亲笔书写的院名牌匾，院址用地所在村送来了锣鼓秧歌队，老君岭村为秦玉凤送来一副崭新的听诊器。

仪式由天台市河滨区卫生局局长高峰主持。

天台市卫生局马兆廷局长宣布："我宣布，秦汉医院正式成立、顺利开诊！"

秦月亭和兰桂芳揭开牌匾上的大红彩绸，现出了刻着"秦汉医院"四个黑色大字的白底匾牌，霎时间，锣鼓鞭炮响起来了，掌声响起来了，秧歌也舞起来了。

秦玉凤觉得自己好幸运，刚走出校门正赶上了秦汉医院揭牌开诊，爸爸妈妈的事业终于有了一个红红火火的新开端，她兴致勃勃地拉起同学兼好友刘锴的胳膊边摇晃边说："刘锴刘锴，你看我进入秦汉医院和你考研成功，哪一件事更值得庆贺呢？"

刘锴却觉得这个仪式有点寒酸，连个舞台红幕都没有，歌星都没请，白皙俊气的脸上现出了不屑的神情，想了想说："如果你不放弃考研，咱俩双双拿到研究生院的录取通知书，那才值得可喜可贺呢！"

那边又响起了鞭炮声，玉凤没有听完整刘锴的话，大声回应刘锴说："是的，两件事都可喜可贺！走，咱们扭秧歌去。"玉凤拉着刘锴加入了载歌载舞的队伍。

秦月亭和兰桂芳满面春光，和台桌上就座的市、区卫生系统领导、来宾和以前受益于刀尖药的患者代表一一握手致谢。

半个小时后仪式结束，送别了来宾，桂芳指挥着职工们收拾场地，突然一阵晕眩袭来，眼前一黑就跌倒在地。大家七手八脚把她抬回医院，一查又是老毛病复发，就输了几瓶液体。第二天一早，她要下床参与秦汉医院"第一班"的事宜，月亭、玉凤怎么也拦不住，只好端来一把椅子，摆了一张桌子，让她坐镇候诊大厅，亲眼看着各个部门、各个科室、各个岗位开始各就各位，各行其是，有条不紊地启动秦汉医院的工作。

医院开诊以来，在医务方面，虽然有女儿秦玉凤得力协助，但是万事开头难，桂芳和月亭两人还是免不了里外奔忙，协调和疏导一些始料不及的事情。好在全院上下共同打拼了一年，年轻的秦汉医院就显现出了其主办者深厚积淀和新锐理念的优势。

每当夜阑人定之际，秦月亭和兰桂芳都要去新设的蓝溪轩瞻顾流连，以缅怀并告慰先烈先祖在天之灵，牵挂失散弥久的亲人。

他们不知道敬爱的婶娘和亲爱的汉关弟弟究竟滞流到何方？弟弟现在在哪里做什么工作？是不是像当年叔叔和婶娘所期望的一样，已经成为一位护关守疆的军人？已过古稀的婶娘是另续夫缘，还是寡守家舍？而他们的家究竟在什么地方？他们母子俩究竟是怎样跨过坎坷世事沧桑岁月才走到今天的？西府磻溪原及其周边地区，父母亲早已进行过多次反复地寻找，从西府到西安的关中渭水南北二线已经经过他们父子的多次寻访，从磻溪原到凤州一线，也经过了父亲的访查，甚至在蓝山深处的窑上村，父亲带着月亭和桂芳访问了熟悉四乡八里皮匠，看来要在这些范围找到婶娘汉关的可能性已经不大了。

父亲、母亲和月亭桂芳本人不止一次地去西安查访过，都没有得到婶娘母子的点滴信息，尽管这样，月亭和桂芳认为应该加大在西安的查询力度，同时不放弃在其他地方继续寻找，以西安辐射各地，从各地向乡村扩展。

秦月亭找到天台市公安局，把麦草和汉关失散的事反映给公安局的同志，并且说明了他和桂芳的想法。公安局主管户籍的上官同志非常重视，他详细登记了两个失散者的基本情况，然后说："这么吧，我把你反映的事情给领导汇报一下，将来我局可以给天台市所辖各县区发协查函件，通过户籍簿等线索查找失散者，同时也可以向西安市公安局发求援信函，请他们通过辖区的户籍等信息协助查找。"

两天后，上官同志打电话通知秦月亭来局里一下，秦月亭立即去了局里，上官说，经请示领导同意，天台市公安局已经给所辖各县区发出了协查信函，也向西安市公安局暨各分局派出所发出了求援信函，两种信函的正文都介绍了失散者的姓名、性别、出生年月和失散时间、地点、原因等，并且要求受函单位对在籍常住人口进行排查，若有上述失散者请尽快复函天台市公安局。

100. 青铜图腾

晚饭一毕，在省城开会的马兆廷给秦月亭打电话，说是明天有一些重要来宾到秦汉医院参观访问，要秦月亭做好接待准备工作。月亭问来宾是谁，马兆廷说其中两位是美国客人，一位是秦碎虎的老领导黄敬远同志，还有一位是美术学院的苏教授。月亭和桂芳推测美国客人很可能是约翰，那位曾经给爹带来灭顶之灾的美军飞行员及其相关人等，他们的心里又有一股痛酸袭来。

秦汉医院也没做过多的准备，各岗位照常上班，只是在门诊和住院楼上插了几面彩旗，大门口又挂起了那道"热烈欢迎上级领导莅临我院指导工作"的红色条幅而已。医院开诊以来，由于常有下来视察工作的领导，因此，秦玉凤就拟了这么一条适用性较强的标语，拿到街上印出来以不变应万变。

到上午十点多的时候，岐黄路上开来了三辆黑亮亮的小车，月亭桂芳迎了上去。第一辆车上下来的是马局长和市电视台的两位记者，第二辆车上下来的是黄敬远和一位长发蓄胡子的人。黄敬远虽然满头白发，但红光满面、步履稳健，一下车向月亭桂芳、马局长挥挥手，就朝后一辆车走去。一位记者拉开架势摄像，另一位记者开始了现场播音。第三辆车门开了，车上下来了一男一女，男的高个子、灰头发、灰胡茬、鹰钩鼻，约摸六十多岁光景，女的金发碧眼素白皮肤紫红嘴唇，胸挂一台数码相机，肩挎一只玲珑小包，大概有四十岁或者五十岁。月亭桂芳站在黄敬远和马局长的身后，两个领导一急，就把他们夫妇推到前面，小声说："握手，表示欢迎！"

月亭桂芳才上前和这一对外宾分别握手："欢迎光临。"

马局长介绍说："这位是美国客人秦兰露拉女士，这位是秦兰约翰先生，他们夫妇是专程来为秦碎虎先生和兰德云先生扫墓，并看望他们子女的；这是兰桂芳女士，兰德云的女儿，这是秦月亭先生，秦碎虎的儿子、兰桂芳的先生。"

那秦兰露拉和秦兰约翰上前和兰桂芳秦月亭一一握手或拥抱，然后月亭桂芳和黄敬远、马局长以及那位长发蓄胡者握手。

黄敬远指着长发蓄胡者介绍说："这位是美术学院的苏教授。"

苏教授将将胡须，哈哈一笑："苏小迈，邓小平的小，豪迈的迈。"

在场的人包括两位美国客人在内都礼貌地笑笑，月亭桂芳上前握手："苏教授，欢迎，欢迎！"

黄敬远指着苏小迈对秦月亭说："按说你们之间还应该有一层更深刻的关系。"

"我爸爸叫苏维艾，解放战争期间，曾在岐山北塬做过战地救护培训教员，老人家经常拿秦碎虎和庞广龙刻苦学习的精神激励我和我的儿子呢，说什么大有延安精神，小有'天井高窑'精神！"苏教授说。

"哦，"秦月亭看看桂芳说，"我们从父亲口中多次听到过令尊一丝不苟严谨治学的故事。"

黄敬远哈哈一笑说："这个苏维艾啊，到现在春秋冬三季都离不开军帽，还吹牛说他有什么'特殊免疫力'，最后还不是落下了个头疼病！"

月亭桂芳齐说："祝愿苏老健康长寿！"

秦兰露拉和秦兰约翰指着门上的横幅喃喃念叨了一阵，对黄敬远、马兆廷说："你们是领导，可我们不是？"

秦月亭、兰桂芳一惊一窘。苏小迈打圆场说："我也不是领导，但是我们大家可以共同指导嘛！"

马局长赶紧伸手示请，说："各位请进，咱们先顺路参观一下秦汉医院，让月亭桂芳介绍一下医院的大致布局吧。"

秦月亭和兰桂芳，从秦汉医院的大门门首，甚至从门前开始，向来宾介绍。各位来宾听着看着缓步随行。

秦汉医院门前的大道是天台市在六年前拓展的一条干线，命名为岐黄大道，这条大道贯穿市中心，连接郊区。秦汉医院依坡而建、坐西向东，位置在岐黄大道最北端的城乡结合地段。

医院大门给人以古朴厚敦的感觉，门首悬挂着一块横匾，横匾上镌刻着"秦汉医院"四个楷书大字，黑色的墨迹在洁白底色的映衬下显得格外遒劲洒脱、风骨铮铮。

宾主从医院大门走进来，由前往后依次穿过门诊楼、住院楼。门诊楼和住院楼与一般中型医院的布局形式区别不大。穿过这两座楼，就到了一座不小的院落，这里是秦汉医院的中院。

中院四周绿树掩映，花草芳香，十几种健身康复器械和石桌石椅之类分布其中。院子中央有一座十米见方的花坛，花坛里密密匝匝地摆放着盆花，黄紫相间的鲜花素雅馨香。中院西边是一座青灰色的三层楼房，人们称它为生活楼，楼中分设着职工宿舍和职工灶、病员灶等。

穿过生活楼再往后，就到了一个既独立又与整个医院联通的农家式庭院——秦汉医院的后院。后院有一绺二层单面小楼房，小楼房坐北向南，一绺八间，中间两间做了客厅，一间做了书房，两边的四间都住了人，只有右起第二间是秦月亭专辟的蓝溪轩新址。二楼有个稍大的制药车间，一间小库房，一个微机室和客房等。后院虽然不比中院那么大，但是，也辟有小小的花坛和几副石桌石椅，与花坛南北相望的是一口朝南开着的木质双扇朱色侧门，直接通向医院外的小巷。

走出侧门，顺小巷向东就是岐黄大道，向西则是绿树葱茏的凤凰山。山坡下，有一座小型红砖青瓦房向阳盖着，里面住着饲养和管理蟾蜍的田家祥老人，瓦房前边水草掩映的池田里，便是秦汉医院的保障枢纽所在蟾蜍池了。

大家绕着蟾蜍池参观一周，秦兰约翰夫妇和苏教授觉得新鲜，好奇地问这问那，月亭、桂芳一一作答。来客对秦汉医院进行的"有霜季洞养蟾蜍试验"尤其感兴趣，直赞这是土法上马、大胆创新。

一会儿秦月亭领着客人从朱色侧门回到了后院，请大家进了客厅。马局长招呼大家坐定，兰桂芳给客人沏茶倒水，秦月亭忽然想起，应该准备点咖啡才对。不料，秦兰约翰站起来，秦兰露拉也站起来，两人都欠欠身子。秦兰约翰用还算流利的汉语说："我喜欢喝中国的茶叶。"秦兰露拉附和说："我也喜欢。"兰桂芳就给每人沏了茶。

秦兰约翰说："是兰少校和秦医官给了我第二次生命，在这里我再一次向他们表示哀悼！"

在场的所有人都站起来致哀。大家坐下后，秦兰约翰又说："我从朝鲜战场被遣返美国本土以后，就结了婚，和我的夫人开始学习中文，学习中国文化，了解陕西和关中，就是为了不忘报恩，我和夫人特意在自己的名字前面加上'秦兰'二字，来表示对两位恩人的纪念。"

秦兰露拉说："听说，在中国的反右派运动中，秦医生因为救秦兰约翰的事被打成右派分子，并且被送到煤矿劳动改造而压死在矿井。对此，我们深表痛心！我们决定出资为兰少校、秦医官和刀尖药的嫡传人庞医官重修墓园。"

马兆廷说："黄老，咱们安排下午去三位烈士的墓地，上午就先讨论一下做雕塑的事，好吧？"

黄敬远说："也好。月亭桂芳，秦兰约翰先生和秦兰露拉女士听说你们兴建了秦汉医院，要为你们医院建一座雕塑，作为永久性纪念。你们提个方案，大家讨论讨论，我们请来苏教授，主要是让他从艺术层面指导指导，并负责设计施工的。"

月亭觉得为医院建一座雕塑当然好，要说提雕塑方案，对他们两个学医的来说倒成了难题，他想了想，看看桂芳后对大家说："我们这所医院，主要是为研究、提升和逐步推广刀尖药提供的一个平台，要说做一个和医院的宗旨相一致的雕塑，还真一时不好说呢。"

马兆廷沉吟了一下说："刀尖药本身是一个传奇，而刀尖药的接力过程更是一部一滴水见太阳的历史，信义智勇可歌可泣！我想，把这一点是否作为雕塑创作的主题思想？"

黄敬远说："在解放大西北的战场上，是庞广龙和秦碎虎同志用刀尖药救了兰德云和许多战友的生命，在抗美援朝战争中，秦碎虎和他的刀尖药发挥了不可磨灭的战地救护作用，在朝鲜金岭山下的洗命潭边，兰德云秦碎虎又是为了去捕捉蟾蜍才救了秦兰约翰先生，后来，还是秦碎虎用刀尖药给秦兰约翰先生治好了伤。我琢磨，这一系列的因缘际会恰恰都因刀尖药而来。大家看是不是找一个代表刀尖药形象的人或者事物，作为雕塑形式呢？"

马兆廷说："对啊，有个图腾最好！"

一提到图腾，月亭和桂芳心里有底了，他们想到了三尺黄绢上的蟾宫图，月亭看了看桂芳说："我们做刀尖药，世世代代都把蟾蜍看做亲密的朋友，奉为忠诚的象征物，如果把蟾宫图上的蟾蜍作为一幅图腾矗立在我们秦汉医院，它的意义也许会远远地超越我们世世代代为之奋斗的刀尖药本身。"

苏教授接着发言："在汉代画像石上，可以看到太阳和月亮并画的图案，那太阳中站立着一只三条腿脚的鸟，月亮里却伏着一只蟾蜍，这么画的理由是祈愿太平如月之恒如日之升。中国古代有'蟾蜍去月，天下大乱'的说法，因此古人就把月亮中有没有蟾蜍，和人世间的太平与荒乱联系在一起。"他又从艺术具有抽象概括力和形象表现力的角度作了阐述，肯定了月亭的提议，最后说："鲁迅先生说过，吃的是草，挤出来的是牛奶。而蟾蜍，挤出来的何止是牛奶？可以说从它的背上流出来是黄金，软黄金，是健康，是生命，是忠诚和献身的精神品质！"

马兆廷附和："你这么一说我也受到了启发，蟾蜍不仅有奉献精神，而且有顽强的生命力呢，它冬至休眠惊蛰复活，活累了能死、死够了能活，好比月亮一样盈亏圆缺周而复始。"

兰桂芳想还是艺术家激情饱满想象力丰富，任何事情一搭上艺术的眼光，都会走向一个全新境界的。于是她也联想起了古籍中有"万岁蟾蜍"的说法，还把蟾蜍称作"肉芝"，意思是蟾蜍的法力在灵芝之上，是长生不老的仙药之一。

黄敬远又征求秦兰约翰夫妇的意见，秦兰约翰说："我赞成把蟾蜍作为具象物雕塑出来，来弘扬我的救命恩人见义勇为、舍己救人的伟大人格！"

秦兰露拉说："这个思路体现出了东方文化的特色，比如说中国大小城市的石狮子、开拓牛、麒麟和骏马，还有旅游景点的龙和凤等，虽然和我们西方文化的表达方式不尽相同，但这的确可以使人浮想联翩寻味无穷，进而激励后世，发展刀尖药事业。"

最后，大家一致同意做一尊蟾蜍像雕塑。

兴致勃勃的马兆廷又带大家出去甄选立置雕像的位置，在视察了整个医院后，决定把蟾蜍像矗立在秦汉医院中院的花坛中心。

但是，兰桂芳觉得这个创意意犹未尽，她低声和秦月亭交换了一下意见后，清了清嗓子说："我们天台市是周秦王朝的发祥地，也是青铜文明的发祥地，埋藏在地下的青铜器数量非常丰富，从西汉开始到现在青铜器的出土从未间断，出土数量和种类也居全国之首，被誉为青铜之乡是当之无愧的。我想，咱能不能用青铜器的材料、工艺和形式来铸造蟾蜍像呢？"

在场的人们先是一愣，紧接着苏小迈教授带头鼓起掌来。秦月亭也为妻子的这一构思感到惊喜。

马兆廷颇有感叹地说："这是一个难得的提升，若不是爱之深、情之切，哪里能有如此深刻的构想啊？"

秦兰约翰夫妇也抚掌慨叹，秦兰约翰说："据我所知，青铜器是中国奴隶社会贵族阶层的礼器，象征着礼仪、尊严和权威。用青铜器的形式铸造蟾蜍最能表达'一言九鼎'的意义。"

秦月亭没想到秦兰约翰先生对青铜器了解得如此确切，理解得如此独到，便情不自禁地默诵起了《墨子·耕柱》篇中的文字：

九鼎既成，迁于三国。夏后氏失之，殷人受之；殷人失之，周人受之。夏后、殷、周之相受也，数百岁矣……

其中的"相受"，和刀尖药的传承经历有多么惊人的相似！

而黄敬远也就自然而然地想起了他在博物馆见到的青铜器，除众所周知的鼎以外，那些写实的、想象的、夸张的牛、羊、虎、龙、犀、凤等，给后世和世界揭示了氏族图腾标志在先民精神生活中的地位是多么的重要。

大家谈论着畅想着青铜器，不知不觉间又回到了秦月亭的客厅。

刚一落座，深思良久的苏教授发话了，他说："所说的青铜就是把红铜、锡和铅，按一定比例熔合而成的金属，而青铜器是我们的祖先发明的一种独特的雕塑艺术，它把圆雕和浮雕融为一体，集雕铸、镂刻、绘彩于一身，从艺术构思到制作模具再到青铜浇铸和最后的抛光涂色，无不体现出中国人祖先超凡的审美力和想象力，作为一个美术工作者，我有责任和义务按照各位的意愿进行创作。"

马兆廷站起来征询了黄敬远的意见，就宣布了用青铜器工艺制作蟾蜍像的决议。

秦兰约翰夫妇眼睛里放出了蓝盈盈的光彩，两人对视而笑。约翰说："我说过的，上帝是故意的！"

在场的人都还以礼节性的笑。

吃完中午饭以后，秦兰约翰夫妇要拿出一笔钱，为三位烈士整修墓园。

秦月亭认真地说："我父亲现在安息在天台市的福陵园公墓，那里的一切都是政府拨款重新修葺一新的；我岳父的衣帽盒和我岳母的灵柩合葬一室，两位老人静静地安息在渭水之滨，秦岭之麓的家乡葫芦峪。我们和我们的子女们，按照关中农村的风俗，给两位老人的墓地栽植了松柏，刻立了石

碑。我叔父庞广龙和九间房牺牲的三位烈士，都已经移骨烈士陵园，我们每年在清明节时，都要带孩子们去祭扫陵墓。因此，不劳秦兰约翰先生和秦兰露拉女士为他们再修墓园。"说着，秦月亭看看兰桂芳，兰桂芳向丈夫点点头。

秦兰约翰夫妇摊摊双手耸耸肩膀，表示不解和遗憾。

秦月亭继续说："我们倒是欢迎尊贵的客人去扫扫老人的墓地，也不枉二位远渡重洋的劳碌之苦。"

黄敬远觉得月亭的话有礼有节，就和马兆廷交换了一下意见，便起身带队前往福陵园和葫芦峪扫墓。

当晚，天台电视台详细报道了这一新闻。

青铜蟾蜍铸像从设计到定稿、施工到竣工落成，用了两个月时间。黄敬远，这位尽职尽责的老兵，亲自赶到天台市秦汉医院，为铸像揭下了红幕。

临走时，黄敬远问秦月亭："月亭啊，今天怎么没有挂欢迎横幅呢！"

"我了解你，所以没挂。"月亭说。

黄敬远说："做刀尖药要来真格的，这事儿可经不起花里胡哨的折腾！"

101. 至憾

那次，秦月亭从北京参加完中华中医药学者协会理事会回来没几天，就是秦汉医院建院五周年。然而，不幸的是在那个端午节的凌晨，兰桂芳又一次倒下了，这次是倒在了秦汉医院的蟾蜍池前。

那天凌晨，秦月亭和兰桂芳三点钟起床，用了半个小时洗漱，到三点半时，他们去蓝溪轩焚了香，然后拿上黑釉玲珑双凤钵，从后院朱红侧门里出来，顺着巷子往西，来到蟾蜍池。田家祥老人打开了日光灯，在池沿的木案上铺好一张洁白的布单，就退回他的小屋里去了。秦月亭按照风万山杨改占采酥的套路，先从池子里托出一只蟾蜍，连续抚摸着背部和颈部，默诵着歌诀：

春风生百药，几处术苗香……

同时把蟾蜍仰放在凤钵沿上，点了"囊囊穴"，蟾蜍蹬了蹬四蹄鼓了鼓腮帮后，蟾酥就滴滴答答地流进钵里。桂芳半跪在蟾蜍池沿下，用双手拉着一块洁白的纱布同时稳着酥钵。到东方即将泛出淡淡的鱼肚白的时候，一钵蟾酥终于采满了，秦月亭才直起身子松了一口气。

325

往常在这个时候，桂芳就会收起纱布，用一张黑色保鲜膜极快地捂住钵口，但今日的兰桂芳却还纹丝不动、一声不吭地伏在那里。秦月亭叫了一声，桂芳不应，他把桂芳的双手从凤钵挪开时，兰桂芳身子向一边倾斜，枕在了蟾蜍池边沿。秦月亭叫着桂芳，把把手腕，翻看了瞳孔，立时神魄俱惊，月亭把桂芳小心翼翼地平放在地上，一边让田家祥到前院去通知玉凤组织抢救，自己赶紧做人工呼吸。

但是，秦月亭、秦玉凤父女竭尽全力，最终没能挽回兰桂芳的生命。

玉凤趴倒在娘身上哭得声嘶力竭。秦月亭站在蟾蜍池边热泪纷飞，他不相信，世界真有这样的残酷无情，竟然把自己志同道合的伴侣、风雨同舟的战友、坚韧不拔的后盾、心心相印的妻子如此轻率地夺走？

随即，蟾蜍池里的蟾蜍哀声大作，在端午节的香草熏风中动地惊天！就连半里路以外的居民，都听到秦汉医院蟾蜍的哭叫。

秦玉良、高岚赶回秦汉医院；秦玉兰和蔡振斌已经下了飞机，正在赶回天台市的出租车上；小雀从归来的火车上打来电话，听筒那头传来的是孩子抑制不住的悲声。

兰桂芳的突然去世，是这个家庭塌天陷地的顶级事件，一家人像失去了天日一样懵懵懂懂、浑浑噩噩。挨过了头七以后，月亭催促孩子们赶快返回各自的工作和学习岗位，玉凤去了前院，高岚和玉良回到市区，他们一个要去公安分局上班，一个应约去尚合创伤医院谈事，小雀乘"和谐号"返回军医大学，玉兰和蔡振斌怀着不舍的心情告别了爸爸，飞赴广州去接应一笔生意。

不到凌晨五点钟起床后，秦月亭立不是坐不是，一会儿觉得兰桂芳近在身侧，一会儿又觉得她远在天涯。他不由自主地走出屋子，来到秦汉医院大门前，在岐黄大道上踱起步来。不远处，传来一声幽悠的吆喝："割噢——豆腐哩！"

熟悉的声音一下子调动起了月亭浑身的感觉。有老娘伴随的时候，无论是磻溪原还是天台市半拉仓库的家，晨梦中常听到这样的豆腐声，那些时候，他很留意这化在梦里、雾霭一般的乡音，然而，在以后漫长的时光里，他似乎久违了家乡的这个有声标签，尤其是搬进人民医院以后。不知是农民朋友中断了豆腐生意，还是他忽视了这种刻录在潜意识中的音符和频率？

秦汉医院南边的巷子口，小步猫腰地走来一位挑担子的老人，老人身穿一件洁白的土布短袖、乌黑的土布过膝短裤、白色千层底、黑色圆口布帮鞋，戴一顶金黄色细篾麦秆草帽，一条宽宽的扁担在肩头晃动，扁担两头各拴一只扁平的筐座，筐座上摊着一坨豆腐，豆腐饼上苫着湿漉漉的本色家织

布，一把切豆腐的刃片放在苫布上，一根短杆小盘秤挂在扁担头上。这样从容淡静的老者，这样底蕴深厚的韵律往往会使人倍感亲切。无论你的家乡在哪里，无论南方还是北方、水乡还是土原，只要你去用心体会，随时随地都会从自己的心灵积淀里搜索到类似的感觉。

秦月亭微笑着迎向老人方向走去，老人忽闪着扁担迎他走来，一会儿扁担换了肩，转进了巷子，留下了又一声幽悠的吆喝："割噢——豆腐哩！"月亭呆望着老人的朦胧背影，升起了莫名的惆怅，忽然觉得此时此刻的他，其实是在渴望寻觅着某种说不清道不尽的情感寄托，是父爱、母爱、妻爱，还是父母之爱和妻爱的叠加？是乡情、亲情、爱情，还是乡情亲情和爱情的糅合？这种糅合在一起的爱意，播撒于天地之间，融解到阳光空气水分之内，分布在自然界的每一个花鸟虫鱼、犬马猿鹿之身，包藏在天底下每一个生命体的基因之里，传达自人类数以亿计的真挚眼神和语言之中；这种爱意无疆无界无古无今无长无幼无尊无卑无人无物，无处不在、无所不能，在任何对象之间都能够达到相互融通无条件给予的境界。

秦月亭需要多踏踏脚下的土地，多走走整个医院，多看看他和桂芳用汗水浇铸的业绩，用心灵绘成的释放爱意的蓝图，就像在曾经的一个朝日升起的早晨，桂芳和他两人，用了多半个上午，整体察看了平地而起的秦汉医院一样，再一次品鉴和最爱的人以至爱的诚挚创造出的爱心苑囿。

他穿过门诊楼和住院楼，踱到了中院。院子中央的花坛中心矗立着青铜器蟾蜍铸像，这尊古青色铸像有八尺多高，五尺多宽，仰首蹲坐在土灰色大理石基座上，以其独特的阔嘴环目面对苍天，青褐色中透露出岁月的光气。蟾蜍铸像那硕壮的颈部缠绕着一条荧光绶带，绶带约有半尺宽，其上浮雕出的松柏枝叶苍翠欲滴。绶带的坠子下端，一颗用丹砂炼石镶嵌的桃形心晶莹耀目。

设计蟾蜍铸像时，秦月亭并没有向苏教授提供蟾宫图，不知是艺术通灵缘故，还是冥冥中的暗示，青铜器铸像除过那条绶带以外，简直就是蟾宫图上的蟾蜍绣像立体化了的放大图。

蟾蜍铸像的基座上刻有三行汉字和三行意义对应的英文，汉字是：

美利坚合众国

秦兰约翰、秦兰露拉夫妇

赠立

基座周围摆放着鲜艳的盆花，使拱卫之中的神蟾显得更加器宇轩昂。

面对蟾蜍铸像秦月亭肃立了片刻，仿佛秦庞兰三家的老一辈和自己的爱妻就隐身在那鲜花簇拥之中、青铜图腾之上。

啊，何止这流芳的花蔟和厚重的青铜图腾，秦汉医院的一砖一瓦一草一木无不摄取了亲人爱人的身影，秦月亭觉得自己工作生活在秦汉医院，就等于每天处在一个纯粹而高尚的心灵天地！

走出朱红侧门，流连了蟾蜍池，秦月亭顺着弯弯曲曲的坡径向上爬去，他顾不得坡陡路险，一直上到了凤凰山山头，望着对面的翠清山"福陵园"，那苍柏翳蔽、鲜花簇拥的山坡，便是桂芳长眠的地方。那里的一笔笔翠柏都像跳跃着绿色烟焰的香蜡烛火，那坡地的千卉百芳，是被炽爱和痴诚凝固了的音符。忽而《莫斯科郊外的晚上》的动人旋律，在风里在云里在心头在脑际萦绕。秦月亭数到上起第二排，第七、第八棵柏树之间的艳芳之下，竖立着兰桂芳的墓碑。像主人一样沉思的墓碑每次给人以震撼的悲伤和无穷的力量，石碑底座前方的小石穴里，安放着桂芳那裹着白色绫缎的灵柩。

好久好久，秦月亭才收回目光，往高处走了走。凤凰山顶上有一座清代建造的亭子，名叫"凤鸣亭"，虽然雕梁画栋已遭风雨剥蚀，但分蠹六个角檐的旋风柱子与梁檩椽枋之间却严楔合缝、丝丝相扣。

立在凤凰山巅凤鸣亭下，秦月亭依柱扶栏远眺秦岭渭水，这几天来的伤感心绪就渐渐被雄伟的山壮丽的水濡染。这发祥了一个伟大民族的山水，它们的氤氲雾霭佐佑着恰似蛟龙盘踞的天台城，蛟龙仰头雄视手舞足蹈，每只爪趾都深深地抠出一道沟壑，每道沟壑里全是高楼与林木争上，市声同莺鹊比飞，显得神秘而富有生气。天台卧龙，是说山水如龙，厚重滋润挟裹历史；还说城市腾龙，雄壮恢弘逐鹿现实；而且说传人是龙，忠诚善良接力献身，顾名思义名副其实！

举目放眼，秦岭似一群群狂奔的骏马，张扬着绿色的披风，腾挪跌宕浩浩向东。滚滚的马蹄之下，渭河就成了一条饮马的天溪，伴山逶迤望不到头。秦月亭的心头涌上了一股股感动，他要感恩这山，感恩这水；是山奉献了百草，是水养育了万物，是关中沃土物华天宝，是悠久历史人杰地灵，成全了这凝聚真善的济世良药。

就这么一个人站着看着，一直到对面山腰的农家冒起炊烟的时候，秦月亭才从山坡上缓步下来，走过蟾蜍池，徜徉过小巷，踱进双扇朱红侧门，在后院徘徊了一阵，才回到客厅。

他坐下来，随手拉开了沙发旁边书橱上的抽屉，这是桂芳平时存放书札的地方，月亭翻翻里面的遗物，看到了一封写着"月亭展阅"的信封，抽出一页信笺，是爱妻留给他的遗言。其中有一段话他读了一遍又一遍：

月亭，我的的确确是一个贪生怕死的人，死亡对我来说，是一件极端极端可怕的事情！因为死亡能够无情地剥夺我奋斗不止的资格，可以残忍地收回我鞠躬尽瘁的时光，终止我奉为至爱的事业。我不知道，离开了刀尖药，你我的生命意义究竟还有多大？人生价值究竟还余几何？月亭，如果我在你之前走出了上苍赋予的时光，你能替我弥补这无尽的至憾吗？你能把先辈告诫的"克诚克真"奉为圣铭，从而使你的人格和我们的刀尖秘药不断趋于恒德恒爱的更高境界吗？

见书如晤，桂芳的殷殷笔迹又在他的心海里掀起了新一轮哀思涟漪。秦月亭把自己关在屋子里，捧着爱妻这一页力透纸背的遗嘱，嘴里重复着"克诚克真，恒德恒爱"，霎时，全身涌动起一股承蒙重托的亢奋，比起以前接受爹娘训诫时有了更为明确的使命感和方向感！有了桂芳发自肺腑的话语，月亭就觉得并没有同爱妻阴阳两隔，她依然与他琴瑟和鸣、同苦共甜；因为桂芳的这一段话，月亭会越发把生命看得至高无上、把时光视作生命的全部内涵和外延！他抬起头，默默地凝视着爱妻的音容笑貌，不知不觉间擦干热泪，向讪笑他的知音报以苦苦的笑容，默默委托她向为刀尖药抛头颅洒热血的先烈转达秦月亭永恒的忠诚。

102. 磁力

桌上的电话铃响了，秦月亭一拿起听筒，就听到小雀甜甜的声音："爷爷，你好吗？"

月亭立马焕出了由衷的悦色："好。小雀，你奶奶去世，没分散你的学习精力吧？"

"爷爷，"小雀说，"在我们一家人的霏霏雨季里，我却有一个好消息要告诉你。"

月亭不知道孙女要变啥花样来逗他开心，就说："好消息当然喜欢听啊。"

"爷爷，为了使我的消息能收到最佳效果，请你先记住我送你的一段箴言"，电话里传来了小雀的朗朗诵读，"朋友，没有人会永远陪伴你，所以你必须适应孤独；没有人会终生协助你，所以你必须继续奋斗！"

月亭心岳撼动了，眼前明朗了。电话那头的声音继续着："爷爷，你听好了，你的孙女秦小雀的考研成功了！"

这个消息给秦月亭带来了莫大的振奋和鼓舞，从小雀考入军医大学后，他和兰桂芳一直鼓励小雀在本科毕业后，争取考上军医大学的硕士研究生，他知道这四年以来，孩子一直把进入军医大学研究生院作为努力的目标，现在终于如愿以偿，一是告慰了桂芳的在天之灵，二是为刀尖药产生质变、发生飞跃增加了可能！

笃笃笃，是敲门声，月亭下意识地擦了擦眼睛，整了整衣服，抚了抚头发，走向门口打开了门。

门外站着他的几位老朋友：如今升任为市政协主席的马兆廷同志，书法家令狐养浩先生，还有已经退休的原天台市人民医院院长高志刚亲家。秦月亭一见这些情同手足的同志加兄弟，就知道他们是代表市政协来慰问他这个落鬐的政协委员的，当下，一种依赖感油然而生。他接过高志刚手中的鲜花，把大家让到屋里，三人径直走近兰桂芳的灵牌和遗像，先后上了香鞠了躬，然后和秦月亭一一抱过肩。秦月亭请三人落座，大家说了些体恤安慰的话，令狐养浩给大家沏了茶。

马主席拿出一封信交给月亭，月亭一看是中华中医药学者协会理事会的公函，他拆开信封看了看说："是我们协会理事会会刊的论文录用通知。"

马主席问："是刀尖药研究方面的？"

秦月亭收了信纸说："也算是吧！"

高志刚说："刀尖药可是咱天台市的金字招牌，登到全国性会刊上传经送宝，就不怕招蜂惹蝶？"

令狐摆了一下手说："啥天台不天台的？这刀尖药不就是秦汉医院的吗？月亭，有了这个成果，你的晚年还愁啥呢？等过了桂芳的周年，找个志趣相投的老伴儿，和和美美地再过上一二十年算了！"

马主席喝了口水，说："也好啊，老了嘛，续个老伴，生活起居好有个照应嘛！回头咱给你找个投缘的。"

高志刚看了看月亭，动了动下巴却没说出啥话。

"不行不行！桂芳刚去世，我不会考虑这事的！"秦月亭又是摇头又是摆手。

马主席抬高声音说："好，知道你们夫妻情深，更了解你见素抱朴、少私寡欲的性格，这事拖后再议也行，只是你务必保重身体为要！我告诉你，刀尖药可是咱天台的保留项目，天台人民就等着你增光添彩呢！"

令狐说："兆廷老弟，你们当官的不就是想凭刀尖药捞点政绩吗？秦家人拿命继承下来的刀尖药可不是你们随便能拿走的！"

"令狐，不完全像你说的。说到底，一个人的学术成果是有权自行处置的，本人不过是向他表达了个人愿望罢了。我声明，我的话绝对不代表任何组织！"马主席忙解释道。

令狐说："现在不是已经进入市场经济了吗？月亭也不是已经把刀尖药推向市场了吗？"

高志刚慢腾腾地说："自己先这么搞着，到动不了的时候，也好给孩子们有个交代嘛！"

"刀尖药虽然已经取得了专利和制药许可，但是，它还处在完善阶段，秦汉医院现在应用它，并不能说明它已经完完全全地走上了医药市场。"月亭说。

来客就搁置下了各自的观点，若不是今日是来慰问月亭的，也许还要据理力争呢。

月亭却觉得冷场就是慢待客人，就撕来一页纸写下了八个字，递给令狐养浩，令狐接到手，高志刚也伸过头去，两人念道："克诚克真，恒德恒爱！"

马主席问："这是谁的语录？"

月亭说："这前四个字是一位叫庞亦然的早期共产党人的遗言，是他牺牲前给秘密交通员托付刀尖药秘录时，用快流干的血写的，这四个字经过了三代四个人的手才传到我和桂芳手中。后面四个字是桂芳在遗书里叮咛我的，她希望我不遗余力地充实完善刀尖药，同时，不断完善提升自身的人格，朝德医双馨的境界进步呢。"

马主席双手一合鼓起掌来，说："月亭，我懂你的意思了，我支持你！"

令狐问月亭："你是不是又要我给你写出来，裱褙好，把它作为座右铭，生命不息、奋斗不止！"

"该不是还有一层纪念我那亲家母的用意吧？"高志刚说。

"令狐兄，咱就借水放个船吧，给我也写这么一幅，我要把它挂在办公室最显眼的地方。"马主席站起身来说。

高志刚凑到令狐跟前忙说："令狐弟，说不了也给我写上一幅吧，我要把它挂在家里的正厅！"

"这就是国宝的巨大磁力！"令狐把那张纸收好，继续以文化名人的睿智总结说，"世界上怕就怕'诚信'二字，共产党就最讲'诚信'。"

马主席问："这又是谁的语录？"

"毛主席的。"令狐不假思索地说，"不讲诚信就谈不上认真！毛主席当年所说的'认真'，其中的含义大多是'诚信'，你们说是不是？"

"是的，是的！"马主席、高志刚拍拍手，秦月亭颔颔头，表示赞同。

令狐不无得意地摇头晃脑起来："诚者，言之成立是也；信者，唯人言是信，非人言则不信也！"

马主席以士别三日的眼神看着令狐说："哟嗬，了不起呀，老兄把做人的标准又提到了一个新高度，你这书法家，摇身一变又成了思想家、哲学家了？"说得大家开怀畅笑。

秦月亭心头暖呼呼地，黯淡了多日的眼里又放出熠熠光芒。

马主席等三位老友邀秦月亭去吃鱼头散散心，月亭想了想就答应了。他走出房子，要到前院去给玉凤打个招呼，不料，秦玉凤却风风火火地跑进后院，说："爸，有个机器轧伤手腕的大手术，需要你主刀！"

秦月亭全身一抖擞，斩钉截铁地回答："好，我马上到位！"回头向三位老友匆匆地说了声"失陪"，就像冲锋陷阵的战士一样，大步流星地去了前院。

103. 夙愿

被机器轧伤手腕的是天台市机床厂的一位中年女工，叫李素琴，她的右手腕粉碎性骨折，只连着一些肉皮。三个小时的手术完成以后，医护人员把李素琴从手术室推到了病房。

虽然施行过手术、敷了刀尖散的手腕不疼了，但李素琴老是哭，甚至哭得昏了过去，醒过来又接着哭。一问原因才知道，二十三年前，她的丈夫遭遇了和她这次同样的工伤，当时虽然得到了厂内职工医院的及时治疗，但是还是由截腕到截肢落下了终身残疾。现在她家里有一个卧病在床的老公公，还有两个上大学的儿女，不要说她丢掉了性命，就是没有了右手，这一家人也会失去生活的唯一支撑！

但是，李素琴怎么也没有想到，十几天之后，自己居然能破涕为笑，这是因为她的右手指已经有了知觉。李素琴像换了一个人一样，乐呵呵地走出走进帮你帮他，给病友们送去欢乐和战胜病痛的信心。

每天来秦汉医院治疗外伤的病人络绎不绝。特别引人注意的是一些急诊病人，他们总是不分白天黑夜，伴着或大或小的呻吟声，带着血淋淋的创伤来到这里，但经过一段时间的治疗，几乎都痊愈出院。

已经是凌晨四点多了，值班大夫秦玉凤还坐在住院部医生办公室的电脑前续写着病历，桌上的急救电话突然响起，她一把抓起话筒："你好，秦汉医院。……好！我们马上做好抢救准备！"

电话是天台市下属的一个山区县的急救中心打来的。说他们那儿新来了

一位劈柴劈断脚趾头的病人，是个十五岁的孩子，病情非常严重。孩子的妈妈要求接趾，由于条件所限，急救中心做了一些简单的处理后，把病人送往秦汉医院，大约一小时后到达。

秦玉凤放下电话，立即通知相关科室做好急救准备。

一个多小时后，救护车呼啸而至，停在了秦汉医院门口。秦玉凤和她的同事们从车上接下一个脸色苍白的少年，又搀下一位看似是少年母亲的农村妇女。悲伤和惊吓折磨得这位母亲筋疲力尽，一看见穿白大褂的秦玉凤，就把手里端着的盒子递给了她，念叨着："大有啊，我的儿啊！娘活不成了啊！"

大家把少年抬进手术室。秦玉凤透过盒子上的密封玻璃，看到里面装着两根血漉漉的脚趾，脚趾和一片血肉模糊的皮肉连在一起。有关人员都做好了准备，手术立即开始。秦月亭为这位叫王大有的少年主刀。

手术室门外，王大有母亲无力地斜靠在长椅上啜泣不止，身边坐着的一位女工模样的人正在劝慰着她。

这位女工不是别人，正是二十多天前住进秦汉医院，今天即将出院的李素琴。王大有母亲的哭声牵动了她，就主动前来陪伴这位同命相怜的姐妹，用自己的亲身经历稳定她的情绪，打消她的焦虑。

李素琴抚摸着自己痊愈如初的右手腕："妹子，若不是我亲身经历，还真不敢相信刀尖药有这么神奇的疗效呢！"

大有妈坐直身子，盯着李素琴的手腕打量了好一阵，慢慢地止住了哽咽，她摸了摸李素琴伸过来的手腕，说："你这手腕真叫机器轧伤过?"

李素琴深深地点点头说："妹子，你就放下心吧！"。

大有妈忧伤地说："我在天平路的一个煤场做装煤卸煤的活儿，星期天回去给我娃做些干粮，好让他去县城上学，谁知我娃帮我劈柴火时，一斧头就砍到了脚面上。我们当时先去了县急救中心，急救中心大夫介绍我们来这儿。我娃的伤势重，不知道他的脚趾头能不能接好呢！"

"人家这刀尖药啊，可真是天下少有的神药呢！"李素琴神秘地说，"听病房的人说，给砍断的嫩玉米秆断茬上，敷上一点点刀尖药，再拿叶子裹住伤口，过上一夜那玉米秆就接活了，玉米浑身上下连颜色都不变呢！"

虽然热心的李素琴这么替大有妈宽心，但是，大有妈还是不能完全放下提到嗓子眼的心。

到中午十一点的时候，手术室门开了，护士推出了王大有。王大有安详地躺在移动床上，大有妈赶紧上前俯到床边，摸摸儿子的额头，又揭开床单，看看儿子那只用纱布包裹着的脚板，满眼疑虑地看着手提输液瓶、跟在移动床旁边的秦玉凤。秦玉凤向大有妈灿然一笑还点了点头，招呼着护士把病床推进了病房。

病房里，四个不同部位包着纱布的外伤病人在各自的病床上或坐或躺，关注着这个新来的娃娃病友。秦玉凤和护士们安放好病床后，秦月亭走进了病房。

大有妈看到，这位慈眉善目的老人身穿白大褂，胸挂听诊器，戴一副黑边圆眼镜，镜片后面一双炯炯有神的眼睛里透出淡淡的血丝。秦月亭向众病友们点点头，轻捷地走到大有的床跟前，俯下身子低声问："娃娃，该醒了吧？"

大有慢慢地睁开了眼睛，瞧见了白大褂爷爷慈祥的微笑，也看见了妈妈惊喜的面容，禁不住嘴角向上翘了翘，露出了一对俊俊的酒窝。

大有妈泪滴如露，忧心忡忡地问："大有，还疼吗？"

大有伸手擦擦妈妈的脸颊："妈，不疼，凉飕飕的！"

一位床头靠着拐杖的中年病友，从枕头上抬抬头说："到明天伤口痒酥酥的时候，就说明开始生肌长骨了。"

其他病人也都七嘴八舌地随声附和起来。

有位从肘部到手上裹着纱布的病友好不容易才插上了嘴："秦院长，你们为啥不给桥南的厂矿区设个分院呢？那边的一些工伤耽误了治疗，造成了一辈子的残疾呢！"

秦月亭皱皱眉头："唉！我们也想这么做，可现在还不能。"

"为啥？"

"主要是刀尖药的一个主方药材比较短缺。"秦月亭有点难为情地说。

那位看似山里人的病友问："院长，啥药材？我回去叫上村里人帮你上山采去！"

"兄弟，这种药材并不是山上采来的。"秦月亭说。

"不是山上采来的？"大家觉得很新鲜。

"对，这药材就是你们不太熟悉的蟾酥。"

"蟾酥？"病员们更觉新鲜。

"是蟾酥，它是我这儿最稀缺的药材。"秦月亭说，"大家知道'疥蟆毒'吧？"

"知道，书上把疥蟆毒叫蟾蜍呢。"

"是的，蟾酥就是蟾蜍脊背上和脖子后边腺体的分泌物。按目前的技术，只有在特定时间提取的新鲜蟾酥，配成的药才有最理想的疗效，这也就成了刀尖药不能大批量合成的根本原因。"

"噢，是这么回事!"众人恍然大悟。

秦月亭说:"不过，我们会加紧努力的!我相信，在不远的将来，我们不光在天台市的桥南，还要在全省、全国都设立分院呢!到那时，刀尖药一定会普及全国，造福人类的!"

众人点头称好，王大有母子也露出了笑容。

秦月亭走到窗前远眺伸展在眼前的岐黄大道，若有所思地感叹:"普及刀尖药，正是几代人共同的梦想和夙愿啊!"

第四部　真

104. 振兴尚合

秦汉医院门前岐黄大道的南段，是天台市的繁华地段，尚合创伤医院就坐落在这里。

这个医院原是一所解放军医院，大约二十年前由于裁军交给了地方。那时，在省城某机关单位卫生室当医生的林尚下海，来天台市欲创业绩，经过几番反复曲折的经历以后，最终下决心出资买下了这所医院的房产和设备，更名为尚合医院。林尚本人担任尚合医院院长，他的妻子姚之影辞掉了省城一个储煤公司财务室的工作，来尚合医院掌管财务大权。

刚开始时，部队医院留下的医疗设施还算先进，原有的声誉还没有完全消失，因此，尚合医院的效益相当不错，随着时间的推移，原先的好影响越来越淡，再加上林尚舍不得投资添置新的医技设备，医院的经营愈来愈不尽如人意。

到后来，据说是听了经营界高人的指点，林尚突然打报告更改了医院名称，变成了"尚合创伤医院"，转向治疗外伤疮疡为主。林尚谋求转机不遗余力，昼夜苦思冥想精心设计了振兴尚合的一系列预备方案：

首先，经过运作把秦汉医院的刀尖药配方和技术搞到手。如果此方案不易收效，则退而求其次，出钱购买秦汉医院刀尖药共享权，冠名秦汉医院为技术协作单位。

林尚认为，以上方案的实现，都离不开人情的影响和权力的干预，而现任市卫生局局长高峰则是达到影响和干预目的的最佳主体。因此，确定公关工作目标的选项为：a. 聘请高峰担任尚合创伤医院不公开的名誉院长，按月领取相当于处级公务员的工资，b. 把高峰人情影响、权力干预换取的经济效益，折成相应比例的干股，予以私密分红。

方案一旦确定，实施必须雷厉风行。林尚找到高峰办公室，高峰热情地烟茶相敬。林尚也不虚意绕弯，迫不及待地先提出他的第一方案，而林尚看到的却是高峰拨浪鼓一样地摇头。再说出第二方案，高峰则显出了一脸的严

峻，好久才无声地笑笑说："林尚，你大概还不知道吧？组成刀尖药的主要药材是蟾酥，目前，它的产量是非常有限的，配制出来的刀尖药就秦汉医院一家都供不应求。再说，按秦院长一丝不苟的严谨作风，如果没有他的事必躬亲，是绝不会允许别人乱挂冠名牌子的。"

"刀尖药在秦汉医院是为病人服务，到我尚合创伤医院来还是为病人服务嘛！"林尚振振有词。

"你这种说法听起来似乎很有道理，但是保护知识产权是市场经济非常重要的一个游戏规则，没有专利持有者的许可，就不允许刀尖药用到你的尚合去。"高峰解释道。

"那么，我花钱从他那里进药总可以吧？"林尚边揉烟蒂边说。

"这就要看专利持有者的态度呢。"高峰摊摊双手说。

"高峰，我找你，就是要搬你这个大局长给秦月亭打招呼的。"林尚尽量让表达更轻松一些，"你随便打个招呼，我再去和他谈，不就水到渠成了吗？"

"你真要买刀尖药配方和相关技术？"高峰皱起了眉头，"这个想法和天方夜谭有区别吗？"

林尚瞪大了眼："天方夜谭？"

"对，没错！"高峰点点头。

写字台上的电话响了，高峰示意林尚安静，然后接电话。

在高峰接电话的当儿，林尚随着缭绕的香烟烟雾想开了自己的心事。林尚和高峰是东北一所知名医科大学的同班同学，班里同学中来自陕西的只有他们两个，于是他俩就理所当然地成了一对好朋友，上课、阅览、锻炼、看电影、假日校外游玩都形影不离。闲聊时，林尚讲了他童年时代的故事，高峰说了秦月亭和刀尖药的许多传说。

有一次，家里给高峰汇来了生活费，两人搭伴去邮电局取来钱，坐公交车回到学校，高峰才发现挎包被小偷割了道口子，五百元不翼而飞。高峰又气又急眼泪汪汪，林尚把胸脯一拍说："高峰，别担心，有我林尚吃的用的就有你高峰吃的用的。"

就这样两个好朋友，整整在半学期时间里没吃零食，没看电影，没买衣服，省吃俭用同舟共济。

后来，林尚下海选择到天台，转辗于宾馆旅社之间，徘徊在无尽的陌生和仅有的友情之中的时候，高峰为他伴过寒夜之眠，为他解过无米之危；当林尚提出去人民医院创伤科，跟秦月亭介入刀尖药的时候，高峰慷慨允诺去找秦月亭说情，却没有成功。为这事高峰深感内疚，事后凑了六千元资助林尚在天台自己创业。那时的六千元或许是高峰两口子好几年的积蓄，可真是情义无价、雪中送炭啊！林尚开始接管部队医院的时候，高峰也刚刚被提拔为河滨区卫生局副局长，只在一个星期六的下午，带着他的妻子乔娅来参观了一圈，然后请林尚两口子在一起吃了顿饭就匆匆道别；医院快开业了，高峰派人送来一份等级医院机构设置标准。以后，虽然逢年过节，两家少不了来来往往，但是叫林尚看来都是例行性礼节，情感含量越来越少。现在，他的医院面临严峻考验，处在天台市卫生系统最高权力位置的高峰，会不会无动于衷、坐视不管呢？林尚自信地摇摇头，他相信老同学好朋友绝对不会隔岸观火的。于是，林尚又开始思谋如何拿出他的振兴尚合方案，向高局长展开公关。

不料高峰接完电话边穿风衣边走边说："林尚，你们充分发挥主观能动作用，先想方设法从医院内部挖掘潜力吧。我马上外出，有急事！"

林尚小跑跟上出了办公楼，同样小跑的高峰回头朝他摆摆手，一头钻进开过来的小轿车里，对着手机说开了话。林尚眼巴巴地看着轿车驶出了自己的视线。

第二天上午快下班时，林尚打电话约高峰中午出来吃饭。

电话里高峰说："咱俩谁吃谁是芝麻粒一样的小事，办好尚合才是大事！"

"办不好尚合饭还是要吃的嘛，你今天能不能赏我这个脸？"林尚的语气里带了些情绪。

"下面几个县里发现了疑似传染病疫情，我正在参与处置。"高峰的耐心不减。

"啊？喂！你不在天台？在县里？要多久才能回来？"

"要待多长时间还说不准。"电话里高峰的声音很不稳定，"我告诉你，你必须打消侥幸心理，不要再打刀尖药的主意了……"或许是偏远地方的信号不好，话没说完听筒里就传出了嘟嘟嘟声。

"喂，喂，喂喂……"林尚对着电话大喊大叫了一气，气咻咻地甩掉手里的烟蒂收了手机，"哼，还牛乎乎地呢！"

105. 一厢情愿

林尚在街边巷口的拉面馆子吃饭，虽然有点贬屈却能唤醒许多珍贵的记忆，而他现在需要的并不是什么追忆，是急需一个拉他一把的人，而这个人必须掌握着呼风唤雨的权力，这个权力务必使他的尚合创伤医院摆脱困境！林尚吸完一支烟，坐在了一张还算干净的单人桌子上，要了一碟小菜，一罐啤酒，一个中碗油泼超宽拉面。他喝着啤酒就着菜等着面，听着邻桌四五个穿同式工装的青年男女嘻嘻哈哈谝闲说段子。

一个戴眼镜的女孩子说她在老家上学时，有一次没完成作业叫老师给留下了，孤零零地坐在教室写作业，忽然从墙上传来一阵细小的说话声，一看才是三只苍蝇扒在一起齐声盟誓，她听见苍蝇们念道："有福同享有难同当，不求同年同月同日生，但求同年同月同日死！"当时女孩子心烦就气呼呼地抡起作业本子照苍蝇打去："我成全你们！"一只苍蝇滚落尘埃，剩下的两只飞到灯架子上，嘴里嚷嚷着："咱蝇子们的起誓发愿从来是闹着玩的，这傻姑娘咋把应景当真的呢？"

立马，引起全桌哈哈大笑。

有人问："网上来的吧？"

那眼镜女孩儿说："俺大小算是个文学青年，最看不起的是拾人牙慧，哪怕是一则小幽默、一段顺口溜，拿过来据为己有说大了就是剽窃！俺这可是原始创作，版权所有，侵权必究！"

林尚心里说，傻女子，剽窃和借鉴几乎是没有区别的，殊不知高楼深院里有多少道貌岸然的剽窃精英？鲁迅还主张"拿来主义"呢！只是倘若非要拿段子里的两种苍蝇对号入座的话，就的确难以说清了：我林尚究竟是死了滚下尘埃的那一只，还是活着飞到灯架上的那一类？

"我也说一个段子。"一位"爆炸头"型男喝了杯酒说，"咱这也是原创的，但是热烈欢迎转载扩散。"

一个女子不换眼地问："说哪方面的？"

型男说："被窝里的幽默，听不听？"

几个女孩都说："多重的口味咱都不怕，有敢说的就有敢听的。"

型男清清嗓子说开了被窝里的幽默："话说大愣在天台市打工，二愣留屋里看家种洋芋。年节天，大愣回家看望二愣，晚上和二愣同睡一个被窝。

弟兄俩一倒头都呼呼大睡，睡到半夜三更黏黏糊糊的时候，大愣觉得一条大腿上钻心地痒痒，就伸手稀里糊涂咬牙猛抓，抓了一气还痒痒，就陡起手指甲铆足劲狠抓，这样五下十下、百下千下越抓越痒，越痒越抓，抓着抓着不知不觉又呼呼噜噜进入了梦乡。天亮起床时，腿上还是痒痒不止，又伸手要抓，看见满指甲血迹斑斑，心里直犯嘀咕：'怪了，都抓出血了，咋还没止住痒？'那一边，正穿裤子的二愣像蝎子蜇了一样地叫唤：'我的大腿咋啦？没了皮还那么多血，淌了一炕席！'"

段子完了，满桌子人没有立即大笑，好像还等着被窝里腥荤味儿出来呢；一旁吃拉面的林尚倒忍俊不禁起来，紧接着戴眼镜的女孩儿也喷饭豪笑开来："哈哈哈，这个大愣比隔靴搔痒还马虎啊，好，我关注、收藏、择机转载！"

林尚却没有联想到隔靴搔痒上去，他觉得他就是那个大愣，自己痒痒却非要去抓破别人的大腿，这不是马虎而是绝顶聪明，关键问题是对方必须是一位不折不扣的二愣！

那边满桌子迟到的笑声刚刚响起，林尚的主意就来了，他要搞一个东方不亮西方亮，铜号不响喇叭响。

林尚从拉面馆子出来，去金店买了一条筷子粗的赤金项链，两只镶着蓝宝石的足金戒指，看看表正是快要下班的时间，也没叫自己的司机开车过来，打的来到卫生局新建的小区，上了高峰家的楼层，在高家门口等乔娅下班。

下班回来的乔娅一见是林尚，就殷殷勤勤地请到屋里，吩咐妈妈多做几个菜，好让高峰的老同学尝尝农家口味。林尚只管说已经吃过，可乔娅依然盛情似火。林尚无意拖延索性直入正题，他想抽烟却收回了拿烟的手，干咳了两身向乔娅述说了尚合创伤医院的现状，又说了振兴尚合创伤医院的勃勃雄心，接着顺理成章转到他的公关目标"a.b"选项上来。

听到林尚许诺给高峰的正处级工资和赠送干股的话，惊得一个普通讲师乔娅目瞪口呆、襟怀揣兔。随即，林尚拿出装着项链和戒指的锦缎绣盒，打开盒盖，并排放到乔娅面前的茶几上，霎时金光四射、蓬荜生辉，使乔娅当下就手足无着、不知所措，就像有人强迫自己伸手行窃一样，嘴里连说："不，不！林院长，你别，别，千万别这样！"

"乔老师，高峰和我的关系胜过亲骨肉，我送你这点东西，是弟兄之间的互相关心，绝对不能胡乱猜想哦。"说着，林尚站起来要告辞。

这乔娅是文理学院教党史课的讲师，知道林尚的许诺和金子、宝石在这种情势下先后出现，无异于毒蛇猛兽在阳光大道上公然畅行。而且，她这几天恰好被抽调到市委党校讲授她花费两年精力编写的《中共廉政史》，想想自己在人前慷慨陈词，岂能在人后鸡鸣狗盗？这口是心非、言行不一是她相夫教子的第一戒律，绝不能自己越过雷池一步。

于是乔娅也站起来，对林尚笑笑说："我说林院长，你真像宋江一样成及时雨了！我在党校给领导干部讲廉政课，一愁缺少实例可举，二愁没有直观教具，三愁不能现身说法，你今天又是要给高峰开资分红又是给我送金子宝石，我的问题一下子全都解决了，我不知道该怎么感谢你呢？这么吧，先让我今天下午给学员们讲完课，再留作业让他们答答看，我面对你的诚意该不该收受这些不菲的礼物？"

林尚见乔娅貌似恭敬地反唇相讥，口若悬河却绵里藏针，心里就嗖嗖嗖地发起毛来，笑不像笑哭不像哭，嘴里吭吭哧哧："乔老师真，真幽默，你，你收好，我，我走了。"

乔娅一把拉定林尚的胳膊低嗓子厉声地问："林尚，我问你，你和我家高峰是不是最要好的同学加朋友？"

"是，是！谁说不是啊？"林尚有点紧张。

"那我再问你，你今天是不是来给我两口子掘坟墓的？"

"乔老师，你，你这是什么意思？"林尚往后退了退。

乔娅势如破竹："你给高峰许诺送钱，给我送金子宝石，不是埋葬我俩的远大前程和幸福生活是什么？"

"我只是想叫高峰帮我挽救尚合创伤医院。"

"你的尚合创伤医院既不是隆化城的碉堡又不是上甘岭的枪眼，非要牺牲个董存瑞、黄继光不成？"说完，乔娅才松开了抓林尚的手。

"这……"

这时，乔娅妈妈端出了饭菜，说着："娅娅，别站着嚷嚷了，快让客人坐下吃饭。"

林尚三两下收了茶几上的盒子，揣进怀里就要走。

乔娅又一把拉住林尚："林院长难得来我家一趟，高峰不在家，来，我陪你喝两盅'柔和十五年藏'。"

林尚看看乔娅认真执着的表情，就勉勉强强坐了下去。

从高峰家出来，林尚才感觉到那个十五年藏并不柔和，竟使他这个"酒精考验"的宿将有点晕晕乎乎，他为高峰能娶到这么一位有原则、有水准、有胆识、有策略的妻子而感动，不过感动归感动，创伤医院的问题还在那儿摆着，因此，他只能为今天的乔娅少了妇道人家的小家子气而深深抱憾、抱怨而已！

站在卫生局的小区门口，林尚燃着了一支烟稳了稳神，决定自己直接去找秦月亭。林尚还是叫了辆出租车把他拉到秦汉医院大门口，伴随着出出进进的男女老幼，走进了医院大门，在住院部楼道里和秦月亭相遇。秦月亭把林尚邀到后院客厅，宾位相请热茶相敬。

林尚寒暄一番后，变着法儿反复给秦月亭的医德双馨大唱赞歌。

秦月亭听得有点如坐针毡："林院长，早就听说过你，只是隔了这么久才见到，院长能在百忙中抽身会我，作为同行，我很高兴！"

"秦老师，本应要和高局长一起来，可他公务繁忙，一时不能脱身，我只好一个人来拜访老前辈了。"林尚下意识地摸烟但很快意识到这里不是抽烟的地方。

"我早几年就知道你和高峰是大学时的好朋友。"

"是啊，莫逆之交，莫逆之交啊！"

"那个时候还没有秦汉医院，高峰给我们人民医院创伤科推荐过你呢。"

"那时，我是初涉江湖，还不是想跟秦老师学学绝活嘛，谁曾想一次失之交臂，竟然错过了小十年。"

"怎么能说失之交臂？是我的庙小容不了大神呢。"

"那，您的庙现在不算小了吧？"

"高峰咋没给我个口信？"秦月亭看定了林尚。

"他忙啊，下乡去了，电话信号断断续续。"林尚显出了些小小的得意，"我就先贸然登门，秦老师不会见怪吧？"

"我肯定不会见怪的，我本来就是一个非常喜欢交朋友的人。"

"如果我们能做忘年朋友，该有多好啊！"

"我是个老迂腐，肯定和你性格有别、志趣不投。"

"但是我一见到你，就有相见恨晚的感觉。"

"是吗？可我交朋友还有个不合时宜的前提呢。"

"秦老师，学生愿意顾及你的前提。"

"请问，林院长今日来的目的只是为了和我建立忘年交？"

"今天我还有一个任务，就是来找秦老师求援。"

"求援？"

"天台市是一座中等城市，加上所辖的九个县充其量超不过四百万人，但是，在这座城市的同一条岐黄大道上，一下子串联了两个治疗外伤的专科医院，面对有限的服务对象，二虎相争必有一伤啊！"

"林院长在市中心而我在偏僻的郊区，你的条件应该比我优越得多。"

"可老师这儿每天门庭若市，我那里门可罗雀啊！为了我那百十号人的生存大计，秦老师要高抬贵手呢！"

"我不懂你这话的意思。"

"我想出钱，购买刀尖药的知识产权。"

"刚才说过，秦月亭交朋友还有个前提呢，你也答应过顾及我的前提。"

"那，哈哈，我还不知道老师的交友前提是啥呢？"

"一切威胁刀尖药秘密的朋友免交！"

"可我打算不惜七位数的资金！"林尚等着秦月亭动心。

"你拿一座金山，换不走这个几代人守下来的信诺！"

林尚愣了神，好久，才端起茶杯抿了一口，秦月亭从客人手中接了茶杯，又给添了些热的。

"喝吧，不介意我的交友规则吧？林院长。"

"秦老师，既然老师不愿意出卖知识产权，就请你划拨一些刀尖药成药给我，我将冠名秦汉医院为技术协作单位，给老师足额付费。"

秦月亭摇头叹息："林院长，我理解你，可我爱莫能助啊！秦汉医院面向广大患者，靠的不仅是某种特效药，还要靠医德、医术、服务和低廉的价格；更重要的是秦汉医院的利润效益，绝不是用来致富主办者个人的。"

林尚顿了顿说："秦老师，我可以加倍付费！"

"我相信，你会做到这一点的，如果花了高价购的药，以更高价钱卖给患者群众，那我的刀尖药岂不成害人药了？"月亭说着抖着手端起杯子，喝了口茶水。

林尚睁大眼睛问："老师的意思是……"

"如果有一天刀尖药在我的手里沦为赚钱的工具，我将无地自容！"

林尚认定从秦月亭手里弄刀尖药简直就是痴心妄想！

林尚怏怏告辞，秦月亭送客出门。

秦月亭的手机响了。电话是市公安局上官同志打来的，电话里说："秦月亭同志，我现在向你通报一下对辛麦草和庞汉关的查询结果，截至昨天，已经收到了我局所发协查函的全部复函，从我市十二个区县的复函可知，在他们的管辖范围和权限范围内，没有找到完全符合两位失散者基本情况的人；从西安市汇总所辖各区县的协查结果看，在他们的管辖范围和权限范围内，也没有你要找的那一对母子。"

秦月亭问："管辖范围我知道，可这权限范围指的是啥？"

上官同志说："比如部队、武警和军事院校等单位人员目前还不是他们的管辖范围。"

接完电话，秦月亭颓坐到沙发上，两只眼睛失去了方才的神采，嘴里喃喃低语："没有，还是没有，这又该到哪里找，怎么去找呢？"

106. 精英的纠结

天台市卫生局召开局党组会议，会议由高峰同志主持。会议专门研究了尚合创伤医院目前面临的生存问题，本着引导扶助民营企业的工作思路，决定从市属三甲医院选派一名同志下去挂职副院长，这个人选必须精于业务、善于管理且作风正派。与会者议来议去最终确定的人选是，市中心医院主任医师秦玉良。

秦玉良也乐意挂职尚合创伤医院显一显身手，展一展才华，尝试一下乌纱帽的滋味，同时意识到这将是一次机遇与挑战并存的锻炼机会。

秦玉良来尚合创伤医院还不到一周时间，就下沉各个基层科室，在一线医生护士和普通职工中了解掌握了许多第一手情况。针对现状，打算从一些领域开刀对医院进行整顿和改革，以达到扭转被动局面的目的，他还召开各种形式的恳谈会，向广大医务人员征求振兴尚合的意见和建议，然后把大家的意见和建议进行归纳整理，初步形成了一个雄心勃勃的整改思路。

这天刚一上班，秦玉良把自己连夜赶出来的整顿方案再次仔细过目一遍，准备提交给林尚院长。

门被从外向里推开，一股烟草的异味闯进了秦玉良的办公室。来人不是别人，正是林尚。秦玉良起身致意，把整顿方案递给他，林尚接过去，在写字台前的椅子上坐了下去，看了看封面，又随手翻了几页，便放回秦玉良的桌面上，说："你这个整顿的想法很不错嘛！"

秦玉良盯着林尚表态的嘴巴，坐下去等待下文。

"但真正要见效，还不知要等到牛年马月去呢？咱这个医院实在是赔不起那么多的时间啊！"林尚说话毫不遮掩，"我看，你们家那个秦汉医院规模不是很大，可人气越来越旺，咱能不能现搬照挪一些呢？"

秦玉良说："我的整顿方案中正好涉及了这方面的问题。"

林尚急忙问："哪方面的问题？"

"秦汉医院的管理高效、作风务实、疗效独到、服务优良，而且他们的收费也比较低廉，受到了广大患者的信任和欢迎，因而，医院社会效益越来越好。"秦玉良不假思索地说。

林尚站起来说："你是来做我的副院长的，就不要老站在一个治病救人的医生的角度看问题了，好不好？你要给我当好这个副院长，就必须放下手术刀，脱下白大褂，即时变成一个经营医院的现代企业家！如果站在企业家的位置来考虑如何推销医院、经营医院，最需要的就不是你刚才所说的这些观念了。"

秦玉良凝视着他那份雄心勃勃的整改方案，心里头冒出了一团乱丝！他搞不清楚医生和院长之间，究竟能不能兼容治病救人这一最起码的理念？

林尚见秦玉良反应迟冷就进一步启发："秦副院长，我所说的经营医院，你难道就不认为与那个治疗创伤的刀尖药有关系吗？"

秦玉良抬起头吃惊地打量着林尚，嘴里不说肚子里嘀咕："你热烈欢迎我来当副院长的真实用意该不是在刀尖药上吧？"

林尚也看出了秦玉良的心事，新燃了一支香烟继续说："企业讲求的是经济效益，我们就是希望通过你引进刀尖药，来实现我们尚合创伤医院的振兴计划。"

秦玉良终于明白但马上又陷入迷茫之中。

"玉良老弟，你应该彻底打消不必要的顾虑，作为秘药的刀尖药，说穿了也是一种遗产！遗产，遗产，顾名思义，它就是要往下一代传的嘛，在你们家里，有资格继承这个特殊遗产的，恐怕除了你还有你妹妹秦玉兰和秦玉凤。可以预见，你们兄妹三人，对继承权的争夺必将充满火药味呢，恐怕没有谁会隔岸袖手的！"

秦玉良说："我知道，刀尖药是先辈留下的，其中有我父母亲毕生的心血。现在我的父亲还健在，而且他老人家在用于临床的同时还继续研究开发，我们怎么能随便拿过来呢？"

"唉呀，你怎么那么清高、那么多书生意气！"林尚表情加手势，哲人似地说，"我可以说透彻一些，任何一样东西，世上的人都是生不带来，死不带去的，这个秘方也不例外嘛！诚然，对于任何一个科学项目的研究和提升都是永无止境的，但是每个人的生命却是非常地有限。不管人们接受不接受这一自然规律，他们时刻都在默默地变老，而且会越来越老，直到生命终止，令尊也不会例外！既然是这样的，那么，刀尖药秘方留给谁呢？由谁来继续放大他的市场价值呢？这一点，我暂时不得而知！但是，我却知道，在你们兄妹三位当中最有继承权的应该是你，最有研究提升能力的也应该是你！因此，于情于理，第一继承人非秦玉良莫属！我很负责任地奉劝你，先下手为强才是你的明智选择！"

林尚一口气说了这么多话，而且多数话直刺对方平时无暇思索的问题，倒使秦玉良陷入了被动。秦玉良抬起头吃惊地看看林尚，继而又苦笑着摇了摇头。

林尚吸着烟，吐出了一个又一个冲上顶棚的烟柱，他给了秦玉良一个较长的缓冲时间，然后又不失时机地点破要害："咱们创伤医院面临生死存亡是一件大事，已经引起了卫生主管部门的足够重视，目前，医院要迅速摆脱危机的筹码就全押在这个小小的秘方上了，秦副院长你就看着办吧！"

林尚拉开办公室门走了出去，留下了浓浓的情绪、嗡嗡的余音和辣乎乎的烟味。

秦玉良陷入了深深的迷茫之中。几天以来，尚合创伤医院已经有不止一个的业务骨干提出辞职；医院资金周转困难，要工资的、要广告费的、收水气电费的接踵而至。这创伤医院真是伤痕累累啊！秦玉良轻轻地叹息："好好的一个挂职扶助，怎么就陷入了乱麻似的纠结呢？刀尖药啊，你将要带给我的是荣幸还是烦恼？"

这时，秦玉良的手机振动起来，他犹豫了一下，拿出来接听，不接还则罢了，一接非同小可，秦玉良惶惶地收好手机，带上办公室门，跑出医院大门，在马路上挥手挡了一辆出租车，向市中心医院飞驰而去！

电话是小妹秦玉凤打来的，说爸爸突发脑梗，正在市中心医院紧急抢救。

这突如其来的消息使秦玉良如遭晴天霹雳。他想起父母亲共同奋斗，捍卫、钻研刀尖药的艰苦历程，他们把刀尖药视同生命，如痴如狂、沥尽心血，逐一破解了提取、加工、炮制、合成的种种难题。母亲为刀尖药献身以后，本该退休乐享晚年的父亲为了最大限度地救死扶伤，依旧倾尽心血期守着刀尖药。谁料想，老人家这么快就倒下了，而且吉凶未卜。他后悔自己两口子都因为工作忙得远，对爸爸的身体过问太少，生活关心太少，以致老人倒在了工作岗位上。爸爸啊，你老一定要撑住，撑住！

秦玉良越想越烦乱，突然一个激灵，万一爸爸真要离开我们，那刀尖药能像林尚所说的非秦玉良莫属吗？玉兰、玉凤能拱手相让吗？不行，我要留个心眼争取主动，先下手为强！如果刀尖药配方和炮制秘法能帮助我挽回尚合创伤医院的危局，戴好这顶还没焐热的乌纱帽就再好不过了！

"先生，市中心医院到了！"是出租车司机的提醒。秦玉良付钱下车，跑进了医院大门，等电梯的间隙，忽然想起要给远在广州的玉兰打个电话，告诉父亲住院的消息。刚掏出手机电梯门开了，就一头钻了进去，电梯里挤满了人，玉良只好把手机收进兜里。

107. 鬼念

位于广州的豪族商务酒店倭浪药商套间，近十多天来，每天都有一位着休闲服、戴老花镜的老先生麻川觇坐在电话机旁轮番拨打电话，他一会儿给下游药商解释，一会儿催促秦玉兰和蔡振斌交货，忙得焦头烂额，急得如坐针毡。

麻川觇套间的隔壁，是一个小套间，麻川觇的外甥女江边惠就下榻在此间。当窗外天幕上星辉初耀的时候，她穿一袭睡袍，着淡淡清妆从里间缓步走出，踱到台桌前坐定，知性端庄中隐隐透出些许性感妖娆。台桌上放置着好几本厚厚的中医药典籍，她从中抽出一本心不在焉地翻阅起来。

江边惠供职于倭浪国知名的富仙医科大学，担任博士生导师，她是两天前携学生刘锴从倭浪国飞到广州的。这次来中国的唯一目标就是要蟾宫折桂，把刀尖药的全部秘密带回倭浪。

这时，门铃响了，江边惠轻声招呼："刘锴，你自己进来吧。"

门开处，一位西装革履、风度翩翩的俊帅小生走了进来，来人反身关好门，一个标准的倭浪式鞠躬后，小步走到江边惠桌前："先生，找我有事？"

江边惠缓缓地把手中的书反扣在桌子上，上下打量着来人："刘锴，这次随我来到中国，是不是有一种热土情深的感觉？"一双美丽动人的眼睛深得如同难猜的谜。

"哦——先生，我……我觉得地不在中外，有先生则热；家不在远近，有……有所爱的人则馨。"刘锴字斟句酌。

"噢，套用了大诗家的名句。没瞧出来，你也是背了几首唐诗的人呢。我问你，打算什么时候回到唐诗的故乡，去找你的同窗恋人秦玉凤小姐？"

"我不会再去找她的。自从跟了先生您，我就打定主意和秦玉凤一刀两断！"刘锴侧着手掌朝下一劈，"一两天之内，我就打电话和她了结。"说完，看看江边惠的脸色。

"刘锴，还记得你的那篇论文吗？"江边惠面无表情。

"记得记得，就是那篇写中医刀尖药的神奇疗效和对它几种猜想的论文吧？"刘锴看看江边惠又低下头来。

江边惠站起来，转身向椅子后边的空间踱了几步："我想接触这个刀尖药的配方，能通过秦玉凤达到目的吗？"

"先生想得到刀尖药配方？"刘锴有些意外。

江边惠盯住刘锴的眼睛："我打算给你一个机会，一个用行动做毕业答辩的绝好机会！"

"哦……先生"，刘锴赶紧答应，"刘锴明白！"

江边惠轻轻地打了一个呵欠，露出了白皙脖颈上小指粗细的黄金项链："我累了，你还是来帮我拍拍筋骨吧！"说着打个呵欠向里间走去。

刘锴换上拖鞋跟进，转身轻轻地合上里间的门。

里间，江边惠卧榻一侧立着一只瓷瓶，和曾经陈列在西安城什味街坊庞然药馆玻璃柜台里的那只一模一样，葫芦形的白底蓝花瓷瓶，其上描绘着双髻药童怀抱瓷瓶，层层相叠相生、深邃莫测。

奇怪，这瓷瓶怎么会到倭浪女人的粉色榻榻米之侧呢？它究竟是真品还是赝品呢？

现在，趁刘锴给江边惠按摩的机会，我们就链接一下有关故事吧。

当年在北平叫不愿做亡国奴的铁血汉子们，放在铁轨上让火车给轧断大腿的江边道，正是江边惠的亲爷爷。在家人用米壳儿所劫刀尖药治好他的腿伤回到倭浪以后，老江边就对这个刻骨铭心的奇药朝思暮念起来，他发誓要把巧取豪夺刀尖药作为江边家门祖训的至上目标。

七十岁生日过后，江边道召来十二个孙子辈，五男七女齐茬茬地站在他的当面。江边道命家人把十二只黄澄澄的大柚子果用绳子吊在一间大屋子的梁上，每只柚子果到地面留有两个人身高的距离，然后下令十二个孙子争相卸取，无论运用怎样的手段和工具，看谁取得的柚子果最多。

竞赛开始了，孙子们有的挪来凳子，有的搬来梯子，还有的拿来剪树枝的长把剪刀，有的则两人互助，一个踩在另一个的肩膀上争相摘取，有两三个胆大的男孩，还直接爬到梁上去解绳子。大家八仙过海各显神通，只有一个弱兮兮的女童怯生生地盯着十二只摇来摆去的柚子果发痴。

拿长把剪刀的，咔嚓咔嚓剪断了粗粗的绳子，柚子果就落到了地上，又忙着去剪另一个，那个弱兮兮的女童，跑去把地上的柚子果抱来捧给爷爷；踩在别人肩膀上的，吭哧吭哧地解开了一根拴柚子果的绳子，柚子果就往下掉，那弱女童一连两次都稳稳地接到手里，又抱给了爷爷；一个攀到梯子上的男孩，手抠牙咬才弄开了柚子果的绳扣，但他的两只手抱着柚子果，却无法从梯子上下来，弱女童就帮忙扶梯子，并伸出手要接柚子果，梯子上的堂兄把柚子果递给弱女童，弱女童双手接住柚子果，抱过去交给了爷爷；房梁上的几个胆儿大的，有的解开了一个绳头，有的解开了两个绳头，他们提着绳子把柚子果往地面落，柚子果在空中打秋千，弱女童就伸手稳住取了下来，又放到了爷爷的面前。

　　上到凳子顶上的是四胖子，长得敦敦实实，他好不容易解开了一个绳套，把柚子果紧紧地搂在怀里。地面上的弱女童跑着，一只脚勾在凳子腿上，拉倒了凳子，四胖子重重地摔倒在地，哇哇直叫，怀里的柚子果滚到了一边，几个兄弟姐妹围过去搀扶四胖子，弱女童却不慌不忙地捡起柚子果，咚咚咚地送到爷爷跟前。

　　柚子果取完了，十二个孙子围拢到爷爷周围，等着老祖宗宣布成绩。成绩一宣布，大家都目瞪口呆起来，因为最终取胜的是那个弱女童，她以取得八只柚子果的最佳成绩受到表扬。

　　那弱女童不是别人，就是江边道排行第七的孙女江边惠。其余的兄弟姐妹都不服气，说老七江边惠只不过是坐收渔利。

　　正襟危坐的老江边品了一口清茶，给孙辈们讲了一个中国故事："从前，在渭河边上，有一个叫姜子牙的老人，一辈子没有得到别人的赏识，就天天孤零零地坐在磻溪石矶上，拿一根没有诱饵的直钩渔竿，悬在水面三尺之上钓鱼。姜子牙钓用这样的方法钓到了很多鱼，恰好被路过的周文王看到了，觉得姜子牙是个奇人，就招到帐下考察一番后委以重任。后来姜子牙果然帮助文王和他的儿子推翻商纣统治，建立了周朝。孙子们啊，你们想想，这件事对你们有什么启发呢？"

　　十一个孙子都傻愣愣地站着，只有江边惠眼里放出了异彩。江边道站起说话，一字一顿总结道："我的孙子们，付出越少而获利越多的人，才是最大的赢家！"

　　江边惠对着爷爷深深地点点头。于是老江边就从十二个孙子中，遴选出孙中女雄江边惠，作为实现祖训的唯一人选。

　　江边道对江边惠言传身教、精心培植、熏染不倦，包括严格的汉语和关中方言训练。当然，倭浪帝国的攫取精神，对中国奇药瑰宝的欲念是老江边对江边惠的核心课程。

　　后来，在重卧病榻时，江边道把亲手书写的汉字条幅"蟾宫折桂"颁赠给江边惠，同时把这口从中国带回的青花瓷瓶交给她。寿终正寝前夕，江边道命令江边惠从他的枕头下边拿出了一块一尺见方、颜色怪异的布帕，要孙女儿把这块布帕苫到头顶，面对祖宗的幽魂立地起誓。

　　爷爷说："看见什么了，我的孙女儿？"

　　跪着的江边惠说："爷爷，什么也没看见！"

　　"孙女儿，再……使劲……看，看！"江边道的气越喘越急迫。

　　"还是什么也没有啊，爷爷！"

　　"那你……你看，看……见我……了吗？"江边道气若游丝。

江边惠睁大眼睛在满屋子里搜索，她终于振奋地嚷道："爷爷看到了，看到了！我看见你在空中飘荡着，还穿着那一套军服。"

"江边惠听着，这块方巾是在中国农历五月五日那一天，用蟾蜍的鲜血涂成的。我读过一本中国古书，叫《玉烛宝典》，按照书里的记载，你头顶上这块布就可以和死去的人对话。从今天起，你必须同这块布帕形影不离，必要时找我，甚或其他相关人对话！"老江边如一张薄纸在空中飘忽，话音却立体铿锵。

江边惠果然不同一般女流，她正色厉声地回应道："江边惠，若不能蟾宫折桂实现祖训，誓不为江边后裔，绝不踏归故土！"

江边惠抬头再看时半空中的爷爷已经无影无踪，只留下一缕如烟的纤尘，而榻上一身戎装的江边道腿儿一蹬咽气瞑目，回归了阴曹地府。

江边惠突然醒悟——爷爷死了！爷爷死了！于是江边全家号啕悲催治办丧葬不提。

自那以后，这瓷瓶、条幅和那一方怪色蟾蜍血巾就成了江边惠的至宝，带在身边常砺不忘祖训之志。

好大一会儿，刘锴才给江边惠按摩完毕，他扶起了导师，帮她拉平了睡衣，又冲了一杯咖啡捧上。江边惠坐起来抿了一口咖啡，烫得直吹气，刀子一样的目光刺向刘锴："刘锴听着，明天立即飞回关中老家，完成我交给你的使命！"

刘锴想："柔情春意烟花雨多好，还要那刀尖药配方干啥？"

江边惠看出了刘锴的软肋，借势拍砖："我告诉你刘锴，在你有用的时候，我可以把你当高僧供着，否则我就会把你当唐僧吃掉！"

刘锴吓了一跳，立即灰霾布容，他觉得平时温文尔雅的情师与眼前冷艳色厉的江边惠判若两人，就猛地磕了一下脚踝，响亮地应了一声"嗨！"，毕恭毕敬地退出门去。

108. 礼

秦玉兰和蔡振斌前天下午才匆匆赶到广州，一下飞机就心急火燎地来到豪族商务酒店、倭浪药商麻川觊的套间。

半月前，他们夫妇通过自己的药材供货网络，在秦巴山区组织了一批稀贵药材，不曾料到，对方发出货后，那一线发生了大地震，药材就阻滞在地

震灾区，为了不延误交货时间，夫妇俩冒着余震和滑坡的危险，前往供货地重新采购货源。等费尽周折组织好货源，运到机场发特快件空运到广州交货时，已经整整迟了十天。

江边惠换了衣裳，去了舅舅的房间。她知道麻川觊正在会见蔡振斌、秦玉兰夫妇，几天来舅舅一直因为延迟交货的事恼怒着，她要利用这个难得的时机，在秦玉凤的姐姐和姐夫身上做点文章。尽管对刘错已经下了赌注，但是，既然老天爷赐来了双剑齐出的际遇，我江边惠何乐而不为呢？一进门江边惠对两位客人哈哈腰，再坐下来听大家说话，等待着发难要挟的时机。

麻川觊正在跟秦玉兰和蔡振斌说话："生意人把守时守信看得比生命还重要。既然药材稀缺，就应该在签约时留有余地，不至于使整个经营链受到连锁影响嘛！"他显然有些生气。

江边惠见秦玉兰、蔡振斌张口结舌，就火上加油："你们这样做，影响了我舅舅在倭浪国药商界的良好声誉，不知道会给他带来多么巨大的经济损失？请问，这么巨大的损失二位补偿得起吗？"

蔡振斌和秦玉兰一愣。蔡振斌说："这些药材虽然稀缺，但以前供货方都会按照我们的订单按时供货，这次确实是不可抗拒的自然灾害造成的延期，希望先生见谅。"

秦玉兰就说了他们的供药地川陕甘三省交界的大片地区，遭受大地震的情况。

麻川觊一震，沉吟了一下说："那么，很有必要请蔡先生去给我的合作者们亲自解释解释一下？"

蔡振斌点点头："没问题，我们理当配合。"

麻川觊对蔡振斌说："这样吧，让两位女士聊聊，我俩先去倭浪会馆找找会长先生，当面说明一下情况，然后，请会长先生帮我们通融通融。"说完麻川觊邀蔡振斌走出门去，秦玉兰和江边惠起身送走了二人。

江边惠把秦玉兰请到隔壁自己的小套间。两人坐定，敬茶，聊天，谈中国文化、关中风情和刀尖奇药，然后江边惠提出了见识刀尖药的要求，还说这里面有她舅舅的愿望，如果满足不了，往后倭浪人在生意场上就难以奉陪了！

本来这次延期交货已经使秦玉兰十分懊丧和内疚，听到江边惠这么说，心里竟一下子没了底儿。她害怕失去和倭浪人继续做生意的机会，就答应江边惠回去同爸爸商量商量。

江边惠喜不自胜，怎么也没想到第一步竟然这顺当，于是和秦玉兰套起了近乎，临了，把一个倭浪产的原装手机送给了秦玉兰。秦玉兰推辞不过："恭敬不如从命，既然你这么友好，那么我必定礼尚往来。"说完就拿了手机告辞出来。

江边惠送秦玉兰出了门，拉起秦玉兰的双手，用深邃莫测的眼神叮咛秦玉兰："我可在等着你的好消息呢！"

秦玉兰回到自己下榻的宾馆，突然意识到事情并不是她刚才想的那么简单，江边惠要的不只是刀尖药，肯定少不了刀尖药连带的秘密！一直到蔡振斌午夜时回来，心事重重的秦玉兰竟没有合上一眼。

第二天，秦玉兰、蔡振斌给麻川觊交割那批药材，麻川觊给蔡振斌划清货款，一直忙到天黑时才回到宾馆。秦玉兰向蔡振斌说了江边惠的要求，想起江边惠那叵测的眼神又不安起来。她对蔡振斌说："我对刀尖药的配方一直没有主动了解过，这多年爸对我也没有提到过，振斌，你有啥好主意应付江边惠呢？"

蔡振斌眨了眨眼："你们家的小千金玉凤一直在爸的身边，她很可能得到了真传，咱能不能走个曲线从玉凤手里搞配方呢？"

"你说小妹得到了真传？不会吧？她还嫩着呢，爸不可能全说给她呢！"秦玉兰的头摇得像个拨浪鼓。

"照你这么说，他老人家就是传长不传幼，传男不传女了，那咱就只有去找你家的老大哥了！"蔡振斌讪笑了一下说。

玉兰仰头注视起了天花板，好一会儿才说："我推测，林尚对我哥很可能夜长梦多，生出醉翁之意。不过现在的问题是，哥虽然也是医生，爸爸却一直没让他涉足刀尖药秘密。"

"那，看来我的老泰山打定主意要把这份刀尖秘籍带到天堂里去喽！"振斌心虚地伸了伸舌头。

"蔡振斌你胡说八道！只要我爸能健康长寿，我们哪怕啥都不要！"玉兰抢白道。

蔡振斌自知言之失当，正要赔笑脸道歉，无意间瞥见茶几上放着一个崭新的手机包装盒，就伸手去拿，玉兰抢先提在手里。

秦玉兰说："这是人家江边惠送给我的礼物，你可不能乱动啊！"。

蔡振斌从妻子手中突然抓过手机盒笑道："哈哈，真是及时雨，这个倭浪美女咋知道蔡老板的手机要换装哪？"

秦玉兰皱皱眉说："别高兴得太早了，免费的午餐恐怕好吃难消化呢。我估计江边惠是一个难缠的主儿呢！"

蔡振斌三两下打开包装拿出手机："先别想那么多！她有她的三三得九咱有咱的二五一十。哈哈，没想到有人给我的夫人送礼啦！我不管那么多

了，先试试这原装的洋货再说！"

秦玉兰伏到蔡振斌面前压低声音："喂，振斌，这手机也不是白拿的，这么吧，你再去探探倭浪人的底细，咋样？"

"咱和麻川觇的生意做得好好的，谁想到半路杀出个程咬金，竟然打起了刀尖药的主意。"蔡振斌嘟嘟囔囔道。

"振斌啊，这生意场就像小娃们的脸，说变就变呢，你就别磨蹭了好不好？"

蔡振斌站起身来双手抱拳，变了个鬼脸说了一句戏文："承蒙娘子厚爱，在下领命了！"说完，把盒子中的手机拿出来装上自己的卡，装进兜里，急匆匆地出了门。

桌上的手机响了，秦玉兰刚一接上电话就大惊失色："嫂子，请求医院不惜一切代价抢救咱爸，我马上坐飞机回来！"玉兰想给蔡振斌打电话，但又合上了手机，自己小跑出了宾馆，打车买机票去了。

109. 既回之，则安之

天台市中心医院的干部病房，床头柜上放着好几束鲜花。秦月亭躺在病床上左手背上扎着输液针，秦玉良、秦玉兰分站病床两边。

从前天到昨天，市政协和市卫生局的主要领导同志专程来看望了秦老先生，政协马兆廷主席、卫生局高峰局长分别嘱咐中心医院院长要派最好的医生用最好的药、最安全的手段做好治疗工作。

有许多得到秦汉医院治疗的群众纷纷前来探视老院长。中心医院出于保证病房安静的考虑，只好把群众劝阻在医院门外。这些牵挂秦月亭病情的人们，把带来的祝福花篮集中在一起，在中心医院门前的小广场上，拼出了大家的心声："祝秦月亭早日康复"，引来了路人的目光和更多市民给秦月亭的祈福。

两天来，秦月亭一直处在意识迷离之中。

玉兰听见爸爸发出了梦呓，激动得把自己挂满泪花的脸颊紧贴在爸爸的脸上。

过了一会儿秦月亭问："小雀，小雀……小雀呢？"

玉兰擦着泪："爸，小雀没回来？"

玉良赶紧补充："小雀说他们正在申报什么新课题呢！"

"噢……新课题？哦，我想起来啦，好、好！……记着，你们谁也别打扰小雀。"过了一会儿月亭问，"我啥时出院？"

玉良、玉兰劝慰爸爸不要着急，等完全康复了再说。但秦月亭的心早已飞到秦汉医院和病人身上，他估摸着自己住院以来，医院里肯定忙不过来，再说，有一些特殊的病例还要他亲自处治，合成刀尖药也必须由他亲手操作。

玉兰看出了爸的心思，伏在爸的耳朵上甜甜地说："爸，女儿回去替你做吧。"

月亭眼睛睁开了一条缝看看玉兰，鼻子里轻声"哼"了一下就转过脸去。玉兰以为爸爸没听清她的话，又要重复一遍。

"你？行啊，就你啦，去吧！"月亭说。

玉兰喜出望外："那爸，你干脆把刀尖药合成的工序配方和要领说给我，我一定会配置成功。"

"你以为这有下海那么容易？"秦月亭看了看玉兰。

玉良也看看玉兰，悄声说："玉兰，隔行如隔山，你啥时候对配药感兴趣哪？"

月亭转脸对玉良："玉良，你去和大夫、院长交涉出院的事，我要回秦汉医院！"

玉良皱了皱眉头站着没动窝，嘴里还嘟囔着："你出院的事，大夫院长做得了主吗？"

秦月亭不理儿子了，玉良就出去打电话，给高岚和玉凤告诉了爸爸醒过来的好消息。秦月亭又把脸转到了玉兰一边，要玉兰调整了升降床，他的上半身就成了斜躺之势，他伸手要来玉兰的手机，用没扎针的右手指点击着按键，不一会儿，输入完了一封短信："高局长，我恳切要求转回秦汉医院。现在我的思维非常清楚，反应也很敏捷。希望局里批准我回自己的医院进行康复治疗。——秦月亭，即日"

输完后，就发给了高局长。接着他又给政协马主席发了一封短信，其意愿更为明确："马主席，秦汉医院里还有许多事要做，我躺在这里的病房反倒于病无益，于事无补！请看在老交情的份上，敦促卫生局批准我出院。对出院后的康复治疗措施我已有周密的考虑。——秦月亭，即日"

午休间隙高岚来了，她看到月亭的情绪有些急躁，就向玉良问明了原因，两口子一商量，高岚对月亭说："爸，你想吃点啥？叫玉兰和玉良去外面买。"

秦月亭用舌头舔了舔嘴唇不假思索地说："醪糟吧，要稀，别放糖，放点纯藕粉。要名吃城里彭瘸子的。"秦月亭一想起彭瘸子的铜勺熬出来的醪

糟，就来食欲，但他自觉消化功能还有待恢复，就只能先喝点稀的解解馋。

爸爸醒了玉良、玉兰心里轻松了，两人趁高岚在，出了病房商量着去点吃啥。

玉兰说："哥，在广州这几天，一想起家乡的擀面皮，我就止不住流口水呢！"

玉良说："那有啥问题，今日就让你解解馋！"

"振斌也一样。等爸好了，我返回广州时给他带几张。"说话时玉兰忍不住口水满腮。

玉良说："走，咱快点去吃了，回来时还要给爸带彭瘸子的醪糟呢。"

病房里，医生给秦月亭做了检查，他的下肢还未恢复知觉，但月亭一再提出要出院。高岚对秦月亭说："爸，你就别为难大夫了，在病情未允许之前，就像你常给病人说的一样，既来之则安之。"

秦月亭说："不要忘记我是个医生，要想叫我的病人既来之则安之，就必须让我这个医生既'回'之则安之！"

高岚想了想，觉得爸说的也有道理："我可以联系一下，在病情允许、领导同意的前提下，咱争取尽快出院。"

在下一辈人中，月亭更信赖儿媳高岚，他知道高岚处事稳重，绝不说空话，也就放了心。

在月亭住院两周以后，秦月亭从市中心医院回到秦汉医院后院自己的卧室。已经是晚饭时分，秦月亭靠在床头上，女儿玉凤用羹勺给父亲一口一口地喂着汤药。秦月亭从玉凤口里得知王大有术后状况良好，脚趾如期恢复了功能，已经能够行走了。玉凤说："王大有家里很贫穷，他爸去世三年多了，他妈给天平路上的一个煤场装卸车，在大有术后的第二天就赶回煤场去了。大有妈要在明天来接儿子出院，说要给秦汉医院送一面锦旗呢！"

"告诉王大有的妈，锦旗送来我是不会收的！记住，病人受了伤挨了疼花了钱，医生收人家的东西于心何忍？况且，咱任何时候都不要靠那些花拳绣腿虚张声势！"秦月亭说。

玉凤点着头："我已经说过了，并且叫大有妈不要来接了，我想派救护车送大有回去。"

秦月亭说："给财务上说说，王大有住院期间的一切费用全免！"

这时，突然有人推门进来，三两步走到卧室中间，一头扑倒在地上，粗声粗气地哽咽着。秦月亭坐起身子张望着来人，一脸的疑惑。玉凤也莫名其妙，上前扶起来人。

"爷爷、姑姑，你们说的话我都听见了。我会记住你们的恩德，长大了一定报答你们！"来人抹着眼泪说道。原来，来人是王大有，当他来向月亭玉凤告别时，就在门外听到了屋里的谈话。玉凤拉大有到沙发上去坐，可这个倔犟的孩子执意要站着说话。

秦月亭说："娃啊，你看你恢复得多好，我希望你快点长大，好好学习，有了本事，就报效国家报答社会孝敬你妈吧！"

王大有点点头："爷爷，我听你的话。"

秦月亭也高兴地点点头，对玉凤说："一般情况下，不要动用救护车送出院病人回家。明天让灶上买菜的车把大有捎到火车站，买好票把娃送上火车。"

玉凤说："大有，明天一早再给你妈打电话，叫她不要来啦，你自己回家，好吧？"王大有答应着，深深地鞠了个躬，回病房去了。

安排完王大有的事情后，玉凤说："前几天，小雀打过两次电话，说你总是关机，问你身体可好。我说你身体很好，只是记忆力不如以前了，老是忘记开手机。"

秦月亭急了："谁说我的记忆力不行了？"

玉凤说："你不是要向你的宝贝孙子隐瞒病情吗？"

"病情肯定要保密。"秦月亭缓和了口气说，"可你得找机会说给小雀，就说我的记忆力、视力和听力都很好，反应也十分正常！"

玉凤笑着点点头："爸，我就给小雀说爷爷越活越年轻了。"

秦月亭嘿嘿一笑："就是嘛，你看，我现在活着的每一分钟，都是我生命中最年轻的时光，这就叫永葆革命青春嘛！"

110. 美人迟暮，英雄谢顶

早晨，秦月亭躺在自家的床上，巷子口传来了隐隐约约的豆腐声："割噢——豆腐哩，割噢——豆腐哩！"这声音带来了辽阔原野的煦煦春风，使秦月亭浑身上下生出一阵又一阵暖融融的颤抖。

玉兰帮月亭洗了脸漱了口，吃了早点，打开收音机放新闻，月亭却想去客厅看电视新闻，玉兰就把爸爸推到了客厅，打开了电视，把遥控器交给月亭。月亭边寻找频道边说："玉兰，你回来这么久了也没回去看看婆婆和娃娃。今天晚上玉凤要值住院部夜班，上午让她一个人在我跟前，你回家去看看吧，中午吃饭前若能回来，下午换下玉凤让她歇歇。"

　　玉兰正答应着爸爸，玉凤就领着一男一女两个人进了客厅。月亭忙放下遥控器，一边招呼客人一边用惶惑的眼神打量来人。

　　那男的高挑个头、白皙皮肤、西装革履、文质彬彬，是一位风华正茂的年轻学者。月亭觉得这人好像是玉凤的男朋友刘锴。玉兰打量那女的，黑发抚肩，眉青唇红，虽顾盼流香，但眉宇间透露着一些抑郁神情。她穿一身奶油色休闲衣裤，挎一只同色坤包，看起来应该刚过五十岁。玉凤说这就是刘锴和他的母亲，玉兰接过了刘锴手中的两包礼品，安顿客人落座后告辞出门抓紧时间回婆家去了。

　　玉凤见爸爸对来客反应迟缓，赶紧打圆场："爸，看你的记性，这是刘锴和他妈看你来啦！"

　　刘锴笑嘻嘻地说："伯父，听说你住院刚回来，我和我妈来看看你。"

　　刘锴妈看着月亭："秦院长的气色挺不错，你肯定会很快康复的。"

　　月亭笑着连连点头迭声道谢，把电视遥控到静音，玉凤才抿嘴一笑，转身沏茶倒水。月亭慢慢串起了记忆中对刘锴的印象。

　　刘锴是玉凤高中和大学时的同学，以后发展成了朋友、对象关系。本科毕业后，刘锴考上了研究生，那是秦汉医院刚开业的几年，假期常来秦汉医院找玉凤，喜欢打听蟾酥和刀尖药的事情，听说还把看到听到的东西都记在了笔记本电脑上。读完研究生就去了倭浪国，几年后又读博士，好像一直没来过这里。刘锴的家住在郊县的七〇五厂，那是一个大型老国防企业，他爸曾经是企业领导，企业改制后，带了一些资金和技术人员到西安办分厂去了，听说效益很不错，自己也置了房买了车。不幸的是，一次大雾天在高速公路上遭遇车祸去世了，至今恐怕已经有一两年了吧？

　　月亭问了刘锴的学业情况，刘锴一一回答，又说他们这次回国，主要是进行毕业前的考察实践。月亭十分欣赏地看着刘锴。

　　刘锴妈说："秦院长，我以前是个药罐罐，兰医生在人民医院妇产科时，我是她的固定病人，可惜她早早离开了人世。多好的一位大姐啊！"

　　月亭的目光又不由自主地移到桂芳的遗像上，叹一口气："桂芳的事，一提起来，我就伤感。"

　　刘锴妈也向摆在橱柜上桂芳遗像送去了一个注目礼："谁说不是呢？"说着就低下头，"不想那些叫人心碎的事，又不由人；想嘛，心理上又承受不了。唉，你说人活到这个年龄上，有多难啊？"

　　月亭似有同感："不过，你能有多大嘛，别悲观厌世。你看儿子多争气，鼓起勇气好好走完后面的路吧！"

　　玉凤见爸爸和刘锴妈谈话很投机，就向刘锴使眼色，刘锴偷偷地伸出手指向门外示意。秦玉凤给刘锴还了一个诡秘的笑，说："爸，你和阿姨说说话，我和刘锴出去走走，好吧？"

刘锴妈说："去吧，去吧，有我在，你们放心去吧！"

两个人点点头，一起出了屋子。

刘锴妈对秦月亭说："秦院长，咱这两个娃，好了都快十年了，可咱家长还没接触过，对我这个人你也许根本不了解。"

秦月亭笑着点了点头。刘锴妈就把她的职业姓名身世等情况一一说出。秦月亭听了以后，觉得刘锴妈说普通话的声音非常好听，也觉得这个不幸的女人很有个性。

刘锴妈叫李维琴，今年五十六岁，幼儿教师出身，一九八零年以后调到丈夫所在的那个国防企业先后当厂广播室播音员、厂文工团演员。国有企业改制以后，丈夫去了西安办厂，风传又另盘了一个安乐窝，有了个小女孩，一年半载只回一两次家，每次送一张一万、两万的存单，住不了一半天，那边狐狸精的电话就催命鬼一样地喊个不停，丈夫对李维琴谎说业务忙，就又开车回西安去了。这多年七〇五厂文工团没有了市场，李维琴提前退了休，赋闲在家，只盼着儿子结婚给自己一段不同的人生。厂里有人怂恿李维琴去西安砸丈夫的场子，又要她告男人重婚罪，但是，她自己倒很淡然，认为两口子的感情不是闹出来的，没想到丈夫一眨眼就车毁人亡，李维琴哭了个黑天昏地。去年，西安的厂里依法给了李维琴三百万元的股金分红，那个名分不正的"狐狸精"一文未得。可没出半月，李维琴就动了恻隐之心，问来账号给那个女人打了一百万元过去，叫她好好把孩子培养成人。那女人真是一万个没想到，世上还有这么个以德报怨的好人，就打来电话和她姐妹相称，还要来七〇五厂认她这个好姐姐，李维琴却断然拒绝。那几年，厂里几个有身份的半茬男人常给李维琴献殷勤，有的是冲着钱，有的是冲着老而未衰的姿色，都叫她婉言厉色地拒绝了。妹妹李素琴被机器轧伤手腕后，是秦月亭和刀尖药使她奇迹般地康复，她早就心仪秦汉医院的院长和那一帖好药，今日一见到秦月亭，果真生出了一些美人迟暮、英雄谢顶、相见恨晚的感觉，就给月亭娓娓道出了心底里的话。

人常说不掺假的话胜过春风良药。李维琴说得磁韵莺啭、疏密有致，月亭也听得渐入佳境，居然唤回了与兰桂芳同处斗室的亲切感觉。月亭咳嗽了两声，李维琴就赶紧拿来月亭的杯子，添了半杯开水双手捧给，月亭接在手中抿了一口，似乎品味到了久违的温馨。

111. 假象鸳鸯

秦玉凤和刘锴在天台市的河滨公园比肩信步。小径上的游人络绎不绝，花丛间亭子下散布着几对期期窃窃、缠缠绵绵的恋人，湖塘中一双双鸳鸯的倩影丽妆在凌凌水波之中扭曲拉长，把个偌大的水面交织得紫紫红红绿绿蓝蓝。对面走过来了一对耄耋夫妇，老夫妻互相搀扶蹒跚而过，不时地提高声音叮嘱对方："慢点，啊？走慢一点，唉？"

刘锴绕过耄耋夫妇揽定玉凤的臂弯大步踱到湖塘边上，他感觉他和玉凤不可能近似恩爱堪比山海的老年夫妇，倒有些形同戏水鸳鸯。虽然历代的文人骚客都把鸳鸯看作是永恒爱情的象征，捧为人世间不二爱情的楷模，其实这只不过是被一种假象蒙蔽的结果。作为博士生的刘锴非常清楚，从动物学角度考察，那一对对所谓挚爱的象征并不是形影不离、耳鬓厮磨、从一而终，由于雌鸟"鸯"多于雄鸟"鸳"，"鸳"的优势正像如今刘锴的自我意识一样，对于秦玉凤这样的"鸯"鸟居高临下。

但是，现在刘锴要实现宏图大略就必须装，装成善良中国人心目中的美好鸳鸯。于是他来了诗兴："玉凤啊，诗云'蒹葭苍苍，白露为霜，所谓伊人，在水一方'，我刘锴在倭浪的这些日日夜夜里，无时不想念我心上的你啊！"接着向玉凤表白了他的父亲为他们留下了多么丰厚的结婚费用，展望了他们将举行怎样的婚礼，憧憬了结婚以后共同旅居倭浪，赴海外发展的诱人前景，以及买怎样的房子开怎样的车子办怎样的医院，如此等等不一而足，真是舌灿莲花、顽石生辉。到谈话告一段落的时候，便把话题圆圆活活地过渡到了用刀尖药药方作嫁妆上。玉凤兴致勃勃地听着，对刘锴的口才大有士别三日之慨，可又不明白刘锴为啥非要把刀尖药药方当嫁妆要，她眨巴着美丽的眸子在刘锴的眼波里搜索答案。刘锴兴犹未尽："这个不同寻常的嫁妆并不是我刘锴个人的需要啊！它是咱们两个人全新生活的需要，宏伟事业的需要，辉煌前程的需要！再引申一步，就是你我爱情的结晶、咱们第二代的需要！"刘锴竭力要让秦玉凤陶醉在这甜蜜的"太虚幻境"之中。

秦玉凤把目光移到湖塘中的一对对鸳鸯身上，自己作为奔三十的大龄女子，已经是不折不扣的"剩女"了。在她平时的生活里，耳边多是爸爸的教诲，眼前多是病人的焦虑与期待，鼻子里嗅到的气息也多是蟾酥、麝香的药味，因此，她的生活确实需要在五光十色、七彩缤纷之下晒晒，心理上也渴望浪漫恣意的性情滋润。虽然爸爸和哥哥、嫂子、姐姐、姐夫都很关心她的婚事，然而，只要远在倭浪的刘锴不回来促成婚期，这些渴望和关怀都是多么的苍白无力！现在刘锴回来了，真真实实的一个人陪伴在她的近旁，他的到来，不仅仅使自己早日化开待字闺中的寂寞郁闷，更重要的还有他给她展示了一幅诱人的前景，她多么想挥动双翅，飞进这样的地盘去做主人呢！

然而，玉凤想起了妈妈，想起了病中的爸爸，想到了刀尖药，心跳加快了许多："刘锴，我很向往你为我们设计的全新生活，但是，我的亲情在天台市，事业在秦汉医院，如果你真心对我的话，那么，咱们的爱巢就应该筑在秦汉医院。再有几个月，你就可以拿到博士文凭，到那时我们全家欢迎你归来完婚！"

刘锴生动的表情一下子凝固下来，他觉得眼前的玉凤怎么还是这么愚钝老土。不管人家的感情是真是假，人往高处走水往低处流的常情总是该有的，你爸是个老迁腐，真把那些已经过时了的黄土渣渣，日积月累地沉淀在你的心底了吗？看来，我还得好好开导开导这个关中傻女子呢。

"玉凤啊，你知道二十一世纪唯一不变的真理是什么吗？"刘锴扬了扬眉毛，有点故弄玄虚。

玉凤想了想摇摇头，又眨巴着美丽的眸子在刘锴的眼波里搜索答案。

刘锴说："它就是凡事都在改变！"

玉凤眨眨眼："改变？谁说不是呢？如今我们不都是努力地改变着自己，改变着这个世界吗？"

"你说说，你的改变究竟有多少？"

"那你觉得我还要改变些啥呢？"

"观念，你头脑里边的陈旧观念！"刘锴说。

"我知道，我的一些观念的确需要更新，需要跟上飞速发展的时代。"

"对极了！现在中国内地的人大都向往国外，都在为自己寻求取得海外绿卡的机会，而你完全可以利用刀尖药秘方，漂洋过海去过上优裕的生活，这才是一种顺应时尚的全新观念呢！"刘锴不失时机地跟定。

玉凤"哦"了一声，她这才明白了刘锴要她改变的观念了，但是，拿上刀尖药去国外享福的观念，偏偏是她秦玉凤本能的排斥！玉凤停下不走了："刘锴，假设我爸愿意把刀尖药资料给我做嫁妆，也只能由我爸做主导，而且在目前条件下，只能在秦汉医院开发利用！"

刘锴站定在玉凤对面："玉凤啊，当今世界的制药业，已经进入了尖端科技时代，中国的制药技术落后了至少三十年。要把这个还处于原始的手工作坊炮制状态的民间验方，放在中国西部小小的秦汉医院来增加它的科技含

量，扩大它的生产规模，提升它的附加值，简直是异想天开！"

玉凤瞪大眼睛盯着刘锴看，好像审视一个陌生人："中国怎么啦？西部怎么啦？秦汉医院又怎么啦？"

"对不起，对不起！"刘锴自知伤了玉凤这样人的自尊心，立即显出十分谦恭的样子，向玉凤鞠躬道歉。

"你知道吗？只要有了一腔忠诚，即使在枪林弹雨出生入死的战场上也能配制出救死扶伤的好药。刀尖药是我爷爷和祖辈们经过腥风血雨的历练，而留下来的宝贵精神财富和物质财富！"

"可是，我听说你爷爷传给你父亲的秘方，其中有几味替补药材至今真伪不辨，只不过是为了适应当时战地急救的需要罢了。"

听刘锴这么一说，秦玉凤又认真起来了："但是，你知道吗？是谁历经半个世纪，一次又一次提升了刀尖药的药效？"

刘锴说："这个，我怎么能不知道呢？没有你爸你妈耗尽毕生精力，就没有刀尖药的今天。那么这个嫁妆我看咱非索要不可了！"

"刘锴，我多么希望你早日学成，回到生你养你的家乡，这也是我们一家的心愿。你的回归之时便是我们的新婚之日！"

刘锴拉起玉凤的手："玉凤，说准确些，就是，嫁妆一到手，我们的新婚之期也便指日可待，是这样吧？"

玉凤对着刘锴的眼睛："我就盼着你回归的一天！"

刘锴心虚地眨眨眼："玉凤，那你为啥不赶快拿出刀尖药秘方，让我先睹为快，满足一下我的好奇心呢？"

"既然你要的是嫁妆，就必须征得我爸的同意。"玉凤边走边说，"等我爸的病情再稳定一些的时候，我，我可以向他老人家提出来。"

刘锴说："那，你就抓紧时间做好准备工作，我还要去一下广州，然后再回来找你，鉴赏我们的特殊嫁妆，好吗？"

玉凤说："你要去广州？"

"我的导师在广州。她亲自带我来中国考察说明了对我的重视。我考察研究的选题之一就是刀尖药。这次如果考察成功，我就能顺利地完成毕业答辩取得博士学位，不然咱俩的喜日还会遥遥无期！"

"遥遥无期？"玉凤看了刘锴一眼。

刘锴点点头："是的！玉凤你要记住，不管啥时候，只要刀尖药的配方、炮制、合成的全部资料一到你手，你就马上打电话给我，我会以最快的速度回到你的身边。"刘锴说着就搂住玉凤的双肩把她拥抱在怀里，温情万般地补上一句，"玉凤加油！通向幸福生活的红色地毯期待着你和我去踩踏！"

玉凤一直把刘锴当作是自己将要托付终身的男人，忘情地把第一次拥抱交给了刘锴，她依偎在他的怀抱，把自己的一头秀发深埋在刘锴的胸前。

善良的秦玉凤怎能想到，伏在她肩上的刘锴已经蜕变成了一个心怀叵测的伪君子呢？此时刘锴的心早已经飞到广州豪族酒店的那个商务小套间，半跪在紫色的地毯上，向自己的情师邀幸求宠。而江边惠则伸出丰泽白皙的手臂，把刘锴揽进她柔酥的襟怀，一阵阵神魂飘逸回肠荡气使刘锴忘情地透过那一头长发拥吻着怀抱中的她。

玉凤的手机响了起来，在秦玉凤接电话的时候，刘锴才回到眼前的现实。

电话是玉兰打来的，说爸爸让哥哥嫂子代表他请刘锴母子去市里吃饭，让玉兰、玉凤做陪呢。玉凤一把拉上刘锴跑回秦汉医院。很快地大家约好高岚，到市里的一家很上档次的饭店，顺了刘锴的意思点了一桌子海鲜，宾主坐定互劝着吃了起来。

一开始几个人都显得拘谨，为了打破沉闷气氛，高岚半开玩笑半认真地说："小妹，以后随刘锴出国，办护照的事儿就包在嫂子身上啦！"

"人家又没里通外国，嫂子为啥非要驱逐小妹出境？"玉凤红着脸小声说道。惹得全桌人"哗"的一声笑了起来。

玉良说："爸说过，欢迎刘锴学成归来为秦汉医院鼎力。"

"那么，这位海归妹夫落户的事还是少不了老嫂子我呀！"高岚向玉凤撇撇嘴巴。

玉兰倒认真地说："我还整天想着出国去倭浪国，给我们家这一对金童玉女当一回伴娘呢！"

大家又一阵大笑。刘锴谦和地说："大哥、大嫂、姐姐，感谢你们对我和玉凤的关注。我们最近正在做毕业考察，还需要玉凤帮忙，等我做完这个考察顺利毕业了，就回来……和……大家团聚。"

李维琴满意地看看儿子，给玉凤的小碟里夹了只橘红色的大虾。

玉兰想："你一个留洋大博士，还要玉凤帮啥忙？"

玉良站起来举起酒杯："我提议，为刘锴的辉煌前程，为小妹的幸福未来，为大婶的健康快乐，干杯！"

大家站起来一起干杯。李维琴也喝了半杯酒，红着脸说："你们这一家人真好！"

吃完饭，大家送刘锴母子上了车，高岚回局里上班，兄妹三个打的回秦汉医院不提。

112. 清节

这是秦月亭出院回到秦汉医院第六个早晨，伴着巷子里豆腐声的呼唤，吃了早点。太阳光透过玻璃窗照到身上，暖融融地，鸟叫声传进屋里，脆生生地，他叫儿女们推着他，要到外面转转。

秦月亭在儿女们的簇拥下，从侧门出去，走完巷道，来到岐黄路上，他高兴地向路上的过往车辆行人挥手致意，在医院大门前，他又指点着匾牌上的四个大字，给子女们讲析令狐养浩书法的妙处，从医院的前院进来，来到中院的时候，就看见青铜蟾蜍塑像下面围了一大堆人。那一堆人见秦月亭坐着轮椅过来，就躁动起来了，有一些人朝轮椅迎了过来。

原来，这些人都是曾经在秦汉医院住过院，或正在住院且能够挪动的百十号病人和陪护家属，他们早已等在这里，祝贺秦院长康复。其中李素琴和王大有的妈妈就站在人群的最前边。院子里的人们面对秦院长鼓掌的鼓掌，问好的问好，有几个老太太还合掌默诵，祈祷秦月亭好人一生平安！秦月亭和子女们忙不迭地向大家还礼问候，深表谢意。

秦月亭似乎瞥见，在青铜蟾蜍塑像一侧的路灯杆下，李维琴的身子一闪，隐到柳树梢后面去了。

李素琴和大有妈告诉秦月亭，大有已经返回学校了，李素琴"一次被蛇咬，十年怕草绳"，也不在原先那个工厂了，前几天通过熟人介绍，接管了南郊一个新开业宾馆的停车场，昨天才从煤场叫去大有妈一块儿做。她向秦院长承诺，保证不会叫大有妈的收入比煤场少。

秦月亭听了呵呵呵直笑，夸李素琴又做了件好事情。李素琴却说："要说好事嘛，你老人家天天都在做，我也要用这只复活了的手腕多做善事帮助有困难的人呢！"

秦月亭面对青铜蟾蜍塑像深情注视了好大一会，离开中院时又向柳梢下瞥了一眼，可啥也没看到。回到后院，秦月亭还要到蓝溪轩去看看。这间位于小楼一层东起第二间的神秘房子，平时防盗门上锁，只有农历逢五的凌晨前才由秦月亭开门进入。以前有桂芳陪着秦月亭，妻子去后，他就带上了玉凤，每到逢五的凌晨就高照明灯在此祭祀先祖、缅怀爱妻，然后再去采集蟾酥。

轮椅进了蓝溪轩，月亭要补上住院期间对亡人的祭祀和缅怀。他挥挥手叫儿女们离开这儿，这才得以静心地、虔诚地瞻仰这间熟悉而又肃穆的屋子。这屋里的所有摆布，都尽量依照原蓝溪轩的形式，妻子人去房不空，因为兰桂芳的一帧遗像每时每刻都坚守在这儿，她的音容笑貌，使蓝溪轩温馨如前、刀尖药奇香依旧！今天他大病初愈重会知音，别有一番令人梗喉濡目的感触！

靠正面墙裙，放置着一张黑色的桑木烘漆案几，案几的正中，供着一方紫檀木牌位，上书"刀尖药列祖列宗之位"，其右边，供奉着秦月亭父母秦碎虎夫妇和叔叔庞广龙的牌位，左边敬立着妻子兰桂芳的遗像。右侧墙壁上张挂着唐朝卢纶的《蓝溪期萧道士采药不至》的五言律诗：

春风生百药，几处术苗香。

人远花空落，溪深日复长。

病多知药性，老近忆仙方。

清节何由见，三山桂自芳。

对面墙壁上张挂着王昌龄的《出塞》。两首诗都是写在宣纸上的，是用关中农家手工纺织的本色土布裱褙的，经过多年烟熏尘染，更显得厚实苍重。

秦月亭揭开《出塞》字幅的一端，下面露出一扇三尺见方的防盗门，小门精工严密，雪白色的喷漆和墙面浑然一色。月亭拿出钥匙打开了锁，小门噌地一声弹开，一口绛紫色的皮箱赫然出现在墙洞之中。这是儿媳高岚出于公安职业的机敏，精心为他设计建造的一个"坚壁"，专门用于这只装着刀尖药档案皮箱的密藏。这个坚壁仅有高岚和秦月亭知道，而钥匙只由秦月亭一人掌握。月亭伸出颤抖的双手，把箱子齐齐地摩挲了一遍，又端起来掂掂重量，然后放到原位，端详一阵子，轻轻地舒了一口气，才慢慢地锁好门，挂好字幅。

在兰桂芳遗像前的桌面上摆放着那只鼓形陶瓷钵，这就是凤万山、杨改占赠给他们的"黑釉玲珑双凤钵"，桂芳在世时把这个珍贵的瓷钵视为爱物。月亭把双凤钵捧在手中用一块洁白的绸布细心地擦拭，同时想着，桂芳每天能和这只珍爱之物近距离地顾盼交流，也算是对生者的一个慰藉吧！

113. 女儿大了

自从秦月亭生病以来，就再也没能亲自合成刀尖药了，秦玉凤知道药房现存的散剂和膏剂已经为数不多了。等挨到一个农历逢五的日子，玉凤凌晨三点钟起床洗漱完毕，四点钟做好所有准备后，去灶上拿了一只瓷碗，独自

去了蟾蜍池，叫上田叔叔帮忙，勉勉强强采来不多的蟾酥。她按照已经掌握的配方，依据爸爸平时的一些操作程序合成了两次，但配出来的药不但变黑，而且散发出一股刺鼻的辣味。秦玉凤心急火燎，吃过晚饭后溜到爸爸的卧室，要老人告诉她究竟失误在了哪一个环节。

月亭说："玉凤，不忙，我叫人看了看，咱二楼上小库里还有些备用药，足够用一个礼拜的，你还是来给爸爸按摩按摩腿脚吧！"

玉凤心里像打翻了五味瓶子，啥味儿都有了。给爸爸按摩当然是她乐此不疲的事情，可就是弄不明白，为了继承爸爸妈妈的事业，大学毕业后，她放弃了一些诱人的机会回到秦汉医院，算起来跟着爸爸也有些年头了，这么长时间了，还以为已经接触上了刀尖药的全部配方和炮制合成工艺，然而，现实却令人纠结难纾！如今病卧床榻的爸爸，并没有把刀尖药的全部秘密交给女儿。难道爸爸平时对玉凤的疼爱也有所保留？如果妈妈在世，玉凤在她面前一定会有求必应，如今没有了亲爱的妈妈，刘锴提出的嫁妆就没有了着落，我玉凤究竟该怎么向爸爸提出这个要求？她越想越觉得着急，越着急越觉得心酸。在给爸爸按摩完全部穴位后，玉凤已经细汗涔涔，擦了脸，返回爸爸床前，要爸爸把刀尖药制作的保留工艺教给她，就权当是老人给女儿的特殊陪嫁。

听着女儿的请求，月亭打心底里叹息一声：啊，女儿大了！其实，他目前最上心的事情之一就是玉凤的婚姻大事，他希望刘锴在国外完成了博士学业后，能够胜任秦汉医院的特殊工作，因为这个古老的方剂亟待现代科技的融入。区、市领导一贯重视这一非物质文化遗产的开发和推广，中药界的同行们也对这个奇效药寄予了厚望，尤其关注刀尖药的科学研究工作，希望最近几年能在基础药材建设、蟾酥的采集和配制时效方面有一个质的突破。但是，这一切工作的前提就是，必须采取有效措施保护好刀尖药的所有资料，维护好知识产权；处理好两种关系，首先是个人利益、地方利益和国家利益的关系，第二是在临床上使用现有的方剂与引入科学研究机制开发提升的关系。

如果刘锴诚信可靠并且学成归来，我们对他的参与当然求之不得！今天玉凤要把秘方作为她的陪嫁，既出乎意料，又合乎情理。这出乎意料的原因很简单，就是刀尖药秘方不是他秦月亭的私有财产，而是舍性命洒热血的共产党人和人民军队中那些超出骨肉之情的祖辈、父辈们接力下来的智慧和忠诚的结晶，是关中沃土的一朵奇葩，是中华民族历史文化的灿烂花朵，你秦月亭有什么资格把它独占，作为女儿的结婚陪嫁呢？秦月亭觉得玉凤的要求合乎情理的原因在于，已在九泉之下相聚的凤万山、杨改占和兰桂芳对玉凤的特殊感情，他们的在天之灵无时不在关注着玉凤的喜怒哀乐祸福进退。每每想起这些囿于梦境的亲友，秦月亭总是心潮澎湃热泪盈眶，自己对玉凤不是骨肉胜似骨肉的亲情就会更深一层。眼下，面对玉凤的嫁妆要求，他竟然不知道如何回答才好！

月亭颤颤地对玉凤说："玉凤，爸爸老了，身边只有你，咱父女俩的全部积蓄一直由你掌管，到你结婚的时候，只要你愿意就连这座秦汉医院都可以是你的陪嫁，只是这刀尖药最后的秘密，爸爸现在不能随便给你啊！"

玉凤料到爸爸会说出这样的话，但她还是提出了请求："爸！我要刀尖药最后的秘密，只是想圆我和刘锴一个梦。我俩都老大不小了，以前是人家读硕士、出国、上博士，顾不上考虑结婚的事情，现在，人家博士学业即将完成，主动提出了结婚的要求，咱如果连人家这么一个要求都不答应，是不是对他对我都有点不近人情？"说完，就转身去擦眼泪。

"玉凤，"月亭长长地叹了一口气，"爸是快七十岁的人了，还没见过女婿娃要陪嫁的新鲜事，是不是刘锴不知道这是一个几代人坚守了八十年的信诺秘密？"

"我爷爷在战火中配制刀尖药的事情，我给他讲过。"玉凤说道。

月亭沉吟道："哦，刘锴该不会别有所图吧？"

玉凤愣怔了一下："爸，你怎么能这样说人家？要不是为了我们的将来，他才不会想起刀尖药呢。"

"玉凤，刘锴向你提出了一个苛刻的附加条件，我觉得这不是一个好兆头！"月亭语重心长。

玉凤却在爸爸面前显出了少有的执拗："现在的社会，有附加条件的婚姻还少吗？时代日新月异，观念也要与时俱进呢！"

"与时俱进没错，但是与时俱进的大前提是啥，你知道吗？它的大前提就是创导文明、推进文明！而不是一切都向钱看，给拜金主义、极端利己主义的腐朽思想也披上与时俱进的外衣！"月亭带着手势越说越激动。

玉凤蹙了蹙眉头，她似乎还想要说点啥，却没说出口，这是因为她很清楚，说服爸爸不是一件容易的事。于是披了披盖在爸爸身上的被子，缓和了一下口气："爸，你还爱女儿吗？女儿和刀尖药比起来，你更疼爱哪一个？"

秦月亭觉得女儿提出的这个问题很奇怪。其实他已经跟玉良和高岚商量过了，等玉凤和刘锴定好日子以后，要好好准备准备。玉良和高岚也说了，在小妹的婚事上不怕花钱，他们选好了二楼上那间大房子，作为玉凤的新婚洞房，打算过了国庆节，就请来装修队开始装修。至于女儿和刀尖药嘛，这二者绝对不好相提并论。于是秦月亭给玉凤说了他的意思和玉良高岚的

打算。

玉凤没想到爸爸对自己的婚事已经早有安排，看来他还是欢迎刘锴的。玉凤就问："爸，你同意让刘锴参与刀尖药的研究了？"

"我啥时候排除过他？我每年中秋节带你去老君岭祭奠你的干爸干妈，其中一个原因就是因为他们是善用蟾酥入药，为缺医少药的山民治疗疑难杂症的好大夫。蟾酥应用领域的前景十分广阔，只要他愿意投入忠诚和学识，我会信任支持他的。"

玉凤说："可刘锴现在急需要考察刀尖药配方，然后还要带上考察结果回学校完成毕业答辩呢。"

"考察刀尖药配方？"秦月亭坐直了身子，"一个留洋博士，要拿别人的成果做毕业答辩，好意思吗？"秦月亭又有点激动了。

玉凤突然觉得爸爸的反问很一针见血，看着爸爸激动的样子，就后悔刚才不该接二连三地紧逼老人，一看时间也不早了连忙说："爸，你该休息了，我去和我姐说说话。"

秦月亭犹豫了一下才挥挥手。

114. 意向形成

秦月亭卧室的隔壁是秦玉兰的"闺房"，玉兰先是躺在床上辗转反侧，后来就坐起来拿出手机拨打电话。一次次拨打一次次传来对方关机的提示声。玉兰下了床在屋里走了几圈，想借此分散一下注意力，但她很快又回到床上再拨蔡振斌的电话，结果还是关机。玉兰心慌意乱地揣测着，夜深了我俩又不在一起，蔡振斌干什么去了呢？

在广州，蔡振斌打车到豪族酒店，上电梯时就关了手机，因为怕在会晤期间来了电话，拿出手机让江边惠认出来，岂不伤了中国男子汉的体面？

今夜的江边惠更多了些妩媚妖冶，看似随便的穿着打扮，实则是费了一番心思的刻意妆饰。她和服加身淡妆素裹，发髻疏拢萤趾拖屐，步履盈盈香气绕人，等待着中国药商的到来。

门铃响了，江边惠把蔡振斌迎进她的小套间，寒暄、让座、沏茶，举止得体谈吐风致，然后，趋到几案一侧坐下，矜持地打量着眼前的男宾："啊，蔡先生，您夫人可好？"

蔡振斌说："谢谢，我爱人让我代问您好。"

"夫人今晚该不会另有贵干吧?"江边惠问道。

"哦,对不起,她今晚要同南韩的老客户谈一笔大生意,时间实在挪不开,就叫我来先和你谈谈。"蔡振斌面露歉意。

江边惠微微一震,随和地笑笑:"其实,和蔡先生您谈更直接、更高效些。"

"但愿如此。"蔡振斌急忙应付道。

"我看过秦始皇兵马俑,秦国的壮士一个个器宇轩昂威猛阳刚,是东方世界的偶像呢!"江边惠看着蔡振斌似乎在鉴赏一尊刚出土的秦俑。

蔡振斌立即来了点得意:"看来,您很欣赏我们关中大汉?"

江边惠微微颔首,脖颈上的豪硕项链金光一闪,问:"蔡先生是关中人?"

振斌说:"土生土长的秦川愣娃,江边惠小姐。"

江边惠纠正说:"很抱歉,我喜欢男人们称我先生!"

"哦,对不起,江边惠先生!"说着,蔡振斌翻了一下手掌表示歉意。

江边惠甜甜地点点头:"蔡先生,我这次来贵国,实属慕名而至。"

蔡振斌却摇摇头:"不敢当不敢当!我一个唯利是图的商人,不值得劳江边先生慕名来访。"

其实江边惠并非指慕蔡振斌之名,她不但听出了对方错解了其义,更高明的是还听出了这个中国商人的弦外之音,就心里说:"既然你唯利是图,我便要以利诱之了。"接着顺水推舟道:"我舅父麻川觊和先生及夫人交谊甚久,经常称赞二位言必信行必果,是中国人中的俊贤,因此,我非常愿意与您夫妇交个朋友!"

"先生过奖了!麻川觊先生的确是一位难得的合作伙伴,不过您这个朋友我们也是乐意结交的嘛。"振斌轻轻地拍拍手说,"有朋自远方来,不亦乐乎!"

"请先生接受我的真诚邀请,到明年樱花开放的时候,先生务必偕夫人来吾邦一游,我当谨尽地主之谊。"江边惠站起来,身子微微欠了一下。

"承君美意,定当赴邀!"蔡振斌抱拳还礼。

瞧,会绕弯儿的江边惠遇上个能绕弯儿的蔡振斌,两下里倒给隔靴搔痒、缠绵悱恻起来。不过绕来绕去的江边惠还是像老鹰旋兔子一样瞄着目标扑下来了,她终于提出了索购刀尖药的要求。

只见蔡振斌抿了一口茶,大大咧咧地说:"没问题!刀尖药是我岳父亲手配制的独门奇药,据说用的是从唐朝一直流传到现在的方子,传到我岳父手中,至少有一千三百年历史。这样的国宝,我可以向先生提供两瓶大包装

成药，一瓶散剂，一瓶膏剂，而且享受普通百姓的低价位，望先生笑纳。"

江边惠碎步趋到振斌对面欠欠身姿："不胜荣幸，不胜荣幸！感谢先生慷慨割爱，售给了我两瓶刀尖药。"

蔡振斌拱手还礼："小事一桩，何必客气！"

"蔡先生，既然这样，那么就顺便给附上个配方，完整的，好吧？"江边惠又碎步回到原来的位子上。

"哦？买了药还要完整的配方？"蔡振斌睁大了眼睛。

"是啊，兴趣和好奇啊！"

蔡振斌眨眨眼睛笑一笑："这配方嘛，配方由我岳父严密掌管，还要等我这个乘龙快婿慢慢地，迂回地，讨要讨要！"

江边惠赔着笑脸："你们关中有句俗话，一个女婿半个儿嘛！您肯定会讨要成功的！我拿到药和配方后，立即划给您三百万倭浪元！"

蔡振斌嗳嗳："噢，这个价嘛，这个价只能拿走两瓶药！"

"那——"江边惠皱了皱眉头，"三百万元人民币，如何？"

蔡振斌站起来要走："您是不是弄错了？这刀尖药的配方不叫配方，叫秘籍，是我们国家的机密、历史的瑰宝，若出卖国宝机密，死啦死啦的有，杀头的干活！"说着一只手往脖子上一拉。

江边惠有点沉不住气了："蔡先生，您不是自己说过唯利是图吗？"

蔡振斌认真地："江边先生，出卖国家机密的成本太高、风险太大，先生给出的价码无利可图啊！"

江边惠从座位上站起来，在屋子里来回徘徊，她已经失去了先前的优雅。好一会儿后站定脚步："蔡先生，我不要您那配方啦，我们合作办药厂，怎么样？"

"合作办厂？好事啊，先生能说出来让我听听吗？"

江边惠满以为事情有了转机，她重新让座沏茶："我们出资，你岳父出人出技术，咱们合作办药厂，我们给您和您的夫人百分之四十的股权，并且聘请贵岳父做终身顾问，享受董事长的待遇，如何？"

蔡振斌心里头痒痒地，沉下一口气说："凭江边先生这样的美丽动人，我就该话到口边留三分了，你是说把我岳父带到倭浪国去？"

江边惠连忙说："是的！刀尖药是中国的国宝，也是人类的共同财富，参与开发是东亚人义不容辞的责任！"

蔡振斌心口缩了一下，忽地站起来："你这话听起来和当年的大东亚共荣没啥两样子？"

江边惠陡地花容失色、噤若寒蝉，好久，调整完情绪才说："对不起，

对不起，我不该让你这样敏感!"

这时，房间门被推开，麻川觋缓步走了进来。江边惠站起来点头让座，蔡振斌也笑脸相迎。麻川觋和善地前来握了一下来客的手，招呼大家都坐下从长说事，然后自己坐在江边惠的位子上说："蔡先生，你知道我一向尊重生意人双方的意愿，绝不对任何人强加观点。既然我的外甥女对刀尖药情有独钟，蔡先生，是不是可以由她出资，在你们西安选址，建一个中型综合药厂，再加上刚说过的其他条件，该不会有什么问题了吧?"

房间门外电梯间急匆匆走出一个人，来人直接走到江边惠的小套间，听到里面的谈话声，就把耳朵贴近锁孔处听起来。

顺着麻川觋的思路，蔡振斌和江边惠几经讨价还价，初步达成了如下意向：由江边惠出资，由蔡氏夫妇出刀尖药配方和相关技术，共同在中国的西安举办综合药厂。刀尖药的配方和技术抵顶百分之五十一的股权。并聘请秘方和技术持有者秦月亭先生为药厂终身顾问，享受董事长待遇。意向形成，七日后签约。

蔡振斌迟疑了一下说："可以。"

江边惠看了一下麻川觋说："蔡先生，七日内若无答复，我舅舅和你们夫妇的生意也就算做到头啦!"

这时，在门外偷听的人，欲按门铃，举手却止，继续听着房间里的谈话。

蔡振斌对着麻川觋笑笑："我想，老先生还舍不下我们这么久经考验的生意伙伴呢。"

麻川觋微笑着点点头。蔡振斌起身告辞，麻川觋挥手欠身致意，江边惠轻走几步替蔡振斌拉开了房门。

115. 谁山寨

蔡振斌刚一出门，看见门外人影一闪，踩着棕红色的地毯噗噗噗噗地迅速向楼道深处跑去。蔡振斌要看个究竟，紧追上前低声喝问："谁?"

那人跑到楼道尽头，蔡振斌三两步追到跟前，扳过肩膀一看才是刘锴。

蔡振斌以为刘锴从留学国回来要在广州转道再回老家的，一问才知道是来中国作考察研究的。两人下了电梯出了宾馆，也没叫车，钻过一道立交桥，走进了一家通宵酒吧。

　　刚坐定就刘锴迫不及待地说话："蔡大哥，原来是你！你好大的胆子啊，把刀尖药秘方卖给他们哪？"

　　蔡振斌反诘："卖给谁哪？"

　　"我导师他们。"刘锴把头向豪族酒店方向摆摆。

　　蔡振斌睁大眼睛问："麻川靓是你的导师？"

　　刘锴略一迟疑："不是。"

　　"难道是江边惠？"

　　刘锴点点头。

　　蔡振斌伸手击打着桌子："啊哈，你去倭浪找了个美女导师，有福气啊！"说着喝了一杯酒。蔡振斌也喝干了杯中酒。

　　刘锴说："江边惠要我和她合作在倭浪国开发刀尖药呢。"

　　蔡振斌的眼睛睁得更大："玉凤给你秘方哪？"

　　"还没呢。"刘锴倒满一杯酒，仰头喝了，"不过，她很快就会给我的。"

　　"噢哟！这个倭浪娘们心下得深啊！还明里暗里齐倒腾，从我手里弄也从你手里搞！"蔡振斌说着拉过刘锴端杯子的手，两人碰杯一饮而尽。

　　刘锴擦擦嘴："这关系到我在倭浪的锦绣前程呢！"

　　蔡振斌盯着刘锴："你是不是想叫我放弃和他们做生意，给你让路？"

　　"我现在很难哪！"刘锴长叹一声低下了头说，"弄不到秘方，江边惠肯定会断送我的！"

　　振斌端起一杯酒伸向刘锴："她江边惠会怎么断送你？你是想留在倭浪靠江边惠发展？那玉凤咋办？"

　　刘锴握杯应盏歪着头喝完："那，那，那我可以带她过去嘛！"说完又斟满了一杯喝着。

　　"可以带她过去，事到如今啦，你还这么说话！你国内上硕士留洋读博士，玉凤把你等了这么多年，到你博士快毕业啦，你竟然说可以带她过去！为啥不是必须带她过去？唉？"振斌握着酒杯的手在空中摇来摆去。

　　"这，这不是秘方没到手嘛！"刘锴说完正要喝酒，兜里的电话铃响起，他头一仰干完了酒才接电话，"……先生，晚上好……我，在酒吧，……我，我一个人。"说着，看着蔡振斌眨眨眼，"好，我就回来！"挂机后又给两人斟上了酒。

　　"刘锴，你喝吧，我要给我老婆发短信啦。在你跟前通话，我怕泄露商业机密呢！"蔡振斌脚步不稳地走向一边，开了手机发了两条短信回到桌子上，猛然瞥见了刘锴的手机，好奇地问："刘锴，你小子的手机也是江边惠送的？"

"是她今年情人节时送给我的。"

蔡振斌拿来刘锴的手机一比，傻傻地笑着："哟嗬！无独有偶、比翼双飞，可庆可贺啊！来干杯！"两人又叮叮咣咣地喝了起来。

刘锴心想，不会吧，先生说只有我才有资格拿走她的心爱之物呢！于是一把抓过两只手机看："别鱼目混珠了，哪里弄来的山寨货？"

蔡振斌瞪大眼睛回敬："谁山寨？你才山寨呢！"

"你山寨无疑！"刘锴也不示弱，直着眼睛问，"先生绝不会找上你吧？……蔡振斌，你莫不是拿秘方骗色吗？"

"骗色？……那你呢？"

刘锴打了一个嗝，把手机并排放在桌上，牛呼呼地说："江边惠先生早就是我的了，不！我早就是先生她的了！"

"哦，你是想说你和江边惠早就互动上了？"蔡振斌感到很恶心也想打嗝，但是没打出来，"刘锴，你小子酒后吐真言，你，你比我还胆大包天呢。但是我不拿你的话当真，我就告诉你一句话，你如果再给玉凤耍花招，我蔡振斌饶不了你！"说着一巴掌拍得桌子山响。

刘锴哭了，他拿上手机摇摇晃晃地就要走："我要去问……问个究竟，她江边惠到底还独钟……独钟不独钟我刘锴！"

等蔡振斌打出了那个饱满响亮的嗝后，刘锴已经走出了酒吧。蔡振斌叫道："刘锴……慢点走！"也要跟上出去，却被服务生拦住要他埋单。他甩给了几张红钞，服务生退回一张，就收了手机接上那张红钞追了出去，但刘锴已踪影全无。

116. 胆大包天

不同的两个城市，相同的不眠之夜。

玉兰坐在秦汉医院自己的"闺房"床上翻阅着学生时代的珍藏袋，从袋中拿出了一本封面发黄的作文簿，这是上高一时的那年冬天写的获得"布谷鸟"美誉的作文。她每次看到这篇作文，都会心驰神往到美好的学生时代。

青春时的美梦已成现实，虽然妈妈如今长眠九泉，但是爸爸操持的刀尖药事业，已经取得了很好的社会效益，玉兰为爸爸的事业倍感自豪。刀尖药能走到这一天，爸爸能走到这一天，是多么的不易啊！她和蔡振斌一定要让爸爸过上安定、幸福的晚年生活！

手机响了两下，是蔡振斌的两个短信，第一个内容是："擀面皮啊，额的亲！你那个弥漫街市的冘（方言，香味钻鼻）啊，那个油泼辣子的汪啊，那个农家陈醋的醇啊，那个齿感的劲啊，那个口感的光啊，那个滑进肠胃的馨啊，那个吃货嘴唇的樱桃红啊，啊哟！香死人来想死人呀！可惜我现在吃不上啊，还要想上许多个小时啊！迟了，我怕 UFO 抢占了那条压弯了腰的低板凳啊！"

玉兰知道振斌又在恶作剧，就会心地笑了笑。接着看第二个短信："玉兰，已同江边惠形成初步意向：由彼方出资，由我方出刀尖药配方及其制作的全部技术，在西安选址共同举办综合药厂。刀尖药的配方和制作技术抵顶百分之五十一的股权。并聘请秘方和技术持有者爸爸为药厂终身顾问，享受董事长待遇。意向形成三日后签约。"读着读着，玉兰兴奋了，心旌摇动了！

玉凤推门进来："姐，你还没睡？我陪你睡吧！"

玉兰把珍藏袋拿到一边："好妹妹快上来吧，我正想和你说说话呢！"

玉凤上了床，和玉兰并排靠在床头上。玉兰仍处在短信带来的躁动之中。玉凤一把抢过姐姐手机，叫嚷着："姐呀，你别总是抱着财神不放，既然在家里探亲就该温习温习亲情嘛！"

"人家亲情、商情两不误还不行吗？"

"你们生意人都是这样。"

玉兰皱皱眉头："唉，人在商海如履薄冰，诚惶诚恐身不由己啊！"

玉凤说："还诚惶诚恐呢？要说你和我姐夫胆子也够大的，当初只拿了几百块钱硬是下海经商了。"

"想起来也确实有点后怕。唉，当时药厂亏损，咱爸咱妈那时候也手头不宽，还要供你上学，我们两个人险些连肚子都混不饱，实在没办法才走了这条路！"

"现在不是好了吗？在惊涛骇浪中，你们不但赚了钱也锻炼了胆量。"玉凤看了玉兰一眼窃笑了一下又说，"你们两个人哪，一个是'男人胆大去经商'，一个是'女人胆大不化妆'！"

玉兰发出了一串爽朗的笑声："知玉兰者玉凤也。也许别人都没注意到我化妆没化妆呢！"

玉凤绷着脸皮笑笑："别人怎么能不知道呢？闻一闻你身上的味儿，就知道这是个大行不顾细谨的女人。"

玉兰大吃一惊，坐直身子扳过玉凤的肩膀问："啥味儿？你说你说，我身上有啥味儿？"

"啥味儿？难道哥没提醒过你？"玉凤在鼻子前扇了扇手。

玉兰心跳加速月颜涨红，自己耸耸鼻子："我咋闻不出来？"

"只缘身在此'味'中嘛！好啦，你是我姐，我给你说了吧。"

"玉凤，你就快说吧！"玉兰急得快要哭了。

玉凤伸出一个手指，划着节拍说："铜——臭！"接着爆发出了银铃般的大笑。

玉兰这才发现上了当，放松了鼻子也跟上干笑了一阵："铜臭就铜臭吧，你姐夫来短信啦，江边惠给的条件太诱人哪！"

玉凤还以为是啥啥"惠"，那个老牌大腕呢，于是玉兰就向玉凤和盘托出了蔡振斌和江边惠初步达成的意向。

玉凤眼珠一轮："姐，我说你们可以胆大包天，千万不敢胆大妄为啊！"

玉兰蛮有把握地说："有这样的机遇，胆小如鼠的懦夫也不会放过的。"

玉凤凝视着玉兰："姐，目前，刀尖药还不能够大量生产呢。那个江边惠肯定是设圈套骗技术，你不要上了人家的贼船！"

"你放心，我不会让他们欺骗的。但是玉凤，首先你应该理解支持我。这件事成了会对咱全家有好处的！"玉兰的语气十分恳切。

"你以为咱爸会答应？"玉凤冷冷地反问。

"那你不会帮我给爸说说？"

"我不会帮你的！姐，睡觉吧。反正刀尖药不能走出秦汉医院半步，我告诉你不要再做黄粱美梦哪！"玉凤说完就侧过身躺倒睡觉。

然而，玉凤哪里睡得着呢，她已经意识到问题有点复杂化了，她料定，天亮以后姐姐就会向爸爸提出继承秘药的要求，她在寻思着阻止这个商人姐姐的办法。

117. 粉色视频

深夜的广州城，马路上的灯光吝啬地照着，江风顺着大街小巷荡了过来，蔡振斌感到了一丝丝凉意。他抬手拦了一辆车，回到自己的宾馆房间睡觉去了。

蔡振斌正处在酒酣觉深的彩梦状态，一阵阵明丽清悦柔和甜美的乐声为他伴眠，泉水般的管弦一遍又一遍在他的幻境回环往复依依袅袅。好久才完成了由梦境到现实的过渡，突然意识到这似乎是自己新手机的彩铃！他糊里糊涂拿过手机接听电话，这半夜三更除过玉兰是不会有别人给他打电话的。

蔡振斌半梦半醉地问："短信收到了吧？这时候还在操劳？"

电话中女声："你怎么还不回来睡觉？是不是又想那个秦玉凤哪？"

蔡振斌大吃一惊酒醒大半翻身坐起："玉兰，你不要胡说嘛！"

电话中女声："怎么？一个秦玉凤还不够又冒出一个玉兰？"

"把他的，活见鬼！你是谁？"

电话中女声："你不是刘锴？"

蔡振斌拍拍脑袋方才醒悟过来，就慌忙挂机。他推想肯定是刘锴错拿了手机！手机铃声又响起来，一看显示的竟然是自己的号码，振斌问："喂？"

"蔡振斌，我警告你，你别偷看我的隐私！我马上过来拿手机！你现在在哪里？"电话中传来刘锴的声音。

蔡振斌就数落着给刘锴告诉了这儿的地址和房号。

真是阴差阳错，刚才江边惠打给刘锴的电话让蔡振斌给接上了，刘锴一踏进豪族小套间门，就遭到了女博导的一顿臭骂。

这时，脑灼心烧的蔡振斌睡意全无，他摇摇晃晃地穿好了衣服，等待着刘锴的到来。他坐到沙发上，觉得口渴，便抓起一瓶红酒，只几下就吹完了半瓶。他抖着心和手打开了刘锴手机的文件夹，上下翻动起来，很快，就翻出了手机里的视频：

纯白色的房间幽蓝色的灯光，随着同刚才彩铃一样的清妙旋律，室内环境一一呈现，这个卧室没有多少摆设，只有一个随意分格的白色博古架，架上放着两只黑色的矮体花瓶，矮体花瓶里分别插着黄红两色樱花，樱花下边一格，放置着一个白底青花瓷葫芦瓶。瓷葫芦瓶的三维特写过完，蔡振斌又返回重新看了一遍，他觉得好像见过这种瓷瓶。在房间的另一面墙上，有一幅竖挂的汉文书法字幅，上书"蟾宫折桂"四字。蔡振斌不太懂书法，但也可以看出来这两个字是出自老人的苍悍之手。

后面的视频则突出了房间的主题，一色洁白的地榻占据了整个画面。话外的音乐声中，走出了身着粉色蝉纱睡衣的江边惠和身披浴巾的刘锴，刘锴用倭浪语和江边惠低语几句，然后双双仰面躺倒在地榻上。刘锴侧过身子为江边惠宽衣解带，很奴很顺很轻很慢；一毕，就跪俯下去伸长了脖颈从江边惠的下肢吻起，一寸半寸地迤逦而上，一直到腹部、胸部和颈部。只见这时的江边惠浑身扭动，活脱一只浪里白条，娇喘吁吁双手抓住了刘锴的手肘。刘锴肩上的浴巾滑落到脚下……

蔡振斌挨烫一样慌忙退出视频，他对着手机咒骂："唉，可悲可怜可恶可恨可耻啊刘锴！你在江边惠的榻榻米上丢尽了我这个'连襟哥'的脸哪！"

有人敲门，蔡振斌开门。门外的人一只手从振斌手中夺过手机，一只手

塞给另一个手机，转身带门就跑。

蔡振斌欲追却被刘锴拉过来的门扇碰到膝盖上，疼得他难以迈步，想狠狠骂娘又怕吵了别人，只好咽进肚子里作罢。

118. 心痒

清晨，秦玉良推着父亲去森林公园的潺潺流水之侧、花间悠径之上呼吸新鲜空气，利用这个机会，他向爸爸提到了用刀尖药扶助尚合创伤医院的事情。

不提尚合创伤医院还则罢了，一提到就勾起了秦月亭对林尚下意识的戒备。从儿子到那个创伤医院给林尚当副院长以来，秦月亭一直耿耿于怀。他很清楚这个宁愿每月花好几万元做广告，也不想在提高医疗质量、满足群众需要上下工夫的医院是兔子的尾巴长不了！他曾委婉地劝儿子尽早放弃对创伤医院的幻想，回到中心医院去发挥他应有的作用，然而今天，他的儿子却还要拿刀尖药去拯救危局，这不是明摆着要扶持李鬼充当李逵吗？他对卫生局的这一人事决定心存牢骚，对儿子心甘情愿为林尚做垫背感到痛心。然而，目前自己尚在病中，不想和儿子争论长短，他要等到孙女秦小雀回来后，捅开这件事情，看他玉良怎么面对？

走到一片树荫下，玉良的电话响了，又是林尚打过来的，玉良离开爸爸走到一边去接听电话。林尚在电话中表示了对月亭病情的关切，表达了希望老人家早日康复的祝愿，接着就详细询问争取秘方支援的工作做得怎么样，并且提出了一些重要的具体的指导意见。林尚还追加了半个月假，让玉良在家专门陪护父亲，说这是振兴尚合战略的一个关键环节……

这边月亭的手机也响了，电话是马主席打来的，这位领导竟然给秦月亭介绍对象，而且介绍的不是别人，正是李维琴，他历数了李维琴的不幸遭遇和拿出一百万元以德报怨、宽宏大度的人格，说这是一个品貌兼优的女人，叫秦月亭认真考虑，若有意就及时回话，回头他找个人拉络拉络。临了，马主席反复强调，过了这个村就没了这个店。正说着玉良来了，月亭大呼小叫着道别了几句就匆匆挂机。

从公园回来，秦玉良半跪在父亲的膝下为老人按摩腿部，秦月亭躺在轮椅上想自己的心事，他由马主席想到李维琴，再大胆地权衡着这件事的可能性到底有多大。玉凤坐在沙发上心不在焉地看电视、吃果点。

玉兰看不进电视，她一直在想问题，她和老公做百分之五十一的控股者，爸爸享受董事长待遇、做终身顾问，这是多么石破天惊的事啊！今早凌晨，她上网查了相关资料，已经基本掌握了建一个中型药厂的投资和收益。她掌握清楚这些数据的目的，是为了在回答爸爸的询问时，进行具体明白地阐述，用有力的数据来说服爸爸。她甚至相信，市场经济中的老爸在这么巨大的利益面前是不会不动容的。然而，她今天总是找不到和爸爸单独相处的机会。

"姐，这几年你和姐夫在外面跑，肯定发大财了！"玉凤的话打断了玉兰的思绪。

玉良也打哈哈："是啊，玉兰两口子成千万富商啦，到时候哥哥给你打工好啦。"

玉兰觉得由表及里的工作该做做了，她鼓了鼓勇气："哥啊，我虽然现在连千万富翁的边都沾不上，但正朝这方面努力，我们最近逮了个机会，而且是一个万事俱备，只欠东风的机会！"

玉凤把一把坚果皮扔进纸篓，拂去手上的残渣，不痛不痒地说："你所说的东风我知道。我声明，绝不和你们两口子同流合污！"

"哟，小妹还真有宁愿饿死，也不吃美国救济粮的骨气呢！"

玉凤反唇相讥："近朱者赤嘛，我也要向大哥学学清高呢！"

"唉，山不转水转，哥的清高已经成为过去，如今'神马都成了浮云'，咱就等着给力的玉兰，带来一人得道，鸡犬升天的转机吧！"说完秦玉良偷看爸爸一眼。

玉兰听得得意，玉凤却大不自在，姐妹俩的目光不期而遇时，玉兰笑了笑，玉凤却白白眼撇撇嘴。

一直高岸听潮的月亭哼了一下："什么一人得道鸡犬升天？自己的努力奋斗最可靠，依赖别人就长久不了。我希望你们兄妹三个，都能通过自己的努力来发展事业大展宏图，作为爸爸我会感到高兴的！"

玉兰向爸爸诡秘地一笑："爸，我的宏图大略还离不开你的宝贵支持和指导呢！"

"我的指导还是那句老话，有机遇就抓住机遇，没机遇就自己脚踏实地地创造机遇！"月亭伸出两只手给儿子，"玉良，你扶我站起来试试。"

玉良停下按摩扶起了父亲，站起的月亭推开了玉良的手。

兄妹三人好不激动："啊，爸爸站起来了！"

月亭站着："你们看，这就是我为自己创造的机会！"

一家人开心的笑声在屋子里回荡，人人脸上的多云一下子转成了灿烂晴空。

119. 继承权

玉兰想趁月亭高兴进一步劝劝爸爸，她扶着爸爸坐下，自己坐在对面："爸，过了这阵子，你随我们去西安住吧！你一辈子太不容易哪，特别是我妈去世以后这几年你受的折磨太多哪！往后该享享清福啦。"

月亭转脸问："这么说，振斌和你要在西安安家？"

玉兰点点头。

月亭说："如果在西安有事业，就在西安安家最好。买房子钱够不够？差多少？回头叫你哥你嫂给你凑点，爸爸这边还要按揭贷款呢！"

"姐，你如果真的需要扶贫，就让哥给你借点，反正他们两口子一个局长职务一个教授级别，都是有钱没开销的主儿！"玉凤怪怪地说。

"没听说创伤医院发不出工资了吗？小妹还往我伤口上撒盐。"玉良说。

玉凤凑到玉良面前："好我的老大哥呢，谁撒盐哪？我撒刀尖药还来不及呢！"

"那你就给我刀尖药，快给我刀尖药！"玉良说着惦着脚尖向玉凤追去，玉凤轻手轻脚地跑出门去，玉良张牙舞爪地紧随而出。

玉兰便抓紧时机向爸爸公关："买房的钱还够，我是要接爸去安度晚年做顾问，享受董事长待遇呢！"

月亭淡然一笑："我的命是属于刀尖药的，一辈子厮守着刀尖药，其余的事儿都不做！再说，我还是天台市的政协委员，走了谁来参政议政呢？"

玉兰趴到月亭的耳边："我是不会让爸离开刀尖药的。到时，你做不做都无所谓，只要你给我一样东西就行了。"

"啥东西？"

"那东西可以抵顶价值几千万元的股权，让我们成为企业最大的股东，实现全家飞升的梦想！"

"抵顶好几千万元？了不得啊！快说给我听听。"月亭明知故问。

玉兰进一步说："倭浪人在西安办药厂，技术还由爸爸亲自掌握着。"

"这不？又给刀尖药念咒哪！"月亭笑了笑转过脸去，恰好撞到了桂芳遗像的笑容，便又和妻子交流了起来。

玉良进来接上话茬："爸，与其说跟倭浪人开发办药厂，还不如帮我们创伤医院扭转危局呢！"

玉凤边进门边说："哥哥姐姐有家有业有子女了，还要打刀尖药的主意？"说着表情僵硬地坐在一边。

玉良向两个妹妹投去了哀哀的目光："你们总不会见死不救吧？创伤医院只有通过这条捷径来摆脱危机了，不然，我这个副院长咋向满怀热望的领导和全院职工交待？"

玉兰走过去站到了爸爸的身后："哥、玉凤，咱都要好好权衡一下哪头轻哪头重呢！我可以把刀尖药的创汇效益发挥到极致，让咱秦家收到最大的回报！"

玉凤抽出身子立在了爸爸一侧："其实嘛，哥，追求的不是秘方，是官位面子！姐，向往的不是秘方，是金钱派头！只有小妹我要的不是秘方，是薪火相传！你们说秦汉医院的第二代掌门人到底应该是谁呢？"

玉良、玉兰想说实话却又不愿说出来。

玉凤继续说："当然是我，秦玉凤！我要爸爸把它作为嫁妆留给我呢！"

玉良想站起来，看了看爸爸却继续坐着说话："可，可我是长子嘛，我想，长子应该最有继承权吧？"

玉兰一急："可我，我可是长女，我的继承权不能排除在外！"

"我秦玉凤也不是抱养来的外姓之人！"玉凤一言出口，惊得月亭转过脸来，看看玉凤又看看玉良玉兰。

"我以秦汉医院的名义剥夺你们俩的继承权，宣布秦玉凤为刀尖药唯一的龙凤传人！"玉凤仰头挺胸，一只手在空中画了个半圆，似乎在向全世界庄严宣布。

月亭听出玉凤是说赌气的话，才放下了提到喉咙的心，却又气咻咻地说："你们到底有完没完？秦家从当脚户的我爷爷开始就为刀尖药献出了一片忠诚，我没给你们留下什么财产，就连这一片小小的药方，也不是我秦月亭的啊！你们这么争究竟是怎么哪？我告诉你们，我秦月亭还不能死呢！"说着，自己颤颤巍巍地站了起来，看看墙上的钟表，一步一顿地朝门口走去。兄妹三人见父亲自己能走动了，就争相去搀扶父亲。两个女儿分扶在月亭两边慢慢地走出门，玉良端上一把椅子随后跟上。

院子里日艳风清，两只花喜鹊从楼顶俯冲下来，落在一棵梧桐树上，瞄着这父子女四人喳喳喳喳地叫个不停。月亭抬头瞅瞅花喜鹊，又搭手瞭望太阳嘟囔着："都啥时候了，这第一趟'和谐号'该到天台市了吧？"

兄妹三人都纳闷儿：难道说今天将要迎来远方的宾客？

120. 新新人

秦汉医院今天的确有宾客到来。

秦月亭的孙女秦小雀，现为中国人民解放军军医大学研究生院学员。

秦小雀的导师庞汉关，最近从中华中医药学者协会会刊上看到了一篇论文，内容是有关刀尖药的，署名为秦月亭。当时庞汉关简直不敢相信自己的眼睛。他立即飞到京城寻访，恰好赶上秦月亭在协会学术交流大会上发言，这才见到了失散多半个世纪的哥哥。

两位老人跨世纪的邂逅着实是历史的必然，忠诚的归宿！他们执手相看泪眼，竟无语凝噎。晚上在下榻的宾馆房间，秦月亭、庞汉关还是手拉着手，面对面坐着坐着，耳边就飘来了艰难岁月逾磨逾亮的稚声和歌谣：

嫦娥娘娘照镜镜，屋里攒满银锭锭；

初一生，初二长，初三初四亮晃晃；

初八初九初十天，看着娘娘银耳环；

十一十二门边望，露出半个白海棠；

十五十六端银盘，神蟾给咱散金钱。

想着那个被土匪的马蹄蹂碎的中秋梦，经历了整整一个甲子轮回才得以复圆，他们说什么好呢？这积淀了六十个春夏秋冬的情绪岂是语言能够表达清楚表达完整的？

好久，秦月亭说："汉关，活着就好！"

汉关也说："哥，活着就好！"

秦月亭说："蟾宫图还在！"

汉关说："哥，我知道，在秦门后人手里它绝不会有闪失！"

那几天的会议期间，弟兄俩夜夜抵足而眠，似乎又回到了儿时，又似乎是秦碎虎、庞广龙二弟兄的复活。他们彻夜长谈回顾过去的悲欢离合，展望未来的发展设想，流露出了对刀尖药海洋一样深沉的感情、对秘药研究和开发山峰一样坚韧的锐意和执着。

虽然他们至今还未能在秦汉医院谋面，但是，各自都已经憋足了劲，准备迎接刀尖秘药回归的美好时刻。一想到这些，弟兄俩就一下子年轻了三十岁！

　　九月初，庞教授指导秦小雀和赵雪时两个得意门生，起草了开发提升刀尖药的立项报告，已上报研究生院。他们认为这个项目可行性强预后效益高，一定会得到研究生院领导的高度重视。他们期待着研究生院官方派人去秦汉医院实地考察。

　　上周星期四下午，正值研究生院党团活动时间。本次的活动还是由庞汉关教授向学员进行医德教育。研究生院的礼堂内座无虚席，全体与会人员的注意力都集聚到主席台上。庞汉关教授今天报告的内容是"女间谍劫药毁药馆、庞青瑄喋血蟾宫图"，老教授声情并茂、扣人心弦、感人肺腑的报告，不时地激起军医学员的民族尊严和奋发豪情。

　　报告结束后，一阵阵暴风骤雨般的掌声经久不息。主持报告会的研究生院领导同志说："同志们，庞教授报告中所说的庞青瑄就是他的嫡亲爷爷，庞广龙就是他的生身父亲，而秦碎虎呢，就是我们秦小雀同志的曾祖父！我郑重提议：向为传承刀尖药档案而献身的先烈们、志士们默哀致敬！全体起立——"

　　话音未落，整个礼堂的全体中国人民解放军的新一代军医硕士生齐刷刷地站起，他们手托着庄严的军帽向长眠地下的英烈默哀，向依旧痴心不改默默奉献的志士致敬！

　　前一天，庞教授接到研究生院同意开发提升刀尖药立项的批复，秦小雀的同学好友赵雪时高兴得雀跃欢呼："成功万岁！刀尖药万岁！"

　　按计划利用国庆中秋长假，庞汉关教授要带着秦小雀、赵雪时去天台市访问秦汉医院，看望秦月亭一家，参观学习刀尖药基地和临床病案。不料，刚要动身时，姚之影专程来军医大看望姑姑、姑夫，而姚茯苓和汉关娘早去了洮州，庞汉关就临时决定留下来陪陪这位内侄女，先让赵雪时和秦小雀走西府，自己稍后几天到达。

　　赵雪时就带上了庞汉关给秦月亭的字条，随秦小雀乘"和谐号"到天台市。两个军医大学"低碳一族"的发起者，今天照例采取低碳行动，顺着岐黄大道北行。赵雪时流连顾盼着，诗意地赞美着这座美丽的山水森林之城，小雀更是借题发挥如数家珍炫耀家乡的历史、现状和未来。两位阳光学者一路上叽叽喳喳的说话声挟带着嘻嘻哈哈的笑声，给岐黄大道平添了有声有色的流动风景，使人感到新新人的活力如日腾天不可阻挡。

　　在秦汉医院后院，两个女儿搀着秦月亭慢走了一圈，玉良把准备给父亲坐的椅子放在了花坛旁边。这时，小雀好似一股清新的风，飘进了院子，像一朵出水的荷，出现在家人面前，赵雪时紧随其后。兄妹三个才明白，这就是"和谐号"载来的远方客人。

小雀老远看到了月亭，张开臂膀扑了过来。月亭看到小雀眼前一亮堂，一股热流暖遍全身，他推开两个女儿的手，起步走向小雀。

"爷爷！爷爷——"小雀飞向爷爷。

"小雀！小雀——"

祖孙俩拥抱在一起："爷爷又瘦了。"

爷爷抚摸着孙儿的头发："孙儿长高了。"

孙儿仰着头："爷爷全谢顶了。"

爷爷低下头："孙儿越来越漂亮了。"

孙儿的耳朵贴紧爷爷的胸脯听听，惊讶地："爷爷是大病初愈！"

爷爷附在孙儿的耳朵上吹风风："你一回来我又能健步如飞！"

接下来，在主宾介绍互认寒暄叙礼时，月亭自己又走了几步，赵雪时秦小雀赶紧把爷爷搀扶到椅子上坐下，赵雪时轻轻拥抱了一下老人。

秦月亭兴高采烈地说："孩子，你知道吗？我们庞秦两家已经是三代世交哪！"

赵雪时说："爷爷，到小雀就算是第五代啦！"

"代表庞秦第五代世交的应该是你和小雀！"秦月亭把"你"字说得很重。

"感戴爷爷对我的信任，您身体好吧？"赵雪时说。

"好着呢！"月亭回答完赵雪时，就向儿女们做了个病情保密的手势。兄妹三人心领神会，他们虽然弄不明白，这个姓赵的研究生如何和庞叔叔家扯上了亲缘，但还是互相用目光达成了"临时停火协议"。

小雀不解地问："爷爷，你们这是唱的哪出戏？"

秦月亭两边一瞥："重演历史悲剧《白逼宫》。"

兄妹三人先是一愣，再是尴尬地相视一笑。

小雀问玉良："爸，你怎么不在单位，专门在家里制造'杯具'呢？"

玉良赶紧辩白："林院长特批我在家照顾你爷爷呢！"

玉凤嗔了玉良一眼："你爸现在掌握着创伤医院生死存亡的命运呢！"说着看看手表挥挥手，"我去查查病房就来，两位小天使先聊着！"

小雀雪时向玉凤摆摆手。玉凤走后，小雀一语揭破爸爸的天机："创伤医院是不是想要刀尖药救急呢？爸，我告诉你，那是知识产权，随便拿到你们医院去是侵权行为。"

赵雪时从包中掏出一个信封，双手捧给月亭，月亭打开信封取出一页字函，走笔洒墨暖意扑面：

月亭兄台鉴，按你的提议，我牵头向研究生院申报的项目已经获批，我

将迟两日来贵秦汉医院，余事见面详晤。

此致 康祺

庞汉关 即日

手捧信纸，月亭热泪盈眶仰天阔叹："寻归路漫漫啊！"

是啊，为了这一天，秦庞两姓的世纪接力奉献了一代又一代赤胆忠魂！

玉良低声问："小雀，你们要拿走刀尖药资料？"

"爸爸，不是拿走，是物归其所！"

玉良怅然若失，心里嘀咕："开发提升刀尖药固然必要，关键问题是偏不偏在这个时候！"突然手机振动，一看是林尚打来的，玉良犹豫了一下，就到一边去接。

秦月亭的手机也奏响了庄严的彩铃，月亭对着话机："喂，马主席吗？对，我是秦月亭。身体吗？好啦！你说政协明天上午八点半有一个活动，问我能不能参加？能！真的，没问题！你说明天八点派车来接？行，那就坐坐领导的小轿车吧。"说完，兴致勃勃地合上了手机。

玉良接完电话，走过来问："爸，明天去政协是吧？你能行吗？"

小雀说："爸，爷爷高兴，就由他去吧。"

"爸，我陪你去？"玉良说。

秦月亭不耐烦地说："你又不是政协委员，乱掺和个啥？大不了把轮椅带过去嘛！有那么多领导和老朋友陪着，有你不放心的啥？"

玉良无奈地摇摇头，小雀却缠着要叫玉良陪她和赵雪时去河滨区公安分局看妈妈。

玉良说："要是咱有一辆车，还能带雪时到处去游游呢。"

月亭说："咱的家底离买车还有好几年呢！"

小雀说："爷爷，去市区这点路我俩不会坐车的。"

月亭连声叫好："秦汉医院附近没玩的地方，今晚就叫两个娃去市区玩玩，完了就住那边，明天接着玩。"

秦玉良说："也好，自从你妈妈当上副局长以后，忙得一塌糊涂，都快六亲不认了，你快去和她团聚团聚，激活激活她的亲情吧。"

玉兰走出屋门："是啊，要不是你爷爷生病，我这次回来，恐怕真的见不上咱家的大局长呢！"

"要说你们几个啊，都是家里的匆匆过客，只有我和爸才是这个家的守门人，往后，你们可要负起责任，常回家看看呢！"从前院进来的玉凤，没进门就说开了风凉话。

小雀噘起嘴巴对玉良："爸，你可要给女儿做出好样子来哦！"

383

众人哄然大笑起来。笑声中兄妹三人招呼客人，搀扶月亭进屋。

自从接到庞汉关即将亲临秦汉医院的消息以来，秦月亭的心情和身体状况一天比一天看好，小雀和赵雪时打前站先到，使秦月亭看到了刀尖药的愿景曙光越来越近。晚上，叫玉良按摩以后就早早睡觉不提。

121. 弥天大祸

早上八点还不到，政协马主席派一个青年干事带车来接秦月亭。轿车在巷子里的侧门口等着，玉良玉兰玉凤把爸爸送出门，扶到后排坐好，然后把轮椅放到后备箱。月亭突然想起了没带手机，玉兰赶紧回屋拿来，顺便给开了机，交给了爸爸。青年干事上了车，坐在了秦月亭一侧。玉凤玉良向干事交待着啥，月亭急不可耐地打断话头，催着司机开车。

车子开走后，玉良便抓紧时间去市里陪小雀他们，玉凤回前院上班，玉兰掩上了朱红侧门，把爸爸的床罩和沙发套之类的东西揭下来要洗洗了。她把洗衣机搬到院子的水龙头跟前，插上电源，洗衣机就哗哗哗地运转起来。

到玉兰快洗完的时候，巷子里传来汽车刹车和关闭车门的声音，随后，双扇朱红侧门被推开，走进来一老一青两个人。老的戴宽边太阳镜穿休闲衣裤，大概是司机；年轻的西装革履清清秀秀，一看就像公务员白领一类人的打扮，又是把玉兰叫大姐，又是夸赞这院子的环境优美，最后说他们受政协马主席和秦院长的指派，专程来搬箱子。

玉兰问："啥箱子？"

年轻的来人说："秦院长说是只早年的绛紫色牛皮箱。"

玉兰想了想："有是有，但是我不知道这几年我爸在啥地方放着？"

"大姐，那我就问问秦院长或者马主席吧？"年轻的说着拿出了手机。

"没事，你问我爸吧，他带着手机呢！"玉兰边忙活边说。

那年轻的走到一边打电话："喂，是秦院长吧？我们现在已经到了秦汉医院您的住处啦，对！您不是要我们来搬箱子吗？您女儿让我问一下箱子具体放在什么地方。哦，您说在您卧室的床底下，是多年来令狐养浩先生书写的条幅，好的！您放心，会赶上的，会赶上的！我们会尽快拿过来，好让您亲自选几张裱裱嘛！就这，再见！"

年轻的收了电话，走向玉兰："大姐，秦院长说在他自己卧室的床底下放着，您是不是帮我们找找看。"

玉兰擦擦手，就带来人去了爸爸的卧室，往床底下看了看，箱子果然在里面放着，便让来人自己拉了出来。院子里洗衣机蜂鸣器响起来了，玉兰赶紧跑到洗衣机前，换水漂洗去了。

那两人把箱子抬到门外放进后备箱，通，通关好后备箱盖和车门。年老的司机边发动车边问："去哪里？"

年轻的看看窗外："先回宾馆，再瞅机会回公司，快点！"呜地一声，车就一溜烟钻出巷子驶上岐黄路，向市内驰去。

玉兰把漂洗好甩干的东西晾在二楼阳台上。她为自己能给爸爸亲手做点事情感到非常高兴。

政协的老同志庆"双节"活动结束时，已经过了十二点，马主席特邀秦月亭去"汉中娃鱼头庄"吃了鱼头，饭后，马主席又派车派人送他回到秦汉医院。进了家门，月亭的心情更加阳光灿烂，正好玉良回来了，玉兰也收拾完了，秦月亭就在客厅和玉良玉兰先说了市区的一些变化，又说了政协搞活动的喜庆和谐场景。

玉兰听着想着，人家江边惠给她送了手机，不管举办药厂的事成不成，总得给人家有个回赠，他们倭浪人不是也喜欢中国的书法吗？于是插嘴问爸爸能不能把裱好的令狐叔叔的墨宝给她一幅，她生意上有用。

月亭答应以后有机会找令狐先生给写好裱好，多送给女儿几幅，而玉兰非要从今天拿去裱的当中挑一幅。弄得秦月亭一头雾水，反引起玉兰的不悦，玉兰在心里埋怨爸爸怎么越来越小气，啥东西到了他手里，就都成了刀尖药秘笈，就嘛着嘴说了早上政协来车拉走一箱子字画的事。秦月亭问是啥箱子，玉兰说是绛紫色牛皮箱，秦月亭还没听完就吓出了一身冷汗，玉良跑到卧室床底下去看，真的没了牛皮箱子。

月亭傻了眼，一屁股瘫坐在沙发上，叫玉良立即报警。玉良拨打了110，玉兰才意识到自己中了圈套闯下了弥天大祸。

河滨区公安分局分管刑侦的副局长高岚带着两名干警来了。高岚见全家人表情凝重，就把玉良拉到一边，玉良简单明了地讲了情况。

高岚对着手机发出指令："今天上午八点半左右，位于我市岐黄路的秦汉医院发生了一起诈骗案，一口绛紫色的旧牛皮箱子被两个身份不明的人骗走，内装二十世纪三十年代到六十年代的涉密资料。请迅速安排各路口、车站检查堵截！"

接着，高岚向玉兰询问了几个问题，一位随行干警快速地做着笔录。玉兰的神情十分沮丧。

高岚："注意到车牌号了吗？"

玉兰："没有。"

高岚："注意车的特征了吗？比如说车型、商标、颜色等。"

玉兰："没有，我当时正在院子操作洗衣机，车在外面停着，箱子是那两个人自己抬出去的。"

高岚："以前见过那两个人吗？"

玉兰："以前没见过，可今天早上我记住了他们的特征。"

高岚："请详细地讲讲。"

玉兰就尽量详细地说了两个来人的特征。

高岚问："两人的口音？"

玉兰想了想："胖子很少说话，瘦的虽然说的是普通话，但不太流利，夹杂着很重的本地口音。"

高岚点了点头，从衣兜里拿出电话接听："嗯，对，好。各路口的检查要仔细，同时通知火车站加强对行包和寄存包的检查，给汽车客运站、各邮递公司、物流公司派人 24 小时蹲岗，严查死守无令不撤！注意，防止案犯更换原包装蒙混过关！"

秦月亭急得手脚没处放，止不住地唉声叹气。

高岚说："爸，我们会想方设法追回牛皮箱的，有些问题我们还要和你单独谈谈。"

玉良起身给在座的宾主倒了四杯茶，就和玉兰出去走了。

高岚把桌子上的一杯茶水双手递给月亭："爸，我曾经多次给你说过，现在并非天下无贼，尤其是后院要加强保卫工作，必须把这口牛皮箱子放在蓝溪轩秘密的坚壁里，那里是比较安全的地方。你是啥时候把它拿出来的？"

秦月亭沉着脸："唉！那天，我听到庞教授他们要来咱家，就提前去蓝溪轩看看那箱子，禁不住把他从坚壁拿了出来，打开看了看，看完后，想放回坚壁，箱子挺重的，我一个人拿不动，就叫来田家祥帮忙。当时我想，反正过两天庞教授来了还要搬过去，就直接叫老田搬到了我的卧室放在了床底下，想抽空整理整理，好给庞教授有个交代。谁知一高兴就出了问题呢！"

高岚问："爸，你去市政协参加活动时接到过电话吗？"

秦月亭紧张地说："早上出去时我还记着带上了手机，可活动一开始又按照统一要求关了手机。"

高岚说："爸，喝口水放松放松吧。你想，至少这两个骗子知道你今天早上去政协大院了，更重要的是他们还知道你把箱子就放在床底下。"

秦月亭说："到底是谁掌握了我的行踪乘虚而入呢？"

"爸，最近有外人来过你卧室吗？"高岚问。

"哦,我想起来了——"月亭向儿媳说明的是,前几天,秦汉医院住院部收住了一位男性病人,大腿被尖刀刺伤了,伤口不大但较深,治疗两天后就能挂上拐子转悠了。陪护人是个年轻小伙子,他有时搀着病人一直转到后院,有时甚至从侧门出去,顺着巷子转到蟾蜍池坡根。昨天,他们先是在中院下棋,后来又来到后院转悠,当他们走到秦月亭卧室门前时,秦月亭礼让他们进屋坐坐。那两人就进来坐,秦月亭以茶水相待。他们和秦月亭拉着家常,陪护人手掌里把玩着两只健身球,玩着玩着一只健身球蹦到脚下,刚要弯腰捡起,不料皮鞋的尖头碰了健身球一下,那球就滴溜溜地向床底下滚去。陪护人到床下拨弄了好一阵子,才找回了那只健身球。再坐下喝茶,赞扬刀尖药,还说了一阵子房价、娃娃们上学之类的事儿,就回病房去了。

高岚听完月亭提供的情况后,对两位同事说:"这个情况很重要,我们马上分头去蟾蜍池和住院部。"

高岚去住院部了解情况,两个警察去蟾蜍池访问田家祥。玉良玉兰回房来劝慰父亲不要过分担心,说有高岚皮箱一定会找回来的。月亭沉重地说:"唉,能找回来就千好万好,要是找不回来,我死有余辜啊!"

玉兰哭丧着脸:"爸,要是找不回来,我和蔡振斌用一辈子的时间和钱财补偿你老人家!"

月亭喃喃地说:"钱财怎么能和这不求同宗只求同心、不求功利只求益世的秘药相提并论?如果那牛皮箱子真有个三长两短,我也只有了结余生,向众位先烈赎回罪孽,同时向你妈请求宽恕!"

玉良低着头:"爸爸,儿子不孝,没能保护好你老人家的秘密!"说着也眼圈红了起来。

玉兰禁不住"哇"的一声,趴到爸爸的肩上哭:"爸爸,我对不起你和我妈,对不起爷爷奶奶、外公外婆,对不起秦庞两家的列祖列宗啊!妈妈——"说完又转身扑到妈妈的遗像前痛哭。

122. 青海麝香客

高岚在秦汉医院住院部和有关病房掌握了如下情况:曾去过秦月亭卧室的那两个人中,伤者叫林小勇,男,三十四岁,住本市沿河路137号,职业是旅店业主,受伤原因是打架;陪护者叫啥不知道,男,二十多岁。两人昨天早上刚办了出院手续离开秦汉医院。

两位警察也从田家祥口中了解到了一些很有价值的情况。

高岚打电话通知沿河路派出所，尽快掌握林小勇和陪护人的情况，并调查林小勇来秦汉医院住院前打架的原因。

到高岚驱车赶到沿河路派出所时，干警们已经叫来了林小勇等两人。那个林小勇的情况和在医院了解到的基本相同，只是受伤原因尚存疑点。那陪护人叫包健，男，二十二岁，是林小勇旅店的雇工。

据二人回忆，十几天前的一天晚上，店里来了两个顾客，一老一小，老的六十岁左右，戴着一副墨镜，年轻的三十岁出头，像念过书的人，他们说是做生意的，要包一间房子长期住。这对于门店不景气的林小勇来说是一件求之不得的好事。谈好了房价后，小勇媳妇霏霏要身份证登记，那老的拿出身份证交给她，霏霏一看持证者叫丁福清，青海西宁人，就多瞅了几眼。

丁福清说："我们高原上的人黑糙见老，别笑话。"

年轻的倒眉清目秀，穿着一身笔挺的西装，打着红色领带。霏霏按丁福清的身份证作了登记，收清了十天的房费，就叫包健领上两个人去了302房间。一会儿年轻的喊着要开水，霏霏使包健把一壶开水送了上去。包健提着热水瓶走到302室，直接推门进去。

摘了墨镜的丁福清正和那年轻人小声说话，一见有人进来，就抽出一根香烟敬上去。包健不大抽烟，正推辞着那年轻人吧嗒一声替他点着，他就坐在床边抽了起来。两下里说了阵话，包健才知道客人是做冬虫夏草和麝香生意的，年轻人是丁福清的儿子，叫丁景。正说着，霏霏在楼下喊包健，包健连忙下了楼。

以后几天，那父子俩总是早出晚归，包健很少见到他们。有一天晚上，包健安顿完店里的杂务，正和霏霏谝闲话，丁景从楼上下来说要请包健吃饭。

包健觉得很意外："请我吃饭？我可没啥用处！"

丁景嘻嘻一笑："只是想交个朋友嘛！"

"我一个人去？"包健看看霏霏。

"无所谓的，你们三个人全走吧，我上去准备准备。"说完就转身上楼去了。

包健给林小勇一说，林小勇满口答应了，叫霏霏留下值班。两个男人随丁氏父子俩来到一家还算可以的饭馆。丁景点了各种肉菜，摆了满满一桌子，又喊了四瓶白酒，每人面前放了一瓶。父子俩带头猛吃肉猛劝酒，你一巡他一圈，诚心实意痛快淋漓。小勇包健连吃带喝好不解馋过瘾，不到半瓶酒，就已经和人家父子称叔道弟，说是天台市河滨区没有他们不知道的街

巷，没有他们不认识的门面，你们出门人也不容易，有啥需要帮忙的尽管说出来，保证办到没一点麻达！

于是丁福清父子停止了劝酒，改为劝茶劝肉说话。

丁福清说："上个月我们爷儿俩来天台市送药材，七手八脚卸车的时候，不知道把一口旧皮箱丢在了哪一家医院或者药店。事后捉摸十有八九把皮箱混卸到了秦汉医院。想自己直接去秦汉医院要回皮箱，又怕莽莽撞撞地把事情闹僵，报案嘛又没证据。不要看那是一口不起眼的老式旧皮箱，可里面装着价值五六十万元的麝香啊！你说咱咋能轻易放弃？这两天想来想去，觉得请二位兄弟想办法到秦汉医院去侦查侦查，看能不能发现一些证据，也好通过公安机关追回失物挽回损失。事成后保证给二位每人拿出十万元作为酬谢。"

接着，丁景拿出了一张皮箱的彩色仿真图，交给林小勇。小勇包健一看，那是一口绛紫色的老式皮箱，按图示应该是八十公分长、四十公分宽、二十五公分高；按说明应该是二到三成新的牛皮箱。小勇、包健交换了一下眼色，就接应下了这件事。丁福清给丁景也递了个眼色，丁景点点头，丁福清掏出一千元预付给林小勇，说这就是办事的定金。

林小勇收下了一千元，又觉得口说无凭，提出要和丁福清签订君子协议，以保证事成后二十万元及时兑现。丁福清父子畅快答应，当即由丁景拟好协议条文，小勇、包健仔细斟酌以后未提出异议，包健拿出去复印成两份，双方签名后各执一份。

123. 钱壮傻子胆

小勇、包健回到旅店讨论了好几个行事方案，觉得都不太理想。后来林小勇咬咬牙："舍不得娃娃套不住狼，用苦肉计打入秦汉医院，侦查绛紫色牛皮箱！"小勇向包健说出了具体办法，由林小勇实施自残，由包健送林小勇去秦汉医院住院并陪护，入院后待机行事。在此期间旅店由霏霏和她爸代管。小勇、包健两人所得提成，自残者小勇拿七成即十四万元，包健拿三成即六万元。包健一再要求自残，小勇总是以包健年轻为由而否决，包健有点不平，但自知胳膊扭不过大腿就勉强同意。

当即小勇去附近药店买了止痛药吃了，立马揣上水果刀带包健到秦汉医院附近，岐黄大道旁边的梯田果林里，拿出一把细溜溜的水果刀，眼睛一闭心里默想着一沓沓粉红色票子，举刀往大腿根晃了几次，都没扎下，最后大叫一声：

"钱，我对得住你啦！"

小勇话音未落刀就戳进了大腿肉厚处，咬着牙呲着嘴一声不吭。包健拿出预备好的布在伤口以上缠了几圈，搀到路上挡了一辆"摩的"，没十分钟就住进了秦汉医院。

小勇包健到秦汉医院卧底，几天来都没有收到理想的效果。一天早饭后无意中转悠到医院后边，见田家祥老汉还在蟾蜍池里忙碌着，就和老汉套起了近乎，两人听说田家祥没赶上医院灶上的早饭，就赶紧给买了三包方便面一包纸烟，在和田家祥拉话中，才知道秦汉医院确实有这么一口箱子，前两天秦院长还让田家祥把皮箱从那边的房子搬过来，放到了院长卧室的床下面呢。

小勇派包健向丁福清父子报信。当天一大早丁福清父子就起了床，说是去公安机关报案，将尽快追回珍贵药材给他们二人兑现。小勇包健出院回到店里正喜滋滋地做着发财梦，没想到自己竟然先被请进了派出所。

高岚叫林小勇拿来那张皮箱的彩色仿真图，一看竟然同实物几乎没有区别，就由此断定两个骗子是深知皮箱底细的人，而且是冲着刀尖药档案来的。高岚吩咐所长查丁福清的真实身份，又叫林小勇和包健描述丁福清和丁景的相貌特征，觉得和玉兰说的没差别。老的属于圆脸、厚嘴唇、浓眉毛那一种，年轻的属于甲字脸、直鼻梁、薄嘴唇那一类，就在笔记本电脑上调来面部部件，拼起了重大嫌疑人的画像。

同时高岚问林小勇："那两个人都说普通话吗？"

林小勇说："对，他们都说普通话，就是有点别扭。"

不大一会儿画像完成，林小勇对着电脑直呼："就是他们！"

包健说："丁福清平时戴着墨镜，那天晚上喝酒时卸了，我发现他右边的大眼角有一颗豌豆大的红痣。"

高岚就添上了红痣，那个"文革"中踢她和玉兰，打她们耳光的造反队员的面目立即出现在眼前。高岚想这颗红痣我留意了四十年，今日能不能冤家路窄狭路相逢呢？

那边，所长拿来一张身份证影印件说："这个青海省西宁市的丁福清已经在去年七月注销死亡。"

高岚接过来指着影印件上的照片问林小勇二人："这是你们见过的人吗？"

林小勇、包健一齐说："没见过，你电脑上画的正是那个丁福清。"

高岚又制作了一副丁福清戴墨镜的画像，对所长说："立即向各蹲守点发出两个重大嫌疑人的三张模拟画像！"说完，又风风火火地带上两个同事

去市政协。

疾驶的轿车上，高岚拨通了各蹲守点的电话询问情况，结果是到现在都没有查出可疑人和丢失物品。

市政协传达室里，门卫老魏看着三张画像："这戴墨镜的不是早上上班以前来打听秦月亭的那个人吗？"

高岚："你是怎么说的？"

老魏："我说，今天去秦汉医院是找不到秦月亭了，八点半老干部搞活动，马主席的车已经接秦院长去了。"

高岚："你以前见过这两个人吗？"

老魏："没见过。"

高岚："这戴墨镜的说啥地方话？"

老魏："本地话。"

高岚："他来时开车了吗？"

老魏："开了，一辆银灰色桑塔纳2000，半成新。"

高岚："你注意车牌号了吗？"

"车牌号？没有。"老魏难为情地摇摇头。

"谢谢魏师傅。"

高岚和两个同事又来到交警队，查看当天七点半至现时，市政协到秦汉医院和岐黄大道通往市区的几个主要路口的监控镜头，才使那辆神秘的桑塔纳2000慢慢浮出水面。现在那辆车刚从南环线大十字经过，不一会儿就跑出了高岚的视线，接下来有可能在十分钟以内出现在如下三个路口中的一个路口，而这三个路口都是走出天台市，通往不同方向的必经之路：一、高速路入口，二、五号桥北口，三、槐树湾岔路口。高岚通知这几个路口，务必扣查银灰色桑塔纳2000。但是，十分钟已过，还是没发现那车的影子。高岚就留下一位干警继续看监控录像，有情况随时报告，让小何驾车和她直奔大十字方向。

124. 狭路相逢

大十字是天台市南郊的城乡枢纽，东侧是一座在建的公园，西侧是一家开业不久的宾馆。高岚叫小何把车开到宾馆地下停车场门口一侧停下，两人下车，经过出入口畅开着的伸缩门，通过长长坡道走下车场。坡道尽头还有一道出入登记口，那里设置着一根红白相间的升降栏杆，右边是一间不大的铝合金登记室。透过登记室的玻璃墙可以看见两排闪着红绿指示灯的按钮，大概是升降栏杆和伸缩门的控制开关。

两位看车的妇女一见来了警察忙打招呼。高岚向她们询问了情况，看车人领他们进去。停车场里停了有五六十辆小车，高岚看见了一辆桑塔纳2000在角落停着，到车前一看，车号和车型正是监控镜头中的那辆嫌疑车，车里没人车门紧锁。她安排小何盯住这辆嫌疑车，自己出了地下车场直奔服务大厅。

高岚给服务台工作人员出示了证件，查问旅客中有没有丁福清等两人，服务员说两人上楼时间不长，住1107房间，高岚问二人上去时有没有带箱包之类的东西，服务员说没有。高岚要来了房间钥匙上了电梯，到了1107门口，见门锁上挂着"请勿打扰"的牌子，就断定里面有人，忽地开门进去。茶几上放着两桶捂着盖的方便面和一挂墨镜，那个"丁福清"正要揭开一桶冒热气的方便面。

高岚说："先生，请出示身份证！"

对方点头哈腰地拿出身份证交给高岚。高岚看了看身份证，又瞥了瞥对方的脸和红痣，心里感叹着冤家路窄，口里却问："这是你的身份证？"

"是的，我就叫丁福清，青海省西宁市人。"丁福清的普通话说得很别扭。

"你的儿子丁景呢？"

突然，"丁福清"哗地将一桶热气腾腾的泡面扣向高岚，高岚在躲闪袭击的同时，一脚蹬开卫生间门："丁景出来，配合我们的调查才是正确的选择！"但是卫生间空无一人。

"丁福清"把椅子举过头顶砸向高岚，高岚就势倒往一侧沙发上闪过，椅子打到墙上的画框上，噼里啪啦一阵大响。高岚双手撑住扶手，身子向上跃起，抖起一只脚点到"丁福清"丹田穴以下，"丁福清"哎哟一声倒在床上，抱着肚子直打滚。高岚一个擒拿动作就给上好了铐，"丁福清"右眼角的那颗豌豆痣涨得通红通红。高岚推断，丁景很可能已经溜到了停车场，必须以最快的速度与小何会合。

不出高岚所料，刚才在高岚开1107房门时，被在"U"形楼道观察路径的丁景发觉，他自觉大事不好慌忙跑到十楼，再乘电梯到负一层的停车场，要以最快的速度转移皮箱。

在停车场守候的小何，看见丁景打开车门钻进去就倒车，几步跨到车前命令停车，那家伙却踩动油门直向登记口冲去。两个看车女人，一见是警察执行任务，开车的还不配合，就放下了登记口的升降栏杆。谁料那辆车竟加

大马力撞歪了栏杆，碰碎了车灯，"日"地向斜坡上边的地面出口冲去。

两个女人喊着："停车，停车！"

小何边跑边向两个女人喊："快关闭出口的伸缩门！"

一位看车女人跑进登记室压下了红色按钮，地面出口的伸缩门开始了从左往右的缓慢关闭，那辆轿车像只疯狗越飙越狂，与伸缩门争抢着速度。小何持枪跑在前面，两位女人拿着拖把扫帚追在后边。

小何发出警告："再不停车就开枪啦！"但是，小何心里明白，如果开枪打爆轮胎，高速行进的车辆就会失控，方向稍一偏斜碰到墙壁上，不但很有可能造成车毁人亡秘药档案遭焚，而且可能引起爆炸起火，威胁到停车场以及几十辆车的安全。

在伸缩门的关闭只剩下两米的时候，车子冲到了出口右边剩余的空间。这时高岚带着"丁福清"出现在门口，高岚大喊一声"躲开"，一只手把"丁福清"推到一边，自己纵身跳上车身。挡风玻璃撞碎了，高岚翻到了副驾驶位上，一拳击开了踩油门的脚，用手压住刹车，车子才停了下来。那驾车人打开车门就跑，被追上来的小何制伏。倒在一边的"丁福清"翻身逃了几步，两个看车女人跑上去，拖把捣、扫帚戳，把"丁福清"逼到门角。高岚从车里下来打开后备箱，拿出了绛紫色牛皮箱，箱子还原封未动，她看了看时间，正是上午十点。那珍贵的刀尖秘药档案，在一个半小时后失而复得！

两个看车女人看着高岚突然惊呼："警察同志，你受伤啦，脸上脖子上那么多血！"

高岚笑笑："玻璃划破的吧，不要紧！"

一个女人说："同志，知道秦汉医院吧？"

另一个女人说："女人脸上可不能留疤啊，去秦汉医院贴刀尖药，好得快还不留疤！"

高岚问："你们也知道秦汉医院和刀尖药？"

两个女人争着说："我叫李素琴……"，"我儿子叫王大有……"

小何笑着："他们两个戴手铐的和我们两个穿警服的都是为了刀尖药才来的！阿姨，谢谢你们！"高岚上前抓住李素琴和大有妈的手也连连道谢！

高岚小何带"丁福清"回分局做了初审。丁福清的真名叫梁文革，也不是啥青海西宁人，而是地地道道的天台市人，那张身份证只不过是他在火车站溜达时捡来的。

一说梁文革，你肯定不陌生。他不是别人，正是那个在反右运动中迫害秦碎虎的工作组长范西梅的儿子。在"文革"中，梁文革曾经是造反派的一员，参加过对秦月亭住处的搜查和对蟾蜍池的打砸。更可憎的是，在秦月亭饥渴难耐爬着找水喝的时候，他用茶水向秦月亭诱供；在秦玉良、秦玉兰、高峰、高岚四个小孩子给秦月亭送水喝的时候，他还毫无人性地扔了搪瓷杯子和水，甚至毒打了秦玉兰和高岚；在他参加武斗头部负伤时，还接受过秦月亭的治疗，"文革"后他被内招到建筑公司开挖掘机。

后来梁文革看到了范西梅的笔记，其中提到了银坛区卫生院的秦碎虎和刀尖药的神效以及"蟾宫"秘事。经过打听，才知道秦月亭正是秦碎虎的儿子，于是把那年高志刚重伤神速痊愈的未解之谜，还有秦月亭给大胡子司令和他治愈头伤的神秘药面，与刀尖药联系到一起；又把秦碎虎和刀尖药、秦月亭联系在一起，然后偷偷地撕下母亲笔记中有关刀尖秘药的内容藏在身记在心头；偏不偏巧不巧，又是这个梁文革给秦月亭挖出了绛紫色牛皮箱。这样几下里一碰，这口皮箱就馋得梁文革垂涎三尺。人常说"不怕贼偷就怕贼惦"，随着人民医院创伤科和秦汉医院的兴替，他越来越肯定那绛紫色牛皮箱里装的是刀尖药秘密无疑。退休以后，他去了秦巴山中的一个制药公司为担任老总的表侄景宏当司机，他给景宏看了范西梅的笔记，说到当年亲手挖出来的皮箱时，没想到一下子调动起了景宏的贪欲，两人一拍即合，经过一番番密谋策划，最终铤而走险，实施了这个一得手就惨遭失败的复梦计划。

绛紫色牛皮箱找回来以后，秦月亭好几天惊魂不定，玉凤就给爸爸进行理疗。月亭吩咐玉凤，按照高岚的要求加强医院的安全保卫工作，给后院设门卫室安排执勤保安，亡羊补牢未为晚矣。

"好，我马上通知保卫股。"玉凤说，"人家嫂子早就说要加强治安防范呢，咱总是因为忙把这事丢在脑后头。"

月亭扳指头一算，猛然想起了一件事，明天是中秋节，也是凤万山夫妇的祭日，他要像往年一样带玉凤去老君岭扫墓。

第五部 爱

125. 吊客情

第二天一早，秦月亭要和玉凤去老君岭例行上坟，但这次说什么儿女们也不让他去。正好蔡振斌飞回天台市，要和秦玉兰去老君岭视察他们的中药材基地，蔡振斌雇了车，玉凤便乘顺车进山祭灵。

车子出了市区驶进槐树湾，沿着蜿蜒曲折的柏油路盘旋而上，两边的车窗不断地转换着秋日的景色，有时是座座大山上高耸入云的葱茏，有时是层层梯田里红黄绿相间的果林，有时是满沟满坡披着金色盛装的玉米大豆，有时是瓷墙琉瓦小洋楼排成的新农村，还有那旗风飘扬的山庄农家乐……姐妹俩左顾右盼欣赏着美景，倒像乡巴佬进城一样应接不暇对美景惊艳不已。

其实，蔡振斌这次回来，另一个意图是要把刘锴的变节行为一股脑儿地倒出来，一则解心头之恨，二则劝玉凤悬崖勒马，但当他面对玉兰玉凤姐妹时，却又临阵生怯，害怕证据不十二分确凿，贸然拆散一对热恋多年的姻缘；若真的不说出来，又怕所观视频确属实事，让玉凤仍旧蒙在鼓里，把一番纯情真爱献给伪君子。他左右为难，最终还是确定这次暂不轻率行动，等他重返广州再探实情，若证据确凿再唤醒玉凤不迟。

一路上看风景的看风景想心事的想心事，不经意间就跑了一个多小时到了县城，三人下来请司机吃了饭，没停留继续抓紧赶路。

又跑了一个小时左右，汽车从省道上右转弯，顺着一条新打的水泥路驶进了老君岭村，在村中间的十字路口玉凤下了车，从这儿去常村长家。蔡振斌秦玉兰两人带着车去找村上唐书记。

站在村里的十字路口，玉凤抬头看到，一座座山乡农舍虽然还是依坡借势零零落落地建在老君岭前的沟坎上，不过，很显然在这一年的时间里，有好些人家盖上了小洋楼或者砖木结构的楼板大房。她踩着脚下的水泥路向村长常叔叔家走去，感觉到脚下这条坚实的道路，已经把封闭的山村与外面的世界连接在了一条线上。

但是，常叔叔家还是原来的模样。玉凤一进松木本色门，那只大黑狗就迎了出来，黑狗摇着尾巴眼巴巴地瞪了会玉凤，又跑到门外去接秦月亭，见门外没人，就低声"呜汪"了一下跑到玉凤跟前，带这位漂亮女宾走过了一边是牛圈，一边是柴草房的长门道。站在院子里，玉凤看见了堂屋门框上已经泛黄的白纸对联：

迎迎送送丧家礼，来来往往吊客情。

玉凤心口一缩：难道常叔叔家里遇到了丧事？她叫着"常叔叔，常叔叔"三步并两步跑上了正屋的石条台阶。跑在前面的黑狗叼起门帘把女宾让进了堂屋。堂屋地上一个女人背着身子佝偻着磕头，玉凤细看才是常婶婶跪在草垫子上烧香。黑垢斑驳的方桌上放着常叔叔的放大照片，照片前面点着一盏油灯，烟气纸灰弥漫在几盘供菜供果周围。黑狗神情凄凉，一进门就蹲坐到女主人身边。眼前的情景使玉凤明白了一切，她把肩上的包放到地上的一把小板凳上，从桌子一侧拿起几张纸钱，跪在婶婶另一边，伸手在油灯上点着拿到地上烧了。常婶婶看见了玉凤，赶紧插好香扶起了她。

在厢房里，常婶婶先问到玉凤她爸咋没来，身体可好、玉凤只是说爸忙，实在脱不开身。玉凤急切想知道常叔叔亡故的原因，婶婶就给她说了常叔叔生病、看病和去世的经过。玉凤听出了，常叔叔是忙着给村上打路，耽误了胃癌的治疗时机，到晚期疼痛难忍不治而亡的。她说，我和我爸去年来上坟时，叔叔还那么风风火火地领着村民开路基呢，怎么说殁就殁呢？她想给婶婶说些宽慰的话，话没出口心里就涌起了对这位朴实尽责的村长叔叔无尽的痛惜，禁不住泪流满面以致哭出声来。

常婶婶擦了擦鼻涕眼泪倒劝起了玉凤，说着还要去给玉凤做饭。玉凤说经过县城时刚吃了饭。婶婶就给玉凤端来一柳条篮子水果，里面有苹果、梨、核桃，玉凤心情沉重没胃口吃，倒了两杯开水，一杯给婶婶，一杯晾着自己喝。玉凤把带来的一罐补品、两瓶酒、一盒茶叶拿出去献到供桌上，看到狗还在那儿跪着，就进来把自己路上准备吃的一袋炸鸡翅和小排骨拿出去放在狗的旁边，然后把给婶婶买的羊毛衫双手捧给老人。老人接在手里翻着看了看就把玉凤拉上炕，叫玉凤坐下歇歇腿，又拉起玉凤的手说："我一见你，就想起了你干妈。她人好命苦，吃食堂那年我刚过门的时候，你干妈的老家天水遭了荒灾，跟着她爷爷一路给人治病、讨饭，来到咱老君岭……"

126. 起死回生

据常婶婶讲，改占的祖上是拿昆虫、蟾酥配药治病的奇医，解放前夕，她爹杨家瑞受不了警察队长的凌辱奋起反抗，叫警察队长活活打死，奶奶和娘把不到半岁的改占藏到亲戚家里去警察局喊冤，反被警察们搡出门扔到大街上，婆媳俩申冤无门，悲愤难忍双双碰死在警察队的门柱上。天水解放以后，在外地云游的爷爷杨十九代才回到家乡，但他家已经家破人亡，杨十九代领回改占，要趁早悉心培育杨家的唯一根苗，好把十九代祖宗传下来看家医术传给改占。到改占十二岁那年，天水遭到了百年不遇的旱灾饥荒，杨十九代手拖改占一路乞讨，给人看病来到陕西地面。

到老君岭后，杨十九代恋上了这个充满道气仙风的地名，正巧公社主任的老娘得了抽风病，连续五天水米不进抽风没停，一直到第六天天快亮的时候，风是不抽了，可气也不出了。儿女们号啕大哭了一场，就给老娘穿上老衣停到了藤榻上。天亮后，改占跟爷爷走进主任家，爷孙俩佯装要水喝直奔停尸屋，爷爷看了看尸体的脸色摸了摸手脉："你娘还有救，抬到炕上去吧。"

听说娘还有救，儿女们就七手八脚把娘抬到炕上。改占的爷爷顺手从底襟下摸出一丸高粱颗颗大小的红亮红亮的药，交给公社主任。

主任："这是啥药？"

爷爷："金刚七毒丹。"

主任："毒药？"

爷爷："以毒攻毒。不用肯定死，用了就能活！"

主任："你是说死马当做活马医？"

爷爷："撬开嘴，把药点到你娘舌头心，叫一个儿女把舌头塞到老娘嘴里暖化。"

主任和弟妹们拿筷子撬开娘的嘴，把药放到舌心上，弟妹们催主任："大哥，你是孝子快给娘暖化药！"

主任又想得孝名，又嫌娘嘴不卫生，更怕药毒大，就哧哧吭吭犹豫再三。

"都是娘肠子上掉的肉，为啥光叫老大做？"主任媳妇一把把丈夫拉到身后。

　　主任的弟妹们又都扯大嗓子哭开了："命苦的娘啊！做啥都有个先来后到，当主任的就眼看着亲娘死呢吗？"屋子里顿时乱作一团。

　　改占说："我来吧！"大家的哭声立马止住，众星捧月一样把改占请到炕上。改占半跪在主任娘尸首前，吸一口丹田之气，把舌头探进死人的嘴里，压在那冰冷僵硬的唇舌和药丸上，双手叉腰润津呵气，半个时辰以后药才全部暖化了。改占又开始给老人按摩，爷爷叫六个孝子两个人一班，轮换着配合改占，拿手在他们老娘的胸腹、脊背、腿脚、胳膊、肩胛等部位揉搓。整整一天，挨到星星开始眨眼的时候，主任的老娘也眨开了眼睛，一会儿就伸手要水喝。一个走到奈何桥头的人就这样叫爷孙俩给起死回生了。

　　从此，在主任的祖护下，这爷孙就有了在老君岭炼丹坪前的空闲窑洞里暂住的资格，紧接着就在老君岭生产队落了户分到了口粮。后来爷爷八十九岁无疾而终，改占便在乡亲们的拉络下和凤万山结婚，并在医疗站当起了赤脚医生。

　　关于干爸和干妈的身世，玉凤每次听着都黯然神伤。她把听到的串联在一起，两位先辈的形象就呼之欲出，他们有仁有义智勇双全，是玉凤做人榜样。越是这样玉凤就越思念他们。

127. 孤坟惊魂

　　玉凤和常婶婶说着话不知不觉过了两点，她要去老君岭炼丹坪上坟。婶婶忽然记起了一件事，从炕席下边拿出一张破边发黄的纸，交给玉凤："玉凤，你叔叔临殁时，交代我千万要把这张纸给到你爸手里，你爸没来你就给捎回去吧！"

　　玉凤接过纸郑重其事地点点头。那张纸是用复写纸印写的，虽然正面朝里折着，但背面有渗过来的蓝色字迹。玉凤不经意地看了几眼，断断续续地看出了一些词语："……年7月……不幸双亡……委托……。"玉凤把那页纸装进自己的小包夹层，就拿上祭品去了干爸和干妈的坟上。

　　自从那年遭狼群洗劫以后，老君岭炼丹坪就成了人迹罕至的地方，这儿的荒凉与老君岭别的去处形成了强烈反差。一座孤零零的坟墓蜷缩在山脚下，路边的老榆树虽然还在，但那尊拱背揖手的红膘黑石老翁周围已经衰草起伏，那条流泉也已无影无踪。凄风萧萧山野空寂，乌鸦哀啼秋虫低泣，玉凤跪在坟头的石碑对面，点燃纸钱香表奠下茶水白酒，还要像爸爸一样给干

爸点燃一支香烟，夹在碑座上的缝隙里。她从盒子里抽出一支香烟，要用打火机点着，但是一次次都给风吹灭。她看见纸钱烧成的灰堆忽地升起了明火，玉凤就撕开盒子把香烟一支支扔进火里，那些烟就着了起来，一缕缕呛人的青丝萦绕在石碑和坟墓四围。

玉凤面对烟霭中的石碑，注视着没有完成的碑文，禁不住又替干爸干妈伤感起来。可怜的夫妇还没有来得及留后就命丧狼腹！玉凤盯着石碑看着看着忽然生出重重疑惑，这不完整的碑文背后到底隐着什么秘密：既然亡人无后，为啥要在碑文的落款处留下空白，而且要留出"嫡女□□□"、"外孙□□□"？难道干爸干妈还有个"嫡女"留在人世？等待外孙出生以后再补刻上去？如果真是这样，这个"嫡女"又是谁呢？几十年了，爸爸和常叔叔为啥不让玉凤去相认这位苦命的干姊妹呢？如果不是这样，这个空白又该填上谁的名字呢？……啊！这个待填的名字会不会就是我秦玉凤？玉凤不禁打了个战栗。不！不可能，绝不可能——怎么不可能呢？……

忽而一股急风卷着尘土败叶从沟那边旋来，骨碌碌地围着坟墓兜着圈儿，刮乱了玉凤的一头秀发，把坟前的纸灰一股脑儿裹进扬起，活脱一条打着立身扭着麻花腰的土龙，玉凤想起了小时候在葫芦峪念过的童谣："旋风旋风你是鬼，三把刀子戳死你"，不禁头皮发紧心里发毛。

以前上坟都是秦月亭和玉凤一起，这次只有玉凤一个人跪在秋山荒冢前，她心里清楚鬼魂是虚幻的，最多叫人毛骨悚然一阵子，但是狼！万一狼突然出现在身后，哪怕只有一匹，她这身无缚鸡之力的弱女子，就会步干爸干妈后尘成为恶狼口中之食！旋风又旋了回来，玉凤心头收缩寒战连连，她站起来要赶紧回到婶婶家去等姐姐来接，可是就在直起身子的一瞬间，她真真切切地感到自己右边的腰身和胳膊肘上有毛茸茸的东西在拱动，而且呵出了腥臭的热气。狼！天哪！狼的的确确出现在了玉凤身后！随着一声尖叫，玉凤身子一软就啥都不知道了。

128. 黑眶子山神

蔡振斌、秦玉兰在唐书记的带领下，察看了党参、当归、黄芪、生地种植大田，这里的药材种植面积大，根苗苗壮长势喜人。唐书记兴致勃勃地介绍了这几年村民们以药养农、以农促药、农林药果全面发展的经营方式，不但提高了农民收入而且维护了生态平衡，多次受到了市县有关部门的表扬。

走出大田沿着山路下行，秦玉兰、蔡振斌在路边的一块地头停下来，这是一块种植着旱半夏的向阳坡地，地里的半夏苗稀稀拉拉高低不一。他们蹲下身子又是看土壤又是测株高，嘴里欷歔惋惜不已。

唐书记解释："人工栽培的半夏产量一直上不去，影响了大家种植的积极性，再加上坡坡塝坎还可以挖到野生半夏，今年只有少数几户种了些。"

蔡振斌把目光从稀稀拉拉的药苗移到唐书记脸上："书记，我建议你们把向农民提供信息和技术重视起来。其实呢，野生半夏正在逐年减少，半夏的供应缺口越来越大，市场很看好。"

唐书记说："问题是旱半夏这东西出苗率低，涝了不行旱了不行，很难把握分寸呢。"

秦玉兰拍了拍手上的土站起来："你说得对，旱半夏是个半阴半阳的东西，旱了不行涝了也不行，晒久了不行阴冷了更不行。"说着从包里掏出一份资料交给唐书记。

蔡振斌凑过来："一定要在下种前选好种子，增加单位下种量保证出苗密度，这样就能解决出苗率低的问题。这份资料上讲得很详细，你可以组织大家探讨探讨。"

唐书记深深地点了几下头。三人上了汽车，唐书记随口说："哎，二位经营不经营蟾蜍产品？"

玉兰："经营啊，蟾蜍的全身都是名贵药材，你有多少我要多少！"

振斌："书记啊，那东西可不是地里种的。"

唐书记："蔡老板小看人了，要不是咱们合作愉快，我才不透露这个信息呢！"

玉兰觉得这里似乎出现了一个非常重要的际遇："唐书记，我相信咱们合作的路子会越走越宽，要不我现在去村里接来我妹妹，咱们一块去县城吃个饭吧！"

唐书记收起了笑容："这不，秦老板更小看我了，饭一定要吃，但做东的应该是我。走，先开车去天鹅塘。"

玉兰一听到"天鹅塘"三个字心里亮了一下，就叫司机停车，她下了车要把唐书记换到前面坐，说是好让领导指引前程。唐书记也不谦让就换到前排坐好，给司机说了路，身子一侧便打开了话匣子：

"去年腊月我女子从江苏带了个对象，来我屋里倒插门，过年时办了喜事，一开春我还发愁两个年轻人没技术窝在山里受穷呢。谁知他们搞开了蛤蟆养殖，没用几十天就在南沟天鹅塘整起了蟾蜍饲养场，把两人在南方挣的钱全搭进去不说，还拿我的几千元买了饲料。我以为钱就这么打了水漂呢，

没想到七月头上就开始收益了，至今已经运行了两个多月。他两个把蟾蜍的头、舌、肝、胆都当做名贵药材卖出去了，收入了万把块钱呢。没想到这癞蛤蟆真个成神蛙金蟾了！"

玉兰心里烧起了一盆火："书记，如果他们愿意深度开发，这蟾酥和蟾衣的药用价值更高，收益会更好！"

说着话就到了南沟，展现给振斌、玉兰的是一座大概有三个足球场大的椭圆形水库，水库好像是给天空预备的照面镜子，又好像是只水银大果盘子，把蓝天白云和四围山上的果林全都收映到盘子上，苹果柿子梨、红橙黄绿相间，好不惹人喜涎。林子里鸟雀欢鸣，岸边蛙声一片，清风荡漾着满沟奇香，沁人心脾使人流连忘返、醉迷其间。这就是天鹅塘、老君岭的一处美好江南。玉兰想一会儿让玉凤来看看这美妙的景色，也不枉同她出门一趟呢。

唐书记把振斌、玉兰引到水库西岸的柳林下，那里有好些石砌的长方形池塘，大的有少半亩地阔，小的也有几间房子那么大，四周砌着不到一人高的围栏，池子之间留有互相贯通的缺口，池子里装了些水，中间有高出水面的湿地，其上花草茂密，有许多墨绿色的蟾蜍在水中或湿地上游跃，每个池子中间都安装着诱蝇灯。振斌才明白，蛙声是从这儿传开来的。

池子边一对红妆靓妹、棕发帅哥如新荷出水，给此处的秀色蟾鸣注入了灵性。靓妹在扬臂散撒着饲料一类的东西，帅哥正收拾着池子缺口处的纱网。靓妹一瞧见唐书记领着客人到来，放下手中的活儿叫着"爸，爸"，笑盈盈地迎了过来。

唐书记对女儿："甜甜，这是市上来的老板，也是我的老朋友，想经营你们的蟾蜍产品呢。"

甜甜点点头："可以啊"，说着回头就喊，"吴江，过来一下。"

不等那帅哥做完手中的活儿过来，振斌、玉兰已经走到了吴江跟前。

振斌："这个池子为啥小一些？"

吴江："这是产卵孵化池，水多池子小对蝌蚪的生长有利。"

玉兰："那你在这个壑口弄纱网做啥用？"

甜甜："这是防止蝌蚪逃跑的透水闸，也能阻止成年蟾蜍钻过去骚扰。"

玉兰和振斌直点头。

玉兰又问："吴师傅，你们出售的蟾衣，是怎么脱下来的呢？"

吴江瞅瞅甜甜又看看唐书记笑笑："脱蟾衣很简单，但这是保密技术，不方便告诉二位。"说着又忙起手中的活。

玉兰问："你们这池子里有几种蟾蜍？"

甜甜说："蟾蜍大致分三个种类，一是花脊背蟾蜍，一种是平原中华大蟾蜍，再就是山区黑眶子蟾蜍。目前，我们这儿只有山区黑眶子蟾蜍。"

唐家父女领着客人转着看着，玉兰振斌还是问这问那，最后问到采集蟾酥的技术是不是保密，甜甜笑着给他们示范了一下采集蟾酥，玉兰觉得这个技术还没有爸爸的成熟。振斌问到蟾酥保鲜的问题，甜甜说他们出售的是固体蟾酥，对保鲜要求不高，但是他们也正摸索着液态蟾酥的保鲜技术呢。

玉兰和振斌觉得这个蟾蜍饲养场大有潜力可挖，两人商量一番后，提出这次先带走一些蟾衣、固体蟾酥去广州试销，如果销路畅通就大量进货。甜甜拉上唐书记到一边去和吴江商量，一会儿，唐书记招手叫他们去房子里看合同。

从房顶门窗可以看出，这房子仅是个过渡性质的棚房，进门却见室内收拾得温馨时髦，和城里人的新婚房差不了多少。迎门正中墙上挂着幅手写字，字体拙朴无华却渗透着力度，上面写着：

凭黄土地的厚实，修法门寺的慧心，

用大秦腔的豪迈，造兵马俑的奇迹。

振斌赞叹："这话说得好啊，是唐书记的座右铭吧？"

唐书记笑笑："就算你说着了，这是我们乡经委主任送给我的，甜甜和吴江觉得有鼓舞力量，就拿来贴到这儿了。"

玉兰反复看了几遍要把它默记下来，振斌倒快，举起手机"咔嚓"一声就拍照下了。

吴江拿来一份合同交给二人。玉兰振斌一看："按合同上的价格万一试销不成，能不能退货？"

"这个价拿到广州卖，只怕有三成的利润呢。下次你再来，是不会这么便宜拿走的。"唐书记说着哈哈一笑又看了看手表，"走，叫上你妹子到我家吃饭去。"

蔡振斌说："咱有车，干脆去县城吃吧，机会难得，我们好好把书记谢谢！"

唐书记哈哈一笑："是不是不习惯坐在山里人炕上吃饭？要我说嘛，社会风气就叫你这样的商人给弄坏了，我这个人最讨厌那些雁过拔毛的腐败作风呢！"

振斌笑着："我们只怕冷落了你这位好书记呢！走，坐你家炕上吃山珍去。"

唐书记和振斌玉兰的车向村子里开去。

玉兰说："唐书记，据我所知，几十年前老君岭就有人养蟾蜍呢。"

唐书记说："哦，你是说凤万山和杨改占两口子，他们那时是自己配药用的。"

蔡振斌问："那凤万山和杨改占两口子又是跟谁学的养蟾技术呢？"

唐书记说："是改占他爷从甘肃带过来的。"

车子走到离村子不远的山口处，唐书记突然发现一条黑狗顺着路中间迎面跑来，司机打了几下喇叭，黑狗不但不躲开还狂叫着冲上来。唐书记一看是常村长家的，就示意停车，唐书记下车，狗张嘴撕了撕他的裤腿，扭头一溜烟进了山口朝炼丹坪跑去。

唐书记上了车对司机："出事了，跟上这黑狗！"

玉兰振斌也紧张了起来。黑狗在前面跑小车在后面追，到了一个又窄又陡的坡跟前停了下来。三人下了车又跟着狗跑，在老榆树下拐过了一个大弯儿就到了炼丹坪。他们看见了黑狗在石碑前兜圈子，圈子里躺着一个人。先到的唐书记一声惊呼："秦老板，是你妹妹！"

"啊，玉凤！"玉兰疾步上前，抱起玉凤的上半身，把脸紧贴在妹妹的太阳穴上，用一只手抚摸着妹妹的心窝，惊恐急切地呼唤着玉凤。

原来，常村长家的黑狗在墙角吃完漂亮女宾的慰劳品后，发现女宾已经离开，狗就循着那种特异的香味找去，看见女宾一个人在坟前发呆，就悄悄地蹲在她的身后作陪，当狗看到站起来的女宾身上沾满了灰土和草枝时，就用嘴去拱，漂亮女宾却一下子栽倒在地。

玉兰感到玉凤的心窝热乎乎的，才放下了悬到嗓子眼的心，仍然抚摸着妹妹的心口，触摸到有啥东西蠕动，软咕漉漉的。

蔡振斌看见有两只硕大的蟾蜍从玉凤的胸襟处慢慢地爬出来，黑色眼眶墨绿色的脊背，一时大惊失色："蟾蜍！玉凤胸口有蟾蜍。"

玉兰低头一看，两只蟾蜍蹲在玉凤的胸脯，睁着圆鼓鼓的眼睛瞧着众人，玉兰就去抚摸它们。

唐书记说："这是山区黑眶子蟾蜍。"

蔡振斌扑上去要赶走蟾蜍。

玉兰喊："别动！"

此前，唐书记听到村里人纷纷议论炼丹坪有两只守山的大蛤蟆，说是老君岭的山神，看起来这话还不是凭空说的呢。

129. 终南窥唐

秦玉良这几天才发现了自身食古不化的一面，比如说尽管他从上中学时对卢纶老先生的《蓝溪期萧道士采药不至》就耳熟能详，但现在却为了这首唐诗陷入了深深困惑。卢纶在蓝溪约等的萧道士到底是啥人物？民国时期的萧狱医是不是唐代大历年间萧道士的后裔？玉良翻遍了手头有关这首诗的所有资料竟没找到答案。诚然，即使一个历史学家也不可能对历史长廊中的每个人事都了如指掌，可是感知萧道士对于立体地认识刀尖药却举足轻重。试想你连刀尖药的历史沿革都不了解，还有啥资格做秦月亭的骄子、秦小雀的严父呢？

墙上的时钟闷闷地响了十二下，表明午夜已过，但玉良今夜毫无睡意。他合起手掌搓了一阵手心，忽奇想突发：此时正值万籁俱寂，可谓因缘际会故国神游的绝佳时机，为啥不上网造访悠悠古唐，看看萧道士，探探刀尖药底细？

玉良打开了电脑，在搜索栏先后输入了一些关键词，只见屏面上突地跳出了一行字：

萧道士偕卢学士进山采药，欢迎进入"www ㄌㄢㄒㄧ.com"同步视频。

玉良手指一动，眼前便呈现出了杳杳冥冥的青山，山顶雾岚笼罩鹰雁高翔，山涧水流回畅鹿鸣鹤吟。随着光标的移动，玉良搜遍了这碧岭翠屏的一沟一壑，只见沟沟壑壑里的山涧坡崖上，布满了采药的砍柴的背炭的锻石的短衣平民。采药的唱山歌，砍柴的喊号子，背炭的步如飞，锻石的捷似猿。

山脊平坝上和风驶荡，绿色绒坡溢翠流蜜，诸色碎花星星点灯。忽然，画面杂进一只只铁蹄，踢倒碎花灯盏踏破芳草锦绣，一队手执绳索套杆的戎装骑士，簇拥着一位跨白雪肥马、穿金黄铠甲、披蟠龙凤罩的伟岸之人，逐围着一匹梅花鹿羔。一支支套杆挟带冷风直指孤立无援的梅花鹿羔，鹿羔呦呦惊鸣躲闪碰撞，皮毛擦破血洒草田。马队中有人大叫："放——灵——獒——"

只见黑白黄三只猎狗赛过离弦羽箭，从三个不同方向射向恐惧万分的鹿羔，马队朝着黄甲龙罩的伟岸人高声呼喊："万岁，万岁，吾皇万万岁！"

那"吾皇"哈哈欢笑，笑声回荡在群山和云端。一片"万岁"声中，玉良见那三只猎狗就要追上受伤的鹿羔，不禁为弱势个体攥出了一把汗。猎

狗紧追不舍，鹿羔喋血逃命。一道悬崖挡住前路，那梅花鹿羔一顿一跃一哀鸣，投向了莫测深渊。猎狗们蹬住前腿刹住身子汪汪狂吠，马队一片惋惜嘘叹，"吾皇"也勒缰驻马，踯躅嗟怨。

梅花鹿羔在崖间坠落、坠落！玉良不忍再睹，他要点击暂停，宁让可怜的生灵静止在半空，也不愿眼看着它粉身碎骨。这时却见崖底两位药老，伸出双臂等待救援鹿羔。一药老叫着："鹿儿有幸，鹿儿有幸！"

鹿羔还在坠落、坠落。忽听一阵阵猿声，又见两只长毛金丝的猿猴相向悬立在半崖峭壁，一足一手攀树、一手一足伸空，四只臂腿拢成一个合圆，梅花鹿羔恰好落进猿猴臂抱。渊底药老见状哈哈大笑，朝着金丝猿猴赞叹不已，满山飞鸟走兽啼啸哗然。

一药老说："灵长善行，灵长善行！堪喜堪喜！"

另一药老说："送回蓝溪洞，速给鹿儿擦血疗伤。"

玉良正心下揣测二位药老是否萧道士、卢学士，倏忽间一棵位于山腰的老槐树占满了屏面，它盘根虬枝龙骨嶙峋，主干足有三人的合抱粗，主干阳面有一半人高低的树洞，树洞口上方丫杈连理，树根往上藤萝攀援花枝招展，缠绕出了"蓝溪洞"三字，几只松鼠和山雀在枝杈间上蹿下跳纵情嬉戏。玉良嘴里咂吧着鸟叫声，鸟儿就朝他振翅翕喙多嘴多舌，一只虎背松鼠倏地跃到玉良肩上，玉良一见玲珑可宠，正要伸手抚弄，却有阵阵歌唱声声入耳，苍凉野旷悠闲放逸：

饥食松花渴饮泉，偶从山后到山前。

这多年来玉良已不常读诗，但还听得出来是卢纶《山中一绝》前两句，作为隐居者的歌唱，这首诗在后世颇得流传。山风拂动了满屏碧波，歌声就在绿海上飘荡。一条细烟草径从葱茏里飘向老槐树，草径上走来了两位老者，老者头戴斗笠脚蹬麻履身背竹篓手把药锄且行且唱，银须皓眉迎风、稳步健足踩云：

阳坡软草厚如织，因与鹿麋相伴眠。

两老者走近老槐树，撩起垂挂在洞口的花藤帘子，弯腰遁入树洞，歌声余韵犹绕林间。两只长毛金丝猿猴，扶着那只惊魂未定的受伤鹿羔随后进了树洞。

玉良猜想着隐秘树穴之内，肯定又是一处别具洞天的世外桃源。他移动光标点击鼠标，企图步步深入窥视一下唐朝圣贤的秘密。

130. 深藏玄机的名字

玉兰送玉凤到县医院做了全面检查，所有指标正常。玉兰要求大夫安排住院观察观察，可玉凤跳下床就走。玉兰执拗不过玉凤，只好找了个饭馆草草填了肚子便驱车回天台市。

轿车开出县城进入省道已是午夜时分。玉兰和玉凤坐在后排，玉兰拉着妹妹的手，另一只胳膊搂住她的腰身，让她那晃动头枕到自己的肩上，尽量替玉凤分担旅途的不适。玉凤挪开玉兰的手说："姐，我从来都没有现在这么好的状态，你要是困了就靠到我身上歇歇吧！"

振斌转过头："玉凤，两只大蛤蟆钻到衣服下面，你就不怕？"

玉凤说："那有啥可怕的？本来就是来给我暖心窝的嘛！"

"玉凤，该不是你干爸干妈的化身，出来保佑你吧？"振斌神秘兮兮地说。

玉兰推了振斌一掌："怕人把你当哑巴卖了？"

玉凤想，也许吧。玉凤就从两只大蟾蜍想到了干爸干妈，想到了令人费神的碑文，想到了包里的纸函，和纸函上那渗透纸背的字迹。莫非这一切全是关于某一个人的秘密？只是因为老人们守密的缘故，才一直深藏到现在？她想打开小包拿出纸函看个究竟，可已经打开袋口的手又合上拉链。不行，这个隐秘是属于爸爸和常叔叔他们的，她不能随便偷看老辈人的隐秘，哪怕关乎自己的身世和命运！思绪的腾冲力使玉凤禁不住细数起自我的成长经历，回味起记事以来的生活碎片，竟然推演出了一个令人战栗的结论：干爸干妈确实有"嫡女"留在人世，这个"嫡女"至今还没有给先人留下外孙；填补碑文空缺的不是别人，正是凤家的"嫡女"秦玉凤本人！秦玉凤就是凤万山、杨改占的遗孤，而秦月亭、兰桂芳只是秦玉凤的养育父母！

秦玉凤的血液开始倒流，盯着车前灯光下恍恍惚惚的路面，演绎着一九八一年秋天发生在老君岭村的那个悲壮的托孤活剧，活剧的结局就是丑旦女被来自天台市的支农医生夫妇，裹在褴褛之中抱出了深山挤进了城市。玉凤恨不得一下子飞到爸爸身边，拿出这张纸函，让爸爸揭破这个谜底，证实秦玉凤的演绎并不是空穴来风！但是，爸爸究竟愿不愿意让玉凤背负由此带来的心灵创伤？身体处于康复期的老人能不能承受失去女儿的心痛？哥哥姐姐会不会以养女为由，剥夺玉凤涉足刀尖药的资格？

　　玉凤看看已经进入梦乡的姐姐，她的身子越来越倾斜，最终倒在了玉凤的腿上，玉凤把姐姐的肩头搂到自己怀里，打量着这张善良而睿智的容颜，不禁升起了崇敬疼惜的恻隐。从小到大，正是因为外婆爸爸妈妈哥哥姐姐疼爱娇惯玉凤，才造就了她的任性。想到这里玉凤心如针扎泪如泉涌，她多么希望这个演绎出来的活剧最终被事实击得粉碎！

　　车到岐黄路时刚好凌晨两点，玉兰嘱咐司机把车停在巷子口，她不知道哥哥在蓝溪洞网游，还想再打一次电话，却看到侧门的保安已经守候在了路灯下，玉兰招呼振斌玉凤悄悄从侧门进来。玉兰看见爸爸卧室的灯光，就伸伸舌头推门进去，玉凤、振斌也跟了进去。

　　玉凤直接去了洗手间。月亭问玉兰为啥回来得这么晚，玉兰说他们去考察了药材基地和蟾蜍养殖场，到开始返回时就已经很迟了。月亭说："有事明天再说，你和振斌快去休息吧！"

　　玉兰朝着洗脸间说："玉凤，你也早早休息吧！"

　　玉凤"嗯"了一声。玉兰和振斌就退出了爸爸的卧室。

　　玉凤从洗脸间出来一瞧见爸爸，刚洗完的脸上又挂上了泪珠。月亭打量着玉凤："玉凤，你哭哪？"

　　玉凤突然哭叫一声："爸！"但她又很快地止住了哭声，擦尽了眼泪，"爸，我有点感冒。"

　　月亭端详着女儿的眼睛："玉凤，你常叔叔好吧？"

　　"爸，常叔叔他去世了！"

　　月亭大吃一惊："啥？常村长去世哪？他还不老啊！"

　　玉凤就把常叔叔身患胃癌还带领村民修路，贻误治疗时机的事情说了一遍。月亭陷入了哀思之中，忽然猛抬起头颤着声音："常婶婶给你啥东西了吗？"

　　玉凤说："给，没给，爸，你问啥呢？我怎么一点儿也不知道啊！"

　　"哦，哦，我知道啦，我全知道啦！"月亭点着头就不说话了。

　　玉凤看出了爸爸想说的话，犹豫一阵轻声说："爸，干爸干妈无儿无女，还给碑文上留下空白。既然我是干女儿，我想过两天去刻上我的名字，等以后我结婚生子了，再添上孩子的名字，我那可怜的干爸干妈也就九泉瞑目了。"玉凤说得异常流利。

　　"刻的，要刻的！"月亭强笑着端详着玉凤，"玉凤，是不是你婶婶告诉了你啥话？"

　　这会儿却轮到玉凤沉默了。

　　月亭的目光从女儿脸上挪开说话："不过不要紧，这件事，你迟早会知道的。"

玉凤看到爸爸的表情似乎很平静，就追问了一句："爸，你指的是啥事情？"

"好孩子，你也不小了，这件事爸爸不应该瞒你这么多年。"秦月亭说着颤抖着双手，从身上摸出把小小的黄色钥匙，打开床头侧面一个不显眼的抽屉，拿出一张折着的旧纸。

玉凤知道爸爸手里拿的是啥了，她打开小包取出那张发黄的纸函，交给了爸爸："爸，常叔叔临死时，叫婶婶转交给你，这里面是你们老一辈的秘密，你自己看吧！"

月亭颤着嘴唇："我手里这张纸上写的是你的秘密，你也自己看吧！"那张纸在月亭的指间抖动着，像秋风中的黄叶。

玉凤睁大眼睛企图给盈眶的泪水扩展些空间，她接过了爸爸递来的纸页一层层地展开：

出 生 证 明

天台市人民医院：

兹有我村村民凤万山杨改占夫妇之女凤丑旦，出生于公历 1981 年 6 月 16 日下午 6 时许，因其父母不幸双亡，经村委会研究决定，委托天台市人民医院支农医生秦月亭、兰桂芳夫妇收养。望有关部门为其办理入户手续为盼。

右下方是县乡村、年月日的落款和老君岭村村委会的盖章，在年月日的下方还有写在括号里的两行文字：

此证明一式两份，一份作为收养人秦月亭同志申报户口的依据，一份由老君岭村委会妥善保存，择时交给凤万山、杨改占之女凤丑旦本人。

短短的几行文字，写尽了秦玉凤的苦难身世，这时的玉凤反而静如秋水满月："爸爸，这个证明书由我保存，好吧？"

月亭轻叹一声："这是你身世的见证，你就好好收着吧。好孩子，我想好了，等农历十月一寒衣节时，咱就带上个鼓乐班子上山举行个仪式，在你生身父母的碑子上先添上你的名字吧！"

玉凤点点头说："感谢爸爸妈妈的养育之恩，感谢爸妈煞费苦心给女儿起了个深藏玄机的名字。原来我的命运就在这三个字的倒顺之间啊！"

突然，秦玉凤捂住嘴巴跑出了门。

131. 疗世之乐

秦玉良面对显示屏跃跃欲试，伸出左手，小松鼠从肩上跳落到手背，眨巴着眼睛打量玉良的衣着和房子的现代陈设，身子一纵又跃回视频。玉良站起身双手合十，插进紫藤黄花的缝隙里，然后手掌缓缓分开，就有一股似醇似冰又似乳的芳气扑面袭来，他抬脚跨到槐树洞穴下，松鼠鸟雀围拢过来，叽叽喳喳地问这问那，玉良不理闲言碎语弯腰钻进树洞，回身给鼠雀们摆摆手，便踏进了时光之旅的神秘境界。

秦玉良举目四望，洞里玉天琼地镜花水月，蓝森森的光芒源自上下左右四面八方，两边洞壁全是一骨碌一骨碌圆润滑腻的亮玉；拱起的琼顶上晃动着锦缎流苏的水波，缓缓地向洞天深处徜徉，透过水波一绺绺丹砂彩石的橘色星带闪耀在头顶，于是莫名的温馨袭透玉良全身，幸福的颤抖使他神魂颠倒，在转弯的前方，一瓣弯月挂在伸手可触的半空，银靛色的光幕下，映衬出两位采药老人的剪影。

玉良猫下腰身，躲躲闪闪地蹑到弯月下，才看清这是一扇月牙形窗口，两位药老正在窗下玉研液拌谈笑风生。玉良不便窥视，就蹲在窗下窃听。

一药老说："萧兄，我把这一槽药研细，就足够给病室受伤的庶民和兽禽敷用了。"

被称为萧兄的老者说："有劳学士！你看那匹鹿儿多有骨气，叫捕围的天子、将校围堵悬崖边沿，宁肯粉身碎骨也不愿丢失自由，去皇家园林过饱食终日的生活。"

"是啊，那鹿儿大有宁为玉碎，不为瓦全的气节！我这样饱读诗书的仕人，不免为之汗颜啊！"学士说，"鹿儿敷用了萧兄配置的药散，破伤定会立止疼痛速快愈合。"

说时那学士不知奏响了何种管弦，滴嘟、滴嘟的乐声响遍蓝溪洞天。乐声中，学士喃喃吟诗："春风生百药……"

玉良禁不住从心底深处随声附和起来。

萧道士说："这一年来，允言弟每每不辞辛劳，协助贫道采药研药，还创出了以诗为诀采取蟾蜍眉脂的优善之法，贫道不胜感激涕零之至。"

学士叹道："哪里哪里，只缘为弟时运不济命运多舛，身陷'交疏贫病里，身老是非间'的窘况，才投到这蓝溪洞以求喘息。承蒙萧兄不嫌弃为弟，收留允言于宝洞，我方有幸同奉萧兄独创之刀尖秘药，共享疗世之乐趣！"

萧道士说："过奖！这刀尖药的首创之人并非贫道，而是家父及其工友。家父本是为皇家伐薪烧炭的一介窑夫，一年到头有砍不完的柴，点不完的火，烧不完的炭，在众多的窑友当中，每天都有摔伤砍伤烧伤或被野兽咬伤者，只因无可医治，不知有多少人骨肉化脓沦为废人，甚者中了风毒呜呼殒命。嗣后，受了伤的窑友们就用搜集来的民间秘剂自疗，其中不乏周秦方剂、汉魏汤头，久而久之形成了多种颇为见效的验方。家父便广采百家之方，撷取众方之长，再加上他本人积累的以畜兽禽虫之体、草木晶石之物炮炼药材的经验，就攒合了当今所用的治伤方剂。数十年来，我萧某隐居终南，潜心采药研药制药，为樵夫炭丁猎户之众施舍刀尖药散，就是为了弘扬先父的遗德美愿啊！"

滴嘟、滴嘟的美妙乐声依然溅玉击佩，学士在喃喃诵诗的间隙，轻轻感叹："想我卢允言，自弱冠之年从河中蒲地赴长安应举，孰料连续三年不第；虽在大历六年受荐为官，至今却沉浮不定、进退无常。我已经厌惧宦海，愿随萧兄步神农后尘遍尝百草广济苍生，以求洗涤心尘！呜呼，还是后人说得好，神马都是浮云，唯有刀尖药给力啊！"

玉良差点没笑出声来，他觉得奇怪，一千三百多年后网络流行的吐槽句式，咋就叫这个大历才子给先知先觉了呢？

"学士真乃一代才子，说话竟然如此的具有穿越力量！"萧道士哈哈一笑，接着说道，"然而，树欲静而风不止，恕贫道直言，'浮云'对你们来说是不可或缺的。允言弟的归宿还是大唐朝廷，因为在那里，学士是'大历十才子之一'的卢纶卢允言啊！眼下你随我隐于蓝溪，只不过是为了寻求一条'终南捷径'罢了。人各有志，我断不会耻笑于你的。"

玉良想起了自己，我秦玉良和卢纶相比进步了多少？还是退步了几何？

卢纶尴尬一笑："惭愧惭愧，知允言者萧兄也！"

萧道士说："允言贤弟，小药疗身大药疗世！愿你在享受了高官厚禄之后，多想想布衣平民的水深火热，就不枉你我私交一回了。"

"好一个小药疗身，大药疗世！"卢纶拊掌赞叹。

玉良不禁涌起一股奋热，记下了这句惊世骇俗之言。

卢伦道："萧兄为国为民忧思的风节，幸已潜移默化允言心身，允言岂敢违逆半分？作为萧家祖传的秘方，我卢允言虽涉足了些许皮毛，却不会从我口中泄露丝毫！"

萧道士又哈哈一笑："岐黄百草博大精深、寥无止境，还要靠后世之人

以布洒福泽之志，心手传真发扬光大呢！走，咱去病室敷药去！"

于是又传来两人相邀相随的合诵着"病多知药性，老近忆仙方……"

向远处走去，诗歌的余韵在蓝溪洞中依依飘荡，使那滴嘟，滴嘟的乐声更加晶莹剔透、生动灵隽！

玉良探头窗口向里看，月牙窗内已空无一人，就把头伸进窗户窥探，只见洞内陆离缤纷诸色玉器琳琅满目，玉案、玉杌、玉碗、玉盏、玉匙、玉琐、玉臼、玉杵、玉戳美不胜收。靠洞壁的玉几上放置一尊翡翠蟾蜍，虽然只有一尺五寸见方，也少了玉带上的红色十字，但同秦汉医院中院的青铜蟾蜍铸像形状似出一模。那滴嘟滴嘟的天籁之音越来越清脆，然而发声的方位，却怎么也寻找不着。玉良尽量把脖颈伸展得长一些，再长一些……多半截身子落进窗内，便趁势运力就滑到了琼璞地面。咦呀，跌进温润腻滑滤心净肺的神境粹田，世尘杂欲荡然无存！

玉良正洗礼于琼璞地面，却又被滴嘟之音牵回头来。他一骨碌起身，顿觉自己通体透明飘忽轻盈，羽化在了这莹光晶明世界之中。再往洞里头飘了飘，突然稳住身子，不禁"哇"地张大了惊愕的嘴巴，傻了似的呆看着眼前的景况。

洞顶平悬着一品椭圆形的鸡血红丹石瑭盘，瑭盘上写着三个翡色楷体："眉脂托"，瑭盘薄如蝉翼清亮若冰温婉柔嫩约五寸的径口，盘心有一指尖大小的圆孔，圆孔上仰卧着一只蟾蜍，蟾蜍背部向下滴落着蟾酥，一滴一滴地直落到地面上柠檬色玉臼中，如琴如瑟若乳若浆。

哎哟，好一副极品超界！

玉良知道了唐人所谓的眉脂正是如今的蟾酥，但他怎么也没料到唐人的采酥场面竟是如此的随意浪漫！这时从迷宫仙境般的蓝溪洞深处，传出来了男男女女的笑声和鹿羔猴崽的欢鸣，玉良触及到了刀尖药给处在唐王朝底层的生灵带来的一线生机，心头涌上了无比宽慰。

兜里的手机振动了，一看是玉兰打过来的，但他明白这里不是接听的地方，就按了一下拒绝键，慌忙转身寻找出频的路径。这时，又听见身后传来二位药老的话音和笑声：

"刀尖药本冰清玉洁之物，无缘功名利禄，秦门公子当了然之！"

"去也，去也！"

玉良加快了出洞的步子，也没顾上鸟雀松鼠的挽留，跌跌撞撞地回到电脑桌前时，但二药老的笑声和鸟雀松鼠的嬉戏之声依旧萦萦不绝。

132. 忐忑满院

"割噢——豆腐哩，割噢——豆腐哩！"

秦月亭对着兰桂芳的遗像坐着，不知坐了多长时间，当他听到巷子前传来不紧不慢似警如策柔中蕴刚的声音时，便一下子浸润在追思以往、珍视现今的潮汐之中。过了一会儿，月亭才意识到一轮朝日喷薄欲出，新的一天又开始了。

早上，蔡振斌因为生意上的事，又急急忙忙地飞往广州。

午后，李素琴直接从朱红侧门进来，和值班保安打过招呼，说是来看望秦月亭的。李素琴把大有妈带来的一袋子嫩玉米棒交给了玉兰，玉兰提上袋子到灶上去了。靠在沙发上的月亭把手里报纸放到一边，兴致勃勃地让座倒水。急性子的李素琴开门见山："秦院长，我今日来不为别的事情，是专门当红娘牵红线来的。"

月亭问："当红娘，给谁？"

"还能给谁？当然给你啦！"

从门外进来的玉兰睁大眼睛看着李素琴。

"给我？"月亭怔怔地。

李素琴用力地点了点头。

秦月亭涨红了脸："素琴，这，这个问题我目前还没想好。"

"没想好？没想好再想一次也不迟。"素琴紧跟上说，"马主席不是说早给你打招呼了吗？"

秦月亭摇摇头："唉，这几个老顽童啊！"

玉兰说："阿姨，能说说女方的条件吗？"

李素琴说："女方不是别人，就是刘锴他妈，我的亲姐，上次和你爸见过面的。人品年龄出身模样家境你爸都了解了。"

玉兰饶有兴趣："那知不知道人家有没有这个意思？"

"我姐现在还犹豫不定，但是，一提起你爸的人品，她就动了心思呢。"李素琴几口喝干了杯子里的水，秦玉兰接过杯子再添满，双手放到李素琴面前的茶几上。

秦月亭又拿起报纸翻，翻了一阵子嗫嚅着："我是奔七十的人了，可能走这步路吗？"像是问自己又像是问别人。

李素琴说："少为夫妻老为伴，正因为你年纪大了点，才需要个伴儿随身照顾你的生活起居呢！"

月亭头埋在报纸里："我有三个儿女呢。"

"三个儿女？你就叫儿女们撇下大事业，窝在家里伺候老爸？找你伸手要钱花？"素琴理直气壮。

月亭抬起头："到躺在床上不能动的份儿上，我可以请个保姆，来帮我料理生活嘛。"

素琴皱起了眉头："院长，你们这些知识分子，多数是专业上的高手，生活上的低能，连这点事情都看不透，请保姆才是万不得已的下下策呢！你想想，谁家的保姆能像老伴一样贴心贴肺随起随睡地给你暖被窝抓痒痒还有接屎端尿洗屁股呢？"

玉兰脸一红："阿姨，你说话真有意思，点到就对了嘛！"

素琴自知说得露骨了些，但看到这父女俩听得认真就说："别见怪，我这人的毛病和优点都是说话不会拐弯，反正就这意思，我也说完了。"

"其实阿姨的良苦用心我和我爸都非常感激。"玉兰转脸看着月亭，"爸，你说是不是？"

月亭有点失措地忙盯上报纸："哦，是这样的。"说着又放下报纸端起水杯喝了两口，张了张嘴才吞吞吐吐地说，"人家年轻，我要老十多岁，不般配啊！"

"说一句不怕得罪人的话，不般配的话不是院长你说的，倒是人家对你挑剔的。我给你说，如果人家我姐不挑剔你，咱就该抹了帽子磕响头了！"素琴说完赶紧瞅瞅玉兰，玉兰羞羞地朝素琴努努嘴点点头。

素琴更有了底气："并不是我姐穷得过不下去了才走这条路，人家有几百万的存款不说，还有一个留洋的儿子在背后衬着呢！"

玉兰给爸爸添了水，红云罩脸地说："爸，真能这样了，还亲上加亲呢。"

"素琴，这事嘛，那头的诚意，你可以再探探，我嘛，我的主意，还得让孩子们拿呢！"月亭的话有些语无伦次。

玉兰松了一口气，就和素琴搭讪了几句，素琴列举了一些人老了病了没老伴照料有多受罪的实例，说了一会儿站起来就要走。月亭玉兰挽留不住，玉兰就送出了门。到朱红侧门时，素琴向玉兰要走了月亭的手机号，给了保安一个"拜拜"，刚出了门又回头，叮咛玉兰把嫩玉米棒煮了，多让院长吃些，说完顺着巷子下去了。

在玉兰送素琴离开的时候，李维琴的言谈举止又占满了月亭脑海，他倒没有过多地担心病得不能动的问题，主要是觉得自己与李维琴的个性有较多较深切的重叠之处，尤其是在金钱面前能沉得住气，可以说是一个值得托靠的人。如果自己在步入老境的时候，真能和李维琴一起续走人生剩余的道路，也许能如桂芳所说，推迟死亡留住奋斗不止的资格，延长为至爱事业鞠躬尽瘁的时光呢！他扭头看了看桂芳的遗像，桂芳正对着他眨眼微笑，赶紧擦擦眼睛还要看桂芳的表情，玉兰却挡住了他的视线："爸，看电视不，我帮你打开吧？"

"不看不看。"月亭来了无名的烦恼。

玉兰看看月亭才说："爸，那，那你就先从我这儿开始吧。"

"开始啥？"月亭莫名其妙。

玉兰诡秘地一笑："忘了你刚才在素琴阿姨跟前说的话了，先让我给你的……婚姻大事拿主意吧！"

月亭不好意思地说："别这么说嘛。玉兰，其实，你是见过刘错他妈的，你最有发言权。"

"爸，要说发言权，玉凤才最有呢，她对刘错妈了解得更多。"玉兰见月亭认真起来，自己心里反而有点慌乱了。

月亭摇摇头："这件事先不要玉凤发言，她巴不得这两个家庭合二为一呢！"

玉兰禁不住说："合二为一？你们合二为一了，玉凤有爹有娘了，哥哥和我不就成了既没娘又没爹的孩子了？"还没说完就真的伤感起来。

月亭说："玉兰你放心，在这种情况下，你应该算加法，不要算减法。你们不是失去爹，而是请回来了一个娘呢！"

你说有意思不，叶公好龙故事的重演的确是无处不有处处有。秦玉兰一见爸爸真要心动变成行动的时候，一股心酸忽地涌上心头。她想，一旦这个家庭的成分发生了变化，刀尖药不定还由谁说了算呢？爸因此疏远了我咋办？这种情况下，玉兰和哥哥应该是同一个战壕里的战友了，她应该让哥哥先知道这件事情，但是，她不知道玉良在不在屋子里。玉兰从客厅出来，正要去玉良房间，却看见玉凤在通往中院的门庭里打电话，就走了过去。

正好玉凤通完了话，玉兰问："是刘错的电话？"

玉凤春风满面："姐，刘错刚从广州回来，有事找我呢。"

玉兰问："才走了不久又回来了，他不是说考察工作很忙吗？"

玉凤脸色一峻："他的考察内容之一就是中国传统民间验方，要我给他提供一些资料。姐，难道你不欢迎？"

玉兰忙说："欢迎欢迎。"然后叫了一声玉凤，但欲言又止。

玉凤说："姐，啥时候学会了夹头藏尾，有啥话就直说嘛！"

玉凤的话让玉兰心里老大不高兴："啥'头'啊'尾'啊的，多难听。我是想提醒你，这几年刘锴一直在国外，咱可要多留一个心眼，咱们的刀尖药机密价值连城，可绝不能给外人透露半点！"

玉凤来了点气，姐姐怎么能说刘锴是外人呢？如果她知道了我的身世，会不会把我也当外人看，把秦玉凤的名字倒着念？就头皮一热，不冷不热地说："我说你和姐夫这个自家人不用担心！无论在任何时候任何情况下，我都不可能拿刀尖药配方去换外汇的！"说着就走往前面院子接刘锴去了。

玉兰看着玉凤的背影胸口里像塞进了一疙瘩棉花。

133. 洗脑

刘锴坐在岐黄路林荫道边的石椅上，翻看着手机视频，甜蜜蜜地沉浸在江边惠以往的恩宠之中——

依山傍海的倭浪国富仙医科大学，校园美丽如画。

当暮色给这座知名学府罩上旖旎的玫瑰色纱幕时，空气中就会飘起一阵阵清澈的乐声，嘀嘀铃铃点亮了马路上一排排幽蓝的灯火，一座座高大宏伟的东方建筑矗立在夜幕繁星之下，睁开了一只只明亮的眼睛，遥瞰着同样布满繁星的无际汪洋，使这座校园更加具备了幽谧而超然的神韵。

花坛边、清池畔、绿茵场上、假山花溪之间，一群群男女学子采用不同的形式，放松和休整着一天来的紧张和疲累，轻语漫笑、柔歌靡靡，使人感觉到了身处大洋怀抱的温情蜜意。

富仙医科大学图书馆里，灯火依然明如白昼，一些勤奋的学子还在伏案苦读。坐在书桌顶端的一位中国男生，正在全神贯注地阅读一本厚厚的精装外文典籍。他一只手压在书页上，一只手深深地插进浓密的头发里，读完了几页，直了直腰背，从随身的书包里拿出笔和本子，匆匆写起来。

一位男同学推门走进图书大厅，径直走到中国男生身后，轻轻地拍了一下挥笔疾书者的肩膀："刘锴，先生找你。"

刘锴一诧："先生？哪位？"

"还能有谁？导师呗！"

"导师？"刘锴想，"难道就是那位曾经对我冷嘲热讽，一直没有正眼瞧过我的导师——江边惠？"刘锴惶惶地收拾了笔和本，还了书，向门口紧跑了两步，忽然回头问身后的来人："她在哪里，导师?"

"高端楼，她的办公室，去吧!"

高端楼 17 层的一间装潢雅致的办公室里，江边惠正在反复品读着刘锴的论文。她努力尝试着近距离地、理性地撩开中国这一奇经诡典的神秘面纱，却总是如雾里看花水中望月。然而越是这样江边惠越是心潮逐浪，她怎么也没想到竟然在一篇学生论文中看到了"刀尖药"这个字眼，而且这篇论文是出于一个极不起眼的中国留学生的手笔。她忙调阅了这个学生的基本信息，得知他恰恰来自中国的天台市，而天台市正处于八百里秦川。她感到这是上苍特意给她的赐惠，她要抓住这个千载难逢的时机，抓住这个神话一般的刘锴!

刘锴不知是怎么来到江边惠跟前的，他直直地站在导师的写字桌前，双脚一碰怯怯地说："导师!"

江边惠猛一抬头站起身子痴痴地盯住刘锴，绕过宽大的写字桌立在刘锴对面上下打量起刘锴，像在审视一帖新出土的千古秘籍。面对贪婪的眼神，刘锴情不自禁地倒退一步。江边惠双手箍住刘锴的肩膀，把他按到紫革沙发上，然后挨坐在他的身边。刘锴触电一样跳起来，又直挺挺地竖在江边惠面前。

江边惠也站了起来，攥住刘锴的两只手："刘锴，你知道刀尖药? 真的知道刀尖药?"

刘锴似乎没有听清又似乎没有听懂，只是愣愣地望着江边惠出神。

江边惠打量着眼前这位穿着中国式西服、中国气尚未褪尽、一副苦读相的留学生立即明白了什么，她关了电脑，收拾了一下桌面上的书籍文稿，然后走过来，拉上刘锴出了办公室，下了电梯，到车库开出自己的爱车，叫刘锴坐到副驾位。玫瑰色的轿车驶出了校园驶进了市区。

那天晚上，刘锴跟着江边惠，初涉了倭浪国的夜生活。他进了一次"的士高"，喝了加冰加水的威士忌，吃了牛肉火锅，还尝了古里怪味的寿司。入学以来，面对着富仙医大紧张而寂寥的学习生涯，刘锴连对比的结论都没来得及下定，今天却产生了另一种感觉，他不仅觉察到了这儿无与伦比的繁华，而且触摸到了自己身心里累积的疲惫和怯懦，他多么需要借助一座桃烟杏雨的港湾，让这颗驿荡悸动的心灵憩息片刻!

从"的士高"回到公寓后，江边惠兴奋得彻夜难眠，脑海里充满了"刀尖药"和"刘锴"这两个词眼，以致想入非非、走火入魔。她谋划着从明天起如何给刘锴洗脑，把他一步一步地驯养成鹰犬沙卒，她要花大把的票子给刘锴更换行头，用全部的心思为刘锴设置温床。第一步让刘锴醉倒在灯

红酒绿之下，再一步让他旋转于自己的石榴裙摆之内，最终，要把他完全俘虏在销魂柔梦之中……

果然没出几个月，刘锴最终接受了江边惠的以身相诱。一旦堕入这个绯色的陷阱，这头莽犊便一发不可收拾，他才知道世界的背面竟然是这样的奇妙无比，人欲的苟且居然有如此的摧枯拉朽，他甚至庆幸来到有江边惠的国度，感谢上帝为他的慷慨赐予；至于那个大洋彼岸的中国和那位初恋女友秦玉凤，都已经成为过眼烟云和一张张翻过页的黑白照片；他开始学会品评化妆品了，也开始谈论法国、意大利的名酒了，后来，他竟然越来越无暇去实验室、图书馆，也不屑于那些枯燥的数字、烦琐的考证、狰狞的白骨和冰冷的僵尸了……似乎只有出入江边惠的公寓蜜闺，影随导师的车前身后才是他天经地义的职守。

江边惠真行，也不愧是个"高明"的教育家，这么快就把刘锴给驯化得服服帖帖。于是软缠硬磨地征得舅舅麻川觊的首肯，带刘锴来中国"考察研究"，发下狠誓非搞定刀尖药不可。

一到广州，她绞尽脑汁双剑出鞘，而秦玉兰、蔡振斌那边至今却依然泥牛入海，更令人痛心的是刘锴的手机，竟然曾经到过蔡振斌手中近一个小时，其中的隐私是否被蔡振斌窥视？如果舅舅知道她的所作所为将给多年的信义和口碑造成负面影响的话，是一定不会容忍的。她觉得好像自己是在玩走高空钢丝，身后的此岸越来越远，而身前的彼岸仍遥不可及，脚下是鹰飞猿啼的诡烟险峡，耳畔充满着嘘声和喝彩；这是什么？难道这就是进退维谷吗？因此她江边惠只有往前、往前，横着心也罢，硬着头皮也罢，她必须抓牢刘锴这根仅有的杆儿继续铤而走险下去！

134. 你上的是贼船

这时正是华灯初上星光点点凉风习习的傍晚，玉凤和刘锴说着话在岐黄路上散步，玉凤不时地看看刘锴，好不舒心惬意。

玉凤问："刘锴，你好不容易回来了，又一头扎到广州，是不是故意躲着我？"说完，噙着满嘴甜蜜的笑盯上了刘锴的眼睛。

刘锴说："是啊，整天东奔西跑地忙学业上的事情，耽误了和你在一起美好时光，真可惜！有时候我也免不了这么问自己呢。"

玉凤噗地笑出来："毕业回天台市的这几年，我连西安都没去过，你倒自在。"

刘锴苦着脸:"自在个啥?毕业实践表面上看起来很闲散,实际上非常令人挠首!"

玉凤不知道究竟为啥挠首,好奇地讨问刘锴。

刘锴耐心解说,临了还要以刀尖药为例:"比如说,你家的刀尖药方子,我这边想通过考察研究,把它作为学术成果介绍给发达国家的科研院所,让这个古老的验方获得新生,但是很可能遭到抱残守缺观念的极力阻拦,这就是我觉得令人挠首的地方。"

"抱残守缺思潮?"玉凤愣怔了一下,"谁抱残守缺哪?残缺的东西值得你这个大博士考察吗?"

"哦,对不起,对不起!"刘锴撇了玉凤一眼,现出十分尴尬的样子,"这是我对困难的充分估计,并没有明确的指向。我作为一个回归故土考察古方的学生,求成心切在所难免,因为我的先生多次说过这次考察的成功与否,关系到我的前程问题呢!"

玉凤快人快语:"那你的考察工作为啥不另辟蹊径?"

刘锴也一愣怔,表情复杂地撇了玉凤一眼。

玉凤眼睛瞅着脚尖,走着说着:"我爸说过,蟾酥的应用前景非常广阔,他曾经在秦岭深山中一个叫老君岭的村子,交往过两位乡间医生,那两位乡村医生认为蟾蜍、蜈蚣、蝎子、土鳖、壁虎、蟑螂、蛇等等昆虫的全身都是宝,尤其是他把蟾酥入药合成多种特效药剂,能够治疗许多疑难杂症和无名顽疾呢。我想等咱们结婚了,咱就利用秦汉医院这个平台,先从蟾酥入药入手进行广度和深度的研究开发,一定会取得成果的!"

刘锴僵僵地站在一边:"你爸叫一个留洋博士在蟾蜍蜈蚣土鳖虫身上另辟蹊径?太不可思议了!那是山里的野大夫做的……"

玉凤也站住了,她不相信这句话是从刘锴口中说出来的,"野大夫?"玉凤歪着头问刘锴,"你知道他们在缺医少药的环境中,就地取材祛除了多少病痛,挽救了多少生命?你知不知道那对乡村医生夫妇是谁?"

"玉凤,他们是谁我觉得并不重要。"刘锴说。

"你……"玉凤要提醒刘锴,让他对自己的身世和生身父母有个了解。

但是,刘锴却抢过话头继续说:"重要的是你曾经答应我用刀尖药配方做嫁妆!如果真的能这样,那刀尖药就是你我的共同财产了。拿来吧,玉凤!"刘锴把双手伸到玉凤眼前,"让刀尖药配方东渡大洋,我的事业和前程就会在一夜之间如日腾天!"

玉凤十分伤心,你刘锴是我的男友,怎么对有关我苦难身世的事情漠不

关心？于是说："刘锴，这么说你是只见嫁妆不见人了？"

"那，那为啥就不能'新娘未动嫁妆先行'呢？"刘锴期待着玉凤的回答。

玉凤拨开了刘锴伸过来的手："刘锴，你究竟是看重我的嫁妆还是看重我这个人？"

"在我的眼里刀尖药配方就是你，你就是刀尖药配方！"刘锴慌不择词，说出来连自己都吃了一惊。

玉凤倒吸一口冷气，不由自主地退了一步，从头到脚从脚到头重新审视着眼前这个朝思暮念的人。

刘锴手机响了，他知道是江边惠打来的。刘锴赶紧走过几棵树，背过玉凤毕恭毕敬地接听电话。倭浪女人在电话中严厉责问着刘锴，刘锴向他的先生又是解释原因又是立誓发愿，唯唯诺诺低声下气的样子，叫玉凤觉得刘锴应有的人格尊严丧失殆尽。

玉凤过来问："谁的电话？你何必给人家这样？"

刘锴依然毕恭毕敬地接听电话，玉凤突然一把抢下手机，刘锴气咻咻地说："是我导师打来的电话！"说着抓住玉凤的手腕要夺回去，争抢中触动了免提键放大了凶凶的女声："刘锴，你是不是要和秦玉凤旧情复萌？"

刘锴抓住秦玉凤的手夺手机，秦玉凤两只手紧握住手机躲闪着。

"刘锴，你敢欺骗我，我江边惠就彻底毁了你！"手机在咆哮。

刘锴扳住玉凤的胳膊，玉凤胳膊肘一顶，猛转身甩开了刘锴。

电话中的女声还叫着："刘锴，你对我江边惠的忠诚，只有用刀尖药配方来证明！"

彻底抓狂了的刘锴从身后勾住玉凤的脖子往后猛拉，玉凤倒在地上，刘锴掰开玉凤的双手躲过手机，慌忙切断了信号。

玉凤追问："你的导师是江边惠？"

刘锴满脸煞白、喘着粗气，愣愣地看着被自己扳倒在地的玉凤，突然手机铃声又响了起来。

玉凤断定刘锴和自己的姐姐上的是同一条贼船，她想警告刘锴"你上的是贼船"，却看见刘锴已经转过身，接通电话，低语柔声表白着走向一边，玉凤只觉天旋地转就像挨了一顿蒙棍，恍惚中只觉得，无边无际的天穹向她压了过来，霹雳滚动天崩地裂。啊，她要告知周围的人速快逃命，可是，瑟瑟发抖的嘴唇喊不出一个音节叫不响一个字符；耳畔无数只夏蝉在疯狂地聒噪，昏昏沉沉的视野中只有路边大树在拼命地晃动？她抱住身旁一棵树，粗大的树杆和她一起颤抖旋转扑摆。玉凤以为玛雅人预言中的世界末日已经提前降临人间！

后来，玉凤把整个身体紧贴在大树上，大树柔长的枝叶抚摸她拍打她，是爸爸的手？夜风呼唤她，是妈妈的魂？好久好久树身稳了，眼前亮了，包围她的险恶气氛才渐渐远去；慢慢地玉凤看见了刘锴的绰绰轮廓，刘锴正朝着她一步半步走过来，越来越近。她心里明白，这个时候无论如何不能叫刘锴接近，她要自己站起来回到秦汉医院去，回到爸爸身边去。玉凤挣扎着支起身子，鼓足气力步履蹒跚着走向秦汉医院。

刘锴发了疯似的喊着秦玉凤的名字追了过来，拽住玉凤的胳膊苦苦央求，被玉凤一次次地推开。

刘锴又追了上来，双腿一屈倒在玉凤脚下泣告："玉凤，玉凤啊，看在多年相恋的情分上，你就把那个刀尖药秘方给我吧！你总不能看着我功亏一篑哇？"

一听到刀尖药，秦玉凤脑子里划过一道闪电，就清醒了许多，她绕过几乎匍匐在地的留洋博士，朝着秦汉医院方向一阵猛跑。

对于刘锴来说，秦玉凤愤然离去的事实实在难以接受，然而，他却只能眼巴巴地看着她融进凤凰山下的那片楼树掩映之中，一时间，丧家的感觉袭遍刘锴全身。

刘锴钻进了停到他身边的一辆出租车。司机问："去哪里？"

是啊，去哪里呢？我刘锴下一步该怎么走呢？

"哥们，失恋了就回家调节调节呗！"

刘锴想起了家和妈妈，说："七○五厂吧。"

135. 母子救赎

刘锴突然归来，使李维琴感到喜出望外，在她有要事相商的时候，儿子就回来了，看来这是个好兆头。

刚才刘锴的确想妈想回家，但回到家见了妈却觉得烦："我好困，好烦。我想睡觉，你别打扰我！"

李维琴见刘锴一副丧气的样子，就疼惜起来："锴儿，你肯定是肚子饿了，你先洗洗，妈给你下碗面去，吃了再睡，啊！"

但是，刘锴已经走进了自己的房间，关上了房门。

李维琴看出儿子像是遇到了不小的挫折，赶紧趴在门外问："锴儿，妈有件大事要商量呢，商量完你再睡，好吧？"

"家里的事，你看着办!"门里传来闷闷的声音。

"锴儿啊，这事非得你表态呢!"李维琴想通过和儿子说事来了解儿子的心事。

"大事? 有你儿子前程的事大吗?"门里的声音带上了哭音。

李维琴听得出来儿子现在非常痛苦，更发了心慌:"怎么? 你的前程有问题哪? 快给妈说说。"李维琴拍打着房门。

忽地一下门开了，刘锴站在门口呆若木鸡。李维琴双手托起儿子的脸颊看，刘锴突然抽泣起来，李维琴把他拉到沙发上坐下，刘锴仿佛山洪暴发一样号啕了起来。李维琴也抑制不住几年以来的绞心撕肺，就和刘锴抱头痛哭，哭着哭着李维琴喃喃地说:"锴儿，你说你的前程怎么哪?"

"我……我毕业要是过不了关，前程……程就会彻底泡汤!"

"那你为啥不好好学习，现在快到毕业时间了还来得及吗?"李维琴一紧张，反倒哭不下去了。

"不……不是学习与不学习的问题啊!"刘锴又号啕起来。

"那是啥问题? 你赶紧说啊!"李维琴摇着刘锴的肩膀。

刘锴止住了哭声:"如果有了刀尖药配方，我的前程就能得到救赎!"

"你要刀尖药配方?"李维琴放开了抓刘锴的手。

刘锴却反过来抓住了维琴的手:"妈，不是我要，是我导师要!"觉得这么说不妥就换了个方式说，"妈，你想，回校后，我们马上就要交毕业考察报告，我们的导师催得紧啊!"

"毕业考察报告?"

"是的，如果我能考察到这个配方，妈，你儿子的前程将是无可限量的!"刘锴说着擦了一把眼泪。

李维琴觉得事情没有多么复杂:"那你为啥不给玉凤说说?"

刘锴沉吟了一下:"我不就是怕玉凤她爸不同意么?"

一提到玉凤她爸，李维琴心里灿然生辉。刘锴观察到维琴的微妙变化:"妈，你不是说有事和我商量吗?"

"你小姨给我介绍了个男同志。"

刘锴睁大了眼睛审视着妈:"你，你想嫁人?"

维琴擦着眼角点点头。

"这个男人是谁?"刘锴陡然变色。

维琴来了点紧张，盯着刘锴的脸:"秦玉凤的爸爸秦月亭。"

刘锴先是愣怔，接着头摇得像个拨浪鼓。

"你不同意我换一种新的生活，是不是?"

刘锴眼神散乱地望着别处："是，又不是！"

维琴站起来，满脸狐疑地盯着儿子。

刘锴也站了起来："你要搞黄昏恋我不反对，但是，至少目前在中国还不行。"

维琴用眼神询问着儿子："你是说时间和地点都不合适？"

刘锴挚切地说："妈，如果我得到了刀尖药配方，有了一个美好前程，就打算最迟在年底接你去倭浪国，在那边找一位富翁儒商，咱母子的前程就会一起获得救赎，你也就可以享受到高品质的生活了。"

维琴头嗡地响起来："嫁给一个老外就算有了前程？我哪里都不去！其他任何男人我都不会考虑！你那不是救赎而是毁灭！"

"妈，我导师说啦，拿到文凭以后，我就会留校当教授，咱卖了这房子，去倭浪国再也不回中国来了！"刘锴坚定地说。

"锴儿，你不回来玉凤咋办？你能把她带到大海那边去？"

"笑话！带她去？如果不是为了刀尖药，我这次连她的面都不想见呢！"刘锴显出了一脸的鄙夷。

李维琴倒退了几步，她打量着眼前的这个曾经纯真无邪、勤学上进的锴儿，这个老师嘉奖、街坊称赞、父母自豪的得意之子，原来是个心怀叵测、利欲熏心、自私自利的小人！他为了在外邦得到救赎，居然不惜欺骗多年挚爱自己的恋人！更不惜把生养自己的母亲当做跳板和阶梯！

刘锴抓住维琴的双手："妈，有些事情要是不断然摆脱感情束缚，肯定会两败俱伤的。"

维琴从刘锴的手中抽出手，照着儿子的脸狠狠地抽去，啪、啪，她觉得眼前站的不是自己亲生亲养的骨肉，而是一个背信弃义不知廉耻的社会恶流！

刘锴只觉得两耳灌风眼冒金星，扑通跪倒在李维琴脚前，仰起头哭着叫开了："妈，妈！"

136. 醇醋

李维琴回过神来，看着发红发麻的手掌，不相信孱弱的自己竟有这么大的勇气。听到儿子老牛一样地号，就俯下身子要扶他起来，当她看到了儿子嘴角的流血和泛红的脸颊时，腿脚一软便瘫坐在了地板上，一把抱住这个目

前世界上仅有的亲人泣不成声："锴儿啊，你咋越来越不懂事了？你咋就不给苦命的妈省心呢？"

刘锴哭诉："妈，我没有一天不想着为你和死去的爸争气！你知道儿子这几年远在异国，受的是何等的苦闷和煎熬啊？儿子少人尊重、无人提携，只有自己苦苦求知，渴望出人头地受到周围人的关注，但是即使我付出了十二分的努力，也换不来别人五分的首肯啊！"

"那你为啥不打算回来为咱自己国家和人民效力？哪怕做一个普通人咱也胆正气壮啊！"

"不，我好不容易遇到一位贵人，她视儿子为知己，待儿子同手足，她给我买高档服装、吃豪华大餐、品世界名酒，使我才尝到了高人一等的滋味。这次来中国假如能事随心愿，她还会亲自来拜见你这位婆婆的！"

"这个人是谁？"

"我的导师！"

"你的导师是个女的！你咋还没进入社会就随了你爸的德行？"李维琴站起来说，"我才不见她这个狐狸精呢，我怕她玷辱了我的人格！她不是啥贵人，而是个不折不扣的贱人！她用下流的手段麻醉了你，勾引了你，偷了你的心，洗了你的脑，让你忘记了自己的根本。我要告诉秦玉凤，还要告诉秦院长，叫他们千万不要听你的花言巧语，把刀尖药配方给你这个禽兽不如的东西！"

"你不为你的亲儿子着想，倒给秦家人示好。哦，我知道啦，你真是要嫁给那个老迂腐秦月亭哪！"刘锴的脸上闪过了不易觉察的阴险。

"我看重他的人格！等我们商量好了，我就马上搬过去住，给他当个后勤，让他一心一意做好刀尖药！"李维琴转身要离开刘锴，回到她的房间去。

"马上搬过去住，给他当个后勤，让他一心一意做好刀尖药事业？"刘锴自言自语着转了几轮眼珠子，慌忙从地下爬起来，赶上去搂住李维琴的肩膀疯了似的撒娇，"妈，妈，妈！我的好妈妈！儿子总算有了救星啦！"

"你不要叫我妈妈，你欺骗了秦玉凤，我不认你这个儿子！"说着，李维琴把脸转到一边去。

刘锴堆集了一脸的诚恳："妈，允许你那么狠心地打儿子，就不允许儿子说几句故意气你的话？其实，我爱玉凤是诚心诚意的，只要我顺利地拿到博士文凭，就马上回来娶她！"

李维琴盯着刘锴的眼睛："你说的可是真心话？"

"妈，儿子如果说了假话，出门就，就叫汽车撞个体无完肤！"

李维琴一把捂住了刘锴的嘴。

刘锴趁热打铁："妈，我希望你和秦玉凤他爸有情人终成眷属，到时候咱两家不就成了一家亲哪？"

"你不是要把我卖给倭浪国的富翁吗？"李维琴回头坐到沙发上。

刘锴挤在李维琴一边坐下："妈，你快不要刺激儿子啦，你看儿子有多难哪！你会不会想个两全其美的法子呢？只要你能帮我向玉凤她爸借阅刀尖药资料，我全听妈的！"

"两全其美？"李维琴扬起了眉头。

刘锴热烈地看着李维琴："妈，你还记得当年我第一次离开你去倭浪国的时候，你一边为我准备行囊，一边吟唱的那首诗吗？"

"咋能不记得？慈母手中线，游子身上衣……"李维琴还没吟唱完毕，母爱的诗韵早已浸泡在了热泪之中。

刘锴可怜巴巴地叫着妈，说他理解妈妈独身寡居的寂寥心境，他希望妈妈和秦老伯父尽快地点燃晚情，替他了却这桩埋藏已久的心愿。

李维琴颇受感动，既然有了儿子明确表态，就意味着这件事情已经在她家全票通过，她现在就给妹妹打电话，同意明天上午在秦汉医院与秦月亭见面，正式开始实质性的会谈。黄昏之恋要争分夺秒地和西下的夕阳赛跑呢！李维琴拨通了李素琴的电话，把她的主意说给了妹妹。李素琴咯咯咯地笑着说她这就电话通知秦院长，明天九点在秦汉医院后院秦家客厅会面。

李维琴洗了手脸，去厨房给刘锴炒了两碟菜，下了一碗岐山臊子面，自己坐在跟前看着儿子吃，刘锴狼吞虎咽的样子使她心得意满。

刘锴经过大半天的地空奔波、惊恐啼笑和动用心计，确实是心身疲惫了，他咀嚼着饭菜，思谋着怎样使出最后一招让母亲就范。刘锴挑起面条："妈，咱这面是世界上最好吃的，该上吉尼斯了，在倭浪，我最想吃的就是妈亲手做的岐山臊子面了。"

李维琴说："锴儿啊，岐山臊子面讲究的是'汪煎稀、薄劲光、酸辣香'，这'汪煎稀'是用眼睛看的，'薄劲光'是凭口齿感觉的，'酸辣香'就主要体现在汤里，是靠舌头尖尖来品尝的。岐山面的灵魂是'酸辣香'的汤道，汤道的灵魂就是真麦实曲的农家陈年醇醋，若没有这醇醋，面就不能叫岐山面，就像缺少真诚的人，不能当做可靠人的道理一样！"

刘锴手中的筷子震了一下，面条溜到碗里。

李维琴说："你慢慢吃，吃完了，妈给你另浇一碗去！"

刘锴喝了一口汤，深深地咽下去，回了一口气："这汤的确香！妈，我的考察工作急需借阅秦汉医院的一些资料，特别是刀尖药配方，我一想起秦伯父严肃的面孔就有点胆怯。你明天和他约会，顺便给他老人家说说，伯父

如果答应，就说明你在他的心目中已经有了不可替代的地位；他如果吞吞吐吐推推拖拖，就说明遇到了来自他儿女媳妇方面的阻力，你就得和我小姨展开攻势耐心开导，到他同意给我借阅配方的时候，就说明你们的恋情已经变成缔结良缘的炽情，一切都会顺理成章水到渠成。到了那个关键时刻，你别忘了请他及时拿出方子交给你。方子到手以后，你可能还在他的当面，不方便打电话通知我，就按一下手机，我也就知道我的母亲已经走出了人生的泥滩！"

刘锴放下饭碗在维琴的手机上做了设置，指给妈说到时候按一下"1"字键。李维琴觉得儿子的主意好是好，但秦月亭究竟会不会轻易把配方借给未来的女婿？如果不方便借阅另找一个考察资料算了。李维琴就把自己的想法说给了刘锴，竟引起了儿子一脸的沮丧，他一把拍在餐桌上震得碗碟叮当响。

这时李维琴的电话响了，是李素琴打来的，她说情况有些变化，秦院长明天有个重要会见，和李维琴见面的时间只好推到后天。

刘锴一算，江边惠限定的时间也是后天，但到时他能不能有东西可交呢？

137. 赵雪时

姚之影来军医大学看望姑姑姑夫，偏遇上姑姑不在，当她知道姑夫本来是要去天台办事的，住了一天后就力邀姑夫随她返回天台，顺便指导一下尚合创伤医院。庞汉关跟姚之影来天台市，第一站先到之影家。之影的女儿林小可同对象去外地旅游不在家，林尚、之影先陪姑夫去了炎帝庙和磻溪原拜谒了一圈，而后参观了尚合创伤医院。次日上午两口子在"壹惜轩"招待教授姑夫。林尚打电话要请秦玉良来陪坐，秦玉良说想多陪女儿小雀转转聊聊，他们也就再没请别人作陪，亲戚团聚也好叙叙别情拉拉家常。

席间，之影、林尚问姑夫还带没带研究生。庞汉关说他不但带研究生，而且亲自带上了他和老娘的孙子赵雪时。

林尚不知道这位姑夫和他老娘为啥有一个共同的孙子，更不知道赵雪时是谁，姚之影说她也不了解赵雪时的详细情况。庞汉关想，自己是"文革"前国家统招的最后一批大学生，军医大毕业后就一直在校工作，"文革"后期，大舅哥姚天冬在兰州升任了军官，成家后之影妈也随了军。后来姚天冬从部队转业，分配到渭北一个煤矿当书记，爱人也到煤矿上了班，他们一家就在那里安了家，生了姚之影。姚之影比庞红叶大几岁，后来姚之影考上了财经学院专科，几年后庞红叶考上了师范大学，一对表姐妹在上学期间有些来往，姚之影毕业后分配在西安城里工作，以至成家，庞红叶毕业后去甘南成婚并在洮州中学任教，和贡宝才让育有一子，一家人生活幸福美满。这以后两下里就少了来往，再加上之影这几年来了西府天台市，肯定对姑姑家的事知之甚少。于是庞汉关讲了赵雪时的来历和身世：

"自从你姑姑随军到军医大学后，我娘一直一个人生活在老家窑上村，作务着窑顶的一亩责任田，虽然自食其力、自得其乐，但心上总有一块挪不开的石头。那是九四年年根吧，我娘急急火火地赶到军医大，说她好几个晚上梦见我爸责备我娘儿俩，嚷嚷着要去西府磻溪原上再找秦碎虎和他的后人秦月亭。"

林尚、姚之影听到秦月亭的名字，心想这天下重名重姓多，是不是秦汉医院的那个秦月亭还说不准。

林尚庆幸自己把当年给那个姓沈的人出主意起药名，拿"刀剑药"恶意搅浑水的事，一直没有对包括姚之影和高峰在内的任何人提起过——尽管在后来他自觉那事情做得太过小聪明——要不然，肯定会在场面上一次次自讨没趣、丢人现眼呢！

庞汉关继续着他的讲述：当时，庞汉关就向学校请了两天假，申请了一辆吉普车，拉上他娘一起来了西府桃园堡一带城市边缘的农村。那一次，由于汉关和司机都穿着军装，给他们的寻亲之旅带来了很大方便。他们先到当地乡镇派出所打听，文书翻出厚厚的户籍本，叫秦碎虎的人就有三四十个，其中八十岁左右的有十七个；叫秦月亭的也很多，但除了女的，男的只有四个。庞汉关就请求文书列出了十七个秦碎虎四个秦月亭的地址，照着地址进沟翻梁走村串堡，符合秦碎虎年龄特征的都没有军人经历。他们又按四个男性秦月亭的地址一一寻找，找到最后一位时，下开了鹅毛大雪。吉普车开进这位秦月亭任教的一所小学时天已经黑了，戴眼镜的秦月亭老师热情地接待了他们，当庞汉关向他说明来意后，秦老师说："咱这农村，用我这名字的多数是女的，如果是男的就可能是教师、医生之类念书人出身，这几类人当中有的因工作调动已经去了县城，你们可以去县城找找看。"

汉关娘就更来了信心，叫儿子打电话再补一天假，明天去县城找。但庞汉关明天要参加学校的年终总结会，就说服了娘，开车返回，以后找机会再来。

从小学校出来，娘儿俩带着满腹的遗憾和惆怅，顺着乡村土路往公路上

颠。车灯照亮了寒风搅起的飞雪，路两边的山原田树都变成了白茫茫的一片，汉关娘拿出冷冰冰的三片锅盔，给司机和汉关各一块，给自己留了一块。

"我也饿了，咱先将就着吃点冷馍喝点水，等走到公路上，就有饭馆了。"汉关说着就吃了起来。

汉关娘咬了一口锅盔，猛然想起了自己当年和广龙拿锅盔喂火焰驹的事，不免又来了些伤感，擦擦酸酸的眼睛，抬头看汽车前方时，一匹黑色的高头骡子在飞雪中闪向路边，额头上的白底红毛像火焰一样掠过。

汉关娘一声大呼："快停车！火焰驹！"

汉关一惊，司机一脚踩死刹车。

司机打开门先跳了下去，一股冷风卷进车厢，汉关跟着跳下车。路上山上白茫茫的一片，哪有啥火焰驹？汉关查看路边的雪地，娘不知啥时候也站在了后头。娘锐声叫："啊？这里埋着个人，看，腿还在雪里头动呢！"

司机呵着手："看样子是个碎娃！"

汉关娘俯身刨雪，先出来的是麻袋，麻袋下边是一个冻僵的男娃。汉关娘把手伸进男娃的心窝一摸，将军一样命令："抱上车，赶紧！娃冻糊涂了。"

司机把麻袋揭到旁边，把那娃抱上车。汉关娘把娃接在怀里，汉关脱下大衣盖上，娘给灌了点保温杯里的热水，等那娃缓过气儿上来，娘就给嚼着喂了几口锅盔。汉关娘柔声问那娃，名字叫啥？多大了？家住哪个村？

那娃却操着河南口音，先叫了一声"奶奶"，汉关娘高兴地答应，又叫了一声"爷爷"，汉关却不敢应声。

汉关娘说："娃叫你爷，你为啥不吭声？难道忘了你也是这条逃荒路上走过来的？"

汉关立马回应："哎！"

那娃说他六岁，姓赵，名叫骡子，家住在大水库边的赵家岭。那一天吃过晚饭，他和婶婶家的咪咪在村口耍，卖糖葫芦的人给他俩糖葫芦吃，然后说是带他们下了山去拿更多的，结果坐上了火车，在火车上他们喝了半瓶冒泡泡的黑水就睡着了，下车时是白天，坐完一阵汽车，再下来走到山沟的一座房子。卖糖葫芦的和一个黑胖子喝酒，喝够了酒，黑胖子就领走了咪咪，剩下了自己和卖糖葫芦的。一会儿那卖糖葫芦的睡着了，他就披了一个麻袋跑了出来，也不知道东南西北，只是见路就跑见山就上，跑着跑着就倒在雪地里啥都不知道了。

汉关娘说："咱寻你月亭哥哥没结果，可拾了个骡子娃。当年咱在五丈原走投无路时，遇上骒子火焰驹救了娘儿俩的难，这骒子娃许是跟火焰驹有关系呢？既然他不知道了回家的路，我就先把他养活着。"

汉关说："娘，这是人贩子拐卖儿童，我明天回去就报案，让警察帮骒子找到家。"

汉关娘叹一声："是呀，骒子他娘有多急呀！"

回到西安的第二天一早，庞汉关就去派出所报了案，值班警察作了详细地登记，并把咪咪的情况通报了西府那边的公安机关，警察叫汉关先照顾着这娃，等候公安部门的通知。后来警察也看望过骒子，说河南那边还没消息。汉关娘就把骒子领回窑上村，婆孙俩朝夕为伴消消停停地过活起来。汉关娘给骒子剃头的时候，看到他囟门处有一片红色的记疤，形状像火苗，心里就更多了一份联想和疼爱。汉关娘自己给骒子换了个名字叫"赵雪时"，"雪"是因为这娃是雪地里拾的，又把"秦时明月汉时关"句中的"时"字用上，寄托了老人的特殊期望。这个赵雪时把汉关娘叫奶奶，在庞汉关和姚茯苓探家回窑上村期间，仍然把庞汉关叫爷爷，把姚茯苓也叫上了奶奶，于是汉关茯苓干脆就以爷爷奶奶自居。

汉关娘经常唠叨着，要把这个孙子培养成为一个救人济事的"医官"，将来研究继承刀尖药。赵雪时一直跟汉关娘在蓝山上完小学、初中和高中。林小可高考那年，正好赵雪时也高中毕业参加高考。

那年，林尚和姚之影赶到军医大学给姑夫庞汉关说了林小可的情况，请求姑夫利用在军医大学的权威和影响，给招生办打个招呼，让林小可实现当女军医的梦想。汉关告诉他们："能不能上军医大，凭考生本人的实力，如果能被录取，当然是天大的好事，我一定照顾好她的生活、指导她的学习。"

姚茯苓也说过一回情，请求丈夫给林小可帮忙，也给赵雪时帮忙。汉关娘打电话给儿子，说他推荐赵雪时上军医大学，并且特别说明赵雪时的学习在全校数一数二。

汉关在电话中对娘说："娘，我希望两个娃都能被录取。但是也许一个都录取不上，也许只有一个能录取上，就看娅们自己各方面的条件了。"

结果赵雪时被顺利录取，林小可被另外一所本科院校录取。

那年八月一日，在赵雪时拿到军医大学录取通知书的时候，河南省的警察和一对壮年夫妇找到了窑上村，壮年夫妇说他们是骒子的爹娘，警察拿出一个户口本证明骒子就是这两人的亲生儿子，那对夫妇不敢相信眼前这个英俊潇洒的关中娃、未来的中国人民解放军医官，能是自己失散了十几年的骨肉。倒是赵雪时看了户口本以后，扑通跪倒在地叫了一声"爸妈"，两口子才抱着儿子哭出了声。临了麦草向河南来的警察打问咪咪的下落，警察说，

咪咪在几年前就被解救回河南，大家这才放下了心。第二天赵雪时随父母去河南认亲，没几天又回到了窑上村，雪时对奶奶说："奶奶，我有了爹妈，可我不能没有奶奶和爷爷。"

四年后赵雪时考上了军医大学研究生，林小可毕业一年后被在天台市的一家大型铁路桥梁工程企业录用。

讲完赵雪时和一些连带故事，庞汉关又说："之影，听你姑姑说，你家小可至今对我这个姑夫爷有点看法呢。"

姚之影难为情地笑笑："姑夫，她只不过是心里想想罢了。"

林尚夫妇这才知道了庞汉关母子的赵姓孙子的来历，嘴里直赞叹这样大难不死的人日后必有辉煌前程。

庞汉关却不以为然："相信命运的人叫命运牵着鼻子走，不相信命运的人牵着命运的鼻子走呢！"

林尚夫妇连连点头称是。

138. 铜臭过敏

听了赵雪时的来历林尚颇有感慨，可更多的是对女儿小可最终没能当上一名艺仪兼备的女军医而遗憾，然生米既熟只有认命罢了。但是，之影姑夫刚才提到寻找一个叫秦月亭的人，此秦月亭是不是彼秦月亭？如果是，这位姑夫教授这次来天台的用意又是什么？对他的尚合创伤医院有没有福音？于是林尚问："姑夫，你刚才说到的那个秦月亭，以后找到了没有？"

庞汉关哈哈一笑："古人说过，众里寻他千百度，蓦然回首，那人却在灯火阑珊处！"

姚之影林尚一个人劝菜，一个人敬酒，庞汉关抿了一口酒，吃几口菜，又打开了话匣子：

"今年六月下旬，我从一篇论文上看到了秦月亭的线索，就紧急飞往北京，直接找到中华中医药学者协会学术交流会议会场，大会发言正要开始，主持人宣布，下面由中华中医药学者协会理事、秦汉医院院长秦月亭先生做大会发言，他发言的题目是《克诚克真恒德恒爱——试论中医药继承中的国魂传承》。

"我当时简直不敢相信自己的耳朵，祈愿这位秦月亭就是我失散了六十年多的哥哥。发言席上，秦月亭用一口纯正的关中话，从 20 世纪 30 年代初萧狱医托秘庞亦然的故事说起，讲到了九间房英雄舍命保秘图，庞亦然血写遗书传圣图，藏族活佛祈愿祥药神方，庞青瑄业毁家破血染宝图，炎帝庙秦庞盟誓，扶眉战役龙弟虎兄递接血包，小煤窑下秦碎虎殉身蟾宫图和文化革命时月亭夫妇拼死护宝的血写故事；还介绍了秦汉医院对刀尖药的不断完善、推广应用和救死扶伤的生命验证。发言结束时，秦月亭说，刀尖药是中华医药宝库中的典型方剂，历世以来集忠烈之肝胆，聚赤子之魂魄，汇黄土之精髓，揽九天之光华，已经超出了中医药秘方的意义范畴，成为周秦汉唐文化、伟大中华民族精神真谛的典型象征！

"在秦月亭发言的几十分钟时间内，全场鸦雀无声，与会的中医药专家们倾听着振聋发聩的发言，思考着中医药同大中华民族不朽精神之间千丝万缕的必然联系。当时，我有几次想跑上主席台，去拥抱失散了六十年多的哥哥。在秦月亭走下发言席的时候，我赶上前去紧紧地拥抱住了我的哥哥。就这样，一对少小失散的异姓弟兄，终于在共和国的首都相见。两个刀尖秘药蟾宫图的传人，抵足长谈了整整几个晚上，形成了挖掘发展刀尖药的宏愿。这一次我来秦汉医院，就是和秦月亭进一步设计这一伟大宏愿的。"

林尚听完了庞汉关的一席话，才知道姑夫所说的秦月亭不是别人正是刀尖药秘方的持有人，庞秦两家有着这么深挚的世交，姑夫对刀尖药具有比秦月亭更加正宗的继承资格，心中不禁暗喜。他想，作为秘方这一类非物质文化遗产，固然源有所出历经波折，但姑夫即将得手，他这个内侄女婿就应该近水楼台先得月，让盖世绝药在市场经济中显一显不败的身手。林尚瞅瞅姚之影，姚之影瞅瞅林尚，两人都踌躇满志。

林尚、姚之影一个劲地给老人频频敬酒、劝菜、添汤。庞汉关问到了林尚尚合创伤医院的状况，林尚就诉说了目前面临的绝境，姚之影也长息短叹随声附和一气："姑夫啊，目前我们这医院正处在欲干不能欲罢不忍的两难境地，你老人家可不能眼看着不管啊！"

庞汉关想了想："你们的医院我也看了，回头咱再研究一下问题的症结所在，我们好研究出符合实际的解决办法。听几位老职工说，一位新任副院长的整顿思路就挺不错嘛。"

林尚摇摇头："秦玉良的那个整顿方案何年何月才能见效？我们现在急需一个立竿见影刀下见菜的策略呢。"

"为什么呢？"庞汉关问道。

林尚站起来："姑夫，我们医院和秦汉医院都是侧重治疗外伤的私立医院，但他们有刀尖药这张王牌，而我们什么也没有，因此只好退避三舍甘拜

下风。"

庞汉关说："你说得不错。的确，刀尖药是治疗创伤的理想药物，然而，并不是每一例外伤都非用刀尖药不可！再说，疗效理想的药物仅仅是经营好医院的众多要素之一。"

林尚站着喝了一杯酒，红着脸膛："姑夫，把尚合创伤医院作为开发提升刀尖药的实验基地吧！"接着他有理有据地做了可行性论证，姚之影又少不了一阵夫唱妇和。

庞汉关抿了一口酒："难道你们不知道世上没有绝对的万应丹，这刀尖药也有致命的局限性呢！"

之影："怎么？刀尖药也有局限性？"

庞汉关："对！"

林尚："而且是致命的？"

"不错！"庞汉关拉林尚坐在了位子上，然后语重心长地说："林尚、之影啊，你们都是国家培养出来的知识分子，应该懂得国家利益高于一切的道理。这段时间以来我也深思过，像刀尖药这样的民族瑰宝，它经历了古今十几个世纪风雨的洗炼传承，血写的历史烊炼出了它的灵魂，这就是'黄金若粪土，肝胆硬如铁'的品质！因此，凡是真正的中华民族文化遗产是见不得一丁点儿功利的。又譬如刀尖药吧，它一旦染上铜臭，立马疗效全无！换句话说就是'铜臭过敏'！这'铜臭过敏'正是刀尖药的致命局限，也是中医药的致命局限啊！"

庞汉关站起来穿上了外衣，挪了挪椅子："你们相信不相信？如果不相信，回去好好反思一下自己的行医理念，验证验证我这个结论吧！"说完，微笑着摆了摆手径直走出了餐间。

林尚姚之影傻愣愣地看着老人大步走出门去，半晌才回过神来，慌忙追向门外，庞汉关已经坐上了一辆出租车，他摇下车窗："之影，我要去秦汉医院，过两天回来再说你们医院的事情。我建议，你最好抽点时间，了解了解你爷爷和你曾爷爷的处世态度和做人原则吧！"

看着疾驰而去的出租车，姚之影呆呆地站着，突然回头看看林尚，又转向车子消失的方向机械地点头。

139. 龙虎聚

　　蔡振斌乘飞机辗转回到天台市，认为当面向玉兰描述刘锴与江边惠床上之事的时候已到，要马上通过玉兰向玉凤揭露刘锴的伪君子面目；其次想亲口向秦家人阐发一下利用刀尖药换取百分之五十一股份的伟大战略构思。他在秦汉医院门前下了出租车时，从另一辆出租车里下来了一位老人。那老人白皙面孔，一身笔挺的草绿色军装，帽徽与肩章相互辉映，使他显得更加温文儒雅气宇轩昂。老人手提一只公文包，仰头看着门首的牌匾抚掌称好："好一座秦汉医院！刀尖药啊刀尖药，我庞汉关终于嗅到你的香味哪！"

　　蔡振斌好不奇怪，这位文职军官庞汉关怎么也给瞄上了秘药？他忍不住要打个招呼探问一下底细。两下一问一答，蔡振斌才知道是小雀的导师，是专门拜访自己的老泰山来的。虽然蔡振斌仍是心存戒备，但还是把庞教授请了进后院。

　　在蔡振斌把庞汉关领进客厅时，秦小雀、赵雪时眼尖嘴快，直喊着"导师""爷爷"迎了上去。在场的人们全都站起来，热烈而恭敬地欢迎着这位尊贵的客人。

　　庞汉关一踏进秦家客厅，庄严的归宿感油然而生，瞬间，鼻子酸酸的、眼眶热热的、心拳砰砰的。他挥动双手向晚辈们致意。秦月亭从沙发上站起来了，庞汉关赶忙双手抱拳搭拱，热切地走近兴高采烈的兄长："哥！"

　　秦月亭稳稳地伸出手臂："汉关！"

　　弟兄俩结结实实地拥在了一起。秦家儿女惊喜地看着父亲那稳健的举止和秦庞两姓历史的拥抱。

　　秦小雀、赵雪时齐声吟诵："秦时明月汉时关。"

　　大家都情不自禁地应和起来"万里长征人未还"，蔡振斌很快悟出了其中的缘故，也加入了颇有声势的朗诵："但使龙城飞将在，不教胡马度阴山"。

　　玉良、玉兰、玉凤自我介绍并问候庞汉关，然后搀扶两位老人落座。老弟兄执手相望，庞汉关看出了月亭的身体异常，详细询问月亭病情。

　　月亭自信地摇了摇汉关的双手："汉关，我还年轻，很快就能恢复如初。咱婶娘身体怎么样？弟妹和侄女一家好吧？"

　　庞汉关说："好，好，都好！自从雪时上了军医大以后，我娘就退了承包地，离开窑上村跟我住到一起啦，她老人家的身体很好，今年八十多了，耳不聋眼不花。姚茯苓去年退休了，今年春节没过完，我女儿庞红叶邀请我们一家去甘南洮州，看举世仅有的正月十五藏、汉、回、土各族人民万人拔河盛会，我脱不开，茯苓就带上我娘去了。哥哥啊，我娘说洮州那地方是我爷爷和你爷爷，我爹和你爹两代人当年踏过几次的热土，是金巴·嘉木措活佛寻找真理追求光明的起源地，是爱国爱民的杨土司一家生活的福寿地，也是咱的赤色藏文描金盒的脱胎圣地，那里有许许多多善良勇敢热情好客的各民族兄弟姐妹父老乡亲，更有她孙女儿藏汉结合的家庭，她一定要去住住。后来听说找到了你，她高兴得几夜都没睡着觉，打电话说等过了国庆长假，就和茯苓回来见秦家的侄子和孙子呢！"

"啊，婶娘还是那么的仁慈宽厚！我愿他老人家健康长寿。等老人家一回来，就先到天台下车，我们一家等着她！"秦月亭动情地说。

三个儿女一个女婿都说："庞家的奶奶，就是我们的亲奶奶，我们盼着她老人家早日来秦汉医院团聚！"

庞汉关高兴得拍着手："好啊，好啊！我们庞秦门族人多情重，一定会让老太太高兴得合不上嘴巴的。"

秦月亭问："兄弟，你那只描龙的小青花瓷瓶和包装它的丹砂描金盒子还在不在？"

"在，在！我娘一直珍藏着它，我来天台前她打电话特别叮咛我带上它，来和你龙虎团聚呢！"说着，打开了手提包。

月亭看看玉凤，玉凤心领神会地点点头，转身打开柜子，拿出一只血红血红的描金盒子，盒子中腰上有金黄色的藏文字符，上端有一条蓝丝绦系子，系子中间穿着一颗方方正正的翡翠棋子，下端还带着一条挽着中国结的金黄色穗子。

玉良才想起了，他和高岚拜了花堂的头一天晚上，爸妈拿出这盒子给高岚和他们兄妹三个讲述了刀尖药的轶事，他们虽然知道这盒子里是装过刀尖散的袖珍瓷瓶，但是爸妈从来都没打开过。

玉凤郑重其事地把丹砂描金盒子交给了月亭，月亭双手接过。庞汉关从手提包里拿出的盒子同月亭手中的一模一样，只是上面的藏文字符不同。兄弟两人站起身来把盒子比在一起，一对跨世纪连藏汉的盒子彤彤生辉，盒子上的藏文字符闪闪夺目，两条金黄穗子在空中微微摆动。月亭汉关颤抖着手同时打开盒子，各拿出一只白色青花瓷瓶，身边的小雀雪时分别把空盒子接到手里。

老弟兄俩把如意瓷瓶竖起在左手心，用右手扶着。如意瓶子的形状、高矮、粗细，和观音菩萨掌中的甘露瓶一样，只是腹部上多了青蓝色图案。庞汉关手上的是一条探云搅天扶摇向上的蛟龙，秦月亭手上的是一只仰首雄踞挺胸长啸的猛虎。孩子们才得以亲眼目睹当年庞然药馆装刀尖散的如意瓷瓶，就连秦小雀和赵雪时都知道，如意瓷瓶上应该各有一个字，他们却看不出来，两个新新人急不可耐，要爷爷们说出其中的奥妙。

月亭汉关呵呵一笑："这两个字是需要你们一辈子去用心体会的！"

小雀雪时接过如意瓷瓶，拿到眼前细细端详，三个兄妹一位姑爷都好奇地围拢了过来。

月亭汉关相对而视开怀大笑，笑声在秦汉医院、凤凰山麓回荡。

140. 净化

正在大家围观如意瓷瓶时，蔡振斌突然想起一件事，悄悄地把玉兰拉到一边嘀咕一阵，玉兰大惊失色；玉兰把玉良拉到一边一气耳语，玉良脸色陡变，向玉兰说了两句什么话，玉兰不动声色地把玉凤领出了客厅。

秦玉兰的闺房中，秦玉凤向姐姐委委屈屈地哭诉着。

玉兰说："玉凤，为那个忘恩负义的伪君子不值得浪费你的纯洁感情！"

玉凤慢慢地止住了哭声，去洗了一把脸修了修妆，打开了电话："刘锴，你，在哪里？……天台市！……卑鄙无耻的大流氓！你骗取了我的感情，还要骗取刀尖药秘方！你是地地道道的技术间谍文化特务！……我不要你解释，你和你那个倭浪洋婊子滚到大海那边去吧！"玉凤啪地挂断电话关了手机，坐在沙发上尽量使自己平静下来。

玉兰手掌抚着心口："好险哪，我和你姐夫也差点叫人绑架了呢。"

玉凤呆坐了一会儿，忽然站起来："姐，咱去客厅吧，不要冷落了贵客！"

姐妹俩进了客厅坐下。月亭说："玉兰玉凤，你们坐下咱说说话吧！"

玉良若有所思："爸、叔叔，远在唐朝的刀尖药鼻祖说过'小药疗身，大药疗世'，别看这么一个小小的配方验记，它的诞生是源自上千年来苍生黎民和不幸命运的苦苦争斗，它的传承靠的是一脉相承的执着、信诺、凝力和追求呢！"

月亭和玉凤玉兰似有惊讶的目光投向玉良，在场的所有人都听见了刀尖药鼻祖的警醒之言，大家息声默念刻骨铭心好久。

月亭心拳颤颤，他看看汉关又看看儿女们，轻轻地嘘了一口气："在我

们这个家庭小圈子里，围绕秘药也生出过一些啼笑皆非的事端，但愿这个难得过程，让我的儿女们在心灵上经受一次曝光和净化。"

小雀和赵雪时坐在玉良两边，小雀向爸爸做了一个鬼脸。

玉良涨红着脸暗暗地自责了起来：为了职位和面子，我怎么连两个孩子都不如了呢？我为啥非要把刀尖药看作是秦家私有的遗产，还要和妹妹们争论继承权呢？革命先辈凭着忠于人民忠于国家民族的强烈责任感传承下来的中华民族瑰宝，不容玷污啊！

小雀帮他爸举起了一只手，秦玉良神情庄重："我表态，秦玉良支持爸爸把刀尖药档案完璧归赵！同时，我打算向卫生局打报告，辞去尚合创伤医院职务，重返市中心医院认认真真做事，踏踏实实做人！"

"在尚合创伤医院就不能认认真真做事，踏踏实实做人了？"庞汉关上前一步，握住秦玉良的双手，深情的目光连接到一起，"玉良贤侄，不是说开弓没有回头箭吗？既然已经有了良好的愿望，就洒下汗水，为获得果实而努力吧！过两天把你和林尚约到一起，好好研究一下盘活尚合创伤医院的事情，好吧？"

月亭说："玉良，还是你家叔叔看得更远，盘活一所医院于国于民于医院都有好处，你妈也给我嘱托过恒德恒爱呢，咱就听叔叔的吧！"

玉良深深地点点头。

秦玉兰向蔡振斌递眼神，振斌知道夫人又给他出头露面的机会了，于是干咳一声，把心里的千言万语归结成一句话："爸爸、叔叔，这屋子里只有我和玉兰是生意人，可我们做生意的人也不都是唯利是图。在市场经济中，我们要争取做一个深明大义、诚信为本的优秀商人呢！"

小雀调皮地："姑夫，等刀尖药'秘二代'投入生产的时候，你就作最大的投资者吧！"

玉兰和振斌得意地笑起来："好啊，咱就等着这一天啦！到那时，第一批'秘二代'一出厂，就先提供给尚合创伤医院，并且向我们的好朋友麻川觋先生推广。"

大家都开心地笑了。庞汉关、秦月亭拉着手站了起来。

庞教授说："九月中旬，军医大学研究生院发文，批准了我们的立项报告，决定由庞汉关带领秦小雀和赵雪时等人组成课题小组，聘请秦月亭老先生担任顾问，聘请秦玉凤女士担任助理研究员，把秦汉医院作为新一代刀尖药的实验基地，更深入地研究开发提升秘药，增加其科技含量，丰富祖国的医学宝库，让秘药真籍早日完成涅槃重生，普及全国，走向世界，造福人类！"

　　玉凤见爸爸仪态自信奋发，激动地上前扶起他的手走路，秦月亭的步履稳健而坚定。玉兰带头鼓掌，客厅里响起了一片掌声。

141. 蟾宫当空

　　中秋月夜，一轮蟾宫当空珠圆玉润，秦月亭、庞汉关领着秦小雀、赵雪时漫步在中院，瞻仰了青铜器蟾蜍图腾又来到了蓝溪轩。

　　一进门他们就被沁人心脾的檀香味笼罩其中，蓝溪轩正面墙上方卷顶处的三束古铜色的灯光投射到故人的牌位上遗像上，天花板吊顶的四边散出柔蓝的淡辉，把相向张挂的书法条幅融汇在水色天光紫廷玉堂似的意境之中。秦小雀、赵雪时举目瞻顾、肃然起敬，见爷爷们焚香点烛膜拜列祖列宗，也就模仿着搭躬下跪，虔诚之至。庞汉关含泪的目光久久停留在庞广龙和秦碎虎的合影上，两位先人身穿土灰的军装，系着腰带，扎着裹腿，顶着五星帽徽挂着红艳艳的领章，每人斜挎一口药箱，药箱上搭一条洁白的毛巾，肩并肩地站在一起，弟兄俩目光炯炯眺望远方。庞汉关合掌颔首致意良久，继而依次注视着墙上的两首唐诗，嘴巴翕合念念有词地吟诵起来。两位阳光硕士被蓝溪轩的肃穆氛围深深感染，站在屋子中央，眨动慧眸小心翼翼地呼吸这千年遗风的亘古气息。

　　四人趁着皓月银辉来到蟾蜍池，那一池蟾蜍许是知道教授来访，一个个屏声静息瞪着亮晶晶的双目，期待着美好的未来。

　　秦月亭带三人绕池子踱步，历数着几十年来蟾蜍饲养形式和方法的渐进，坦陈了目前蟾蜍饲养和蟾酥利用的局限，介绍了玉兰在老君岭天鹅塘见到的一种全新饲养方法。

　　月亭说："我打算让玉兰和振斌两人，明天一早就上老君岭找村上的唐书记牵线，同天鹅塘蟾蜍场的吴江协商，为秦汉医院扩建一座比较先进的蟾蜍场，力争在月底前引进第一批优质蟾蜍。"

　　庞汉关赞同秦月亭的想法，他了解，眼下蟾蜍的饲养方式、蟾酥的提取技术亟待更新，目前国内对蟾酥绝对保鲜问题的突破仍然是一个空白，这些必将严重制约刀尖药的大批量生产，将是他们课题组所面临的最严峻挑战。

　　小雀、雪时蹲下身子，每人从池中托起一只蟾蜍，用柔嫩的手心触摸蟾蜍背部，这天物伏在学子的手掌之上，腮帮一鼓一鼓地欢迎两个可亲的脸孔。两个新新人感到了源自蟾蜍全身强烈亢奋的脉动！

　　夜深了，秋风从凤凰山的崖畔上沟洼里摇摇摆摆地窜下来，绕着蟾蜍池凑热闹。庞汉关催促秦月亭回屋，回到客厅后，月亭叫赵雪时去二楼客房就寝，小雀也去玉凤卧室睡觉。

　　这时，天心月圆秋籁争鸣、寰宇澄澈人兴未尽，月亭汉关一对弟兄，相对品茗回味坎坷，叹息人生短薄，慨赞赤子情厚！待一壶春酽落肠之际，月亭看着庞汉关穿上威武庄严的军官礼服，两人彼此相拥走进了蓝溪轩。弟兄俩关好门，月亭把写着《出塞》诗的字幅由一端揭开卷起，墙上露出了一扇白色小门，月亭拿出拴着红线的钥匙，手心托起送到庞汉关面前："汉关，打开这扇钢门吧，里面是刀尖药的全部密档！"

　　面对眼前的情景，庞汉关百感交集，哥哥交付的不仅仅是一把钥匙，更是历史之门的坚守者、忠诚之门的鉴证者和未来之门的开启者！秦庞两姓演绎了一部多么气壮山河的关中故事、西部故事、中国故事！他要接过自己与生俱来的期盼，接过寡母从青春到耄耋的守望，接过九间房的薪火、庞然药馆的嘱托和扶眉战场的密包……然而，庞汉关伸出来的手又缩了回去，面对秦月亭，面对这一屋子的永恒精魂，该说怎样的话呢？刀尖药在赤诚的养分中浸泡了千百个秋冬，在忠士手中走过了八十个春夏，如今，我庞汉关该用怎样的德能掌管这一箱子濡血的民族真籍？

　　秦月亭上前一步："庞汉关同志，这个月圆之夜，来得好不容易啊！"说着把钥匙按到庞汉关的手心，四只爬满青筋的手掌紧紧地扣在一起……终于，三尺黄绢展开在秦月亭庞汉关的眼前，一幅蟾宫圣图跃然跌宕，吸附了日金月玉的丹砂线条，放射出无际光彩，把一间蓝溪轩一所秦汉医院一座天台市一道关中秦川一个赤县神州，映照得泥融沙暖。

　　小雀来到玉凤房子，正好玉凤要去住院部值后夜班，问小雀敢不敢一个人睡觉。小雀呵欠连连："小姑姑，你走吧，我一个人能睡！"

　　玉凤看到侄女烂漫依旧的样子，想起了姑侄小时候一起玩耍的情形。那时一到傍晚，她们就跑到卫生局家属楼下的马路边玩藏猫猫，小雀胆子小不敢去黑暗的地方藏，但是到玉凤藏好，小雀找不见小姑姑时就会扯着哭腔叫："小姑姑，你快出来，快出来，我怕蟾蜍王子来抓我！你快出来啊！"

　　想到这儿玉凤感到好笑，于是装出一脸恐怖的表情："小雀啊，你别忘了一到十五的晚上，月宫里的蟾蜍王子就要下凡挑选美女呢，你就不怕蟾蜍王子把你这个小美人带走？"

　　小雀嘻嘻一笑："我正要找他蟾蜍王子问个明白，他们身上的蟾酥咋样才能保鲜呢？"

　　玉凤说："如果人家王子要拿娶小雀作王妃为条件，来交换保鲜技术的

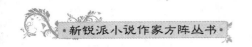

话，你会不会到寂寞广寒宫嫁给蟾蜍王子？"

"这就要取决赵雪时的作为了。我想，他肯定会抢在蟾蜍王子娶我之前，破解蟾酥保鲜难题，用赤诚留住赤诚！"

小雀的话使玉凤心里一抖："刘锴的赤诚在哪里呢？"

142. 鸭梨

刘锴反复拨电话给玉凤都无人接听，就用短信表示了忏悔，希望重修旧好。后来玉凤打电话过来，劈头盖脸臭骂了刘锴。刘锴揣摩十有八九是蔡振斌偷看了手机视频，把他和江边惠的私情和盘托给了玉凤，玉凤才这样诅咒。看来从玉凤这边打开缺口的可能性几乎为零，借助母亲打"美人"牌就成了唯一的救命稻草。

天黑时，刘锴收到了江边惠的一份电子邮件，过目一次后不觉明却觉厉，反复品读时，一边为情师寡廉鲜耻的创意汗颜，一边为她的颠覆性立论拍案。他越发佩服了这个倭浪女人。江边惠的邮件散言，刀尖药本来是大倭浪列岛的秘药，由东渡僧侣在一千三百多年前带入唐朝。刘锴看着这篇蔽世诡文，竟然升起了点民族义愤。

铃声响起，是江边惠的电话，刘锴不屑地把手机撇到一边，但倭浪式的靡靡彩铃一遍遍地撩拨心扉，刘锴似乎瞥见仰慕久已的灰黄色医学博士证——"学位记"在屏上一闪一闪，慌忙扑向手机捧到手里怯生生地接通。

电话中江边惠却出乎意料地大度："刘锴啊，我猜到你那边遇到了点不大不小的挫折，不过不要紧嘛，竞斗就是一场足球赛，再臭的球员都要努力踢得精彩，力争射门到最后一秒钟！"

刘锴说："先生，我现在亚历（压力）山大、郁闷重重，秦玉凤已经拒绝为我们提供配方。"

江边惠说："刘锴，你看到我发你的邮件了吗？"

刘锴"嗯"了一下。

江边惠说："你应该明白我的良苦用心，目前我们挑战和机遇并存。如果能得手，你就不只是我一个人的勇士，还是富仙医科大学的勇士、大倭浪国的勇士，到时迎接你回国的不但有鲜花歌声，还有高高官爵和多多财富！"

"回国？"刘锴惶恐起来，"我的国度在哪里？我的归宿是何方？我究竟走到何处才是回国？"

江边惠叫着："刘锴，喂，刘锴，说说你的下一步方案！"

刘锴就说出了准备打妈妈晚情外交这张牌，从秦月亭手中直接搞秘方。

江边惠说："你这个主意不错嘛。但是，秦玉凤那边也不要放手！"

刘锴说："这……"

"你们中国人不是常说有理不打上门的客、有理不打笑脸人吗？明天你就陪着你母亲去秦家，你母亲见秦月亭的同时，你就去找秦玉凤，说不定我还能配合你！"江边惠口气重重地。

刘锴吓了一跳："先生，你要亲自来天台市？"

"对！在你最需要的时候，我就会出现在你的面前！记住，不见不散！"江边惠说完就挂断了电话。

刘锴盯着白煞煞的天花板，觉得脑袋里比天花板还要空白，好长时间回不过神来，他不能揣定未知的明天将如何把日头从东海搂下西山？

刘锴一直折腾到半夜，脑子里越来越翻江倒海，干脆下床到客厅，找来白酒，打开一瓶度数高的就喝，希望喝醉了能睡着，却是越喝越没睡意，越没睡意越郁愤难抑。

次日，李维琴比平日早起了半个小时，梳妆一毕，穿上一身笔挺的奶油色西装，拎上奶油色坤包，就要出门去和妹妹在河滨公园入口处会合，经过客厅时，闻到了一股酒气，又瞥见沙发上斜躺着一个人。李维琴吃惊不小定睛一看锐声呼唤："锴儿，你怎么啦？"赶忙摸摸儿子的额头，"哎哟"了一声，拉起儿子的胳臂想扶上床，可树桩一样的刘锴怎么也不挪窝。李维琴摇着叫刘锴，刘锴闭目不应，吓得李维琴哭出声来："锴儿啊，快别吓妈啦！你还嫌妈苦得不够吗？"

刘锴伸出一只胳膊拨开妈，李维琴往后退步，踩上酒瓶子一趔趄蹲坐在地，哭声更加凄切。刘锴长嘘一口气，嗑着半边牙嘀咕："还没……死，就……号丧？"

李维琴赶忙爬起身，倒了杯水叫刘锴喝，刘锴却呼噜大作。李维琴拿来毛毯盖到刘锴身上，刘锴的鼾声越来越响。

眼看快到九点了，李维琴还是脱不了身。李素琴又打电话催姐姐，李维琴拢了拢头发整了整衣服抓起包就要走，刘锴却一堵墙似的堵在了门口。刘锴头发蓬乱、满嘴酒气、两眼通红、一脸倦容，胡须在一夜之间拉碴出来，好像添了十岁。唉，可怜的儿啊，在外国求学就这么难吗？你妈咋这么狠心，硬不答应替儿子分担忧愁？李维琴直恨自己无情，眼里涌出了辛酸的泪水。刘锴见母亲流泪，就乘势双膝落地，哭声粗如牛吼。李维琴看到儿子连跪带哭，犯了男子汉大忌。就说："锴儿，妈答应你！"

"妈，我要陪你去秦汉医院相亲。"

李维琴说："你是说你去会秦玉凤，我见秦月亭？"

刘锴可怜巴巴地点点头。

"也能成，快收拾收拾！"

刘锴哀兮兮地说："那给小姨说说，你们两个人要一唱一和紧密配合呢！"

"嗯，到车上我就给她说。"

直到母子俩理了理内心和外表的纷乱，吃了点心喝了杯牛奶后，钟表已经走过了九点半。他们打车到了河滨公园入口处，李素琴在那里早已仰酸了脖子，望穿了秋水。刘锴把小姨招呼上车坐在妈妈一排，就催司机直接驶向秦汉医院。

出租车里，李维琴和李素琴小声说着话，不觉到了秦汉医院跟前，车子从岐黄大道上下去向左拐进巷子，在双扇朱色侧门前停下。刘锴跟着小姨和妈妈进了秦汉医院的后院，小姨和小亭里值班的保安笑着打招呼说："小安，这是玉凤大夫的男朋友，这是——我的姐姐，找秦院长说事。"

小安说："李阿姨，进去吧进去吧，我看见院长刚从二楼下来进客厅了。"

三人就往客厅走，跟在后头的刘锴东张西望心神不宁，眼里寻找着玉凤，又怕一头撞上遭遇一场暴风骤雨。

秦月亭笑呵呵地把三人请进客厅门："孩子们今日都腾不出手，咱就自己坐坐聊聊。"

李素琴嘻嘻哈哈地见缝插针："看看看，我说孩子们都有自己的事业，今日应了我的话没有？这就是儿女自有儿女的家，别给儿女添麻达！"说着拉李维琴坐下。月亭心里一笑、吩咐刘锴泡茶、削水果，自己打开了电视。刘锴诺诺应声拘谨地拿杯子找茶叶盛水。

李素琴换上严肃的面孔："今日陪我姐过来，就是想叫你们二位当事人进一步加深了解，若觉得对方还中意，咱就继续往前走，不中意的话咱就各忙各的，权当认了个朋友。"

秦月亭搭上话茬："既然来了，咱不急，慢慢地说嘛。"说着自己在对面沙发上坐下。李维琴瞧瞧秦月亭，两人的目光遇到一起，互相牵扯了两下，居然都觉得对方的眼神里有一种热烘烘的心照不宣。

李素琴举目环视客厅，发现柜橱上少了一样物件，她觉得这个变化，好像发出了一个有利于事情发展的信号。刘锴见果盘里有梨有苹果还有香蕉，就顺手拿来上面的一只大块头鸭梨削了起来，眼睛随着小姨的目光游离，他

也观察到了，上一次来时摆在显眼位置的玉凤妈遗像已经不在其位，心里暗忖，莫非这老头儿对我妈真的下了心意？

突然，李素琴低叫一声："锴儿，你干啥？今天这事咋敢吃梨？"

刘锴手上一抖，水果刀就削到食指上，哧啦涌出了一串血。坐在对面的月亭忙接过水果刀，李维琴拿下了鸭梨。

月亭说："快捏住手指根，去前院上点药吧！"

李素琴站起身拉起刘锴就要走，李维琴也跟着起来："我也去。"

李素琴边出门边说："你俩抓紧时间谈，回头我要听你们的明确表态呢！"说完，哐地反锁上门走了。

门诊换药室是张雅兰的班，李素琴给介绍说刘锴是玉凤的对象，给岳父削鸭梨划伤了手指头。张雅兰给李素琴递过一绺缴费小票："李阿姨，麻烦你去交费我给他上刀尖药。"

李素琴接过来一看："院长未来的女婿娃也要交钱？"

张雅兰给刘锴的指头消毒："这是制度，连院长本人用药都要交费呢！"

李素琴就出去排队交费，到刘锴敷完药出来，李素琴还站在队列中间。刘锴站到交费队里换出了李素琴，小声说："小姨，你去里面帮我要一份刀尖药配方吧。"

李素琴说："能成。要不，我顺便找大夫开一支刀尖膏，那里面也有说明书，你拿上就多一个参考嘛。"

刘锴疑虑地："这药恐怕不好开吧！"

李素琴说："这一向，池子里的蟾蜍多，做的药也多了，我试试去。"

到刘锴快排到窗口时，李素琴真开了一支刀尖膏，要刘锴一并交费，自己大步流星地朝后院走去。

143. 添乱

后院客厅里，秦月亭和李维琴轻声细语。秦月亭坦率地说了他的秉性好恶。李维琴对月亭的个性表示赞赏，说她自己虽不是红颜却很薄命，丈夫去西安办厂以后就没有真正疼惜过她。

秦月亭对李维琴表示同情怜惜，不知不觉又说到了兰桂芳，一提到兰桂芳时，秦月亭就下意识地关顾妻子的遗像，但橱柜上却没有了兰桂芳的笑容。他径自走到柜子前，没找到，举头四顾满眼恓惶，把一个热情似焰的李维琴冷落在一边。李维琴见秦月亭急切地寻找爱妻的遗像，就知趣地去关了电视。月亭打电话问女儿玉兰，李维琴听到电话中传出的声音："爸，我和哥哥说过，支持你和李阿姨谈对象，我妈肯定也支持你，而且是我妈自己托梦要到我的房间去的嘛！"

秦月亭恼恼地回道："整天神神叨叨地添啥乱？明天回家赶紧给我送过来，你要知道，这间客厅里没了你妈，这个家就没有了魂！"说着愤愤地合上手机，双手抚摸着放过相框的空缺处。

李维琴为秦月亭对亡妻忠诚不渝的爱缅所震撼，同时也听到了玉兰、玉良对她的态度，就不由自主地离开座位，走到橱柜前站到秦月亭的身边。李维琴推测，秦月亭对女儿发火，与她李维琴的出现不无关系，因为他秦月亭很在乎眼前这位晚情的来访者，却又舍弃不了此生此世的爱情沉淀！面对钟情的女宾，他又要抉择，又要移情，能不心烦意乱吗？想到这儿，李维琴扶住秦月亭的胳臂，把手插在了他的肘下，头轻轻地枕到他的肩尖，柔柔地说：

"秦大哥，我羡慕你对嫂子的一如既往，但我不会嫉妒！夫妻之间能手拉手走完人生路，感情能终生不渝就最好！但是，如果不能白头偕老，半路上需要替补的人，我想这个感情就可以并存，甚至嫁接，如果嫁接成功就是最理想的老年婚姻！秦大哥，请你放心，无论到什么时候，嫂夫人都是你的精神栋梁，你全家的心理支柱！所以，我任何时候都不敢产生取代嫂夫人地位的奢望！因为，这个无上的地位根本无法取代！我今天是怀着忠诚和坦率来到你家的，只是期望为你的晚年生活带来一些方便和舒意，为你的感情世界叠加一些有意义的色彩。"

秦月亭能料到做过播音员和演员的李维琴语言这么流畅、言谈这么得体，但是没想到她的目光这么敏锐、思想这么深沉、感情这么纯粹、言词这么坦率，他看看靠在自己身上的善良诚挚的女人，忽然觉得有必要坦诚一下自己的经济状况，就伸出手在她的肩膀上拍拍："维琴，我是一个过惯了苦行僧生活的人，富翁的名声只不过是一个传说而已。刀尖药的利润，我已经记了厚厚的一沓明细账，这笔钱将会全部用到它的科学研究和开发提升上的。"

"我不是奔钱而来的，秦大哥的人格是用不完的珍贵财富。"李维琴把秦月亭扶到沙发上，两个人紧挨在一起坐着。

李维琴忽然看见沾着血渍的水果刀，想到了儿子刘锴，想到了他急需的刀尖药配方，却难以向秦大哥提出这个扫人兴头的请求。

门外传来敲门声，秦月亭和李维琴都站起来朝门口走，秦月亭抢先开了

蟾宫图

门，李素琴笑呵呵地走进来："咋向？给你们留的时间够了吧？"

李维琴笑着飞了一眼妹妹，羞赧地："锴儿呢？"

李素琴向姐姐扬扬眉眼："锴儿上完药正排队缴费呢。"

李维琴朗声说："这刀尖药的确越来越有名气，病人都冲着它来呢。"

秦月亭努力掩饰着满腹春意："素琴快坐，就让刘锴交费吧。这一向双节休长假少开了两个收费窗口，给大家带来了不便。"

李素琴经过察言观色，看到了洋溢在两人脸上的喜悦，品出话音里的丝丝甜韵，就猜出事情已经八九不离十了，她坐下喝着水："姐，锴儿不是说要借阅刀尖药资料做毕业考察吗，你没给院长说？"

李维琴眼里忧虑一闪："还没说呢！"

月亭很敏感地看看姐妹俩："要哪方面的？是不是有关麝香的加工、药材的炮制、蟾酥的采集？"

李维琴对着妹妹："他要刀尖药的配方呢！"

一言既出，秦月亭全身一震，心头泛起了多种滋味。这个刘锴啊，你在玉凤面前提出要把刀尖药配方作为嫁妆陪过去，现在又通过你妈、你小姨来借阅配方，你妈和你小姨不知道这是机密，难道你都不知道？你为啥要三番五次地强人所难、迫人就范呢？你和玉凤的对象关系是非常重要的，我和你妈目前的关系也是很严肃的，你怎么能利用人与人之间的联姻情感索要保密档案呢，这不是别有用心是什么？这样做是出于你一个人的要求吗？想到这儿月亭皱了皱眉头："素琴、维琴，你们大概还不知道，咱这刀尖药方子是不能公开的资料，我作为一个承托秘藏的人，没有任何权力自作主张送人，别说刘锴索要，就是我的儿女索要时，我都没有答应他们。"

素琴、维琴都睁大了眼睛。素琴说："那玉凤不是答应给刘锴查阅，就等你点这个头呢吗？"

月亭摆摆手："不会的，玉凤虽然曾经说过这件事，可我已经拒绝了她，说服了她。再说，这个配方连她自己都没有完整地接触过，目前，她所掌握的只不过是合成刀尖药的一些前期工序。"

素琴露出了一脸的惭色："啊呀，我险些给院长帮了倒忙。"

维琴惊出了一层薄汗，慌了神的眼睛一直大睁着，她痴痴地盯上对面墙壁自责："我怎么能给这么纯洁的情感掺和杂质呢？"

三个人都没有料到，本应皆大欢喜的美事，却叫兴冲冲的人都陷进了囧地。

李素琴要想个法子带三人走出尴尬的沼泽，她试探着对秦月亭说："院长，我有一句不知深浅的话，不知道当说不当说？"

秦月亭说:"关系不大,你说说看。"

"刘错在人家国家上学,本来就不容易,要不就给他一些其他相关资料,别影响了娃的毕业成绩。"李素琴扑腾着双眼等月亭发话。

秦月亭沉吟两声才说:"也行,就把我这几十年积累的麝香加工和药材炮制的独特技巧给他吧,这里面的体验也是呕心沥血换来的!"

维琴激动地站起身,如释重负:"好的,秦大哥,我这就去找错儿!"

李素琴的脸上又绽开了一朵花:"姐,我陪你去。"说着,姐妹俩相继出门。

"那我去准备准备材料。"秦月亭也出了客厅门。

144. 射门

交完费的刘错想再回到后院客厅,又怕加进自己影响情绪氛围,想给秦玉凤打电话又拿不出这个胆量,就一个人信步走出了秦汉医院大门,迈着和心情一样沉重的脚步向北踱去,不知不觉走到了岐黄大道的尽头,站在了城市和乡村接合的地方,脑子里捉摸着妈妈索要配方的结果,可无论如何都乐观不起来。

刘错纵目望去,田野里充满着收获秋粮的喜悦和播种夏禾的希望,伴和上各种机械的马达声、妻唤子叫的呼应声、牛哞羊咩狗吠鸡鸣声和此起彼伏的秦腔乱弹声,浑然形成了一幅有声有色、无忧无恼的田家乐图景。刘错眼观心忖田园生活居然这样的诱人,农民生活如此透明简单纯朴温馨。自己读书二十年,最终漂流他国热衷名枷利锁,倒落得个身不由己、危机四伏,到如今回到生于斯长于斯的家乡,竟还是茕茕孑立形影相吊,做了个与欢愉生活毫不相干的断肠人。

刘错又想到了江边惠关于臭球员的高论,头又嗡地大了一圈,他拐上西边的小路,步上了曲曲折折的山坡。山坡上是一层一层的果园,他就坐到一绺台田的边沿,上下前后左右都是香味诱人的硕果。刘错拿出红白相间的刀尖膏盒,打开盒封,抽出一支拇指大小的软质瓶,瓶口嵌着指甲盖大的红色塑胶塞子,瓶子上贴着标签,上面印着"刀尖膏",其余就是批准文号出品单位用法用量和"外用"、"请参阅说明书"的提示等。刘错从盒子里翻出说明书,看到列出的几种主要成分,看着看着就心旌摇摆起来:我这不是枕舟愁渡吗?我手里拿的不是配方是什么?我为什么不做好两手准备,来应对江边惠的步步紧逼？

刘锴忽地站起来，跳下高高的台田跑下了坡，在路口停了停，又顺着乡村水泥路往北跑，跑了一段路，遇见迎面开来的一辆摩的，手一挥就上了车。刘锴对开摩的的妇女说："我要找最近处的中医诊所，有老中医大夫的最好。"

妇女畅快地答应一声调过车头朝前开去，进了村子跑了一阵子才停下，指指路边贴着白瓷砖的一座小楼："小伙子，这儿是中医诊所。"

刘锴下车付了钱，嘱咐摩的等等，说他进去开个药方还要原路返回呢。

刘锴挑门帘走进诊所时，差点和一个出门的人撞个满怀。一位戴花镜的老人坐在桌前翻书，刘锴拿出五十块钱放到桌上："老先生，我是中医学院的学生，老师要我们利用国庆节假期搜集民间验方，可因为给家里帮忙误了这事，才来麻烦老先生帮我抄一遍这几味药，再随便标上分量，我好拿回学校交差！"说着双手把刀尖膏说明书递给老人。老人眼角一扫："你倒搜集了个大方子，把刀尖药给算计上哪？能成，我给你弄弄。"

刘锴点头哈腰："是的，是的！"

那老中医挥起粗笔头笔走龙蛇一阵，很快就抄成了药方随手标上分量，刘锴一看旋笔繁书颇有古传的遗韵流风。

"小伙子，要不是看在你帮爸妈做活的份上，我才不给你代笔呢。拿去吧，以后可要老老实实做学问呢！"老先生没好气地把五十块钱放在药方上一起交给了刘锴。刘锴很快地向老中医鞠了一躬转身跑出了门，装好钱和药方坐上摩的回城。

李维琴姊妹俩在秦汉医院门诊大厅没找见刘锴，正要去门外寻，却见门口走来一个穿休闲服戴白色旅游帽的时尚女子，一见她们就笑吟吟地问："姨，这医院卖不卖刀尖药？"

李素琴指了指诊室："到那边开处方去。"那女人快步走向诊室。姊妹俩继续找刘锴，总不见刘锴的影子，李维琴想起儿子给她设置的"1"字键，就打开手机按了一下，来医院门外路边等刘锴。

摩的上的刘锴一看是妈发来的成功信号，就赶紧接通电话问情况。

电话中李维琴说："锴儿，你秦伯父答应把麝香加工和药材炮制的材料送给你。"

刘锴问："什么什么？他答应了什么？"

李维琴又重复了一遍，电话里却没有了儿子的声音。

刘锴仅存的体温降到冰点以下。在摩的经过秦汉医院门前时，刘锴从帆布窗洞里看到妈和小姨东张西望，他却催促驾驶员加大马力驰了过去，到岐黄大道中段时刘锴的手机响了。

江边惠问："搞定了吗?"

"搞定了!"

"刘锴,你到底还是射门了! 你立即拍下配方,发彩信给我,要快!"

刘锴下了摩的跑到一棵大树后,拍了那页药方,发彩信给江边惠。很快,江边惠回了短信:"刘锴,请你务必以最快的速度来天台市体育场大门口,到地下停车场出行坡道的消防栓处等我。不见不散! 期至 勿复"

刘锴的心像卸去重压的弹簧一样蹦了起来,眼睛立马放出了异彩,他为自己举重若轻而倍感自豪。

但是刘锴哪里知道,这个蛇蝎心肠的倭浪女人,已经发现彩信配方与她手中的刀尖膏说明书上的公开成分相同,不过多了每个成分的分量罢了。她恨死了刘锴、恨死了秦月亭。江边惠恶喘呼呼、脸色发青,脑子里谋划着一场恶毒的计划,她要让整个天台市惊慌失措,要浑水摸鱼,把专射自家球门的刘锴置于死地,平复她对中国人由来已久的嫉妒和仇恨。

145. 强烈地震

玉良登录了秦汉医院的网站,看到一则新近发布的言论,标题是《惊天揭秘:中国关中刀尖药源自大倭浪国》,署名"姜汴卉"。他觉得这名字很耳熟,进而联想到刘锴的倭浪博导好像也叫这名字。这一篇言论虽然不长,但是在玉良看来,无异于当年侵华法西斯的细菌弹。透过字里行间,玉良看到了这个姜汴卉歇斯底里的逆天行径! 她竟然抛出了一个令人发指的立论:刀尖药本是大倭浪的国粹,是中国唐朝和尚去倭浪国作佛事活动时带回中国的。言论还列举了一些所谓"埋藏在历史深处的瓦砾",佐证了这个无稽之谈,扬言倭浪人现在收回刀尖药秘方,是天经地义的历史必然。

玉良读着读着,觉得好气又好笑,他这才知道林子大了,叫声多么怪的鸟儿都有。从行文语气上可见,这姜汴卉必是倭浪人无疑,此人对刀尖药早已是不顾廉耻、不择手段了,抛出奇谈怪论诚属其老祖宗的故伎重演,说不定还会重祭屠刀,动用举岛之械,调遣飞机枪弹,再乞怜几艘核航母,狐假虎威狗仗狼势,搅起一场新的东北亚大战,在别人的前门后院地沟界畔,讹诈几抔沃土,好给钉死在历史耻辱柱上的一群战犯借尸还魂呢!

玉良看下去,发现这个荒诞谬论挨踩很多,其中一位署名"覩"的人,

留下了发人深省的句子："可怜的孩子，苦海无边，回头是岸！赶快回倭浪国好好教书去吧！"

玉良雨点似的敲击着键盘，用自己刚才的思路作了评论。

天台市体育场的地下停车场，江边惠把租来的轿车停好，快步上到大街上，进了一家处于繁华地段的公话超市。这家公话超市里的每个座机之间，只有低矮的简易隔断，几十部电话机前都站着或坐着打电话的男男女女。江边惠慌慌张张地跑进门，抓起一只刚闲下的话筒站着高声通话：

"妈，快！我们单位的领导刚才发了紧急通知，半个小时以内，天台市有强烈地震，强烈地震！你和我爸赶紧往外跑，慢了就来不及啦！我们单位领导说的，快！什么东西都不要带，逃命要紧！"

接着，又以同样大的嗓门，对着话筒叫她姨妈、姑姑、舅舅、同学躲强烈地震。霎时，偌大的一个电话亭里几十位通话者都变成了一种声音："快啊，天台市马上有强烈地震！"

还有一些人打完报信电话后，跑到大街上喊叫："有地震！单位领导说的，有强烈地震！"

……

就这样打电话的，发微博的，QQ群里发消息的，更有亲口喊叫的，霎时间一传十十传百百传千万。

大街上的人们，被这突如其来的"强烈地震"震懵了，有的人跑向学校，有的人跑往幼儿园，还有的人跑向医院、小区。店铺的主人饭馆的老板把钱装进口袋撤出店门，拉下了卷闸门。人们从各种建筑物里跑出来往大街上拥，街上的人潮涌成了一个又一个的旋涡，打电话的、喊人的、尖叫的、还有哭号的、骂娘的，声音聚成了一个混响。

马路上的车辆有的突然调头，有的挤上人行道，有的大声鸣笛横冲直撞，没到站的公交车夹在路中央，乘客们从门里挤下来、从车窗里爬出来，在横七竖八的车缝里寻找着出路。银行、金店、超市的保安如临大敌，手持警棍站立门首严阵以待，保卫着身后的财富。

地震、地震！这个人类残酷无情的杀手，难道真要降临到安居乐业的天台市？每一个人和自己的亲人都将面临死神的传唤？

市府官员立即施行应急方案，市委书记和市长分赴电台、电视台发表《告全体市民书》，在第一时间紧急辟谣、安抚民心、维护稳定大局；交通警察全部上路指挥疏导着交通，公安干警分片维持秩序，民警用高音话筒安定着慌乱的人心；市委、市政府和各区、街道办工作人员，深入到辖区里巷宣传劝归受惊的市民，并把吓病、受伤急需治疗的人员送往医院；电信公司、移动电话公司、网络公司纷纷开动喉舌播发市地震局的紧急通告；武警部队以最快的速度分赴工厂、学校、车站、医院、大型超市维持秩序疏导人群，保护人民群众的生命财产安全。

在秦汉医院，最早是一位住院病人接到家人的地震电话，那人就向病友们告诉了这个震惊的消息，一时间病房大乱。护士反馈给住院部主任，主任马上上报秦院长。

当时秦月亭已经接到了卫生局的辟谣电话，迅速通知在班的玉凤和住院部、门诊部的医生护士，做好患者和家属的稳定工作。叫玉良立即回尚合创伤医院坚守岗位、急救伤员。玉凤和住院部大夫护士们去各个病房组织病人，收看市政府的《告全体市民书》，同时布置保安股做好蓝溪轩、药房、各医技器械室和财务室的安全保卫工作，要求急救室和门诊部所有医务人员守岗待命、执行市卫生局的应急预案。小雀、雪时继续整理刀尖药典型临床病案。庞汉关与秦月亭协同并肩奔忙在综合楼的各个楼层，随机处理突发事件，关顾各项大小事宜。

突然，一阵催人心魄的鸣笛声由远及近，岐黄大道上驰来一辆急救车，在秦汉医院大门上停了下来，车上抬下来两个伤员，一个是"地没震人人自震"从五楼跳下来摔成重伤的，一个是被人踩踏致伤的，玉凤招呼着抬进了急救室。秦月亭和庞汉关迅速赶到手术室，准备亲自为伤员施行救治手术。

146. 最后的射门

一片哗乱中，刘锴好不容易赶到了市体育场大门口，正要去地下停车场出口坡道，偏不偏妈妈又打来了电话。

妈在电话中上气不接下气："锴儿，你在哪里？"

"市区，有事吗？"

"你知道吗？有强烈地震！我正往咱家赶，你小姨也回去了，你赶紧往回走！"

刘锴对着电话说了一句"你先回吧"就挂断了，继续大步流星地往停车场坡道赶。体育场的大音箱里播送着《告全体市民书》，街上的秩序渐渐地趋向原态，但一些人仍然脚步匆匆神色不宁。目睹耳闻了事件全程的刘锴幸灾乐祸地坏笑："哼哼，一犬吠形百犬吠声！"

刘锴走到地下停车场不大宽敞的出行坡道，来到消防栓跟前等待江边

惠。地下车场的各式车子一辆接一辆地开上了坡道，坡道上忽而车灯耀眼，忽而黑影绰绰，刘锴背靠坚硬的水泥墙壁，一只手扶着消防栓的壁仓边框，努力让自己的身子贴紧贴紧再贴紧，而不至于让隆隆上行的车辆擦挂到身上。二十分钟过去了，半小时过去了，开出停车场的车辆越来越少，可是江边惠还没来。

刘锴想，情师约在这个地点见面，一定是出于某种充分的考虑，他必须等待她来这个地点"不见不散"！刘锴很担心情师在这么混乱的环境莺燕受惊，就眼巴巴地上下搜寻，急切切地里外打量。刘锴搞不清楚江边惠是开车来还是徒步到？是从里面上来，还是从外面下来？更无法想象她将要用什么的方式来嘉奖他的成功？是拥抱，还是接吻？最好是拥抱加接吻，这样才能抚慰他刘锴这颗频遭摧残的心；也许在明天或者后天，她的导师情侣就会光临七〇五厂，去看望在那里的中国婆婆。

一道灯光射来，停车场地下坡道开上来一辆黑色轿车，大灯刺得刘锴睁不开眼睛，他赶忙转过身子面部朝墙，听到车子的轰鸣声越来越近，好像是冲着他来的，回头看时，果然那车子正朝他撞来。刘锴下意识地扑向车灯，上半截身子伏到车头上，看到驾车人就是约见他的江边惠，刘锴的兴奋神经倏忽一闪，还没来得及喊出"先生"二字，就被巨大的马力挤压到了铁硬的墙上。

江边惠几步倒车，看见刘锴脸上身上溅满了血，裤子和血肉纠缠在一起，上半截身子斜靠到墙上，衣服被撕撞成一片一片，一只胳膊窝到身下，另一只胳膊盘在头上，整个人像一条僵卧盆沿的大虾。这女魔再一次猛踩油门朝刘锴撞去，车子赛过一头疯牛，啪嚓一声碰断了消防壁仓门的铝合金边框，玻璃稀里哗啦地砸地上和刘锴身上。江边惠料定刘锴必死无疑，就两把打正方向，加足马力窜上了坡道，把车停在出口一边，挎上皮包下车疾步离去。

高岚乘坐警车在大街上巡逻，赶上了一辆黑色的本田雅阁，和这个车子并行十几米，到了一个路口时本田雅阁拐向一边。高岚发现了本田车的左前轮有些异常，又看到右边的大灯已支离破碎，大灯周围的车体破了一个大洞，破裂的白色灯罩上有黏糊糊的血斑。见那黑本田一头钻进旁边的小巷，高岚命令小何跟随上去。

这条巷子叫七道巷，是个治安模范街巷。高岚把车停在的巷子口，打电话通知治安员协助，在前方设障堵住这辆可疑车子，然后自己和小何下车跑步接近，黑本田就被堵在巷子中段，驾驶员一看势头不妙，便弃车往后跑来，叫小何高岚拦了个正着。

　　高岚一看眼前这个衣冠不整头发稀疏鬼鬼祟祟的驾车人，就马上认出他是刚出戒毒所不久的阎二敏。阎二敏也认出了高岚，就主动交代了事情的经过："高局长，这车可不是我偷的，是放在路边的无主车，车门也没上锁，我怕影响交通，给警察同志带来麻烦，就想着先开回来再给你报告。"

　　小何让阎二敏坐到警车后排，高岚驾警车，小何开黑本田，两车一前一后回到区公安分局。

　　高岚收到接线室转来的一话吧老板娘的举报，举报者说她觉得最早打地震电话的女子可疑，就用手机拍下了，还附着照片。

　　小何查出这辆黑色本田雅阁为"嘟嘟"租车公司所有，当下就通知公司老板白昶，带上该车的租车协议和租方资料来分局协助调查。白昶赶来一见他租出去的车撞得惨不忍睹，赶紧拿出协议书和租车人证件复印件。

　　高岚看到租车人所持证件是本市电视台旅游节目的记者证，持证人姜汴卉，女，一九七五年生，就打电话查证，而电视台旅游部主任一口否认他们单位有这个人。高岚又叫白昶辨认记者证上的照片是否与租车人相貌特征一致，白昶一看，大呼上当，说照片上的人根本就不是那租车的女记者。

　　白昶说当时那女子穿休闲服戴白色旅游帽背采访包，很有记者气质。她说今天有紧急采访任务，必须火速赶到采访现场，请租给她一辆车，以后可以利用她的工作便利，为白老板多拉些客户。那女人说着话就把一双娇滴滴的媚眼，还有一包"奇星"牌外烟一齐抛来，白昶慌忙把媚眼和外烟全部接住，没看照片和本人是否一致，也没过多审查就让办事人员和她签了协议收了押金，办完交接手续放车走人。这才半天工夫，车就碰得焦头烂额、面目全非。

　　白昶沮丧地走到高岚的写字台前，无意中看到话吧老板娘送来的照片，突然惊呼："就是她，她就是那个记者！"

　　高岚向白昶问了那"姜汴卉"的年龄等情况，就初步认定骗租轿车和地震造谣是一人所为。

　　这时，接线室又转来报案电话记录，说市体育场停车场出行坡道消防栓处发生一起车祸，肇事车辆逃逸。交警已侦查了现场，受害者流血过多生命体征微弱，已被急救车接走。从停车场监控资料可见，肇事车是一辆黑色本田雅阁车。

　　阅完案情，高岚指令：全城动员立即搜捕"姜汴卉"。说完夹上公文包，喊来小何开车出警。小何问："去哪里？"高岚说："去市体育场停车场出口，看看现场再说。"

　　在一条行人稀少的偏僻街道上，卸掉白色旅游帽戴上蛤蟆镜的江边惠像一头落荒的牝兽，边疾步逃遁边发酵着肚子里的坏水：路旁那辆撞得面目皆非的黑雅阁，还有停车场坡道上刘锴的尸体肯定已被警方发现，警方肯定正在全市搜捕冒记者之名租赁轿车的女疑犯，因此，她必须以最快的速度找一个安全地方和爷爷见面，请爷爷指点迷津。要保证安全撤离，就绝对不能搭乘任何交通工具，更不能去宾馆饭店藏匿，只有乔装改扮徒步从偏街背巷走出警察的罗网，便有重新反扑的机会。

江边惠一直走到了那条行人稀少的街道尽头，越来越窄的油路弯弯曲曲地伸进山坡上的林荫之中，她也就跟着山路钻了进去，上了两三个盘道，已经大汗淋漓、气喘吁吁，嗓子里也火烧火燎起来，她摘下蛤蟆镜从树叶的缝隙中朝山下窥望，天台市主城区尽收眼底，她似乎听到了街上刺耳的警笛，就戴好眼镜回头向山上疾走。

山路上没有行人，更没有车辆。转过一道弯时，江边惠听到一种高昂苍凉的歌声，吼歌的男人从她的对面走来。那男人穿着一身迷彩服，手里挂着一根手腕粗细的棍子，胸前挂着一把军用望远镜，肩上还别着一把对讲机。江边惠心中慌乱，走上路边的草堆，走进一块树苗只有半人高的苗圃，想斜插过去避开来人，但那个男人突然停止了震耳的歌声，三几步赶到她的跟前，挥动棍子指指点点、戆声戆气地数落起来："喂，看你这个女人怪不怪，放着大路不走硬往苗圃里头钻。我又不是当年的日本鬼子，害怕把你怎么了？给你说，咱是护林员！"

江边惠知道了这汉子不是抓她的，可她还是心跳如捣蒜，小跑着退到大路上嬉皮笑脸："大哥，你的嗓门真大，唱得真好听！"

"你也是个秦腔迷，这算是遇上知音啦哈哈哈！那你一个女人家，咋给摸进森林公园来了？"护林员得意地说。

江边惠把肩上的皮包拉到肚子前面，双手抱着："大哥，我是想，想……"

"想到苗圃里尿尿，是不是？你穿着带跟的鞋，再往前走就会寸步难行的。再说那树茬茬又硬又尖，把屁眼戳成马蜂窝就麻达了。"护林员认真地说。

要是在平时，江边惠的巴掌早就打过来了，可是今天不敢，她只能顺着杆儿往上爬："我是想找，找个能看风景的地方。"

护林员盯着遮住半截脸的蛤蟆镜："看风景？要看近处的，还是要看远处的？"

"那，近处有吗？"江边惠强颜赔笑。

"当然有，顺着这油路再往上拐两个弯弯，就到山顶顶了。山顶顶上有个凤鸣亭，坐到那地方，就能看到对面的翠清山'福陵园'，还能看到渭河、秦岭、天台市。这一向，护林队禁止旅游团上山，你虽然只有一个人，也不会抽烟什么的，但是不要在山上多待，顺路一看，赶快从东坡打捷路下去，坡下边是秦汉医院，医院门前就是岐黄大道，随便坐辆车就能回到市中心。"护林员比画着说。

江边惠心里一震，怎么又是秦汉医院？不过秦汉医院在郊区，到了山顶再居高临下地察看路径，设法暗度陈仓不迟。

护林员腰间的对讲机里发出了呼叫声，他拿起对讲机说："好，我来看看。"就吼着戏文"王朝马汉"地下山去了。江边惠转身慌慌张张地小跑上山。

147. 魍魉依旧梦

江边惠爬到山顶，果然有一座飞檐欲翔的亭子，走进亭子，她坐到鼓形石凳上喘气，又拿出一瓶饮料喝了几口，然后站起来扶着柱子向远处看。江边惠的视野里出现了绿墨重渲的连绵青山和淡然一撇的蜿蜒长河，这山这河怎么看也找不到头看不到边！在我的倭浪国，为什么没有这么博缈的祥山秀水？青山脚下、大河臂弯里的天台市一角，更使江边惠的怨愤燃成熊熊妒火，她把手中的饮料瓶子当作手榴弹投进林壑，嘴里模仿着爆炸的巨响，惊飞了檐下一群鸟雀，鸟雀忽啦飞向碧空，把一片片粪屎抛给这个满脸森杀之气的不速之客。

江边惠着了一头两肩膀的脏物，气急败坏地走出了亭子，秦汉医院便出现在她的脚下，她知道这里有让江边家似癫如狂的刀尖药，也有使她切齿入骨的秦月亭。哼！江边家没有的瑰宝，你秦家却有；倭浪人没有的奇迹，岂容东亚病夫享用？她这么瞪眼恨了好久，感到蚊蛾遮眼、两腿酥软，不由得席地坐下。

山顶上的草枝已经开始萎衰，树下的陈年积叶厚如棉毯，江边惠看见一个写着"植树千日功，火烧一场空"的木牌，就从包里翻出"奇星"香烟和打火机，抽出来点着狠劲地吸，呛得头昏眼花还吸，一根接一根地吸，一节节炽红的烟蒂堆到脚下的枯叶萎草里，弥漫起了一片黄色烟雾。江边惠从来没用尼古丁刺激自己，更何况数量这么多，一阵急剧的咳嗽，憋得她头晕目眩、涕泪滂沱。她拿出纸巾擦干眼睛和鼻孔，重新戴上了蛤蟆镜，在腰间摸索了一阵，拽出了爷爷咽气时交给的那块怪异色彩的蟾蜍血巾，顶到了自

己头上。

江边惠想请出爷爷来力挽危局，以老祖宗的神力化险为夷。当江边惠缓缓抬起头，睁开酸涩的双眼时，两个幽魂祟影出现在了面前，一男一女凶神恶煞，骨瘦嶙峋、眼窝空暗、鼻孔深陷、厉齿暴突，男的穿一套倭浪旧时呢绒军服，女的紫衣裹身、胸脯上烙有血色的脚痕。

那女的发声颤如弹弦，嗡嗡嗡抖得江边惠心惊肉跳："江边惠，你可知刀尖药膏？你可知青花瓷瓶？那是我和我男人拿命换来的啊！你还我们的刀尖药青花瓷瓶，赎我和水筲的青春蜜月！不然，拿命抵来！"

那男的话音粗似闷雷，隆隆隆地震得人耳发麻："江边惠，算是我有眼无珠！你既无回天之术，就不该言过其实！至今没拿到刀尖药方头，算是丢尽了我江边门族的脸面，丧完了我倭浪帝国的威风，你不配做吾人孙辈！"

江边惠双膝跪地磕头不已。她听到女鬼的颤声和男鬼的闷雷搅在了一起向她索命："我们要抓你下十八层地狱，和吾等同做馁鬼！"说话间举起巴掌击打江边惠，江边惠双手抱头倒在冒烟的草滩上，那块怪异方巾也就悬了几旋飘落在地上。

不知过了多久，刺鼻的浓烟呛醒了她，她拼出全身气力爬起来，两个厉鬼已无踪影，只有漫山遍野的啸风。见了鬼的倭浪女人没有了恐惧，远望东边天际，一阵孤独和凄楚袭来，就信口填词唱起了充满哀怨的倭浪谣：

丝丝白云，悠悠秋空，望断倭浪路，漫冈地狱的风。阴曹不知季节更，魍魉依旧梦……

哪里传来了悦耳的器乐声，怎么这样熟悉？哦，是自己手机的铃声，谁这时候打来电话？江边惠从身后拿起皮包取出手机接通信号，指望电话帮她摆脱狰鬼阴霾的纠缠。她跪起身子对着话筒："喂，哪位？"

"江边惠……怎么……听不出了？"

"你是谁？"

"刘……锴的……冤魂！"

江边惠遭了电击一样丢开手机："打鬼，打鬼！"她领略过怪异方巾的魔力，害怕变成鬼的刘锴找来索命。草地上的手机还在传送着刘锴的声音："江边惠……魔鬼，你……你开车……撞我进……了阴曹……"

江边惠浑身又起了密密麻麻的鸡皮疙瘩，像癞蛤蟆的背，她把手机蹬进浓烟，刘锴就在浓烟里唠叨："江边惠……我……我和你势不两立！"砰的一声手机爆了，烟堆里蹿起了明火，江边惠在狰狞地笑："嘿嘿……烧毁刘锴的魂，永不得托生……"

火向江边惠蔓延过来，烧着了那块方巾，嗞嗞地响。倭浪女人举起包对火扇风，包里的东西纷纷落进火里，噼里啪啦地燃烧，皮包也散出烤肉的香味，她手一松皮包就跌进火里。江边惠像一匹发飙的母狮子摇头摆尾，模仿着护林员的腔调吼起来，却比鬼哭狼嚎还瘆人。她在火头上跨过来跨过去，把长长的头发撩起又放下，活脱跳大神的巫婆狂歌疯舞："地震了地震了，秦岭倒了，渭河干了，秦汉医院烧光了，刀尖药化成灰烬了……"

那边山腰的护林员闻到烟火味，逆着风向赶来。

这边山脚蟾蜍池旁，田家祥给新池里放满了水，把产卵的蟾蜍匀过来，蟾蜍们兴奋地游着叫着。田家祥抬头时看到了山头的狼烟，吓出了一身冷汗，赶忙操起铁锨往山上跑。

护林员赶上山，见一个疯女人在火上跳大神，嘴里唱着："烧，烧，烧毁刀尖药……"

护林员朝山下望，秦汉医院还像往常一样祥和、恬静。

148. 赤诚永恒，爱无疆境

然而和天下所有医院一样，秦汉医院的一片祥和恬静之下，充满着生命和死神的较量。秦月亭庞汉关带领医务人员，正在为一位遭受重创的危重病人施行手术。危重病人不是别人，正是刘锴。

在刘锴刚被送到急救室，经过初步抢救恢复意识的时候，尽管体力虚弱，但一再要求打个电话。玉凤从刘锴的衣兜里翻出手机，变了形的手机已经被血染红，玉凤用自己的手机拨出刘锴要拨的号码，把电话凑到刘锴嘴边，刘锴就拼出全力说了几句揭露江边惠的话，随后又昏睡过去。

手术还在进行着，秦玉凤和李素琴姐妹俩并排坐在手术室门外的椅子上。一位护士走出手术室对秦玉凤说："秦大夫，病人急需补充不少于500毫升的血浆，RH阴性血型。院长叫你立即和市中心血站联系一下，越快越好。"说完急匆匆地返回手术室。

RH阴性是罕见血型，具备这个血型的人仅有千分之三到四，俗称"熊猫血"。玉凤打电话询问了市中心血站，结果是他们那里的RH阴性血型今天已经调用完，建议联系一下省城血库，可现在的问题是，即使省城血库有，最快也要两个小时才能运到，刘锴能支撑那么久吗？

秦玉凤拨通了小雀的电话："小雀，你还在电脑室吗？"

"在，小姑姑，有事吗？"

"手术室正在抢救一位危重伤员，急需 RH 阴性血浆，不少于 500 毫升。你在三号微机桌屉里找出蓝皮的外联电话本，有省城血库的联系方式，帮我向他们紧急求援，急送 600 毫升所需血浆到天台市秦汉医院！越快越好！"

小雀没有立即回应，玉凤又对着话筒喊："小雀，小雀。"

小雀回答说："小姑姑，你等等。"

李维琴按捺不住恐惧的情绪，扑倒在妹妹怀里泣咽起来。

电脑室里，小雀放下电话拍了一把赵雪时，说："赵雪时，我小姑姑要向省城血库求助，急找血源，抢救危重伤员。你愿意帮忙吗？"

"我这里就有省城血库的电话，你说具体一点，血型、数量。"

"好，你听着，血型 RH 阴性，数量 600 毫升。"赵雪时点击着手机键盘，突然，手指停了下来，"秦小雀，没开玩笑吧？"

"情况这么紧急，我哪来的闲心开玩笑？"小雀的回答很认真。

赵雪时盯着小雀："RH 阴性，难道你忘了本人血管里汩汩流淌的不正是这种熊猫血型吗？"

小雀严肃地说："赵雪时，最少要抽 500 毫升，你受得了吗？"

赵雪时把胸脯一拍："你没瞧见我壮得像骡子一样吗？快走！"说着，拉上小雀出门下楼。

两人跑到后院，听到后面山上传来隐隐约约的歌声，嗓门和曲调都嘈杂不堪，他们无暇细辨，径直朝前院跑去。

赵雪时强烈要求为危重伤员献血 550 毫升。按照严格的供血程序，赵雪时的 500 毫升鲜血，一滴一滴地流进了刘锴的血管。

秦汉医院客房的床上，小雀给赵雪时喂着汤汁。赵雪时的脸上失去了先前的红润，但他还是努力做了个不很圆满的鬼脸："小雀，我觉得我的状态很好！"

小雀说："你一下子就献了这么多血，的确是见义勇为大仁大义呢！"

"即便真像你说的，我这个见义勇为者的两个生命都和刀尖药密切相连呢。"赵雪时颇有感慨地说。

小雀问："我知道你这匹骡子的命是老奶奶在磻溪原捡来的，怎么又成了两个生命呢？"

赵雪时眨巴眨巴眼睛："小雀，你和刀尖药有没有关系？"

"有啊，刀尖药应该是我的一生一世！"小雀不假思索。

"这不，我的两个生命够了吧？"赵雪时一把抓住了小雀的手。

小雀才恍然大悟："雪时，咱俩看到过描龙的和描虎的如意青花瓷瓶，你说，那一龙一虎两个瓷瓶瓶上到底是什么字呢？"

赵雪时摇摇头。

小雀说:"真傻,自己不是用行动做出了吗?"

赵雪时懵了,求小雀赶快揭开谜底。

小雀说:"你没注意到,那猛虎的头、躯体、四肢和尾巴不是构成了一个'诚'字吗?"

赵雪时脑子里灵光一现:"是啊,那蛟龙的身子不正好盘出了个'爱'字吗?"

小雀说:"那你说,咱这刀尖药的真籍是不是'诚爱'二字呢?"

"对呀!"赵雪时激动地说。

小雀更神秘地朝前凑凑:"那你知道丹砂描金盒子上的两个藏文字符是啥?"

赵雪时说:"真笨,除了'诚爱'还能有啥?"

"我也这么想过,后来,请教了藏族网友,你猜怎么着?"小雀的一对眸子深不可测。

"你有藏族网友,我有藏族姑夫和表弟!除了'诚爱',还能是什么呢?"赵雪时很自豪。

"'诚爱'二字远远超出了刀尖秘药本身的意义,正像爷爷说的,够我们用心做一辈子呢!"

赵雪时说:"对啊!我们既要自己用心做一辈子,又要认真传递给下一代。"

"现在,接过接力棒的应该是咱们!"小雀沉浸在亢奋之中。

赵雪时伸出一只手递给小雀:"小雀,我感到了幸福,一种无可比拟的幸福。"

"就因为担当了继往开来的一代?"小雀问。

"还因为获得了珍贵的爱情!"雪时答。

"是啊,爱的专利并不属于青春年华和性情之间,而属于赤诚心态。只有这样才能青春永恒、人爱永恒!"

雪时坐起来,和小雀的肩头并到一起,雪时说:"对啊,我热爱青春,也幻想少壮,但更向往老境,青春年华少不了挽留的烦恼,成熟的中年也多了些承启的奔忙,而到了辉煌的老境,两个银发似雪的人就会怀抱硕大的精神果实传给后世,那是多么幸福圆满的情形啊!"

小雀揽定雪时,两个学子伴着昂扬的旋律久久凝视着对方:

……坚定的信念,不变的忠诚,曾经的宣言已经化作那歌声。让岁月铭记,让光荣作证,让我们青春永恒……

149. 怪物

凤凰山上那嘈杂不堪的叫声仍然起伏不定。护林员跑到那人跟前，才认出是蛤蟆镜女人。女人和几十分钟前判若两人，蓬乱的脸上、头发上沾满了草灰和鸟粪，衣服被火烧得斑斑驳驳，裤子上袖子上冒着细烟。护林员脱下上衣扑打火苗。田家祥跑上了山，拿铁锨铲起脚下的土，一下一下把火压灭。护林员检查了周围，回头找那个乱叫的疯女人，却不见了踪迹，站到坡头上四处张望，听到了半山腰传来的奇异歌谣：

峰冈无鞍，江津不渡，何为有当初，癫了世代的心？魑魅岂甘寂寞久，莫若掠南无……

"看，在那边呢！"田家祥指着通往秦汉医院的坡道说。

护林员看时，那女疯子站在崖畔上，对着秦汉医院手舞足蹈，蟾蜍池就在女疯子的脚下。

护林员说："这大概是个忧疯子，把她送到精神病院去，要不然还会放火。老田，帮我截住她！"

田家祥和护林员赶忙向崖畔迂回包抄过去，他们商量好既要迅速接近，又要避免打草惊蛇，稳稳当当地逮住她马上送走。护林员绕到了北边，田家祥在南边，他们在树木和草丛后边躲闪着朝那癫狂的女人接近。

崖畔下蟾蜍池中蛙声一片，崖畔上女人的歌声和蛙声争相呱鸣。那女人一只脚赤着，脏兮兮的脚丫上流着黑红的血；裤脚撕成一片一缕的，在煞白腿脚上旋转摆动；纷乱的长发罩满了头，随着呱声和舞姿张扬起落，盖着蛤蟆镜的狰容和敞开的衣襟闪来闪去。女人脖子上挂着金灿灿的项链，足有筷子粗，裸露的前胸白滑滑、震颤颤的，叫两个农民耻不忍睹。眼看越来越接近目标，田家祥却犹豫起来，护林员就向他摆手势，一齐下手抓住她，不料踢翻了脚下的石头，惊动了蛤蟆镜女人，女人抬头看时脚下一晃就扭下崖去，扑通、哗啦落到蟾蜍池里。

护林员和田家祥赶到崖边，女人正在水里游蛙泳，还呱呱呱地叫。两人绕下山崖，二话不说跳进池子救人，女人一个猛子便钻进池泥里。护林员和田家祥探遍了整个池子，怎么也找不见女人的踪迹。田家祥奇怪，这么浅的池子还能藏住人？

突然，护林员惊呼："看，这是个啥怪物？"

田家祥也看见一只比野鸭子大的花背蛇腰蜥蝎头的东西从水底钻了出来，瞪着绿灯泡一样的眼睛傻瞅，张着盘子大的嘴巴喘气。池子里的母蟾蜍见这么大的异类闯进领地，就呱呱叫着过去围攻，那怪物就躲到角落去叫。怪物的叫声跟刚才疯女人的歌声相似，带着浓重的倭浪之气。

田家祥觉得这才是人老几辈没见过的奇事。

秦汉医院门上又响起了汽车鸣笛声，高岚和小何赶到了秦汉医院，找到玉凤询问那个车撞伤员的情况。

玉凤说："现在还在手术室，刚来时伤势非常严重，浑身上下是血，两腿血肉模糊、惨不忍睹，髋骨以下几乎没有完好的骨头，好像是汽车撞的或者重物压的。"

高岚又问到伤者的神志、语言等。

玉凤顿了顿；"刚到医院我们对他进行了急救，他神志稍微清醒后就给江边惠打了电话，说是江边惠开车故意撞的他。"

"我们初步认定这是一起重大的预谋杀人未遂案，已经锁定了嫌疑人姜汴卉。"高岚接着问，"玉凤，这个受伤的人是谁？他身上有没证件？"

玉凤说："不需要看他的证件，他是……刘锴。"

高岚一震："怎么？刘锴！"

从蟾蜍池上来，浑身泥水的田家祥把刚才亲眼目睹的怪事报告给了保安股长，保安股长又来向玉凤报告。

高岚和小何赶到蟾蜍池，那只花背蛇腰蜥蝎头的怪物正在鼓动着腮帮呱呱大叫，一见穿警服的高岚、小何，就跳到池边迎着他们似泣似诉。

小何惊呼："这怪物还戴着这么粗的金项链呢！"

高岚还瞧见怪物的左后爪上穿着一只女人皮鞋，很高档的一种。小何叫田家祥帮忙，好不容易才脱下了那只鞋，卸下了金项链。大家一鉴赏，这项链成色好、做工细，上面还镶着两颗粉色宝石。在场的人个个觉得不可思议。

惊魂未定的田家祥向高岚报告了蛤蟆镜女人在山顶崖畔火舞狂歌的事，高岚叫小何收好鞋和项链，两人立马上山侦查。山顶上，护林员正在清理着火现场，小何在灰堆旁边发现了一只皮鞋，和怪物爪上的正好配成一双。

小何问护林员："大叔，你见过这双皮鞋吗？"

护林员拿起一端详："没错没错，就是那疯女人的。"

小何找来一根树枝，拨起灰土仔细寻找蛛丝马迹，护林员也来帮忙。他们先找到了皮包残片，接着寻出了烧得变形的化妆笔和镜子等，还发现了一支刀尖膏，后来刨出了几本没烧完的证件，一本已烧得面目全非，一本上面

有照片，国籍和姓名还能认清，高岚说是一本护照，持照人叫"江边惠"；另一个本子上照片已经烧毁但"姜汴卉"三字依稀可辨，体式与白昶交来的记者证复印件一样。

高岚把护照上的照片和话吧老板娘拍的照片一比较，认定骗租轿车谋杀他人与故意制造虚假恐怖消息属一人所为，这个人不是别人，正是倭浪女人江边惠。

高岚和护林员谈了一会儿，就带小何向山下走去。

下山路上小何看看高岚，半开玩笑地说："高局长，这也许是一头永远难以降伏的怪物？"

高岚板着面孔瞥了一眼小何，欲言又止，随即摇了摇头朝远处望去，突然，发出指令："通知罗队长，立即带人到凤鸣亭集合，全面搜山！"

150. 尾声

护林员配合警察搜了山，还是没找到江边惠，却在凤鸣亭附近的密林里，捡到了一只倭浪产的饮料空瓶。天台市公安局向全市发出了针对嫌犯江边惠的通缉令，向其他有关地区、出境口岸发出了协查函。

秦汉医院蟾蜍池中的那只怪物，后来移赠给了天台市动物园水族馆，至今已经养得褐褐胖胖的，每当有音乐声响起时，就在水里吹泡泡，发出一阵阵低低的、尖细的古怪旋律："倭浪……倭浪……"，引来游览人层层围观，听它吟唱"倭浪歌"，靡靡之音叮叮铃铃。这家伙还臭美，总喜欢盯着女人的项链目不转睛，竟有饲养员突发灵感，给戴上了一串小指粗的镀金项链，它就一天到晚在观众面前卖萌甩翠，腰身一扭一扭地乐此不疲。这怪物看人时，眼神深得如同没有谜底的谜。后来，有从东洋留学回来的动物学学者认识这个怪物，说它的名字叫"江边虺"，是由一种水岸两栖毒蛇衍化而生。学者给怪物加注了详细说明，以助游人了解它的身前世后。

高岚对刘锴进行了长时间的问话，然后带人去广州豪门商务酒店小套间，追回了被劫掠七十年的刀尖油青花瓷瓶，那一层层蒙辱的药童随之喜形于色，印堂穴上的点点丹砂红终于弃暗归明。

可是，辛麦草老人的生命最终定格在了甘南洮州。她在这里度过了领略古洮州民族风情、分享甘南草原风光、陪伴放大爱心能量孙女的美好晚年，在参观了重孙庞晋美创办的"庞峪沟育麝生态园"以后，洋溢着淡淡的丹砂月晕带着心满意足的微笑，无疾仙逝在洮州古城。庞汉关、秦月亭和秦小雀、赵雪时前去和老人的遗体告了别，而后按照老人家的遗愿，安葬在洮州城边的凤凰山上，好让老人家永远守望美丽的高原，放眼八百里秦川，陪伴她的庞门后嗣。

后来，庞红叶偕丈夫贡宝才让和儿子庞晋美带着"庞裕沟育麝生态园"的优质麝香，与秦月亭一家在军医大学内庞汉关为首的刀尖药研究所见了面。在秦月亭、庞汉关的提议下，两姓十四口人赶到什味街坊庞然药馆原址后巷的国槐冠荫之下，举行了集体悼祭仪式，然后，由秦月亭、庞汉关率领刀尖药子孙，站在两座铸铁大碾槽前，高捧肋巴佛赠与的丹砂描金藏文盒，拍下了一张特别的全家福。秦庞两门的世纪之盟终于以克诚克真圆满归诺！

寒食节的时候，秦玉凤去了老君岭炼丹坪在生身父母的墓碑的立碑人处补刻上了"秦玉凤"三字，横排着的名字，左右都能念。按照当地的风俗，请了鼓乐班子，唱了一天祭灵戏，吹了一夜归仙乐。

秦玉兰、蔡振斌为秦汉医院引进了饲养蟾蜍的先进技术以后，应麻川觏之约，又飞到广州，扩大他们的药材合作经营去了。

高峰配合秦玉良说服了林尚，尚合创伤医院的整顿工作已经全面展开。

令狐养浩和马兆廷、高志刚一起送来了裱好的字幅，"克诚克真 恒德恒爱"八个字，以书当歌，挟雷带雨，叱咤风云，纵横开阖，尽显出数千年周秦汉唐遗风、泱泱中华精魂。

刘锴呢？他还在秦汉医院住着，康复科大夫开始指导他做肢体康复训练。这天李维琴来看望儿子，临走时去了秦月亭的客厅，两人说着话，一直到掌灯时分……

终于，日报头版头条刊出了一篇新闻报道，标题是两行醒目的套红大字：

克诚克真 恒德恒爱 蟾宫圣图 终其所归——军医大学研究生院与秦汉医院携手共扬刀尖药科研风帆。

2010 年中秋节至 2013 年端午节
于岐山、西安、张家口

后 记

一辈子忙于教书，老了，才得闲自己写点东西。

20 世纪 80 年代初在关中西府家乡中学任教时，一位青年医生朋友赠我一本《杂验总汇集》，是一位刘姓老人 1958 年到 1961 年的笔记。手工装订的本子共 108 页，其中收集的民间秘方验方不下百则，最引起我兴趣的是一则不足 400 字的"刀尖药"秘配方子。

因为我六七岁时头上害过疮，肿得像小拳头一样，爹娘带着去邻村秦家庄放脓、贴药，那位秦老大夫手术绝妙，在我一声还没哭完时，就用瓷碗片完成了手术，敷上药面，原先烧疼肿胀的伤口变成凉飕飕的舒服感觉，回屋里没几天便退尽疮痂，生出了新发。

1984 年到 1988 年，我从新的任教地临潭新城民间收集到藏族活佛金巴·嘉木措（俗称肋巴佛）的许多传奇素材，并着手编写电视连续剧本《大纛起落》。每天晚自习之后，一手握笔一手夹烟高照明灯，头木了、嘴麻了时喝杯酒提神。剧本写了不到十集，"斗酒"已成了习惯，实指望出脱个李白啥的，却不料把几多年华泡进了酒杯。

1998 年秋，去兰州参加世界银行组织举办的校长培训班，在强硬制度下自愿戒了烟瘾，小酒就成了我的保留嗜好。偶尔虽有小作品见诸报刊，却终未达到理想的长度和高度。

后来退居归陕时正赶上电视碎戏节目方兴未艾，朋友要我帮忙写碎戏剧本，应命后陆续有多个本子变成了荧屏图像，分别在秦冀两地电视台播出。

2009 年伏天回老家度暑，不经意间在旧书堆里看到了我 30 年前受赠的《杂验总汇集》，虽然封面已经霉点斑斑，内页墨迹褪淡，但那则刀尖药配方，即刻使我醍醐灌顶、灵感突来。接下来的几个夜以继日之后，一部多集电视剧初稿写就。我冒着高温赶回西安传给摄制组，摄制组送交电视台，电视台建议删改其中敏感内容，以回避不必要的麻烦。我哪里忍心割爱？干脆下主意就剧本情节发酵长篇小说，把与生俱来的体验化进去，把《大纛起落》的精华糅进去，把生我一家育我一家的渭水和洮河引进去，把对父辈、母辈和英年早逝长兄的缅怀，对社会的感恩，对国家的信念，对关中和甘南两地各族父老乡亲、同事上司、友人学生的至爱倾注进去，开始了夕照之下不惜老牛奋蹄的苦乐长旅。

　　小说从老家的魅力村舍敲定第一行字符开始，到在古都西安日渐丰满，历经三轮春夏秋冬，终于在大好河山张家口码完头稿的最后一个句号。恰是那一天子夜，小孙孙乘兴呱呱坠地。在孙子元元刚过两岁八个月"破格"进入幼儿园时，我的《蟾宫图》也在屡屡打磨几经更名后即将付梓。在这波波折折里得到不少新老知音、网友的关注，其中陕西省文化产业促进会会长徐静先生、武汉叶林主编、甘南州审计局陈克明、北京童童编辑和金波笔友、长沙黄志坚老师、石家庄延生堂黄启普总监等的悉心关怀以及我三地家人的宝贵支持，对此，我谨表深深谢忱。

　　如果这部处女作能向更多朋友报以真诚诉说，获得他们的恭敬聆听，那么我得到的将是无上的荣光。我相信，付出的努力肯定会有收获。

刘　锁

2015 年 1 月